김상렬 창작집

그리운
쪽빛

나남
nanam

김 상 렬 (金相烈)

전남 진도에서 태어난 작가 김상렬은, 1975년 〈한국일보〉 신춘문예에서 소설 〈소리의 덫〉이 당선되어 문단에 나왔다.

그 이후 주로 역사와 현실의식이 짙은 사실주의 바탕에 개인의 감성적 성찰을 접목시키는 경향으로 창작활동을 벌여온 한편, '독서신문'과 '한국문학', '민족문화추진회' 등에서 일했으며, 지금은 공주 마곡사 근처의 한 산촌에서 오직 글농사, 밭농사에만 전념하고 있다.

작품집으로는 《붉은 달》, 《달아난 말》, 《카르마》, 《사랑과 혁명》, 《따뜻한 사람》 등 다수가 있다.

나남창작선 83

그리운 쪽빛

2007년 11월 25일 발행
2007년 11월 25일 1쇄

저자_ 김상렬
발행자_ 趙相浩
발행처_ (주) 나남
주소_ 413-756 경기도 파주시 교하읍
　　　 출판도시 518-4
전화_ (031) 955-4600 (代), FAX : (031) 955-4555
등록_ 제 1-71호(79.5.12)
홈페이지_ http://www.nanam.net
전자우편_ post@nanam.net

ISBN 978-89-300-0583-8
ISBN 978-89-300-0572-2
책값은 뒤표지에 있습니다.

나남창작선 · 83

김상렬 창작집

그리운 쪽빛

나남
nanam

밑바닥에는 아직 충분한 공간이 있다

산촌에 살면서 이런저런 나무나 농작물을 심고 가꾸다 보면, 하 많은 시행착오와 실수에 스스로 혀를 내두르며 반성할 경우가 한두 번이 아니다. 적당히 기름진 땅에 그냥 씨 뿌리고 심어 두기만 하면 절로 잘 크리라 여겼던 탓이다.

하지만 문제는 바로 그때부터, 새싹이 움터 오르는 경이로운 그 순간부터 잠시도 그것들한테 무관심하거나 자상한 손길, 눈길을 멈추면 안 된다. 바지런히 호미질하여 잡초를 뽑으면서 땅심을 두둑이 북돋는 건 물론, 때 맞춰 물과 거름을 뿌려주고, 태풍에 쓰러지지 않도록 지지대를 받쳐주고, 극성스런 해충을 열심히 잡아주어야 한다. 햇빛과 공기가 잘 소통할 수 있도록 가지치기하며 솎아주고, 밀생한 잎과 꽃도 아낌없이 따주어야 한다.

자식 키우기가 딱 이럴 것인즉, 그 중에서도 가장 중요한 일이 다름 아닌 '마음 주기'이다. 서로가 두런두런 말을 나눌 수 있을 만큼 진심어린 정이 오갈 때, 그것들은 활짝 열매 맺어 이쪽의 사랑과 정성에 화답한다. 짝퉁 농사꾼이 이제야 겨우 몸으로 깨달은 자연의 섭리이다. '뿌린 대로 거두고 준 만큼 얻는다'는 이 단순한 진리는, 내가 지금껏 살아온 글농사에도 그대로 적용되겠거니와, 내 딴에는 제법 치열하게 저 어두운 격랑의 시대와 삶과 문학을 헤쳐왔다고 자부하는데도, 이즈음 들어 자꾸만 버나드 쇼의 유명한 묘비명이 아주 실감있게 다가오는 건 웬 까닭일까?

— 우물쭈물하다가 내 이렇게 될 줄 알았다!

그러므로 생성할 것은 무섭게 그 잎과 뿌리를 뻗게 하고, 썩고 소멸할 것은 또 가차없이 그렇게 도태시키는 위대한 이 계절의 위력 앞에서, 나는 다만 작은 흙먼지나 물방울에 지나지 않을 따름이다. 그리하여 나는 또 스스로에게 묻는다.

— 밑바닥에는 아직도 내가 비집고 들어갈 공간이 남아 있는가?

여기 실린 작품 중 중편인 〈우국제〉(憂國祭)를 빼놓고는 모두 지난 십 년 역마살의 자취가 그대로 녹아들어 있다. 비록 사실과 허위가 적당히 뒤섞인 저자거리 밖의 이야기들이 대부분이긴 하지만, 거기에는 어쩔 수 없는 업보로서의 내 인생이 처절하게 숨겨져 있음을 고백하고 싶다. 그것은 곧 뼛속까지 시리고 아팠던 나의 또 다른 리얼리즘, 현실의 거울인 것이다.

나는 또 오랜 만의 이 소설집 발간을 계기로 감히 바라건대, 시간이 흘러도 쉬 상하지 않는, 아주 오래도록 여운이 남는 그런 따뜻한 칼날 위에 서보고 싶다.

丁亥年 11월
공주 咸朴德에서
김 상 렬

나남창작선 83

김상렬 창작집 ‖그리운 쪽빛

차 례

설경산수

"누구시오?"

문을 연다. 아무도 없다. 희끄무레 검은 구름장 사이로 얼어붙은 겨울 달빛만 언뜻언뜻 비쳐들 뿐.

바람소리였나, 그는 도로 문을 닫는다. 지난 늦가을 끝물에 새로 풀 바른 정갈한 새 창호지라서, 깊은 한밤중일망정 격자 칸살 무늬가 흐린 달빛에도 선명히 드러난다.

분명 사람 발자국 같았는데?

그는 혼잣말처럼 중얼거리면서 다시 아랫목에 눕는다. 뜨뜻하다. 시린 등을 지지기에는 더없이 안성맞춤인 게 이 연탄 구들이라는 걸 이즈음 들어 온몸으로 실감한다. 전에 전기장판을 쓸 적에는 자신이 드러눕는 전율어린 전기장판의 잠자리가 꼭 석관(石棺) 같다는 상념에 곧잘 빠져들곤 했는데, 지금은 아니다.

그런데 무슨 소리였을까?

눈썹 끝에 가물가물 졸음이 달라붙으면서도, 방금 전의 헛발자국 소리에 대한 귀울림은 영 가시질 않는다. 뒤란 댓잎이 서로 몸 부비며 서걱이는 걸로 미루어 선뜻 밤바람이 이는 듯도 싶지만, 그래서 그 바람결에 소소소 떨어지는 댓잎 소리일 수도 있겠지만, 지금은 동짓달 소리내어 떨어질 댓잎은 이제 없다.

눈이 오려나. 그는 매끄러운 잠의 수렁 속으로 사르르 빨려 들어가면서 생각한다. 구름장 사이로 잠깐 삐져나온 달빛이, 그가 든 방의 창호지를 희부옇게 물들인다. 얇은 그 종잇장 하나가 우주로 통하는 모든 빛을, 해와 달과 별의 체온을 남김없이 받아들이고, 그리고 되보내준다.

그 은은한 조도(照度)를 가물가물 가늠하고 음미하며 황홀히 바라보는데 웬 검은 손이 부욱 창호지를 찢는다. 부욱, 북. 그리고 손가락 하나가 찢어진 그 틈 안으로 불쑥 들어온다.

" … 누구요?"

그러나 입 안의 소리가 입 밖으로 터져 나오지는 않는다. 스스로 놀라 눈을 뜬다. 퍼뜩 일어나 보니 노루잠 속의 짧은 꿈이다.

참 별일이다 하고 그는 메마른 입을 다시며 어둠 속을 더듬는다. 자리끼 물주전자를 주둥이째 입에 물고, 기갈이 들린 듯 얼음처럼 찬 물을 벌컥벌컥 들이켠다. 바깥의 달그림자는 어느 결에 구름 속으로 숨었는지, 이제는 온통 검은 어둠의 그물뿐이다. 뒤란의 댓잎 서걱이는 소리가 잔물결 같다. 세어진 밤바람이 더욱 차고 거칠다.

"눈이 왔어요, 선생님. 밤새 이렇게나 많이 … ."

싸락, 쓰윽쓱싹, 대빗질하는 소리에 절로 잠이 깨어 문을 열자, 눈사람 같은 황군이다. 온 천지가 희디흰 빛으로 와락 덤벼든다. 눈은 시방도 흘레하는 은나비떼인 양 서로 뒤엉키며 퍼르퍼르 흩날리고 있다. 주인이 든 방의 툇돌 아래에서부터 대문이 달려 있지 않은 돌담 초입께까지 오롯하게 길을 낸 황군은, 이제 변소 길을 낼 모양인지 그쪽으로 몸을 틀고 잠깐 허리를 펴면서 또 꾸벅 이를 드러낸다. 아침부터 괜스레 싱글거리는, 주황색 털벙거지를 귀밑까지 내리눌러 쓴 황군에게 그가 말한다.

"쉬 그칠 것 같지 않은데, 눈은 치워서 뭐하겠냐. 그냥 내버려 두잖고."

"아녀요. 그래도 길은 치워놔야 반가운 손님이 오시죠."

"손님은, 누가 이 험한 눈길을 뚫고? 관두고 밥이나 묵자."

"잠깐만요, 여기만 더 치우구요."

쓱, 쓰윽싹, 길 양켠으로 적당히 박자 맞춰 눈을 쓸어대는 황군의 손놀림이 유난히 경쾌하다.

그는 방 구석 쪽에 놓인 전기밥솥의 뚜껑을 슬쩍 열어 본 다음 시커먼 동굴 속 같은 부엌으로 나가 구멍마다 너울너울 붉게 충혈돼 있는 연탄불 위에 국냄비를 올린다. 둘 다 어제 저녁에 조금씩 먹다가 남긴 것들이다. 젓갈과 채소류뿐인 밑반찬도 마찬가지. 주섬주섬 뚜껑을 열어 그릇째 상 위에 올리면 그만이다. 이런 일은 항상 황군의 독차지이지만 오늘은 왠지 그 스스로 아침상을 차리고 싶다. 이같이 차가운 겨울날 시린 물에 설거지하는 황군 보기가 어제 아침에도 민망했던 터, 이까짓 소꿉장난 같은 상차림이 무슨 대수랴.

"아이구, 선생님두…. 놔두고 어서 들어가세요."

변소 길을 내고 서둘러 돌아온 황군이 다짜고짜 그의 등을 돌려세운다. 알았다, 알았어, 하고 그는 억지다시피 황군에게 떼밀려 다시 방으로 든다.

소복이 쌓인 눈밭, 상기도 소복소복 내리는 목화 같은 눈송이를 무연히 내다보며 떠먹는 아침밥이 제법 맛깔스럽다.

"반주 한 잔 곁들이셔야죠?"

눈치 빠른 황군이 잘 익은 더덕술을 꺼내와 잽싸게 따른다. 그래, 자네도 한 잔.

둘은 내리는 눈송이를 별미안주 삼아 맑고 향긋한 황톳빛 더덕술을 사이좋게 입에 털어 넣는다. 이윽고 그가 말한다.

"공부는 잘 돼 가나? 시험날짜가 얼마 안 남았는데, 이번엔 마무리 잘해 또 실패하는 일이 없어야지. 시골 계신 노모님을 봐서라도….."

"예. … 근디, 그게 그렇게 맘먹은 대로 돼야 말이죠."

"또 자신없는 소리. 지난밤에 일찍 불이 꺼져 있던데, 왜? 저녁 먹으면서 자네 첫사랑 얘기 꺼냈던 게 마음 아팠던? 내가 괜히 묵은 상처 건드렸어?"

"아, 아녀요. 그까짓 걸 가지고. 제가 뭐 어린앱니까?"

"몸뚱인 훌쩍 큰 어른이지만 마음은 아직도 철부지 코흘리개야. 판검사 될 사람은 그렇게 유약해 빠져가지곤 안 돼."

세 번째 잔을 자작자음하면서 그는 새삼 밥상머리 황군을 지그시 눌러 본다.

움푹 들어가 퀭한 두 눈에 갸름하게 긴 코, 좁고 빠른 얼굴 윤곽. 북어처럼 껑충 큰 키에다가 번뇌초 없앤다면서 지난가을 박박 밀어 버린 민대머리는 아직도 밤송이 그대로이다. 몸피가 비쩍 말라, 이런 약골이 군대는 어떻게 갔다 왔을까 싶으나 보기보단 또 의외로 강단 있는 근육질과 쇠심줄 같은 성깔을 갖고 있다. 빈말로나마 어깨 토닥여주고 등 긁어주면, 무슨 일이든 물불 가리지 않고 저돌로 덤벼들어 매끈하게 처리해내지만 이쪽에서 잔소리로 핀잔을 주거나 만족스럽지 못한 표정을 지으면 그 결과물을 미련없이 팽개쳐 버리는 황소고집. 큰 나무도 잘 타고, 토종꿀도 잘 따고, 궂은 주방일은 물론 속빨래며 집 안팎 험한 청소일까지 마다하지 않으면서, 두어 평 좁은 자기 방에 어줍잖은 수석이나 몇 점 난분을 들여놓는 고상한 취미생활도 함께 누리는 게 바로 황군이다. 그러면서 또 곧잘 뜬 눈으로 밤새워 불 밝히는 공부벌레가 되는 것이다. 밥그릇을 다 비운 황군이 말한다.

"이 눈 속에 벌들은 괜찮을까요?"

"안 그래도 한번 둘러볼 참이다."

"전 그럼, 저 아래 닭집 어귀까지 길을 좀 내고 올게요."

"쉬지 않고 내릴 것 같은데, 길은 내서 뭐하게?"

"그래도 대충 내놔야 돼요. 손님이 오시면 곤란하니까요."

"그려? 그래라, 그럼."

"… 선상님, 계시요?"

낮은 돌담장 안으로 낯익은 한 여자의 인기척이 들려온 것은 바로 이때.

"워매, 눈도 오지게 오시네잉."

육자배기 같은 헛사설을 후렴으로 내리깔며 좁은 안마당 안으로 훌쩍 들어선 건 영암댁이다.

장터목 한켠에서 자그맣고 옴팡진 밥집 겸 술집을 열고 있는 그네가 눈오는 이 아침에 웬일인가. 네모진 플라스틱 그릇을 노오란 나일론천 보자기에 꼭꼭 싸들고 들어서는 그네의 머리 위에도 목화 같은 눈송이가 하늘하늘 내려앉아 있다. 그 목화송이들을 온몸으로 푸르르 뒤흔들어 흐트러뜨린 영암댁은,

"손마디 마디가 하도 쑤셔싸서 봉침 좀 맞으러 왔소. 총각, 이건 동치민디, 아주 시원해라우. 저번 장날 여기 선상님이 내려와서 하도 맛있게 잡숫고 가시는 바람에 … 침값 대신 가져왔소."

제법 묵직해 뵈는 동치미 찬통을 긴 싸리빗자루에 의지해 헤실헤실 서있는 황군에게 건넨다. 그리고 그네는 스스럼없이 방으로 들며 잇는다.

"싸게싸게 놓아 주쇼. 안 그라믄 오늘 장은 허탕인께. 봉침 안 맞고는 영 손 못 놀릴 것 같아서 이리 일찍 안 왔소. 근디 벌써 아침 자셔뿌렀구만이?"

"어디 손마디가 으떻게 아프신데?"

황군이 슬몃 웃으며 돌담장 밖으로 나가고 난 후 그는 무릎걸음으로 다가앉는 여자의 손을 끌어 잡는다. 따뜻하다. 순두부처럼 부드럽고 푸짐하다. 값싼 향수라도 뿌렸는가, 아카시아 냄새가 은단처럼 코에 스미는 걸 의식하며 그는 여자의 손을 천천히 만지작거린다. 늘 물을 적시며 사는 손일망정 후덕한 인심과 한창 농익은 사십대 초반의 나이에서 오는 육질 탓인지, 여자가 들어와 앉고부터 방안은 어느새 은은한 충동의 기쁨과 알 수 없는 온화함으로 꽉 찬다.

"아, 아, 아야!"

그가 여자의 손마디를 섬세하게 매만지고 누를 때마다, 엄살기가 적당히 섞인 여자의 비명도 가마솥 안의 뜨거운 김처럼 터져 나온

16

다. 오른손 두 번째와 세 번째 손가락 관절에 염증이 나있는 것 같다. 벌에 쏘인 듯 벌겋게 부어 있다. 팔목도 시원찮다.

큼큼, 헛기침하며 일어선 그가 문 밖으로 나선다. 헛간이 딸린 별채로 건너가 봉침용 벌통을 가져온다.

눈은 아직도 퍼르퍼르, 펄펄 흩날린다.

그 눈송이들을 두 어깨와 새치머리 위에 고스란히 얹고 들어온 그가, 여자의 아픈 팔목과 손마디에 봉침을 놓는다. 잠깐만요, 하고 그의 손놀림을 제지한 여자가 그의 머리 위의 몇 잎 눈송이를 마른 수건으로 잠시 털어내고 이마의 물기를 슬쩍 닦아준다. 그가 겸연쩍게 웃은 다음 다시 일을 시작한다.

"아, 아, 아야!"

"그렇게 아파야 나으니까, 엄살 부리지 말고 조금만 참으슈."

"엄살이라뇨. 나는 아파 죽겠구마는. … 이 벌이란 놈, 참 영물이지라?"

"영물이니까 똥도 달지."

"참 그려. 우매한 인간들이 그 똥을 세상에서 젤 달다고 달겨드는 걸 보문. 꽃 없는 이런 한겨울엔 설탕을 먹인담시로라?"

"설탕도 이놈들 입에만 들어가면 꿀이 돼 나오니께."

"아, 아야. 참 영물이여."

"내가 키우는 토종벌들은 집에서 누가 죽으면 모두 똑같이 가출해 버리오. 그래서 사람이 죽기 전에 다른 곳으로 벌집을 격리시켰다가 장례 끝나고 다시 옮겨오지."

"그래서 이 집에선 사람이 죽으믄 안 되겠네요잉?"

"죽을 사람도 없소."

"아, 아야. 아따 선생님은 사람이 아니시우?"

"사람은 사람이되, 벌만도 못한 사람. 자, 이쪽 손."

"아이구 시원타. … 올해도 풍년이 들랑가, 눈이 참 오지게도 오네요잉?"

"여기가 죽정리, 맞지요?"

방금 버스에서 내려 좁다란 사거리 한 귀퉁이에 서서 사방을 어리벙벙 휘둘러 본 사내는 바로 등 뒤의 오래된 약방 문을 열고 묻는다. '인제약방'이라는 간판에 걸맞게 아주 인자스럽고 덕이 많아 뵈는 작달막한 키의 나이든 약방주인이 안경알 속의 선량한 두 눈을 씀벅이며 그렇다고 대답하자,

"그럼 밤나무골로 가려면 어떻게 가야 되겠습니까?"

사내는 다시 공손하게 되묻는다.

"아, 밤나무골이오?"

약방주인은 삐거덕 소리가 나는 출입문 밖까지 친절하게 나와 저바위산 밑이라고 손가락질한다. 장터목을 지나 벚나무 가로수길을 따라 노인정 앞을 돌아서 방앗간까지 쭈욱, 거기서 삼거리 돌다리를 건너 닭집 쪽으로 쭈욱 올라가면 산길, 다시 조금만 더 휘적휘적거리면 거기가 바로 밤나무골이라고.

사내는 고맙다고 두어 번 고개를 주억거리고는 다시금 약방 안으로 따라 들어가 드링크류를 한 병 달라고 말한다. 약방이 그걸 찾아 마개를 따준 사이 사내는 상의 안주머니에서 무슨 결핵약 같은 흰알약을 주섬주섬 꺼내어 한입 털어넣고 드링크를 마신다. 그리고 셈을 치른 후 정중하게 인사하고 돌아선다. 돌아서서 걷는다.

검은 오리털 파카 양쪽 주머니에 양손을 쿡 눌러 찌른 채, 휘적휘적 걷는 사내의 눈에 차일을 친 저자거리가 들어온다. 처음엔 무슨 동네잔치라도 거방지게 벌어졌나 싶어 무심히 지나치려 했으나 다시 보니 장(場)이다.

　아무리 궁벽진 시골의 면 단위 오일장이라고는 하지만 그 구색은 너무 초라하고 볼품없다. 볼품없고 맛깔스럽잖은 먹거리 좌판을 옹기종기 벌이고 있을 뿐, 문명의 화려한 색깔이나 냄새는 아예 맡아지지도 보이지도 않는다. 눈더미를 인 차일 밑에서 소금처럼 말라붙은 남루한 장사치 아낙들이 시린 발을 동동동 구르거나 구멍이 숭숭 뚫린 간이식 장작화덕을 온기없는 늙은 홀아비 끌어안듯 오종종하게 쬐고 앉아 있거나 흰 속살이 드러나도록 발가벗긴 배추포기를 다듬으며 들었다 놓았다 하거나, 주름진 언 손으로 땟국이 전 지폐를 하나 둘 헤아리거나 한다. 그네들은 하나같이 머리끝에서 턱 밑을 마른 수건으로 질끈질끈 동여맨 채 뿌우연 콧김을 들숨 날숨 열심히 그러나 한숨처럼 뿜어댄다. 사내는 그 중의 한 여인네, 도무지 나이를 가늠할 수 없는 그네의 불그죽죽한 함지박 좌판 앞에서 엉거주춤 발길을 멈춘다.

　"이 산낙지, 모두 얼맙니까?"

　"워매, 이걸 떨이할라구라우?"

　"다 싸주시오. 싸게 해서 ⋯."

　어림잡아 열댓 마리쯤 될까, 둥근 플라스틱통의 거품 이는 짠물 속에서, 서로 뒤엉켜 꿈틀대는 어른 손바닥 크기의 세발낙지들이, 약간의 짠물과 함께 검은 비닐봉지 안으로 휩쓸려 들어간다. 오늘따라 아무도 거들떠보지 않던 애물단지를, 아닌 밤중의 홍두깨마냥 싸

그리 단숨에 팔아 치우게 된 좌판은 연신 입이 함지박마냥 찢어진다. 그러나 꾀죄죄하게 패인 얼굴의 주름살들은 웃으면 웃을수록 더욱 깊어지고 움푹하게 그늘져 보인다. 사내는 그네가 건네어 주는, 비닐 속에서 출렁출렁 꿈틀거리는 산낙지 꾸러미를 받아들고, 다시 돌아서 걷는다. 걷다가는 또 생각난 듯, 구멍가게를 찾아 들어가 몇 병의 소주를 비닐봉지에 사 든다.

양손의 양감이 제법 묵직하다. 오래 껴왔던 벙어리 털장갑을 깜박 잊고 안 가져와 손이 좀 시리긴 하지만 이바지는 이만하면 됐겠지 싶어, 유난히도 산낙지를 좋아했던 친구의 환한 표정을 밝게 떠올린다. 걸음이 빨라진다. 은나비떼처럼 나풀거리며 한없이 내려쌓이는 눈은 여전히 멈출 기미가 없다.

닭집 앞을 지나 마악 산길로 접어들었을 때 웬 육덕 좋은 중년여자가 산에서 내려온다. 바삐 서두는 걸음새로 비탈진 눈길을 깨작깨작 내려오던 여자는 주춤 걸음을 멈추어 사내가 지나가기를 기다렸다가 옆을 스쳐 지나치는 사내와 잠깐 시선을 부딪친다. 그리고 가던 길을 내처 내닫는다.

눈이 깊고 날카로우며 어딘지 병약해 뵈는 초로의 사내는, 둥그스름한 얼굴에 쌍꺼풀이 없는 반달눈의 여자가 꽤나 푸근하고 넉넉해 보인다고 생각한다. 그래서 잠깐 걸음을 멈추고 이윽히 뒤를 돌아다본다. 멀쩡한 구두끈이 풀어진 척, 길옆의 바윗돌 위에 한쪽 발을 올려놓고 멀쩡한 구두끈을 괜스레 매만지작거리면서.

흥, 살집 좋고 엉덩이 푸짐하고…. 그런데 저 다산성의 여자가 왜 밤나무골에서 바삐 내려오지? 이 눈길에?

사내는 다시 산을 오른다. 탐스런 눈꽃들이 나뭇가지마다 시리도록 아름답다. 시력 나쁜 사내는 더욱 눈이 부시다. 비질한 지 얼마 지나지 않은 좁다란 산길을 따라 오르니 이번에는 자신과 비슷하게 깡마른 한 청년이 눈에 얼핏 들어온다. 긴 싸리빗자루를 삐딱하게 옆으로 의지한 채, 눈을 잔뜩 이고 선 동백나무를 속 깊이 들여다보고 있는 저 깡마른 청년은 또 누구인가. 사내는 큼, 인기척을 내며 묻는다.

"여기가 밤나무골 맞지요?"

"예, 조금만 더 올라가시면 ….."

눈이 움푹 꺼진 청년이 옆을 돌아보며 조금 뜨악한 표정으로 대답한다. 손에는 빠알간 동백꽃 한 송이가 들리어 있다. 청년이 더듬더듬 되묻는다.

"그런데 누굴 찾아오셨습니까?"

"벌치는 사람이오. 김 ….."

"아, 선생님 친구분이시군요?"

청년의 퀭한 두 눈이 의혹의 기미를 싹 지우고 반짝 빛난다. 고르지 못한 이를 다 드러내며 꾸벅 인사까지 건네는 걸 보면 벌치는 사람과는 꽤나 잘 아는 사이인 모양이다. 쥐고 있던 선홍의 동백송이를 눈밭에 그냥 내던져 버리고 사내의 이바지 꾸러미를 거의 빼앗다시피 챙겨 드는 걸 보면 더욱 그렇다. 그 몸짓, 그 어투에서 선생님과 낯선 친구분에 대한 외경과 친근감이 제법 다소곳하게 느껴진다. 청년이 약간 상기된 어조로 또 묻는다.

"선생님은, 서울서 오셨지요?"

"그렇소만, 왜 서울서 왔다고 단정하시오?"

"말씀 놓으시구요, 그냥 그런 냄새가 나서요. 저 동백 좀 보세요.

이 눈 속에 빠알갛게 피어 있는 게 … ."

"조금 전에도 뚫어져라 들여다보고 있던데 아직도 모자라오? 시를 쓰시나?"

"아아뇨, 그냥 김 선생님과 함께 생활하고 있습니다. 옆에서 이것 저것 조금씩 도와 드리면서요."

어쨌든 제자 한 번 잘 뒀구나 싶은 사내는,

"그래, 그 선생님은 요즘 어떻게 지내시나?"

스스럼없이 하게를 놓으며, 묻어 두었던 궁금증을 꺼낸다. 청년이 쾌활하게 되받는다.

"벌통, 한겨울에도 바쁜 걸요. 설탕 먹이랴, 추위 막아 주랴. 아까는 마을 여자분 봉침도 놓아드렸구요."

"봉침? 벌로 놓는 침?"

"예. 조금 전 올라오시다가 보셨을 거예요."

"아, 그 여자? 얼굴이 동그스름하고 육덕 좋은?"

"네, 맞아요."

청년은 말해놓고 멋쩍은 웃음을 날린다. 그 웃음 속에도 말로는 쉬 표현되지 않는 선생님에의 잔정이 물엿처럼 녹아들어 있다.

산비알의 하얀 눈밭 위에 자그맣게 터를 잡은 작고 나지막한 집의 눈지붕이 시야에 들어온다. 마치 기다리고나 있었다는 듯 눈 쌓인 담장가의 집주인은, 그러나 장승처럼 멋모른 채 우두커니 내려다본다. 사내는 그를 향해 번쩍 손을 들어, 어! 소리쳐 부르고,

"선생님, 서울서 손님이 오셨어요!"

청년도 덩달아 큰소리로 집주인의 의식을 잡아 흔든다.

내리막 산길을 향해 무심히 열려 있던 집주인의 두 눈이 이내 화

등잔만해진다.

 "중놈 다 됐군."

 "중보다 더하지. 그 사람들은 믿고 의지하는 데라도 있잖나."

 "하긴 불알 두 쪽밖에 없던 헬스(운동권)였으니. 아니지, 이젠 이 오두막과 벌통들이 있는데 뭘 그래?"

 "그대가 오려고 새벽녘 꿈자리가 그리 사나웠군. 얼굴이 많이 상했어. 이쪽 아랫목으로 앉으라구."

 "야, 설설 끓는구나. 여기서 봉침을 놨다구? 봉침이야, 육침이야?"

 "에끼, 흰소리는… 그냥 무의촌 봉사일 뿐이야. 아랫마을 노인들이 더러 놔 달라고 해서 심심풀이로 시작했던 게 그만."

 "한창 물오른 과부까지 놓게 됐다? 아무튼 오래 살고 볼 일이군. 벌에 쏘여 펄펄 날뛰던 작자가 벌과 함께 살고 있다니. 옛날 생각나? 우리가 이리저리 쫓겨다니다가 설악산 암자에서 숨어 지낼 때 자네가 무심코 벌을 움켜쥐었잖어? 그러고는 팍 쏘여 나 죽는다고 소리소리 지르고…."

 "한 번 독침을 내쏘면 벌은 곧바로 죽는다는 사실도 그때 알았었지. 비장하게 자폭하는 그 장렬한 최후를 보고 배운 것도 많았고. 그대가 호텔(구치소)로 끌려 간 게 그 직후였지. 아마?"

 "지난 얘긴 꺼내서 뭐하나? 그 사이 나라꼴은 더 엉망진창 돼버렸는데."

 "참 열심히들 뛰었는데. 좋은 세상 만들자면서, 독침과 내장까지 다 뽑혀 가면서 투쟁하고 분신했는데…."

 "일벌은 원래 죽도록 일만 하다가 가는 거지 뭐. 일은 않고 꿀만

따먹는 수벌들이 너무 많긴 하지만 그놈들도 의외로 빨리 죽어버리니까 별 상관이 없고…. 문제는 여왕벌이야. 하루에 천 마리씩 알을 낳으면서 수명은 또 얼마나 긴가?"

"그게 다 각자에게 주어진 역할이고, 생명의 역사지."

"그놈의 역사는 도대체 누구 편이야?"

"혁명은 아직도 끝난 게 아니니까 자네라도 다시 나서라구. 새로 쟁취해서, 따순 밥 지어 나한테도 좀 보내. 남들은 의원에다 장관까지 잘도 따먹던데 동기 중에선 가장 긴 콩밥에, 고문으로 골병든 거 긴 여직 뭘 하는 거야?"

"꼭 패잔병 같은 말투로군. 그런 건 삼류들이나 하는 짓이긴 하지만, 다시 서울 안 올라갈 거야?"

"없어! 여기서 말뚝 박고 살기로 했다구. 봄이 오면 표고에도 손을 좀 대볼까 해."

"중 아닌 중, 봉침도사, 벌치기에 버섯까지? 에라이, 좋은 건 혼자 다 해먹고 살아라. 난 지금도 진흙탕 속을 이렇게 헤매는데…."

"우국지사 노릇하기가 그리 쉬운가. 야 이놈의 낙지들, 뭘 이리 많이 사왔어? 역시 손 크고 통 큰 위인이라 다르긴 다르군. 황군아, 대충 차려 갖고 너도 어서 들온나."

"황, 누구?"

"이름은 알아서 뭣혀? 그냥 황군이야. 고시생."

"고시? 그런데 왜 자네를 깎듯이 선생님이라 부르나?"

"가르친 것도 없는데 자꾸 그리 부르는군. 부르기 쉬워서 그럴 뿐이지 뭐."

"난 처음엔 무슨 사이비 종교라도 창시했나 했네. 어찌나 깎듯이 모시던지 … ."

"심성이 원래 그래. 토종에, 순종. 요 아랫마을 빈집에서 공부하다가 작년 봄 나한테로 왔어."

"아니 그럼 만년 고시생 아냐? 아서라, 일찌감치 때려치우고 방향 틀어야겠다. 내 보기엔 영락없는 시인이던데! 안 그래, 황군?"

"시인은요. 전 판검사도, 시인도, 아무것도 될 수 없는 머저리여요."

"허, 자학도 그만하면 수준급이다. 그럼 잘하는 건 뭐가 있어? 잘난 건?"

"보시다시피 이렇게 못생기고, 가난한 홀엄씨 외아들로 겨우겨우 지방대나 나온 주제에, 뭘 내세울 게 있겠습니까."

"고향은 어딘데?"

"완돕니다. 거기서도 다시 배 타고 들어가는 작은 섬."

"외아들이라구?"

"제 위로 누나들만 다섯 … ."

"허, 딸부잣집에 막내아들이라. 모름지기 기대가 컸겠구만."

"그 기대 때문에 여지껏 이러고 있는데, 영 틀린 것 같구만요."

"그럼 부리나케 때려치우지 뭘 잡아먹겠다고 마냥 이러고 자빠져 있나? 그까짓 이현령비현령, 법이 뭔데?"

"어무이 때문에 … ."

"이런 고이연! 가난하고 빽 없는 민초들 잡기 전에 자기 엄니부터 잡아먹겠구만. 자, 술이나 마셔."

"이 산낙지 좀더 먹구요."

"그려그려, 산낙지 많이 먹으면 죽어가던 소도 불끈 일어난다고 혔어. 애인은?"

"없습니다."

"있다가 없어졌다네. 군대 갔다 오니까 고무신 거꾸로 신었더라는 거야. 섬놈에, 홀엄씨 외아들이라고. 이제 그만 묻고, 안주 좀 들어."

"야, 거 말 된다. 예술 할 자격은 골고루 갖춘 셈이야. 그 첫사랑하고는 어디까지 가봤는데?"

"겨우 손만 잡아 봤대. 아니, 입술 정도는 나눴다고 했던가?"

"에이 선생님두⋯."

"내가 거짓말이야? 결혼까지 생각할 정도였다면 최소한 거기까진 갔어야지."

"아닙니다. 전 아직도, 키스를, 못해 봤거든요."

"허, 이런 세상 물정 모르는 순둥이가 무슨 대쪽이 되겠다구! 증말 판검사 된다면 애먼 사람 여럿 잡아묵을 놈이네? 그럼 아직도 숫총각이란 말야?"

"전 절대, 장래를 약속한 여자 아니고는, 동정 바치지 않을 거거든요."

"허허, 열났네, 열났어. 올해 몇이슈, 총각?"

"⋯서른, 둘입니다."

"혹시, 고자 아녀? 요즘은 좆 큰 놈들 세상인디, 거기서도 축 처지는 거 아니냐구?"

"그것만큼은 내가 보증하지. 목욕탕에서 자주 보는데, 자네보다도 훨씬 크네. 말좆이야."

"아이구 선생님, 갑자기 드신 술이 좀 과하신 것 같습니다. 점잖으신 분이 왜 이러세요?"

"그래, 좆은 너무했다. 말자지라고 해두자. 어디, 그 자지 좀 꺼내 봐."

"자지는 또 뭡니까. 꼬추지요, 꼬추."

"꼬추건 자지건 말장난 그만두고 어서 꺼내 보라구. 자, 내가 먼저 꺼낼 테니까, 얼른!"

"아, 아, 아녜요. 이거 왜 이러세요?"

"이래도 안 일어설 거야? 어때, 응?"

"햐, 다 큰 어른들이 ….."

"꼬추 겨루는 데 어른, 아가 어딨어? 자, 옳지!"

"술 다 떨어졌어요. 또 가져 와야 해요."

"이거 안 되겠네. 강제로 벗길 수밖에. 자넨 거기서 두 다리를 잡으라구. 자, 이렇게!"

"아이구, 이건 분명 성고문이에요, 성고문. 고문이 질리지도 않으세요? 아이구, 지, 지가, 버, 벗을게요."

"옳지. 그래그래, 바로 그거야. … 어?"

"자기 것보다 크지?"

"마른 장작이 화력 좋다더니, 정말 대단하군. 한 세상 만나면 대접 톡톡히 받겠는데 그래? 꼬추 보면 꼭 고시에 붙어야겠다만, 그게 어디 맘대로 되냐? 이거 안 되겠다. 빨리 술 좀 가져와."

"자네 기죽이기 간단하군. 축하한다 황군아, 가서 먹다 남은 더덕주나 가져온나. … 그건 그렇고 이제 본론으로 들어가자구. 여긴 왜 왔어?"

"왜 오다니? 강남 가는 제비가 왜 간다고 말하던가? 그냥 왔어."

"아니야. 솔직히 말해 봐. 건강이 많이 안 좋은 거야?"

"좋을 린 없지. 좀 망가졌어. 그보다두 사실은… 빈집 좀 알아보려구."

"빈집? 요즘은 쫓겨다니는 시대도 아니잖아."

"나더러 소설을 쓰라는 거야. 왕년의 저항시인을, 이제 그렇게 팔아먹을 작정인가 봐. 빈집을 사도 될 만큼 선인세를 덥석 안겨 주면서. 주로 사랑 얘기에 초점 맞춰 써 달래."

"미친놈들. 이제 혁명, 저항 끝났다고 별 수작 다 부리는군. 진정한 혁명은 지금부턴데. 어쨌든 수락했으니까 거기서도 미끼 던진 거아냐?"

"목구멍이 포도청이라서 받긴 받았지만 여전히 찝찝해. 거짓말 않고 옳게 살기가 참 힘들어."

"이 사람, 거짓말해 가면서 옳지 않게 사는 게 더 힘든 거야. 황군아, 그때 그 빈집 아직도 빈집으로 그냥 남아 있냐?"

"죽정마을에 내려가면, 거기 말고도 두어 채 더 있어요. 하지만 하도 오래들 비워 놔서 도깨비 나올 걸요. 그거 수리하려면 아예 사버리는 게 나을 텐데, 뭐하시게요?"

"아니다, 그냥 한 번 물어 봤다. … 글쓰기는 이런 답답한 산속보다도 확 터진 섬이 더 낫잖을까? 참, 황군네 시골집은 바다가 바로보이냐?"

"그러문요. 아주 시원하죠."

"한겨울에 시원하면 못 쓰지. 빈방은?"

"많아요. 서울 선생님이 쓰신다면 어무이도 아주 좋아하실 걸요. 혼자 사시니까."

"밥도 해주시고?"

28

"물론이죠. 끼니 때도, 혼자 들기 적적하시거든요."

"어딜 가나 그놈의 밥문제가 걱정인데, 그거 아주 절묘한 답안이군. 어디 술 마시면서 띄엄띄엄 생각 좀 해보자."

"여기 있어도 상관은 없네. 벌통 든 방 치우면 그것도 쓸 만해."

"아냐. 우린 이미 둘이 한공간에서 함께 살 나이는 훌쩍 지났어. 게다가 난 역시 꽉 막힌 산속보다는 확 터진 바다가 좋다네. 그건 그렇구, 운치 아는 사람이 처마 밑에 현판 하나 안 걸어놓고 이게 뭔가. 황군아, 가서 붓하고 먹물 좀 가져온나. 여기 오두막 당호나 그럴 듯하게 써 줘야겠다. '月印山房' 어때?"

"자네가 지어준 아호니까 그럴 듯하긴 하지만, 아냐. 그건 이즈음의 내 삶이 아니라구. '鰯蒜土房'으로 해주게. 멸치와 마늘이 우리한테 그렇게나 중요한 식품인지 여기 와서 알았어. 내 밥상은 멸치와 마늘이면 다 끝나니까. 그거면 족하니까."

"허, 그도 썩 괜찮다. 약산토방이라…."

하늘하늘 눈발이 흩날린다.

노루꼬리만큼 짧은 겨울해가 어느새 서쪽으로 가라앉았는지 상갓집 차일 같은 어둠도 함께 내린다.

살얼음이 사르르 떠있던 동치미마저 통째 바닥이 날 만큼 맘껏 술을 비운 두 친구는, 연탄불 기운이 활 단 방바닥에 함부로 널브러져 잠들어 있다. 집주인은 새우처럼 모로 쓰러진 채 목이 말라 입맛을 다시고 서울사내는 드르렁드르렁 코를 골다가 또 뭐라고 구시렁구시렁 잠꼬대를 씹는다. 그러고는 마침내,

"가자!"

느닷없이 외마디 소리를 내지른다.

그 바람에 화들짝 놀라 새우처럼 꼬부려 자던 집주인이 어리벙벙 눈을 뜨고, 눈뜨기 바쁘게 냉수를 찾아 벌컥벌컥 들이켠다. 서울사내는 사내대로 제풀에 또 벌떡 일어나 앉으면서 혼잣말로 쑤얼거린다.

"… 방금, 내가 뭐라고 그랬지?"

"가자, 고 그랬어. 〈오발탄〉처럼."

"가자? 여기는 또 어디야? 불 좀 켜 봐."

"어디긴 어디? 벌치기네, 오두막이지. 자 물!"

벌치기는 머리 위의 벽을 더듬어 전기 스위치를 누른다. 어둑신한 형광등이 두세 번 눈을 쏨벅거리다가 일시에 확 켜진다.

그는 문을 연다. 한눈에 들어오는 시린 눈밭.

아직도 조금씩 눈발이 흩날린다. 황군 방의 창호지에 어리는 불빛이 아주 잘 익은 유자색 같다. 비로소 제정신으로 돌아온 사내가 다시 소리친다.

"가자!"

"가긴 자꾸 어딜 가재?"

"영암댁한테, 동치미 얻어먹으러."

"황군아, 동치미 없나?"

"예, 없어요. 아까, 동동 떠다니는 살얼음까지 다 쓸어 마셨잖아요."

엉거주춤 방문을 열고 나오는 황군은 어느새 취기없이 말짱하다. 젊음은 역시 저래서 좋은가 보다고 벌치기는 잠깐 생각한다. 운동화 뒤축을 구겨 신고 건너온 황군이 말한다.

"저녁 드셔야죠?"

"저녁은, 가자. 어서들 옷 입어!"

서울사내가 벌떡 몸을 일으켜 벽에 걸어둔 검은 오리털 파카를 낚아채 입는다. 무슨 일에든 결단이 빠르고 그 행동 또한 민첩하다. 지치지도 않고 또 술이냐고 집주인이 길을 막으려 하지만 사내는 이미 마당가로 나가 돌담장에다 오줌을 내갈긴다. 그리고 큰소리로 묻는다.

"영암댁 말야, 서방님 있어?"

"있다가도 없고 없다가도 있고 …."

뒤따라 나온 벌치기 역시 저만큼 떨어진 돌담 쪽에다 대고 바지춤을 까 내린다.

이제 눈이 그치고 빠르게 지나가는 구름장 사이로 언뜻 얼굴을 드러낸 달빛이 밝다. 그 달빛이 눈밭의 반사를 받아 부시게 눈이 시리다. 벌치기가 황군을 부르고, 황군은 왠지 뒤에서 뭉그적거린다.

"전 집 지키고 있을게요."

"이런, 잔소리 말고 어서 오라구. 내가 오늘밤 니 호강시켜 줄 테니까."

오줌을 다 눈 서울사내가 아랫도리를 부르르 떨며 다시 큰소리다. 엉거주춤 신발끈을 졸라매는 황군이 말한다.

"전 선생님들 지키느라 한숨도 못 잤거든요."

"니가 뭐 강아지냐? 집 지키고, 술꾼들 지키게? 지키면서, 또 뭐 했어?"

"편지 썼어요."

"누구한테?"

"… 첫사랑한테요."

"이것 봐라? 뭐라고?"

"이젠 잊었으니 길거리에서 만나더라도 고개 숙이지 말라구요. 지난봄에 광주서 우연히 마주쳤는데, 눈물이 핑그르르 돌더니 어린 딸아이 손잡고 막 도망치잖아요."

"야, 이거 … 말 되네? 내일 아침 바로 부칠 건가?"

"아뇨, 찢어버렸어요."

"에라이, 싱건, 동치미 같은 놈!"

"황군아, 그 손전등은 놓고 가자. 이렇게 대낮처럼 밝은데…."

철사로 얼기설기 갓을 씌운 처마 밑의 외등을 켜고 돌아선 집주인이 말한다. 그의 뒤를 따르는 친구의 입에선 연신 잠꼬대 같은 넋두리와 헛웃음이 의미없이 새어 나온다. 눈 쌓인 좁다란 산길, 그러나 셋이 걷는 오늘밤은 그 길이 유난히 넓어 보인다. 길 아닌 길들이 산지사방으로 뻗쳐 있다.

밤나무골을 벗어나, 닭집 앞을 지나, 삼거리 돌다리를 건너, 방앗간과 노인정 앞을 돌아, 발가벗은 벚나무 가로수길을 따라, 이윽고 장터목에 이른다.

영암댁은 기다리고나 있었다는 듯, 얼굴에 환히 등불을 밝히며 세 사내를 맞는다.

"하이고, 예까지 무신 바람이 불었당가요? 생전 밤마실은 안 하시는 양반이…. 참, 이 손님은 아까 아침녘에 닭집 앞에서 잠깐 뵌 분 같은디?"

"하도 영암댁 동치미가 먹고 싶다고 졸라대서 모시고 왔소. 방은, 따뜻한가?"

"그라믄요. 근디, 손님은 어디서 오셨시오?"

"지옥, 아침녘 그 인연 못 잊어 이렇게 찾아들었수다. 그나저나 손님이 없는 걸 보니, 이 집도 곧 문 닫겠구먼. 황군아, 우리라도 어서 들어가 손님노릇 좀 해보자."

"화끈한 성격, 내 맘에 쏙 들어뿔구만이. 산신령님 친구분인디 오죽하실랍디여."

"이 친군 봉침이라도 놓지만, 난 육침밖에 없는 백수. 서로 길이 다르오. 여기서 제일 잘하는 여물이 뭡니까?"

"가물치회하고 추어탕, 붕어찜 …."

"주로 정력제 쪽이구먼. 그거 한 가지씩 먹을 만큼 주쇼. 살얼음 동동 뜨는 동치미랑 동동주부터 우선."

"이 손님 증말 끝내 준다."

설설 끓는 온돌방에 얄팍한 누비방석 하나씩을 내주고 나가는 여자의 얼굴이, 비오기 전 붉게 달아오른 달덩이 같다. 거기에 적당히 묻어 있는 화냥기와 넉넉한 추임새가 술과 피곤에 지친 세 남자들을 골고루 녹여준다. 문을 닫고 나간 여자의 뒤에 대고 서울사내가 농친다.

"텃밭 좋고, 물기 촉촉하고 …."

"혼자 살긴 아까운 여자지."

"누님 같아요."

황군의 누님 같은 여자가 잠시 후에 다시 문을 열고, 집에서 담근 찹쌀 동동주 투가리와 동치미 담긴 막사발 셋을 들여준다. 헤벌쭉 벌어지는 서울사내의 입. 그 입꼬리에 여자를 향한 색정이 바람처럼 슬쩍 스쳐 지나간다. 그 스침을 놓치지 않고 야릇한 연민을 담아 지긋이 눌러 보는 봉침, 멀리서 온 친구의 색정과 객고를 잠깐 생각하는 눈치다.

황군이 술잔을 채운다.

셋은 희부연 사기잔을 든다. 잔과 술이 거의 비슷한 색깔이다. 동치미 국물도, 그 손들도.

봉침이 말한다.

"아예 빈집을 하나 사서, 여기 눌러 앉는 게 어때?"

"난 거기처럼 한군데 오래 머물러 있을 순 없어. 늘 어디론가 흘러가야 한다구. 부딪치고 깨지고 쳐부숴야 해."

"그래야 역사는 발전하는 거니까."

"그리고 바다는 끝없는 절망을 안겨주지."

"그럼 황군 집으로 결정한 건가?"

"글쎄, 거기까진 아직. 하룻밤 자보고 나서. 자, 쭈욱."

"선생님이 불편하셔서 안 될 거예요. 유배지거든요."

"유배지, 거 좋다. 그럼 가자. 내일 아침 당장."

"정, 말, 요?"

술과 피곤에 지친 황군이 연신 하품을 끄며 건성으로 받는다. 자고 나면 또 생각이 달라질 거라는 눈빛이다.

가물치가 들어온다.

미꾸라지가 들어온다.

술은 벌써 세 투가리째. 웃음이 헤퍼진 여자가 들어온다.

그리고 술 취한 붕어가 들어온다.

황군은 어느새 저만큼 벽 쪽으로 물러나 잠 속으로 미끄러져 들어간다. 바람벽에 기댄 채 스르르 무너진 황군의 머리 밑으로 여자가 방석베개를 만들어 받쳐준다. 게슴츠레한 눈으로 서울사내가 말한다.

"기왕이면 당신 무릎에 좀 눕혀 주잖고. 그 친구, 말좆이야."

"거기에다 숫총각."

그리고 봉침은 친구를 향해 덧붙인다.

"저 황군. 괜찮은 녀석이지. 조선 토종. 이름은 철인데 앞으로 잘 좀 이끌어 줘. 쟤네집 가면."

"뭐, 황철? 구리?"

"연금만 잘하면 쓰임새가 금보다 더 나을 거라구."

"오늘밤 당장, 영암댁이 좀 써 봐요. 시험삼아."

"워매, 이 양반들. 점잖은 줄 알았더니 부뚜막에 먼저 올라가시네이?"

"취하면 다 개 되는 거지, 뭐."

"워매, 안 되겠소. 그만 일어들나소. 벌써 한밤중을 넘어가구만."

"어떻게 해야, 일어날까? 비아그라가 없으면 난 안 돼."

"나도 햇빛에 녹는 눈처럼, 질질 새기만 해, 끅."

"하이고, 이 양반들⋯."

"그러니 우린 이쯤에서 돌아가겠소. 자, 여기!"

지갑을 꺼낸 사내가 더듬더듬 술값을 치른다. 그리고 계산 외의 지폐 몇 장을 따로 여자의 손에 덥석 쥐어주며 턱짓으로는 천지 모르고 잠들어 있는 황군을 가리킨다.

"저 친구, 놔두고 갈 테니까 잘 좀 부탁, 끅. 누님처럼, 알았지요?"

눈 쌓인 달밤은 여전히 밝고 푸근하다. 솜이불처럼.

이튿날 오후, 그 눈밭 위에 겨울답잖은 따스한 햇살이 마구잡이로 내려앉는다.

눈길이 녹는다. 그 눈길 지르밟으며 산을 내려가는 세 사내의 발자국도 물에 젖은 도장처럼 뽀드득뽀드득 찍힌다. 뒤에 처져 걷는 황군을 향해, 서울사내가 힐끗 돌아보고 큰소리로 농친다.

"황군아, 거추장스런 동정, 떼내고 나니 시원하지?"

"그래도 섭섭한 쪽이 더 강할 걸?"

양 볼이 발갛게 물든 채 그 자리에 우뚝 멈춰버리는 황군을 변호하고 나서는 집주인이 민망스런 분위기를 바꾸고자 얼른 내처 걸으며 화제를 돌린다.

"그보다도, 그대의 갈 길이나 확실하게 말해 봐. 정말, 섬에 가 살 거야?"

"아니!"

하고 친구가 단호하게 고개를 가로저으며 계속한다.

"서울로 가겠네. 일단 황군을 집까지 바래다주고 나서 시원한 겨울바다 구경 좀 한 다음…. 난 아무래도 진구렁창의 지옥 속이 더 어울리는 것 같애. 가서 시난고난 또 부대껴 봐야지."

"소설은?"

"그건 내 영역이 아냐. 포기하겠어. 그 대신 내가 지금 몰두하고 있는 그림자 인간에 대한 연구나 성공시켜야겠어."

"뭐, 그림자 인간?"

"그림자만 남고, 몸통을 싸악 없애 버리는 거야. 남의 눈에는 전혀 보이지 않는, 일종의 투명인간인 셈이지. 그 그림자가 지나가는 자리엔 핵폭풍 같은 폐허만 남는다. 그래서 악종의 씨앗들은 남김없이 쓸어버리는 거야."

36

"아직 살아있군. 그 꿈 끝까지 잃지 않는 게 그대의 참모습이야. 하지만 산속에서 벌이나 치고 사는 내 은둔도, 분명한 삶의 한 방식이라는 걸 부정하진 말아 줘."

"그럼 그럼, 자 이만 헤어지자구."

떠나는 사내가 주춤 걸음을 멈추고 남는 사내에게 손을 내민다.

둘은 잡은 손을 가볍게 흔든다.

악수를 푼 뒤, 아침부터 줄곧 숙취와 구역질에 시달려 온 서울사내는, 꽃망울이 피눈물처럼 벙근 동백나무 아래로 황급히 들어가 허리를 꺾더니 웩웩 토한다. 그러고는 그 토사물을 또 황망히 발길질해 눈으로 덮은 다음, 내빼듯 내리막길을 걷는다.

사내는 어느새 저만큼 멀어져 가지만 황군은 쉽게 발걸음이 떨어지지 않는 모양이다. 그런 황군의 어깨를 봉침이 가볍게 두드리며 말한다.

"저 친구는 충분히 어머니를 설득시킬 수 있을 거야. 꽃농사도 짓고, 문학공부도 새로 시작할 수 있도록… ."

"제가 없으면 선생님이 밥 짓고, 청소하시고 … 많이 불편하실 텐데요."

"아냐, 난 이대로가 좋아. 걱정 말고 가라구."

"예, 선생님."

돌아서는 황군의 두 눈에 매운 물방울이 핑그르르 돈다.

햇살이 눈부시다.

녹아 내리는 눈길, 떠나는 두 사내와의 작별의 길이 다 끝날 때까지 봉침은 붙박인 듯 그 자리에 우두망찰 서 있다. 그리고 한참 만에 돌아서서 다시 산을 오르려 했을 때, 조금 전 친구가 웩웩 토했던 눈밭자리에 웬 붉은 물이 꽃처럼 번져 가는 걸 뒤늦게 알아차리고, 두 눈이 휘둥그레진다.

가까이 다가가 살펴보니, 그것은 분명 모가지째 뎅겅 떨어진 동백꽃 송이가 아니다. 선홍의 피다.

카인의 사랑

　먼동이 희부옇게 밝아오자, 그는 총을 집어든다. 그리고 조용히 뒷산 호두밭으로 향한다.

　산은 아직 미명의 희미한 그늘 속에 잠겨 있다. 한바탕 드센 폭우라도 쏟아지려는지, 음산하고도 후덥지근한 열기가 온 산에 그득하다. 친절한 방송의 일기예보는 사흘 전부터 지금껏, 한반도 전역을 강타할 무서운 태풍이 서서히 다가오는 중이라고 틈만 나면 떠벌리고 있는 터. 그들의 장담대로라면, 아마도 오늘 밤 아니면 내일 새벽쯤이 될 것이다. 으레 빗나가기 일쑤인 방송매체의 기상관측이긴 하지만, 이번만은 그 예보가 보기 좋게 맞아떨어질 모양이다. 아니, 애먼 자신감에 넘친 그들은 오히려 전자오락이라도 즐기듯 매 시간마다의 태풍의 이동경로를 세밀한 위성사진으로 추적해 보여주고, 경고하고, 신바람을 일으켰다. 후드득, 산비둘기가 깃을 치고 날아간다.

반사적으로 총신을 거머쥔 그는 다시금 짧은 호흡을 가다듬는다. 헉헉 숨이 턱에 찰 만큼 가파른 언덕길을, 인대 늘어진 왼쪽 다리 질질 끌며 발소리 죽여 조심조심 오른 탓에, 벌써 숨은 가쁘고 이마의 땀이 배어난다. 지난밤을 온통 뜬눈으로 지새우게 했던 붉은 열대야의 열기는 아직도 다 식지 않은 채 끈적거린다. 아침부터 이렇듯 지나치게 불쾌지수를 높이며 후덥지근한 것도 아마 태풍이 점점 가까이 다가오는 전조이리라.

잡초 우거진 호두밭을 가로지르기 전, 그는 다시 총신을 앞가슴께에 바짝 밀착시킨다. 그리고 살금살금 더 깊은 산 쪽으로 다가간다. 잎이 무성한, 가지 많은 호두나무 뒤에 가끔씩 몸을 숨기면서, 이 호두밭에서 가장 굵고 늙은 서북쪽 아름드리 고목을 향해. 으름과 칡 따위의 덩굴 숲이 에워싼 거기가 바로 이웃 밤나무밭과의 경계지점이고, 창궐하는 청설모들의 비밀스런 아지트이다.

놈들도 이제는 약아빠질 대로 약아빠졌다.

처음엔 뚫어질 듯 빠안히 이쪽을 건너다보면서 갓 익은 연둣빛 호두알을 놀리듯 냠냠 까먹곤 했는데, 느닷없는 총알세례를 용케 벗어났거나 가까운 자기 가족, 동료들이 속절없이 툭, 툭 나무 아래로 떨어지며 붉은 피투성이로 죽어 나자빠지는 걸 겁에 질린 전율로 목격하고부턴, 진정 필사적으로 비정한 그의 총살의 사정권에서 벗어나려 기를 쓴다. 검은 운동모에 긴 장화를 신고, 작은 탄알통이 숨어 든 쑥색 등산조끼 위로 무거운 공기총을 삐딱하게 둘러멘 그가 슬쩍 나타나기만 해도, 놈들은 순식간에 숲으로 날 듯 내빼거나 지레 땅으로 굴러 떨어지면서 쏜살같이 기어 달아난다. 어떻게 해야 모진 목숨 끝까지 버티어낼 수 있는가를, 놈들은 그동안의 숨 막힌 체험으로 아주 잘 알고 있다. 한 번 적당한 가시거리의 표적물로 점지되었을 때의 그 어김없는 참담한 최후를.

사위는 죽은 듯 적막하다.

그는 호두고목 뒤켠의 밤나무 그늘 아래에 몰래 자리잡고 앉는다. 그리고 기다린다. 낚시터의 강태공처럼 숨죽여 기다린다. 놈들이 호기롭게 눈앞에 나타나기를 기다리고 또 기다리면서, 그는 문득 추석이 며칠 안 남았군, 하고 생각한다. 올 추석에도 그는 물론 여기 깊은 오지인 산뱅이에 외따로 떨어져 쓸쓸히 차례를 지낼 것이다.

마침내 어리석은 한 놈이 멋모르고 등장하였다.

신나는 파도타기라도 즐기듯 휘휘 늘어진 산뽕나무 잎새들을 마구 뒤흔들면서, 열매가 가장 튼실하게 잘 열린 호두나무 위로 훌쩍 건너뛴다. 그는 또 습관처럼 바짝 긴장한다. 용수철인 듯 자리를 박차고 일어나며 소리나지 않게 안전핀을 풀고, 급히 총신을 거머쥔다. 흔들림없은 서서쏴 자세로 조준경에 눈을 갖다대면서 오른손 집게손가락을 방아쇠울 안으로 깊숙이 집어넣는다. 그리고 날숨을 멈추고, 다시금 놈이 냉큼 호두알을 따 입에 물기를 기다린다. 그때까지는 천방지축 날뛰는 놈의 움직임이 너무 심해, 어지간해선 정조준이 불가능하다. 입에 문 호두알의 녹색 외피를 싹, 싹, 싹 갉아 벗기며 오로지 먹는 데에만 탐욕스레 한눈팔고 앉아 있을 때, 바로 그때 방아쇠를 잡아 당겨야 한다.

그래, 이건 내 잘못이 아냐.

이윽고 확대된 조준경 안의 십자선상에 놈의 머리통이 정확히 얹혀졌을 때, 그는 주저없이 방아쇠를 잡아당긴다. 탕, 그리고 툭.

목표물이 명중된 뒤의 떨리는 쾌감이 그의 전신을 휘감는다. 이제는 적당히 관성이 생겨 가슴 짠한 죄책감은 별로 없다. 놈이 떨어진 지점으로 뛰어가 보니, 머리에서 피를 철철 흘리며 기를 쓰고 발버둥친다. 놈은 여전히 마지막 숨이 붙어 있다. 다른 어떤 경우는 뱃구리로 삐져 나온 피투성이 창자를 그대로 질질 끌면서 죽자살자 달아나는 것도 자주 보았다. 그 마지막 몸부림이 너무 처연해서 살생의 희열에 잠시 젖어 있던 그는 다시 방아쇠를 잡아당겨 놈을 안락사시킨다. 그리고 바로 그 자리, 호두나무 밑에 대충 묻어 주기로 하고 땅을 헤집어 판다. 흙이나 낙엽과 더불어 잘 썩어서 부디 좋은 거름이 되라고. 그러면 내년에는 더욱 튼실한 호두알이 이 나무에 다시 열릴 것이다.

덥다. 불쾌하고 기분 나쁜 열기가 온 산에 충만하다. 초가을 날씨가 아침부터 이리 무더운 걸 보니, 이미 예고된 태풍이나 비의 위력이 정말 대단할 모양이다. 그러거나 말거나, 그는 충혈된 눈으로 다시 기다린다. 약삭빠른 욕심꾸러기 청설모가 태연스레 나타나기를 기다리고, 놈이 한방에 나가떨어질 때의 그 짜릿한 쾌감을 기다린다. 아, 그침없이 타오르는 이 살의와 적개심은 도대체 어디에서 비롯된 것인가. 세상에 대한 이 덧없는 증오와 분노를 잠재우기 위해 나는 지금껏 시난고난 살아온 서울살이를 미련없이 청산했으며, 드디어 지난봄 식솔을 이끌고 여기 깊은 산골로까지 감연히 이사오지 않았던가?

생판 낯선 객지 산속에서 그나마 정붙여 살려면 자그마한 땅뙈기라도 집 주변에 있어야겠기에 집 짓고 남은 거의 전재산을 쾌척, 버려진 1천여 평짜리 이 호두밭을 장만했고, 세 마지기 다랑논도 어렵사리 사들였었다. 그리고 이만하면 어떻게든 이곳에서 버텨나갈 수 있지 않겠냐며 시골살이에 서툰 아내와 함께 힘 모아 여태껏 잘 견 디어왔는데, 그런데 이 청설모 사냥이 시작되고부터 뭔가 이상한 조 짐이, 그동안 까맣게 잊고 지내온 어떤 악령의 속삭임이 저 깊은 내 부에서 다시금 꿈틀거리며 들려오던 것이다.

때를 맞춰 한 놈이 또 나타나고, 그는 천천히 일어서며 다시 총신 을 거머쥔다. 그리고 조준경에 눈을 갖다대면서 놈의 잽싼 움직임이 어서 멈추어지길 기다린다. 출렁출렁 파도를 타고 줄넘기라도 하듯, 놈은 자유자재로 그의 시퍼런 감시의 포충망을 맘껏 넘나든다. 그 목표물에 겹쳐 떠오르는 얼굴 하나가 있다. 다름 아닌 아우이다. 그 는 서슴없이 방아쇠를 잡아당긴다. 타앙, 그리고 툭.

그리고 또 짜릿하게 전해져 오는 피 묻은 열락. 이런 치 떨리는 이상한 쾌감의 느낌은 지난번 닭 잡을 적에도 어김없이 그의 전신을 휘감았었다. 다시는 잡지 말아야지, 말 못하는 여린 생명을 절대 죽 이지 말아야지, 그때 이미 세차게 다짐했으면서도 어느새 돌아보면 또 살생이다. 그 비린내와 욕지기가 싫어, 그 맛있는 살점들을 입으 로 하나 옳게 집어넣지 못하면서도 말이다.

청설모 역시 그렇다. 놈들이 이 호두밭을 싹쓸이로 망치지만 않 는다면, 그는 놈들을 향해 전혀 총을 쏠 이유가 없다. 그가 이 호두 밭을 소유하기 전의 청설모는 그저 귀엽고 앙증맞은 한 마리의 애완 동물이었을 뿐인데, 그것을 내 것으로 갖고부터는 놈들이 정녕 보기 싫은 원수로 변하고 만 셈이다.

"애비, 거기 있냐?"
또 다른 한 놈을 숨 죽여 겨누고 있는 찰나, 느닷없는 어머니의 음성이 등 뒤에서 들린다. 쉿, 당신의 빙충맞은 출현과 접근을 급히 손짓으로 막으면서, 그는 내친 김에 서둘러 방아쇠를 탕 당긴다. 이번에는 예감대로 오발이다. 탄알은 여지없이 한공중으로 빗나가고, 청설모는 뽀르르 덤불숲으로 건너뛰어 도망쳐버린다. 에이, 하필이면 이때 오세요, 하는 표정으로 그가 어설프게 입술 끝을 말아 올리며 돌아봤더니,

"이 호두밭 살릴라믄, 총질보다도 풀 없애는 기 먼저제. 여기, 차 가져 왔으니 한 잔 마시고, 애비도 이 쑥대 잡초들이나 나랑 같이 치우자."

당신은 작은 마호가니 보온병에서 따뜻한 들깨차를 따라 가까운 바윗돌 위에 올려놓는다. 그리고 벌써 이슬 젖은 낫질이다. 면장갑에 허드레옷, 아내의 고무장화까지 빌려 신고 나선 길이어서, 그는 참, 혀를 차며 당신 곁으로 걸어가 더운 김이 모락모락 피어오르는 찻잔을 든다. 참 못 말리는 노친네셔. 그리고 언짢은 어조로 쏘듯 말한다.

"제발 그만두시라니까요. 어차피 호두 따기 직전에는 이 풀밭을 말끔 치워야 돼요. 그때 예초기 돌릴 거니까…."

"얼마 안 있으믄 백로여. 호두 딸 시기도 벌써 코앞에 다가왔고, 풀들도 이제 명을 다했으니께, 하루라도 빨리 베어 버려야제."

이미 쇠심줄 같은 당신의 고집을 꺾을 수는 없다. 칠순을 훨씬 넘긴 연세면서도 갖은 농사일을 당신 혼자 지으며 아직껏 고향집을 지키고 있는데, 나이든 맏아들의 느닷없는 객지 귀농살이가 궁금하여 며칠 짬을 내 한 번 다니러 왔음에도 도무지 낫이나 호미를 놓지 않는다. 잠시라도 일손을 놓으면 몸살 난다면서, 백면서생인 네가 시

답잖은 농사는 무슨 농사냐고 속으로는 지금도 여전히 콧방귀 뀌는 당신이다.

그는 마지못해 잠시 총 대신 낫을 집어든다. 내친 김에 농기구 창고의 예초기를 꺼낼까 하다가, 우선 시늉만 짓다가 곧 모시고 내려가 아침 들어야지, 생각하면서. 손에 낀 면장갑이 금세 이슬에 젖어 버린다. 젖은 손으로 억센 바랭이와 사자발톱쑥들을 한 움큼씩 휘어잡는다. 아, 풀, 풀. 지겹도록 끈질긴 생명력의 이 무서운 잡초들. 놈들의 말릴 수 없는 원초적 본능은 영락없이 어머니를 빼닮았다. 아무리 시푸른 낫으로 베어내고, 날카로운 예초기 휘둘러 돌리고, 독한 제초제를 뿌려대도 그 줄기찬 솟아오름을 도저히 당해낼 재간이 없다. 때맞춰 당신이 입을 연다.

"애비야, 솔직히 말해 보거라. 요즘 먹고살기 힘들제?"

"힘들기는요, 다 각오하고 왔는데, 뭐."

"내사 암만 생각혀도 니 속내를 모르겠다. 어째서 이런 험한 산골로 내려와 이렇게 고생하고 사는지 …."

"다 팔자 소관이지요. 그냥저냥 잊고 계세요."

"도저히, 용서 못하겠냐?"

낫질을 멈춘 당신이 후유 허리를 펴고 일어나며 부신 듯 먼산바라기 한다. 그리고 목에 둘렀던 수건으로 이마의 땀을 대충 훔친 다음 나머지 말을 마저 뱉어낸다.

"아무리 죽을죄를 졌어도 형이 먼저 풀어야제, 이거 어디 숨쉬고 살겠냐? 미친개한테 물린 셈치고, 제발 용서해 줘라."

"아이구, 또 그 말씀이세요?"

그는 자신도 모르게 짜증 섞인 어조로 되쏘아 반문하고, 그리고 이내 끓는 속내를 들키지 않도록 차분한 목소리로 바꿔 계속한다.

"용서고 뭐고가 어딨어요. 진즉에 깨끗이 잊고 인연 끊는 길을 택했으니까, 어머니도 그리 아시라구요. 형한테 상습적으로 앙심을 품고 사는 그런 인간하고는 전생에 살(煞)이 껴도 한참이나 꼈다구요."

"오갈 데 없이 불알 두 쪽만 차고 떠도는 동생을, 그래도 서울바닥에 데려다가 심어준 것도 다 니가 한 일 아니더냐. 여기저기 여러 번 취직시켜 주고 맨손, 입품으로 책가게까지 차려 줘, 오늘날 저렇게라도 번듯이 살고 있는 것, 그게 대체 누구 덕인지 알 사람은 다 안다."

"그런 거 다 소용없는 짓이에요. 아직도 걸핏하면 꼬투리 잡아 형이 해준 게 뭐 있냐고 설치는 놈이잖아요. 가만히 있는 형제들 선동해 가면서 갖은 모함과 중상모략으로 나를 헐뜯으며 나쁜 사람으로 몰아가는 그 악다구니 좀 보세요. 그게 어디 온전한 사람 새낍니까?"

"그래서 은혜를 젤 많이 입은 사람이, 죄도 젤 크게 짓는단다. 그 이치를 아는 사람은, 한 잔의 냉수를 마셔도 이 물이 어디서 어떻게 흘러 왔는가를 먼저 헤아리고 마신다잖더냐. 하지만 소인배의 눈에는 그런 큰 건 도무지 뵈지를 않고, 항상 작은 허물만 찾아 시비를 일삼게 마련이니라. 그러니 아는 만큼 보인다는 말에 걸맞게, 그걸 아는 형이 먼저 아우 허물을 벗겨주는 것이여. 서로서로 허물을 감싸고 변호사 노릇해 주는 게, 그게 바로 형제간의 의리 아녀?"

"이제는 너무 늦었어요. 이놈 저놈 감싸면서 그리 어렵게 객지살이를 헤쳐 왔는데도 모두들 자기네 고생한 것만 열심히 쑤얼거리면서 나를 원망하는 것 좀 보시라구요. 인간이 아무리 이기의 동물이라지만, 이건 암만 생각해도 너무 허망한 노릇이에요. 더욱이나 없는 허물도 억지로 만들어내는 놈한테는 다 부질없는 짓이죠. 그렇게 사악하고 교활한 속물은 지금까지 본 적이 없어요."

"속물 아닌 사람이 어디 있다냐? 그 근성이 조금 덜하고 더하다는 차이뿐이지, 사람 사는 동네에선 누구나 이런저런 욕심들로 부딪치게 마련이니라. 아무튼 내가 미안쿠나. 일찍이 가정교육 못 시킨 내 죄가 크다."

당신은 한숨처럼 뇌까리고는 천천히 허리 숙여 힘든 낫질을 다시 시작한다. 못난 자식들 때문에 가슴은 이미 시커먼 숯검정이 되었을 터이지만, 당신은 언제나 집안의 크고 작은 불상사의 원인을 오로지 자신 탓으로 돌리기에 바쁘다. 무슨 일에든 화해하지 못한 채 티격태격 의견이 충돌하고 싸움질하기 일쑤인, 본질적인 물과 기름 관계의 못난 두 자식 사이에서 원만하고 좋은 어머니 노릇하기가 얼마나 어려울까.

이슬 젖은 낫질을 계속하면서 당신이 다시 침묵을 깬다.

"애비 어렸을 때 별명이 뭔 줄 아남?"

"……?"

"울보였제. 유난히도 정 많고, 눈물이 많아서 … ."

"그런 거 마른 지 오래 됐어요."

"지발 나쁜 맘먹지 말어. 법 없이도 사는 양반이 그까짓 소인배 짓거리 가지고 쓸데없이 부글부글 심화 끓이는 거 아녀."

"걱정 마세요. 그까짓 혈육 하나 없는 셈치면 그만이잖아요."

"그려 그려. 이녁 하고 싶은 대로 혀."

그러고는 또 땅이 꺼지는 긴 한숨이다.

저렇듯 마음고생 심한 당신께 오늘은 꼭 오리를 잡아 드려야지,

하고 그는 생각한다. 아닌 밤중의 너구리한테 물려 꼼짝 못하는 수탉을 어지간히도 괴롭히며 쪼아대는 미운 오리녀석이 하나 있는데, 놈을 당장에 없애버려야 한다고 단단히 벼르지만 도무지 그 목을 단칼에 칠 자신이 없어 차일피일 미루어 온 일이다. 그 역한 비린내와 피 튀기는 정경은 상념만으로도 벌써 소름이 돋는다.

산에서 내려오기 바쁘게 그는 축사로 향한다.

세 마리의 흑염소, 네 마리씩의 토끼와 오리, 그리고 열다섯 마리의 토종닭이 전부지만(집 안팎에서 키우는 개들은 빼고), 어머니는 며칠 전 이 집에 도착하고부터 '이런 동물농장 차리려 여기 왔느냐'며 뭔가 내내 마뜩잖은 표정이었다. 별 뾰족한 소득도 없이 웬 '사서 고생'이냐는 힐난이어서, 그는 그에 맞받아 '저 평화로운 풍경 좀 보세요' 하고 한가로이 모이를 쪼아대는 닭과 오리들을 가리켰던 것이나, 사실은 그 안의 숨은 속내를 자세히 들여다보면 동물세계의 먹고 먹히는 끔찍한 살풍경이 한두 가지가 아니다.

그가 점찍고 있는 표독스런 청동빛 오리는 지금도 가물가물 졸고 있는 수탉 쪼아대기에 정신이 없다. 너구리한테 물린 등골이 주먹만큼 함몰되고 왼쪽 다리가 반쯤 부러진 수탉은, 아무래도 다시 건강하게 되살아날 가망이 정녕 없어 보이지만, 아프고 쓰린 그 상처를 더욱 세차게 물어뜯으며 괴롭히는 오리의 타고난 공격성은 잔인하다 못해 차라리 가증스럽다.

그는 반사적으로 손에 들고 있던 플라스틱 사료 바가지를 놈을 향해 냅다 내던진다. 푸드덕, 날갯짓하며 혼비백산 도망치는 놈에게 그는 다시금 세찬 살의를 느끼며 적개심을 불태운다. 그래, 오늘은 반드시 알도 낳지 못하는 쓸모없은 네놈을 잡고 말리라. 아무리 약육강식의 축생이라지만, 그토록 몰강스럽고 냉혹한 인정머리가 도대체 어디 있단 말인가.

그러면서 또 한편 생각하니 그것은 수탉이 치러내야 할 당연한 업보로도 여겨진다. 놈은 한때 위풍당당하게 깃을 치켜세우며 지금은 없어진 다른 수탉과 저 오리들을 언제든 무자비하게 쪼아대고 괴롭혔으므로 그렇다. 지금의 저 청동빛 오리 따위는 감히 곁에 와서 얼씬거리지도 못할 만큼 힘이 세고 권위 있는 우상이며 헌걸찬 대장이었던 것이다.

물론 다른 암탉들 역시 그 수탉 앞에서는 알 낳는 차례대로 다시 몸을 바치고 온종일 졸졸졸 따라다니는 걸 아주 큰 복종의 즐거움으로 삼았는데, 그럴 때의 놈의 위세는 진정 하늘을 찌를 듯하였다. 윤기 자르르한 황금빛 털과 선홍의 벼슬, 삼지창 같은 두 발로 우뚝 땅을 꿰어차고 서서 우렁차게 홰치는 모습은 과연 세상의 그 어떤 새(가령 독수리나 공작새, 칠면조 따위를 포함해서)보다도 더 우람하고 아름다운 자태가 아닐 수 없었다.

그런데 저런 조무래기 오리놈한테 무작정 당하고만 있다니, 하고 그는 그 권세의 무상함에 다시금 혀를 찬다. 모름지기 복수는 돌고 도는 것, 약하면 약할수록 그 약한 놈을 한사코 물고 늘어지며 줄기차게 잡아먹으려는 짓 또한 짐승들의 어쩔 수 없는 속성이며 타고난 본능이리라.

사람은 이에서 또 얼마나 다르랴 생각하며, 그는 조심 수탉 가까이 다가간다. 축 늘어진 몸뚱이가 꼼짝없이 그의 두 손아귀에 들어온다. 지금껏 아무것도 먹지 못하고 마시지 못해, 이제는 두 다리로 서있을 수조차 없을 지경이다. 자꾸만 눈꺼풀이 내리 감겨지는 걸로 보아 차라리 안락사라도 시켜야 하지 않을까 싶다. 어제까지만 해도 그는 놈을 살리려 잘 익은 고깃살에 항생제를 섞어 먹이고 잠자리도 따로 편히 봐주었으나, 이제는 그 모두가 수포로 돌아간 셈이다. 그러면 맛좋고 영양가 높은 유정란 공급도 완전 끊기는 건가, 하고 그는 잠깐 자신의 이기심에 혀를 차면서 수탉을 내려놓는다.

그는 다시 염소우리 쪽으로 옮겨 가 아귀 같은 놈들에게 사료를 퍼준다. 먹이 앞에서는 도무지 애비에미도 몰라보는, 힘센 놈이 약한 놈의 뿔을 연신 밀어내며 못 먹게 하는 그 못된 욕심을 훤히 알아보지만, 그게 바로 염소 놈들의 타고난 식탐이라는 걸 일찍이 간파한 터이므로, 그는 곧 힘이 밀리고 있는 쪽에다가 한 바가지 더 퍼주고 만다. 그리고 물도 한 대야 가득. 예전에는 철저하게 초식성이어서 물을 따로 주지 않아도 충분했으나, 먹이가 사료로 바뀌고는 그 물도 엄청 많이 마신다.

하지만 염소가 먹고 마시는 게 어찌 공장 사료나 물뿐이랴. 놈들은 실로 무엇이든(나무든 쇳가루든 담배든 뼈든) 가리지 않고 마구잡이 먹어치운다. 놈들은 오로지 먹는 데에만 혈안이다. 놈들의 입은 결코 쉬지 않는다. 놈들의 배는 늘 양철북 같은데, 실제로도 이놈들 배를 장난스레 두드리면 제법 경쾌한 탄력의 양철소리가 난다. 그래서 어떤 때는 단순한 짐승이 아닌, 사람이 도저히 잡아먹지 못할 어떤 광물질 따위로 여겨질 경우까지 있다. 그 쇠뿔이나 방정맞은 수염, 무늬 박힌 유리구슬의 갈색 눈동자를 통해서도 순수한 동물적 관념이 싹 달아난 어떤 배반의 역설마저 슬쩍 들여다보인다.

난 언제라도 당신한테서 돌아설 수 있어. 더 이상 이용가치가 없

어지면 그땐 미련없이 싹 무시하고 외면하는 거야. 은혜를 배신으로
갚는다구? 웃기지 마. 내가 마시는 이 물이 어디서 어떻게 흘러 왔
는가를 내 알 바 아니며, 오로지 내가 배고플 때 배불리 먹이를 던
져 주어야만 당신은 비로소 나의 주인인 거야.

하지만 놈들에게 먹이를 던져주는 한, 주인을 믿고 따르는 놈들
의 충성심이나 복종은 또 너무나 철저하다. 아무리 사나운 개나 교
활한 염소라 할지라도 결코 먹이 주는 주인을 물어뜯지는 않는 법,
고의적인 배신행위는 오직 인간만이 저지른다.

그래서 가난과 무지는 죄악인 게지, 생각하며 그는 어미염소 고
삐의 엉킨 줄을 풀어준다. 풀어주면 다시 꼬이기를 연신 되풀이하
는 건 놈들의 성깔이 오직 한 방향으로만 맴돌기 때문이다. 무작정
직선으로만 치달리는 그 무식한 힘과 고집으로 따지자면 '저돌'의
상징인 멧돼지는 오히려 '저리 가라'이다.

"아침 안 들고, 거기서 여태 뭐해요?"

아내가 현관 쪽에서 그를 부른다. 비껴가는 먹구름장 속의 해는
벌써 중천에 떠 있다. 앞산 비탈의 키 큰 은사시와 낙엽송 가지들이
제법 묵직하게 흔들린다. 태풍 전의 고요가 조금씩 깨어지면서도 음
산한 열기는 여전히 온 산에 가득하다. 아직 개들 밥 주는 일이 남
았는데, 하고 안마당 돌층계를 오르는데,

"당신 때문에 어머님이 여태 안 들고 계시잖아요. 반디랑 웅녀 밥
주고 산책시키는 건 내가 할게."

아내가 양손에 헌 면장갑을 끼고 나서며 개 우리 쪽으로 향한다.
그네는 빵과 커피 따위로 늦은 아침식사를 대충 때웠거나, 아니면

쓰린 공복상태로 밥맛없는 한 끼를 훌쩍 건너 뛸 생각이거나 할 것이다. 여기 내려와 어렵사리 집 짓고 꿈(?) 같은 전원생활로 들어선 이후, 아내는 한시도 마음 편할 날이 없다. 불안한 오늘, 그리고 또 오늘만이 선풍기처럼 되풀이되는 일상일 따름이다. 그럼 그래, 하고 그는 현관문을 연다.

집 안은 여전히 어지러운 개판이다. 새끼를 낳은 지 닷새밖에 안 된 호두년(귀가 큰 코커스패니얼종의 애완견)이 상기도 거실 한가운데에서 사랑하는 자기 아이들에게 젖을 물리고 있다. 아직 눈도 뜨지 못한 네 마리의 새끼들은 사지를 축 늘어뜨린 채, 혀 빼물고 마냥 헐떡이는 제 어미의 고통 따윈 아랑곳없이 젖꼭지마다 악물고 매달려 마구잡이 빨아대느라 야단이다. 마치 서커스라도 즐기듯 새끼들은 서로 몸 비비고 넘어지며 오로지 젖 빠는 데에만 정신없는데, 그 모습이 마치 작은 흡혈귀들과도 같아 절로 실소를 머금게 한다.

"못생긴 강아지들만 그리 들여다보지 말고, 어서 묵자."

다시 데워 김이 피어오르는 배춧국 그릇을 식탁에 내려놓으며 어머니가 비로소 수저를 챙겨 든다. 동물병원에서 부랴부랴 제왕절개로 새끼 낳은 호두년과 거의 함께 이 집에 찾아들었던 당신은, 밥숟갈을 한입 베어 문 채 다시 독백하듯 잇는다.

"어이구, 저것도 에미라고 온몸으로 부대끼면서 한시도 새끼덜 곁을 떨어지지 않는구나. 웬만한 사람보다 낫다, 사람보다 나아."

"어머니도 저러셨을 거 아녀요? 없는 살림에, 우리 키우느라 고생 많으셨죠?"

"고상은 무슨 … 내사 아무것도 해준 게 읎제."

주춤 숟가락질을 멈춘 당신의 시선이, 아무 대가없이 그저 무상으로 젖을 빨리고 있을 따름인 그 모성애를 무연히 건너다보면서 계속한다.

"내사 그냥저냥 낳아주기만 하고 … 특히나 애비는 초등핵교 마치기 무섭게 대처 타관으로 나갔지 않은감. 오갈 데 없는 고아맨키로 남의 집 처마 밑을 떠돌면서 고생고생한 걸 생각하믄, 난 에미도 아녀."

"엉뚱한 말씀 그만하시고, 어서 진지나 드세요. 어머니도 참, 오늘따라 이상하시네?"

그가 약간 과장된 음성으로 눙치자, 당신은 한술 더 떠 이내 매운 눈물바람까지 피운다. 그러고는 아예 손에 들었던 숟가락마저 식탁 위에 슬그머니 내려놓고 눈가에 배인 물기를 손등으로 훔친 다음,

"아녀, 나는 니한테 빚진 게 많어. 눈감고 흙에 묻힐 때까정도 못 갚을 거여."

타령조 비슷 또 긴 한숨이다. 아들도 지지 않고 받는다.

"모자간에 빚은 무슨 빚이에요? 굳이 있다면 못난 자식인 저한테 있는 거지요. 어서 진지나 드세요."

"아녀. 아까 이것저것 줏어 먹었더니 생각이 읎어. 애비나 얼른 들어."

"그럼 저도 그만두죠, 뭐. 저놈의 강아지들 땜시 괜히 … ."

"그럼 용서해 주는겨?"

당신의 눈이 한순간 반짝 빛난다.

그러나 그는 못 들은 척, 여전히 호두년의 이즈음의 버릇없음에 대한 상념 쪽으로만 생각을 몰아간다. 가까이하면 기어오르고 멀리하면 원망하는 게 타고난 개의 생리라 하더라도, 이 녀석의 어제오

늘 짓거리는 도저히 참고 견딜 재간이 없다. 새끼 낳고 키우느라 고생한답시고 있는 대로 꼬리치는 응석 다 받아주다 보니, 놈은 이제 아무 데서나 똥오줌을 싸고, 자고, 먹는다. 투명한 햇살이라도 창문 사이로 비쳐들라치면 그 제한된 공간 안으로 미세한 놈의 털과 먼지가 한가득 춤을 춘다. 그러나 오로지 먹고 자고 털고 싸는 게 놈의 일의 전부이거니와, 그게 바로 저 말 못하는 축생의 길이 아니던가.

한데, 용서라구?

그는 고개를 가로젓는다. 어머니의 저의가 무엇인지 다 알면서도 그는 끝내 못 들은 척 현관문 밖으로 다시 나선다.

식구들의 아침식사가 이상스레 어긋나고 헝클어진 게 마음에 걸려, 그는 곧장 오리를 잡기로 한다. 기왕에 결심한 것, 놈을 한시라도 빨리 잡아서 푸짐하고 맛있는 탕요리의 이른 점심으로 갈음해야지.

양은솥이 걸린 감나무 밑 화덕에 불 지펴 물 끓이고, 칼을 갈고, 도마와 소주, 왕소금, 플라스틱 그릇 따위를 챙기는 동안, 어머니는 또 당신대로 속이 상해 낫 들고 횡 하니 호두밭으로 풀 베러 간 모양이다.

그는 냉큼 오리의 목을 움켜잡는다.

놈은 여전히 병든 수탉을 사납게 쪼아대다가 한순간에 그의 불같은 살생의 제물로 돌변하고 만다. 한 손은 머리 쪽을, 다른 한 손은 몸통 쪽을 힘껏 짓누르고 잡아당기면서 거의 세 바퀴쯤 목을 비틀었을까, 결사적으로 푸드덕거리던 놈의 몸뚱이가 맥없이 축 늘어진다. 뜨뜻미지근한 온기가 놈의 목을 움켜쥔 손에서 전신으로 퍼지고, 울컥 치밀어 오르는 욕지기 때문에 숨이 헉헉 턱에 받친다.

하지만 난 할 수 있어. 여기 험한 산골짝에서 식솔 거느린 가장으로 용케 살아내려면, 이런 하찮은 오리 따위 식은 죽 먹듯 잡을 수 있어야 돼!

자, 이쯤이면 됐겠지, 하고 그는 거의 3분여쯤 흘렀다고 여겨졌을 때 슬그머니 오리를 놓는다. 그리고 저만큼 떨어진 너럭바위 쪽으로 가, 황급히 소주병 마개를 따고 벌컥벌컥 들이켠다. 오리의 목을 비틀기 전에도 이미 몇 모금 마셨던 뒤끝이지만, 안주 없이 마신 소주의 취기는 금방 몸속의 혈관을 타고 전신으로 번진다. 이번에는 식칼로 목을 칠 차례이므로 조금 전보다 더 큰 용기와 모험심이 필요하다. 오리는 원래 단칼에 목을 치고 피를 빼 잡아야 한다는 소리를 익히 들어 알고 있으나, 차마 눈 빤히 뜨고 쳐다보는 생물을 그렇게 할 수 없어 일단 목부터 비틀어놓고 보았던 것이다.

그런데 그런 시답잖은 인정의 머뭇거림이 화근이었을까, 잠시 안심하며 한눈파는 사이, 그만 죽은 오리가 온데간데없어지고 말았다. 분명 두 다리를 쭉 뻗은 채 희번덕 눈 감고 있던 놈이 도대체 어디로 어떻게 증발되었단 말인가.

그는 마치 귀신에라도 홀린 기분으로 어리둥절 사위를 살펴본다. 그러나 오리는 영 뵈지 않는다. 급히 닭장 쪽으로 걸음을 치달아 옮겼을 때, 거기, 닭들과 함께 태연스레 놀고 있는 오리! 그는 악, 절로 입이 벌어진다. 두렵다. 갑자기 놈이 무섭다. 그와 동시에 까닭 모를 수모와 적개심이 머리끝으로 치받고 올라온다. 그는 반사적으로 오리를 덮친다. 그리고 놈의 목을 다시 움켜쥐고, 세차게 옆으로 비튼다. 꽥, 비명도 지르지 못한 채 찻잎 같은 혀를 쑥 내밀면서 축 늘어진다. 그럼에도 그의 손아귀의 힘은 더욱 험하고 거칠게 조인다. 이번에는 절대 실패하지 말아야지. 그러면서 나의 이런 피 묻은 무자비의 잔인성은 진정 어디에서 비롯된 것일까, 스스로 전율한다.

오리를 잡아 정성스레 탕을 끓였지만, 그것을 먹는 식구는 아무도 없다. 집에서 직접 정붙여 기르던 걸 어떻게 목을 비틀어 잡고, 칼질하고, 먹을 수 있느냐는 것이다. 모처럼 용기를 낸 가장만 엉겁결에 아주 부도덕하며 비인간적인 사람이 되고, 그래서 그 혼자서만 안주 삼아 그걸 몇 점 입에 넣다가 만다. 그리고 홧김에 서방질하듯 다시 총을 집어든다. 청설모가 나올 저녁 시간. 이제는 돌개바람이다.

이래저래 심기가 불편한 어머니는 여전히 호두밭의 우거진 잡초를 말없이 베고 있다.

"아이구 참, 나중에 예초기 돌릴 거라니까요."

그는 괜스레 혼잣말처럼 투정해보지만, 당신은 들은 척 만 척이다. 오히려 더 바삐 낫질을 되풀이하면서 아들보다 더 못마땅한 어조로 힐난한다.

"아무리 하찮은 미물이라도 함부로 쥑이는 법이 아녀. 청설모 잡는 것보담 이 풀 잡는 게 더 급하다니께."

"……."

때 맞춰 청설모 한 마리가 뒤 숲 속에서 신나게 파도타기하고 있었으므로, 그는 마침 너 잘 만났다는 듯 총을 거머쥐고 그쪽으로 내닫는다. 그리고 나무에 오른 놈이 호두알을 입에 물 때까지 숨 죽여 기다린다. 드디어 놈이 움직임을 멎고 가지 끝에 걸터앉아 호두알 껍질을 함부로 까 젖힌다.

조준경에 눈을 갖다댄 그는 천천히 호흡을 가다듬고 방아쇠울 안으로 손가락을 집어넣는다. 아무리 하찮은 미물이라도 함부로 쥑이는 법이 아녀. 느닷없이 어머니의 음성이 그의 귓전을 때린다. 목표물이 부옇게 흐려진다. 그러나 기왕 내친걸음, 그는 주저없이 발사한다. 탕, 총소리가 기세 좋게 울리지만, 탄알은 예감대로 휙 빗나가고 만다. 용케 목숨을 건진 청설모가 혼비백산 놀라 숲으로 달아난다.

"거, 봐. 맘에도 없는 총질은 이제 그만두란 말여."

저만치 떨어진 거리에서 어머니가 허리를 펴고 일어나며 득의에 찬 어조로 이쪽을 돌아본다. 여태껏 풀베기에나 온 정신이 팔려 있으려니 여겼던 당신이 어느 틈에 또 청설모 내빼는 것까지 착실히 엿보았던가. 그는 총을 내려놓고 나서 엉거주춤 낫을 집어든다. 그리고 농담처럼.

"저 놈을 죽여야 내가 사는데두요?"

"죽이고 싶은 걸 죽이지 않는 것이 더 큰 용기제. 그게 곧 이기는 거라니께."

"그런 식으로 이기려다간 이쪽에서 지레 병나 죽어요."

그는 어머니와 약간 떨어진 가장자리로 다가가 풀을 베기 시작한다. 암만해도 노모의 불편한 심기를 어떤 식으로든 달래고 주물러드려야 될 성싶다. 이미 배꼽께에까지 차올라 서로 얽히고설킨 갖가지 잡초들은, 사실 예초기나 제초제 가지고는 어림없어 보인다. 겸연쩍은 듯 그가 다시 말한다.

"이 풀들도 제딴에는 다 쓸모가 있어서 여기에 뿌리 내렸을 텐데말이죠."

"그러제. 세상에 쓸모없는 게 어디 있당가? 나중에 보믄, 다 남을 위해 살고 있더라니께. 이렇게 베인 풀은 썩어서 다시 퇴비가 되고… ."

"그럼 산뱅이 호두밭을 몽땅 싹쓸이하고 다니는 저 청설모는요?"

"그것도 다 쓸모가 있는겨. 붓장수나 칠쟁이가 젤 좋아하는 게 그놈 꼬리래드만. 그걸 모아 팔지 않고 다 묻어버리는 걸 보믄, 애비도 어지간히 돈욕심은 없는 사람이여."

"그래요? 꼬리도 팔 수 있다구요?"

돈욕심이 없어서가 아니라 정말 몰라서 그랬을 뿐이라고 속으로 웃으면서, 그는 돈이 되는 거라면 뭐든 가리지 않고 팔아야 하는 게 이즈음의 내 살림형편이라고 덧붙이고 싶은 걸 꾹 참는다. 그리고 한 걸음 더 나아가, 지금까지의 그 모든 오해나 불화의 원인이 혹 그놈의 돈 때문은 아니었을까, 짧게 더듬어 본다. 베푸는 쪽에선 한없이 뜨거운 마음으로 낚시질하는 법을 가르쳐 주었음에도, 받는 쪽에선 하나도 받은 게 없다고 여기며 그침없이 투정하는 건 도대체 무슨 까닭일까? 그래서 마음은 필요 없어, 문제는 물질이야. 그 손에 뭔가를 직접 쥐어줘야만 확실히 받았다고 생각하는 게 속물들의 변함없는 본질이니까.

그가 다시 입을 연다.

"아무리 그래도 청설모 꼬리까지 팔아가면서 살겠습니까. 전 여기서 잘 정착하고 있으니, 어머닌 더 이상 걱정 마세요."

"그려 그려. 암은, 그래야제."

힘에 부친 당신이 잠시 허리를 펴고 일어선다. 그러고는 어설프게 낚질하는 아들 쪽을 깊은 시선으로 돌아보며 다시 말을 잇는다.

"그건 그렇고, 애비야, 내일쯤 갸가 찾아올 것인디, 암말 말고 받아 주는겨? 잉?"

60

"갸라니, 누구 말씀이세요?"

"아, 누군 누구여? 잘난 자네 아우제. 나가 여기 있을 때, 지 성님한티 사죄하고 싶은가벼."

"턱도 없는 말씀 그만하세요, 제발. 인연 끊은 지 오래 됐어요!"

"한번 맺어진 인연은, 그렇게 무 자르듯 맘먹은 대로 끊어지는 게 아녀. 이젠 화 좀 버리고, 모른 척 눈감아 줘. 따지고 보믄, 니덜은 아무 것도 아닌 걸 가지고 그리 아웅다웅하고 있는겨. 남들맨키로 상속재산이 있어 싸우는 것도 아니고, 서로 앞길을 막아 훼방친 것도 아니고…. 그래서 인생은 오해라고 혔어."

"오해고 착각이고, 이미 늦었어요. 그러니까 더 심각하다구요. 아무리 배고피 살면서 힘들어도 순전히 자존심 하나로 버텨왔는데, 바로 그걸 송두리째 모독하고 위아래 없이 갖은 욕설로 천륜을 짓밟은 놈을, 어머닌 도대체 어떻게 용서하라는 거죠?"

발끈 일어선 그가 낫을 내던지며 다시 소리친다.

"그 인간은 자기가 뭘 어떻게 잘못했는지도 몰라요!"

비가 오고, 바람이 분다.

밤이 깊어갈수록 바람은 더욱 세차고 빗방울도 장대처럼 굵어진다.

마침내 아름드리 나무가 쓰러지고, 계곡이 넘친다. 우르르 쾅, 어디엔가 불벼락이 떨어진다. 실로 엄청난 폭우와 태풍이다. 이런 기세대로라면 그만 길 가는 사람이나 집도 날아가고, 하늘땅이 서로 뒤바뀔 것 같기도 하다. 무슨 피치 못할 저주를 불어예는 듯 진정 무서운 자연의 몸부림이 밤새 쉬지 않고 요동친다.

이튿날 아침, 세상을 온통 마구잡이로 할퀴며 뒤집어놓은 비바람이 지나가자, 그는 부리나케 장화를 신고 호두밭으로 내달린다. 짐작했던 대로 탐스런 녹색 호두알들이 거의 다 땅바닥에 어지러이 떨어져 있다. 함부로 널브러진 나뭇가지와 쓰러져 누운 풀들, 그 위로 흘러 넘치는 물바다 위에서 그는 망연자실 하늘을 원망한다. 사람의 힘으로는 도무지 어떻게 해볼 도리가 없는 그 섭리의 위력 앞에서, 그는 또 문득 청설모들은 다 어디로 갔을까 생각한다.

참을 수 없는 분노와 외로움, 원망 따위가 뒤죽박죽 한데 뒤엉킨 기분을 안고 집 현관을 들어섰을 때, 그의 눈에 낯익은 웬 신발 한 켤레가 보인다.

아우의 젖은 밤색 구두이다.

지상의 양식

언제 왔어요?

고운 얼굴이 참담하게 일그러진 채 이동침상에 누운 옥(玉)이는 부은 듯 반쯤 감긴 눈으로 애써 묻는다. 나는 링거줄이 어지러이 얽힌 누이동생의 손끝을 가만히 어루만지면서 조금 과장된 표정으로 힘주어 고개를 끄덕인다. 큰오빠가 네 곁에 있으니 제발 용기를 잃지 말고 기운차리라는 의미였다. 잘 알았다는 듯 그네의 두 눈에서 주르륵 눈물이 흘러내린다. 비록 말로써의 표현은 제대로 못하지만, 뇌의 의식은 아직 정상으로 작동한다는 뜻이겠다. 나는 혼잣말하듯 소리내어 입을 열었다.

"괜찮다, 곧 좋아질 거야. 의사 선생님한테도 잘 말씀 드렸어. 어떡하든 맘 단단히 먹고…."

말은 이리 태연스레 중얼거리면서도 타는 속은 좀체 가라앉을 줄 몰랐다. 자꾸만 수평선 저 물밑으로 잦아드려는 의식을 붙잡아두기 위해 제 나름대로 혼신의 힘을 짜내고 있는 옥이의 모습이 너무 애처로워서였다.

내가 왜 이래, 내가 왜 이래, 하는 표정으로, 바짝 마른 입술을 안타깝게 들썩이는 그네의 시선은 다시 어지러운 허공중을 헤맨다. 사랑하는 자기 남편더러 '아버지'라고 불렀다던 점심 면회 때에 비한다면 그나마 조금은 호전됐다 싶기도 하지만, 아까 참의 담당의사는 아무래도 힘들겠다고 말했었다.

물론 두개골을 열지 않는 최신 레이저 시술을 시도하겠으나 터진 꽈리혈관의 상태가 워낙 심각해놔서 말이죠, 암튼 노력해 보겠습니다.

이처럼 절망적이었던 의사의 진단에 비한다면, 희미하게나마 정상을 되찾은 지금의 의식상태는 그래도 불행 중 다행이지 싶다. 제 큰아이의 손목을 잡고 동네 슈퍼에 들렀다가 느닷없는 뇌출혈로 쓰러졌을 땐 모두들 바로 목숨 끝날 줄 알았다고 했다. 서글서글 해맑던 눈동자가 한순간 희번덕이면서 한쪽 입이 돌아가고, 그리고 곧 정신을 잃어버렸다고 했으니 그 절박한 정황이 오죽이나 위급하고 황당했으랴.

옥이는 다시 눈을 감았다. 자꾸만 잦아드는 두 눈을 힘주어 떠보려고 안간힘을 써보지만, 제 약한 의지로는 좀체 어쩔 도리가 없는 모양이다. 눈앞을 가물거리는 현훈의 아지랑이와 날벌레들의 현란한 유혹을 도무지 감당할 수가 없는 듯, 망연자실 옆에 서있는 큰오빠의 존재까지도 어느새 잊어먹었나 보았다.

아버지, 아버지가 ….

들릴 듯 말 듯한 목소리로 가녀리게 뇌까리는 그네의 마른 입술 가까이 내 귀를 바짝 갖다 대보았으나, 그 다음 말은 더 이상 들을 수가 없었다. 저 세상으로 가신 지 이미 십수 년이나 지난 아버지가 도대체 어쨌다는 것인가. 그토록이나 애지중지 아끼셨던 막내딸을 당신이 저렇듯 서둘러 부를 리 없어, 하고 나는 어금니 지그시 깨물며 도리질을 쳤다. 방울방울 떨어지는 가늘고 투명한 고무호스 속 주사액의 낙하 속도가 눈을 감은 그네 흰 목덜미의 맥박보다도 빠르다. 잘 익은 복숭아빛으로 자꾸 부어오르는 얼굴이며 머리의 통증을 호소하는 무의식중의 괴로운 하소연이 아무래도 심상찮아 보였다.

진한 물빛 가운을 걸친 중환자실의 담당 간호사는 이제 시간이 지났으니 문 밖으로 나가 달라는 눈짓이다. 나는 얼핏 예민하고 차가워 보이는 간호사 쪽으로 몸을 돌려 조심스런 어조로 따져 물었다.

"이렇게 위급한 환자를, 왜 아직 수술실로 옮기지 않죠?"

"곧 연락 올 거예요. 사전검사가 워낙 까다롭거든요."

"잘 부탁드립니다. 무슨 탈 생기면, 너무 억울한 사람이에요."

나는 가볍게 고개를 숙여 보이며 중환자실 전용의 푸른 가운을 벗었다. 그리고 사위를 둘러보니 실내는 과연 사정없이 두개골이 깨지고, 다리가 부러지고, 동맥이 끊어지고, 안구가 불쑥 튀어나오는 등의 중환자들로 가득 채워진 참담한 고통의 풍경이었다. 지옥이 따로 없었다.

함부로 나뒹구는 그들의 안쓰런 몸부림과 신음소리를 뒤로 밀어둔 채 둔중한 철문 밖으로 나선 나는, 그제서야 눈앞이 희부옇게 흐려지는 진한 슬픔을 주체하지 못하였다. 여전히 추적추적 쏟아지는 빗줄기에 맞장구라도 치듯, 물안개 낀 그 망막 안으로 지난 한때의 옥이 얼굴이 웃으며 지나가고 있었다.

오빠, 내 꿈이 뭐였는지 아세요?

황무지와도 같은 서울살이에 지칠 대로 지친 어느 날, 이미 처녀가 다 된 옥이는 수줍은 듯 말했었다. 후후훗, 이래봬도 섬마을 선생님이었다구요. 차양이 달린 흰 모자와 면도날처럼 줄이 선 면바지를 입고, 등대가 있는 긴 방파제 길을 자전거 타고 출퇴근하는… 그 꿈은 끝내 이루어질 수 없는 걸까요?

아냐, 아직도 살아있는 꿈이다. 오빠가 뜰 때까지 조금만 더 기다려 봐.

기필코 한주먹만, 하고 나는 아직도 기고만장해서 또 습관처럼 그네에게 조금 과장된 큰소리를 쳤던 것 같다. 끝없는 좌절과 시행착오를 수없이 되풀이하면서도 나는 여전히 냉혹한 의식주의 현실을 직시하지 못하는 몽상가였고, 헛된 꿈의 전도사였다.

그런 그네의 꿈은 결코 이루어지지 않았을 뿐 아니라, 흰 모자와 면도날처럼 줄이 선 면바지조차 제대로 입을 겨를 없이 저 푸른 젊음을 우리는 함께 덧없이 날려보내고 말았다. 은빛 햇살에 반짝이는 자전거 페달 대신, 우린 거의 6개월마다 한 번씩 신산한 보통이짐이 실린 용달차나 리어카를 다른 동네 사글세방으로 또 끌고 가지 않으면 안 되었으며, 그 모진 객지의 비바람 속에서 그네가 꿀 수 있는 꿈은 이제, 오로지 원고지의 빈 칸 메우기에만 미쳐 사는 큰오빠를 과감히 떨쳐버리고 착한 지아비를 만나는 길밖에 달리 뾰족한 방도가 없었다. 우리는 그만큼 서로에게 지쳐 있었고, 그리고 옥이는 그 이후 지금껏 극히 평범하면서도 소중한 그 길을 말없이 순응하며 잘 걸어온 셈이었다.

그런데 이 무슨 마른하늘의 날벼락인가.

나는 두 개비째의 담배를 거푸 피워 물었다.

비는 여전히 그칠 낌새를 보이지 않는다. 벌써 한 달 이상이나 좁은 이 나라의 상공을 오락가락 헤집고 다니며 게릴라성 폭우를 쏟아붓는 이 장맛비에 사람들은 너나없이 이골이 나 고개를 가로젓고 애먼 하늘만 찡그려 쳐다보는 판국이었다.

그러나 나는 사실 이 길고 지루한 비가 그리 싫지는 않았다. 어제 저녁참의 함박골에도 비는 여전히 줄기차게 내려주었는데, 맞은편 비슬산의 등성이를 타고 달려오는 천군만마의 빗줄기에 나는 한순간 차라리 환호를 내지를 지경이었다. 온 산을 흔들며 숲을 때리고 지나가는 세찬 소낙비도 더없이 시원하지만, 물안개를 흠뻑 머금은 채소밭이라든가 계곡의 이끼 긴 바위에 스며들어 그것들과 한몸으로 동화되는 녹우(綠雨), 우거진 숲 속의 나무 잎새들을 거꾸로 마구 뒤집으며 포말처럼 흩날리는 백우(白雨), 차라리 양동이로 퍼붓는 듯한 처마 끝의 커튼자락 같은 낙숫물은 그동안의 세파에 찌든 내 심신을 깨끗이 씻어주고도 남는 데가 있었다. 집 옆 다랑논의 벼농사와 여름채소들은 비록 엉망으로 수해를 입고 있긴 할망정, 나는 새로 시작한 나의 귀농(歸農)에 대해 결코 절망하거나 낙담하는 법 없이 그렇게 잘 순응하고 있었다. 뼛속 깊이 스며드는 깊은 외로움까지도 오히려 따뜻한 대자연의 숨결 속에 포근히 감싸이는 느낌에 곧잘 사로잡히곤 하였다. 혼자 뜬눈으로 지새우는 밤, 문득 귀신이 나올 듯싶은 어둠 속의 적막도 결코 무섭지 않았으며, 현관의 기둥 모서리를 할퀴고 간 산짐승이나 징그러운 뱀, 지네 따위도 이제는 차라리 어떤 연민어린 눈으로 그윽이 지켜볼 수가 있었다.

그런 한편으로는 또 알 수 없는 불안과 걱정에 문득문득 쫓기지 않으면 안 되었는데, 그 무슨 일인가, 헤어나기 힘든 그 어떤 불상사가 불현듯 발을 차고 일어나 해코지하면서 이렇듯 한가한 나의 일상을 결코 그냥 이대로 내버려두진 않을 거라는 이상한 예감이 바로 그것이었다.

수술실로 실려 들어가기 전 옥이는 들릴 듯 말 듯 꿈처럼 뇌까렸다.
"아버지, 아버지가 …."
"그, 그래, 아버지가?"
다음 말을 기다리며 그네 입 가까이 안타깝게 귀를 디밀어보지만 이미 소용이 없다. 큰오빠다, 응? 어서 말해 봐, 하고 나는 마치 유언이라도 들으려는 사람처럼 바짝 재촉했으나, 그네의 말은 더 이상 입 밖으로 새어나오지 않았다. 그리고 이동침상은 거침없이 차고 푸르스름한 수술실 안으로 스르르 빨려 들어갔다. 물과 숲의 요정, 새까만 개미떼와 이끼와 푸른곰팡이들이 춤추는 그 미지의 세계로 옥이는 말없이 사라져 가고 말았다.

이쪽과 저쪽의 경계가 그렇게나 명확할 수가 없었다. 종이 한 장의 차이는 비단 선악이나 시비의 곡직에만 국한되는 게 아니라, 생사의 기로에서도 에누리없이 해당되고 있었다. 어느 결에 내 눈에도 아버지가 보였다.

저 꽃들 좀 보거라. 오메, 아름다운 것!
깊어가는 밤의 병실 저 창 밖으로 그침없이 흐르고 떠도는 도시의 불빛들을 빠안히 내다보며, 당신은 어리둥절 들떠 중얼거리셨다. 여느 때 같았으면 꽤나 생소하고 서먹하게 들렸을 '아름다운'이라는 수식어가 그토록이나 직절하게 딱 들어맞으면서 전량 가슴에 와 닿을 줄이야.

저건 꽃이 아니라 흘러 다니는 불빛들이라요, 하고 어머니는 몇 번씩이나 쯧쯧쯧 혀까지 차가며 수정해 주었지만, 당신은 막무가내였다. 저게 뭐다냐, 응? 천장 가득히 웬 지네들이 기어다니는구나!

저놈들이 마구잡이 내 얼굴로 쏟아져 내릴 것 같으니 넓은 담요나 이불보로 후딱 덮어 가려 주거나, 몽땅 잡아서 없애 줘야 할 게 아니냐면서 호통 치시는 당신의 눈빛이 연신 나를 괴롭혔다. 그동안 간병하느라 흠씬 지칠 대로 지친 어머니는 이제는 차라리 어이가 없으신지 실없는 헛웃음까지 실실 베어 물면서,

암만혀도 때가 되었는갑소. 그래, 잘 가시오, 잘 가!

자꾸만 혼자 고개를 가로저었다. 이미 깊숙한 간성 혼수에까지 빠져든 아버지는, 그러나 지치지도 않고 어릿광대 일인극을 연출하신다. 어느 한 곳을 뚫어질 듯 응시한 후 문득 겁에 질린 표정으로 사방을 두리번거리면서,

저 양반이 누구냐, 응? 검은 두루마기를 입고, 탕건을 올려 쓰고…. 나 혼자서도 능히 걸어갈 수 있으니께, 어서 먼저 가시라고 혀라, 응?

거의 매달리다시피 내게 하소연하시는 거였다. 그러다가 당신의 눈길이 황망히 달려가 머문 곳은 병실 출입구 쪽이었다. 그 문이 여닫힐 때마다 방금 전의 그 누군가가 나타나 자꾸만 오라고 오라고 손짓하는 모양이었다. 그래서 그런지 당신은 그쪽으로부터 또 급히 시선을 거두며 화들짝 숨는 시늉까지 짓는가 하면, 다시 호기심과 두려움이 가득한 표정으로 문 쪽을 얼른 훔쳐보는 걸 되풀이하셨다.

복수가 찰 대로 찬 당신의 배는 시간이 흐를수록 더욱 볼썽사납게 부풀어올랐고 호흡은 가빠졌다. 당신의 혼미한 의식은 이제 허공중에 유령으로 떠도는 정체불명의 헛것들과 함께였다. 깜북 몽혼의 잠 속으로 빠져 들었다가도 눈을 뜨면 또 저 깊은 나락의 헛소리를 다시금 내지르곤 하셨다. 이번에는 펄럭이는 내리닫이 긴 깃발이 보인다는 거였다.

오라, 벌써 이종(移種) 철인가? 동네 사람들 다 나와서 모심기하는구나. 농사장원기를 하늘 높이 추켜든 건 후필이고, 논 한가운데서 북 치는 이는 상빈이, 못줄은 종기하고 창록이가 잡았구나.

온 시름과 고통의 병상에 비스듬히 누운 채 창 밖으로 시선을 고정시킨 당신은, 너무나 태연자약한 얼굴이셨다. 약간 상기되어 있긴 하되 음성은 극히 또렷또렷해서 나는 처음엔 밀려드는 통증이나 무료를 달래기 위한 공연한 농담쯤으로 오해하였다.

그런데 그게 아니었다. 시간이 흐를수록 당신의 눈앞에 펼쳐지는 고향땅의 모내기 풍경은 더욱 선명하게 되살아나는지, 이제는 아예 서툰 들노래까지 흥얼거리셨다. 어여, 어허여루와 상사디야, 서 마지기 논배미가 반달만큼 남았구나…. 거의 음치에 가까운 당신의 평소 노래실력에 비한다면, 꽤나 발전된 파격의 행동이며 가락이었다. 떠도는 헛것은 그만큼 당신 가까이 바짝 다가와 있었고, 더욱 분명한 걸음걸이로 저 막다른 세상을 향해 인도하였다. 그리고 그날 밤, 당신은 우리 곁을 말없이 떠나셨다.

제발, 하고 나는 옥이가 들어간 수술실 쪽에 눈을 고정시킨 채 기도하였다. 아버지처럼 가진 말아라. 진정 거짓말 같은 그 삶의 그물을 그토록 허무하게 거두어들이진 말라고 나는 속으로 간절히 빌었다.

72

하필이면 이런 때 당신의 마지막 모습이 떠오르다니!

길고 긴 시간이 죽음처럼 흐른 뒤 옥이의 뇌수술은 끝났다.
그럼에도 그네의 깊은 잠은 쉬 깨어날 줄 몰랐다. 머리를 열지 않
고 최신 레이저 시술로 집도를 끝낸 담당의사는, 아직 그 성공 여부
를 단언할 단계는 아니라고 말했다. 조금만 늦었으면 큰일날 뻔했는
데, 어쨌든 무사히 수술이 끝났으니 그나마 다행이라고도 그이는 상
투적으로 덧붙였다. 고맙습니다, 고맙습니다. 나는 여전히 지푸라
기라도 잡고 싶은 심정으로 고개를 주억거렸다.
지푸라기는, 옥이가 든 회복실 앞에까지 머나먼 기억의 회랑을
따라 졸래졸래 따라 왔다. 그네가 의식을 정상으로 되돌릴 때까지
멀고 가까운 피붙이들은 또 긴 시간을 무작정 기다려야만 했는데,
견고한 플라스틱 걸상에 등을 기대고 앉은 나는 아까부터 맞은편 희
디흰 시멘트벽만 뚫어질 듯 응시하였다. 그래, 그땐 한 손으로 붙잡
을 지푸라기조차 없었어.
올챙이 제대복을 걸친 채 옥이 손목을 끌고 맨 처음 상경할 때의
정경이 바로 엊그제 일인 듯 눈앞에 펼쳐진다. 도대체 무슨 어리석
은 만용이며 객기였을까. 없으면 없는 대로 따뜻한 부모 슬하에서
시난고난 성장하게 했어야 합당할 터인데도, 없는 집안일수록 자식
많다는 말에 걸맞게 워낙 이리저리 득시글대는 대식구이다 보니 도
무지 그게 그렇지가 않았다. 더욱이 옥이는 갓 입학한 중학교도 얼
마 다니지 못한 채 중도 휴학중이었으므로, 나는 다짜고짜 그애의
손목을 잡아끌지 않을 수가 없었다. 가자, 내가 학교 보내주마. 참
으로 당돌하고도 대책 없는 결행이었다. 가서 어떻게 먹고살아야 할

것인지에 대해선 전혀 고려하지 않은, 이른바 '무작정 상경'이나 다름없었다. 나는 그만큼 돌고 도는 돈의 의미와 재물의 위력을 몰랐고, 세상 물정에 캄캄 어두운 몽유병자였다. 한 가닥 믿는 것은 다만 둘째아우에게 맡겨 놓은 통장(적당히 쓰고 남은 월남전 용병 수당)이었는데, 얄팍하나마 전 재산이나 다름없는 그 정도의 액수라면 보증금 없는 사글세방이라도 급히 얻어 내가 임시 취직할 때까지의 수개월은 너끈히 견디고 버틸 수 있으리라는 막연한 계산만이 머릿속을 휘휘 맴돌 따름이었다.

어쨌든 우리는 어둑신한 새벽밥을 먹고 정든 고향땅을 떴다. 멀미 통통거리는 여객선을 타고, 다시 어둠의 터널을 달리는 밤열차를 탔다. 그리고 서울역. 그 언저리 동네의 어느 낯선 여인숙, 옆방에서는 밤새도록 마작하는 소리가 들렸다. 술과 담배에 찌든 그 노름꾼들이 딱, 따악딱 마작을 놓을 때마다, 나는 밤새 가슴에 쾅쾅 못질당하는 기분에 사로잡혔다. 사랑하는 아우는 그 며칠 후 아무 것도 남아있지 않은 빈 통장만을 달랑 형에게 건넨 채 곧장 군대로 떠버렸고, 가슴에 구멍이 뻥 뚫린 나는 곧 갈 곳 없는 서울의 정글 속을 덧없이 헤매지 않으면 안 되었다. 취직은 하늘의 별 따기였다. 금방 될 듯 될 듯하다가도 결국은 안 되고 마는 게 취직이었다.

나는 가정교사 친구에게 죽 쑤는 기분으로 말했다.

내가 취직할 때까지 잠시 옥이를 좀 맡아 줄래?

일찍이 시골 우리집에서 거의 한 해 가까이 공짜 숙식을 신세진 적도 있었으므로, 우정과 부담감에 옥죄인 친구는 자기가 한식구처럼 들어있는 주인집에 마침 작은 방 하나가 비어있다면서 두말없이 옥이를 데려갔다. 나는 그이를 믿고 이를 악물며 옥이를 딸려 보냈다. 늦어도 한 달이야. 그 안에 반드시 너를 데려오마.

　그러나 그 한 달이 다 되도록 나는 여전히 갈 곳이 없었다. 그 한 달 동안 나는 미친 듯 술 마시고 절망하였다. 그럼에도 철석같은 약속은 지켜야 할 것 같아 곧바로 옥이를 데려와 다시 존경하는 최 선생댁에 맡겼다. 지금껏 나와 함께 술 마시고 내 일자리를 찾아주기 위해 동분서주한 최 선생은, 늘 괜찮아, 괜찮아만 연발하는 타고난 낙천주의 기질의 시인이었다.

　아, 그리고 또 무슨 일이 있었던가.

　꼬박 일주일을 길 잃은 승냥이마냥 굶주린 나는 마침내 붉은 유서까지 쓰고 말았다. 그러다가 이내 오기가 생겨, 진정 죽기 아니면 살기로 서울을 결코 포기하지 않는 쪽으로 다시 돌아섰다. 문제는 여전히 옥이었는데, 이 애의 거처를 어디로 어떻게 정하느냐가 당장 발등의 불이었다. 시골 고향집으로 과감히 내려 보낼까도 싶었으나, 그건 내 알량한 자존심이 허락지 않았다. 가난한 부모님에게의 도리도 말씀이 아니거니와, 누이동생의 앞날을 책임지겠다고 대책없이 큰소리친 건 바로 다름 아닌 내 자신과의 약속이기도 하였으므로 더욱 어려웠다.

　그래도 산 입에 거미줄치라는 법 없다던가, 그런 진퇴유곡의 절벽에서 내게 다정한 구원의 손길을 내밀어 준 건 엉뚱하게도 저 조선시대의 잘난 왕비들이었다. 파란만장한 그네들의 이야기가 어느 라디오방송의 전파를 타고 한창 인기를 얻고 있었는데, 그걸 다시 윤색, 살과 뼈를 입히고 뻥튀기해서 전집으로 출판하는 일이 때맞춰 걸려든 거였다. 그럴 듯한 문장으로 적당히 사기 칠 줄 아는 얼뜨기 작가 지망생 몇을 여관에 감금하다시피 묶어놓고 철야작업하는 일이었으므로, 딱히 오갈 데 없는 나로선 오히려 꿩 먹고 알 먹는 격이어서 거의 코피가 터지도록 거기에 매달리지 않을 수 없었다.

그 원고지 안에서의 왕과 왕비들은 사람 죽이는 일을 그침없이 되풀이하였다. 온갖 음모와 중상모략으로 사약 내려 죽이고, 몽둥이로 때려죽이고, 찌르거나 삶거나 굶기거나 사지를 찢거나 태워 죽이고, 심지어는 무덤 속의 시신까지 다시 꺼내어 죽이는 능지처참도 서슴지 않았다. 죽이다가 살려내는 일도 그들은 또 아주 쉽디쉽게 자행하였으며, 때로는 질펀한 주지육림의 방탕과 색정으로, 때로는 만백성을 보듬어 보살피는 온화하고 덕스러운 은혜로 날이 새는 줄 몰랐다. 사람이 살고 죽는 것, 정말 아무것도 아니었다.

가만, 내가 이 무슨 방정맞은 상념이지?

큰 수술을 끝낸 옥이의 회복실 앞에서 하필이면 칼날보다 더 쓰리고 아픈 그때 그 시절의 추억이냐고 스스로를 질책하면서, 나는 곧 어두운 현실로 깨어났다. 창 밖은 아직도 추적추적 비가 내리고 있었다.

한공중의 천장에 지네나 불개미떼가 함부로 달라붙고 무수한 별똥별들이 쏟아지는 따위의 현기에서 옥이가 가까스로 벗어난 것은, 기나긴 장마의 그 여름이 거의 끝나갈 무렵이었다. 되풀이되는 물리치료와 약물투여, 물불 가리지 않고 헌신하는 자기 남편의 지극한 병수발 덕분에, 죽음의 문턱까지 바짝 다가갔던 그네는 용케 축복받은 이승으로 다시 되돌아 온 거였다.

햇살이 화창한 그런 어느 날, 나는 모처럼 상경해서 제법 큰 횟집에 들러 옥이가 좋아할 생선회를 떠 병실을 찾았다. 힘겨운 투병생

활에 어지간히 지쳐 떨어져 있으면서도 서툰 농투성이 오라비를 본 그네는 활짝 웃음을 잃지 않고 반긴다.

"오빠도 참, 이런 데 오면서, 생선회를 다 떠와요? 못 말려, 못 말려."

약간 어눌하고 불안정한 음색이며 표정이지만, 그네는 모처럼 환해진 기분으로 나를 맞았다. 그러면서 그대로 바깥으로 나가자는 몸 짓이다.

"요 뒤 잔디밭으로 소풍 나가요. 좋은 데가 있어."

"어, 그래?"

나는 짐 꾸러미를 다시 챙겨 들고 걸음새가 아이처럼 조심조심 아장이는 그네 뒤를 따랐다.

무르익은 녹색의 싱그러움이 코앞에 성큼 다가왔다. 눈부시게 해 맑은 하늘과 시푸른 잔디밭, 그 뜰 안팎에 질펀히 우거진 초록 나무 들이 자연스런 정원석 사이의 붉은 꽃무더기와 묘하게 조화를 이루 고 있었다. 우리는 병동에서 저만큼 떨어진 등나무 그늘을 찾아 앉았다.

"너는 유난히도 회를 좋아했었지. 어릴 때부터."

긴 나무결상 바닥에 신문지를 깔고, 그 위에 먹거리를 내려놓으면서 내가 계속했다.

"그런데도 나랑은 한 번도 오붓하게, 푸짐하게 회를 먹어본 기억이 없어서 오는 길에 좀 사왔다. 맛있게 먹어."

"와, 해가 서쪽에서 뜰라는갑소. 뜬금없이, 오빠도 참."

옥이는 여전히 어이가 없다는 듯, 그러나 정겨운 고향 사투리를 듬뿍 실어 말하며 앞에 놓인 일회용 도시락 뚜껑들을 떨리는 손끝으로 풀어젖힌다. 누군가 한두 사람 곁에 더 있어도 충분히 먹고 남을 양이라면서 내게 나무젓가락을 쪼개어 건넨 그네는, 이내 탐스런 회 한 점을 입으로 가져가면서 다시 말을 이었다.

"이런 데서 생선회를 먹으니까 참 생뚱맞고 묘하네. 근데 어쩌죠? 이 근사한 주안상 앞에 곡차가 없으니 ⋯. 참새가 방앗간 그냥 지나치기 힘드실 텐데?"

"그럼 내가 참새란 말이냐?"

웃음을 머금은 나는 상의 주머니의 휴대용 종이팩 소주를 슬쩍 꺼내 보이며 계속했다.

"딱 이거 하나만 비울 요량으로 숨겨 갖고 왔다. 너 심심하지 말라구."

"암튼 술 하나는 알아줘야 돼. 오빠가 지금까지 마셔온 걸 다 합산하면 어지간한 연못 정도는 너끈히 채울 걸요?"

"연못이 뭐냐, 저수지나 강물이지. 고래등 같은 기와집도 타고 넘고, 돈과 사랑과 명예도 그놈의 술이 다 쓸어가 버렸다."

"후후훗, 신파조같이 ⋯. 이거랑 함께 드세요."

"인생은 어차피 춘몽이 아니더냐. 맛있게 먹어."

종이컵에 옮겨 따른 소주를 한입 털어넣은 나는, 우거진 등나무 틈 사이로 빠끔히 드러난 맞은편의 오래된 붉은 벽돌집, 담쟁이넝쿨이 에워싼 그 집의 2층 쪽으로 다시 시선을 던졌다. 담쟁이넝쿨 줄기는 한 뼘 정도의 일정한 간격으로 칸막이된 그 방의 창살들도 사슬처럼 친친 휘감고 있었는데, 옥이 역시 내 시선을 따라 그곳을 무심히 바라보고 있었다. 딱히 전망이 확 터진 자리가 아니라서 적당한 거리를 두고 나란히 앉은 우리의 눈길은 자연 그곳으로 고정되다시피 쏠릴 수밖에 없었는데, 맛있는 음식을 함께 먹으면서 서로의 얼굴을 마주볼 수 없는 건 지금도 여전하구나 싶었다.

그랬다. 우린 늘 함께였으되 혼자였다. 서로의 독립된 각방을 간절히 원하면서도 나만의 방, 나만의 삶의 공간을 소유하기가 그렇게나 힘이 들었다. 그래서 나는 습관처럼 방 밖을 배회하였으며, 정처없이 술을 마셨다. 물론 그 같은 방황과 음주벽이 단순한 주거조건 때문만이 아닌, 그보다 더 복잡하고 큰 이유들이 개입된 탓이라고 볼 수도 있겠지만, 저 감옥 같은 오래된 붉은 벽돌집의 작은 방이라도 저마다 하나씩 따로 쓸 수만 있었다면 우리의 청춘의 의미는 그래도 참 많이 달라지지 않았을까. 소주를 한입 털어 넣은 내가 다시 입을 열었다.

"그래도 좀 억울한 데가 있지? 어린 널 데려다 고생시킨 걸 생각하면 지금도 편히 잠을 잘 수가 없다."

"오늘따라 오빠가 왜 이래요? 맛있는 회 먹으면서."

"나는 나대로, 너는 또 너대로 왜 그리 힘이 들었던지, 원. 그렇게 열심히, 힘들게 살면서도 변변한 방 한 칸 마련할 수가 없었잖았냐. 거의 육 개월마다 한 번씩 쫓기듯 이사나 다니고……. 그런 이사질 다 합하면 한 열다섯 번 정도 될까?"

"아뇨, 열아홉 번. 아현동에서 아현동으로 다시 돌아올 때까지, 드넓은 서울천지 안 가본 데가 없잖아요."

"그래, 그랬지. 어, 어서 먹어. 헌책가지와 이불 보따리를 리어카에 싣고 눈 내리는 우이동 고갯길 오를 때 생각나냐?"

"적당히 낮술이 오른 오빠 리어카에 실린 작은 동백 화분을 뜬금없이 언 땅바닥에 내동댕이쳤죠. 이따위 동백꽃이 무슨 소용이냐면서. 내가 그때 얼마나 서럽고 무서웠는지 알아요?"

"그래, 그것도 미안하고···."

"화곡동 절집에 살 땐 또 어땠는데? 마을에서 한참 떨어진 거기서 우리가 자취할 때 말이우. 밤늦게 논둑길을 타고 온 오빠 손에 소금에 절인 고등어 두 마리가 달랑 들려 있더라구. 다음날 아침 그 고등어를 구우려는데, 아무리 별 볼일 없는 땡추스님이 주지라지만, 그래도 명색이 절간인데, 그 절에서 생선비린내를 풍길 수 있어야지. 그래도 그게 너무 먹고 싶어서 과감히 구웠지 뭐. 더군다나 높은 마루 밑에 아궁이가 있어서, 일일이 덮개를 젖힌 다음 발판 딛고 내려가 부엌일을 봐야 했잖아요. 이 귀한 고등어님을 거기 연탄불에 굽자니 지독한 연기와 냄새가 또 금세 절 마당에 진동하는 거야. 참, 그때 이 눈치 저 눈치 살피며 쩔쩔맸던 걸 생각하면 지금도 등에서 식은땀이 나는 것 같애. 근데, 그 엉뚱한 한밤중의 물김치 통은 어떻게 된 거였어요?"

"물김치, 통?"

"어느 날 밤엔 또 두어 포기 물김치가 담긴 웬 플라스틱 통을 들고 왔잖아요."

"아, 그거?"

나는 아득한 꿈길을 헤매다 나온 사람처럼 또 화들짝 놀라 반문한 다음, 잠시 뜸을 들이다가 열없게 입을 열었다.

"절간에 비린 생선을 가져가다니, 나도 어지간히 철이 없었구나. 그리고 그 통은, 사실은 훔친 거였다. 흥얼흥얼 밤길을 걸어 올라가는데, 지은 지 얼마 안 된 근사한 이층 양옥집의 불빛이 은은하게 눈에 들어오지 뭐냐. 밭 한가운데 지은 새집이라 아직 담장이나 대문을 달지 않은 상태여서, 나는 짐짓 길을 잘못 든 것처럼 그 집 안마당으로 들어섰지. 거기, 거실에서 도란도란 들려오는 웃음소리, 환한 불빛 속에 어리는 화목한 그 가족들의 그림자에 자신도 모르게 스르르 끌려 들었다고나 할까, 아무튼 그렇게 부러울 수가 없었다. 그래, 한동안 숨죽여 그 아늑한 불빛 정경을 지켜보다가 시름없이 돌아 나오려는데, 마당 한켠의 수돗가에 그놈의 물김치 통이 놓여 있지 뭐냐. 나는 순간 자신도 모르게 그걸 나꿔채 들고선 줄행랑을 쳤지. 그까짓 하찮은 플라스틱 통이 욕심나선 절대 아니었다. 그냥 한 번 그래봤던 거야. 그네들이 그냥 부럽고 샘이 나서, 허름한 대처승 절간에 세들어 사는 우리 처지가 너무 참담하고 고달파서 괜히 심통을 부려봤던 거지."

"난 사실 그때, 오빠 맘을 금방 알아봤댔어요."

옥이가 싱긋 이를 드러내었다. 식초에 절인 생강조각을 입에 문 그네가 계속하였다.

"하지만 저한텐 그때가 가장 아름다운 시절이었어. 몸은 비록 고달프긴 해도, 마음만은 하늘을 날듯 가벼웠으니까. 산뜻한 교복을 다시 입고 물안개 낀 목련꽃 나무 밑을 오가던 것도 그 무렵이었고, 미지의 섬마을 선생님 꿈에 부풀어 하얀 방파제 길로 은빛 자전거 타고 출퇴근하는 모습을 상상하던 것도 그때였거든. 그런데 … 후훗."

"그런데 그 꿈을 이루지 못해서 얼마나 나를 원망했겠냐. 맞지? 그래서 웃는 거지?"

"아뇨, 오빠도 저 때문에 많은 걸 잃었는데, 뭘. 그보다도, 저 역시 뭔가를 훔쳤던 경험이 문득 기억나서 그래요."

"그래? 그게, 뭔데?"

"쌀."

"뭐, 쌀?"

"아현동 옥탑방에 살 때 말예요. 길쭉한 방 한 칸을 커튼으로 반 반씩 갈라 썼는데, 오빠가 집에 들어오지 않는 날이 부쩍 잦아지면 서 모든 게 자꾸 황폐해져 갔었잖아요. 기억나요?"

" ······ "

"어느 알코올 중독자의 참혹한 파탄을 그린 영화 〈술과 장미의 나날〉처럼, 오빠도 정말 지독한 술과 장미의 나날이었어, 그때는. 맞죠?"

"그런 것 같다. 어서 쌀 이야기나 해봐라."

"그래요, 쌀. 이젠 웃으면서 들으세요. … 쌀통에 쌀이 떨어졌는 데, 오빤 천지 모르고 갈 곳 없는 친구까지 데려와 또 한밤중까지 술만 마셔대는 거야. 그래서 어떡해요. 아래층 주인집에 사람이 아 무도 없는 틈을 타서 슬쩍 훔쳤던 거지. 층계로 오가는 골마루 끝에 그 집 묵은 쌀 항아리가 있었는데, 딱 한 공기를 몰래 떠와선 그걸 로 미역죽 끓여 이틀을 때웠댔어."

"그, 그랬어? 그래서?"

겉으로는 태연자약 웃고 있었지만, 속으로는 가슴에 못이 박히면 서 핑그르르 눈물이 돌았다. 그 어린것이 얼마나 절박하고 배가 고 팠으면 주인집 쌀통에 손을 댔을까. 가만 기억을 더듬어 보자니까 그 무렵 어느 날의 맛있었던 미역죽이 어렴풋이 떠오르는 것도 같았 다. 옥이가 다시 입을 열었다.

"그런데 주인집 할머니가 그 사실을 알게 됐지 뭐예요. 너무 급 히 서두르느라 쌀알을 몇 개 흘리면서 왔던가 봐. 그래서 죽을죄라도 지은 양 안절부절못하고 있는데, 그 할머닌 오히려 쌀 한 됫박을 더 가져와 슬그머니 웃으며 내미시는 거예요. 난 그만 말문이 막혀 꺽꺽 울고 말았고. 참 그날 아침엔 쏟아지는 햇빛이 왜 그리 서럽던지 … ."

"그때 그런 일 있었으면 바로 말해 주잖고?"

"쌀 떨어졌다고 오빠한테 말하지 않은 건 순전히 내 자존심 때문이었어. 어린 나이였으면서도, 돈 달라는 소리, 제일 싫었으니까."

"그게 다 자상하지 못한 내 성격 탓이다. 변명 같지만, 나도 초등학교 졸업하고 바로 집을 나왔잖니. 성장할 때 사랑받지 못하고 자란 사람은, 그래서 사랑을 주는 것도 서툰 법이야. 누구보다 정 많고 눈물이 흔하면서도 말이지."

"저도 애 키워보니까 알겠더라구요. 주는 만큼 받고, 뿌린 대로 거둔다는 그 업보 같은 사랑 말예요."

"비약이 좀 심하긴 하지만, 맞는 말이다. 애정 결핍증에 걸리면 무슨 일에든 무심하게 되고, 어떤 불벼락이 떨어져도 그저 그런가 보다, 극히 태연자약 남의 일처럼 바라보고 … 그래서 부모자식이나 형제간에도 그침없이 사랑을 주고받는 연습이 필요한 거지."

"그런 면에서 보자면, 우리도 참 불행한 편에 속하죠?"

"글쎄, 그럴지도 모르겠구나."

나는 단숨에 잔을 비우고 나서, 담쟁이 넝쿨이 함부로 뻗어 올라간 맞은편 벽돌집의 2층 창을 다시금 유심히 응시하였다. 옥이의 시선도 거기에 붙박여 있는 것 같아서 내가 또 말을 이었다.

"니가 좁은 셋방 한가운데에 싸구려 커튼까지 쳐가면서, 그렇게 긴 세월 숨도 제대로 못 쉰 채 시난고난 애증으로 부대꼈으니 나한테 무슨 깊은 사랑이 쌓일 수 있었겠니? 하지만 니가 어엿한 아가씨로 커가는 그 시점에서, 내 유일한 꿈은 우리 서로가 어서 독립된 방 하나씩을 갖는 거였다. 거기서 밤새껏 공부하며 글쓰고, 속옷도 맘 편히 갈아입고, 자기만의 비밀스런 음모도 적당히 꾸며대고 말이지. 나보다도 너한테 특히 그런 공간이 필요했는데, 그 꿈은 결국 너와 함께 이루어지진 않았지. 정말 풀리지 않는 세월이었어."

"그래서 가난은 때로 죄악이라고도 하잖아요."

겸연쩍은 웃음을 생선회와 함께 베어 물면서 옥이 힐끗 나를 돌아보았다. 그리고 계속했다.

"그런데 이상한 건, 오빠가 그리 혹독한 세파에 시달리면서도 그걸 저주한다거나 극복할 생각을 별로 내보이지 않았다는 점이에요. 오히려 불빛 환히 비쳐 나오는 멋있는 고층 아파트를 하찮은 벌집이나 성냥갑에 곧잘 비유하고 말이죠."

"못 가진 놈의 공연한 심술이었겠지, 뭐. 하지만 속물근성을 병적으로 가장 싫어한, 타고난 이상주의자임에는 틀림없다. 그보다 더 중요하고 고귀한 뭔가가, 돈이나 재물보다 훨씬 더 가치 있는 그 뭔가가 바로 눈앞에서 나를 기다리고 있다는 착각 속에 늘 빠져 살았으니까."

"맞아요, 그 꿈꾸는 철학자 오빠한테 난 또 꼼짝없이 속아 넘어갔구 말예요."

모처럼 소리내어 깔깔대는 옥이의 모습이 한결 보기에 좋았다. 나도 덩달아 따라 웃으며 빈 메아리처럼 뇌까렸다.

"정작 나한테 속은 건, 너보다도 바로 내 자신이야."

어느새 깊은 가을. 청명한 하늘이 거울처럼 맑다.

그 넘치는 은혜의 햇살 속에서 누렇게 익은 벼이삭처럼, 옥이도 이제 거의 정상인으로 되돌아 왔다는 소식이었다.

나는 서둘러 햅쌀 가마니를 묶었다. 옥이한테 무사히 잘 도착될 수 있도록, 한 톨의 쌀이라도 밖으로 새어 나가면 절대 안 된다는 지극한 사랑의 마음으로.

콩

퇴비장의 똥불이 꺼지지 않는다.

　벌써 닷새째. 널름대는 불꽃은 한 점 보이지 않은 채 가는 연기만 기연가미연가 가뭇없이 피어오르는 이상한 불덩어리이다. 닭장을 청소하며 옮겨 가져간 후 아직 삭지 않은 묵은 검불이 퇴비장 안에 뭉쳐 있어 거기 무심결에 라이터 불을 붙였는데, 그것이 바짝 마른 개똥과 닭똥, 삭지 않은 톱밥 따위와 한데 어우러진 퇴비 속으로 이글거리며 소리없이 타들어 가고 있는 것이다. 그 사이 한 차례 양동이 물세례까지 퍼부었지만 별스런 소용이 없다. 죽은 듯 아무 기척 없다가 또 다시 스멀스멀 되살아나고, 여태껏 살아있는가 유심히 살펴보면 소리없이 또 사뭇 죽은 척이다. 똥불이 무섭다는 걸 새삼 알고도 남겠다. 아무래도 아직 다 숙성되지 않은 톱밥이 가장 큰 이유이지 싶다.

닭장에 그걸 뿌려 넣으면 닭들의 배설물과 한데 뒤섞여 아주 좋은 유기질 거름이 만들어진다기에 작년 봄 그렇게 한 것인데, 과연 냄새와 습기도 말끔 흡수해주면서 썩 괜찮은 퇴비로 익어가고 있는 듯하였다. 그러나 비바람과 무더위, 눈보라의 몇 계절이 훌쩍 지나는 동안, 켜켜이 층을 이룬 닭장바닥이 너무 두껍고 더러워져서 비지땀 뻘뻘 흘리며 치울 수밖에. 가마솥의 누룽지처럼 굳어진 놈들의 오물을 쇠스랑으로 파헤쳐 한데 긁어모으는 건 물론, 그걸 다시 퇴비장으로 옮겨야 하는 닭장 치우기가 얼마나 드센 고역인가도 그제야 새삼 몸으로 깨달았다. 그럼에도 아주 질 좋은 퇴비를 비로소 만들어냈다는 기쁨이 그 노고를 충분히 상쇄시켜 주었는데, 그 신바람에 나도 모르게 거기 불까지 덥석 내지르고 만 것이다.

첫날은 제깟 게 타면 얼마나 더 타랴, 절로 타다가 일껏 사그라지겠지 싶어 그냥 모른 척 내버려두었고, 이튿날엔 어, 이 불이 아직도? 은근히 놀라면서도 결국 제풀에 절로 꺼지고 말겠지 싶어 그냥 또 유야무야 무시해버렸으며, 사흘째엔 야, 이 똥불 정말 질긴 놈이로구나, 내가 이기나 네가 이기나 어디 한 번 두고 보자며 꾹 눌러 참았으되, 나흘째엔 도저히 더 참고 봐 넘길 수가 없어 오히려 내쪽에서 먼저 두 손 들고 냅다 물을 퍼부어 주었었다. 나풀대는 서녘바람이 언뜻 불어대 예기찮은 화재까지 슬며시 염려되는 판이었다.

그런데 어럽쇼, 자고 나니 또 그놈의 시답잖은 연기다. 나는 그만 두 눈을 희번덕이지 않을 수 없었다. 밟아도 또 밟아도 다시 일어서는 모진 잔디처럼, 4절까지의 긴 애국가나 진도아리랑의 구성진 후렴처럼, 결코 꺾이지 않는 질기고도 그악스런 똥불의 생명력이었다.

그러나 쉬 꺼지지 않는 게 어디 똥불뿐이랴. 흙의 살결을 뚫고 솟아오르는 숱한 식물의 새싹을 보면, 참으로 오묘하고 신비롭다 못해 차라리 소름이 오싹 돋을 만큼 경이롭다. 여기 함박골을 에워싼 논과 밭, 산천은 지금 한창 그런 질긴 녹색의 물결로 뒤덮여 가고 있다.

남새밭의 온갖 채소들 역시 적당한 물과 공기, 햇볕을 듬뿍 받아 따뜻한 흙의 품안에서 무럭무럭 커간다. 뿌린 대로 거둔다는 말이 피부로 실감되는데, 그러나 그놈의 집요하고도 끈질긴 잡초들이 또 말썽이다. 보다 못한 이웃 반장댁(젊은이 없는 이 동네선 칠십 노인이 반장 일을 본다. 그분의 노부인)이 밭두렁 옆을 지나치면서,

"그 남새들 못 먹어유. 그것들 다시 확 갈아엎고 여름배추나 콩, 들깨로 다시 시작하셔유."

끌끌 혀를 차신다. 그리고 덧붙이기를, 씨 뿌리기 전에 독한 제초제 확 뿌리고 질 좋은 복합비료로 땅심을 한껏 북돋워 주면 싱싱한 채소 따윈 아주 쉽게 지어먹을 수 있는데 웬 생고생을 그리 사서 하느냐는 핀잔이다. 그런저런 사전방책 없이 잘 숙성된 퇴비까지 질펀히 깔아놓고 씨 뿌렸으니 그 많은 잡초와 해충들이 얼마나 극성을 부릴 것이냐고도 빈정대시는 거였다. 그러나 나는 쉬지 않고 몹쓸 잡풀을 뽑아내며 능청스레 받는다.

"내가 이기나 이놈들이 이기나 내기하고 있구먼유. 재밌는 운동 삼아…."

"허 참, 못 말리는 양반이시. 끌끌끌."

이런저런 씨앗이나 귀한 산나물 모종 따위를 은근슬쩍 갖다 주기 좋아하는 당신은 결국 안타까이 혀만 찬 후 돌아가시고, 나는 다시 지천으로 뒤덮은 잡초 뽑아대기에 바빴다. 그러다가 끝내는 제풀에

지쳐 나자빠져 에잇, 이것들 내 안 먹고 말지! 호미와 면장갑을 냅다 집어던진 채 찌는 뙤약볕 속을 서둘러 벗어났다. 벌레 먹은 여린 열무 잎사귀와 씀바귀, 겨자채만 겨우 한 바가지 뽑아 갖고.

달콤 쌉싸름한 쌈으로 늦은 점심을 때운 후, 오늘은 저 빌어먹을 잡초에 대해서는 아예 싹 잊기로 한다. 하지만 그것도 그때 잠시뿐, 나는 이내 다시 자리에서 일어서고 만다. 그리고 흙투성이 면장갑을 끼고 기나긴 업보와도 같은 호미를 잡는다.

어휴, 똥불보다도 더 질기고 징한(징그러운 게 아니라 독한) 놈들, 어디 네가 이기나 내가 이기나 끝까지 해보자!

짐승은 말할 줄 모른다. 거의 대개는 사람의 말을 착실히 알아듣지도 못한다.

그리고 짐승은 자기 욕망이나 본능의 충동을 억제할 줄 모르며, 아무 데서나 먹고 싸고 흘레질하고 싸운다. 특히 영역 침범에 대한 이종(異種)에의 경계심이나 잔인한 공격성을 태생적으로 갖고 있게 마련으로, 우리집 개들이 영락없이 그렇다. 명색이 족보있는 명견이라서 어지간하면 주인 말을 잘 알아듣고 쉬 따를 만도 하건만, 세련된 훈련과정이 없어서 그런가, 영 아니다.

엊그제는 엘크하운드 종인 가을이가 잠시 한눈 판 닭을 한입에 냉큼 물어 창자가 헤질 정도로 갈기갈기 찢어 놓더니, 오늘은 사나운 반디놈이 이웃 반장댁을 순식간에 덮쳐 쓰러뜨렸다. 고추밭에 다녀오던 인정 많은 그 노인네가 우리집 초입께의 다릿목에 편히 주질러 앉아 내게 줄 나물용 고춧잎을 바구니에서 꺼내려는 순간, 그만 허술한 울타리를 몰래 빠져나온 놈의 습격을 엉겁결에 당하시고 만 것이다.

그네의 자지러진 비명소리에 놀란 내가 닭장 둥지에서 빼오던 달걀을 그만 허공으로 내팽개친 채 혼비백산 달려갔지만, 때는 이미 엎질러진 물. 냅다 놈의 옆구리를 걷어차고 목청껏 고함쳐 내쫓은 다음 그네를 황망히 일으켜 살펴보니, 오른쪽 어깻죽지에는 벌써 놈의 이빨자국이 선명하였다. 잉크빛 피멍 사이로 벌건 핏물까지 스멀스멀 배어나와 나는 어서 병원으로 가시자고 닦달하였다.

하지만 그네의 어눌한 대답은 전혀 뜻밖이다.

"괜찮혀유. 이까짓 거, 약 좀 바르고 나면 그만이지 뭐."

"아녀요, 자칫 잘못하면 큰일 나니까 어서 차 타고 가십시다."

"참, 됐다니께유. 가서, 아까징끼나 퍼뜩 가져 와유."

"……"

"저 육시럴 늄이 맨날 눈 마주치믄서도 나만 보믄 컹컹컹 짖어댐시로 저 지랄발광이라니께. 머리 나쁜 저늄이나 한시바삐 잡아 먹어뿐지시오."

"아이구, 이거 참!"

안절부절 몸둘 바를 몰라하던 내가 급히 집 안으로 뛰어들어 허겁지겁 응급약통을 찾아 들고 다시 나타날 때까지도, 그네는 이미 눈에서 뵈지 않는 반디놈을 향해 살갑지 않은 욕지거리를 내뱉으면서 태연스레 고춧잎을 다시 추스를 뿐, 여전히 병원으로 내달릴 생각은 내비치지 않으셨다. 짐승의 이빨이 갖고 있는 맹독성이나 광견병 따위의 구실까지 덧붙여 애면글면 설득해도 당신은 도무지 막무가내였다. 성질 고약스런 사람 같았으면 벌써 쾌적한 입원실이 갖춰진 병원행은 물론, 그 치료비에 피해보상까지 맘먹고 톡톡히 청구하려들 게 뻔한데도 말이다. 아니, 경우에 따라선 시원찮은 개주인을 당장 형사 고발하겠다고 거칠게 덤벼들었을지도 모르는 일, 그러면 난 그저 죄 많은 유구무언으로 손만 싹싹 비비고 있을 터이다.

쓰린 소독약과 연고를 듬뿍 발라 응급처치하고 나서도 나는 여전히 그 황망한 손을 어디에 둘지 몰라하며,

"명견은 주인 말이나 생각을 착착 알아듣는다는데, 저놈 정말 안 되겠어요. 정말로 잡아먹거나 팔아버리고 말아야지!"

맘에 없는 막말을 반디놈한테 덤터기 씌우는 것으로 어물쩍 얼버무렸다. 솔직히 명견은 무슨 명견, 어디까지나 개는 개이고, 사람은 사람이었다.

반디한테 물린 지 사흘이 지나자 늙으신 반장댁의 가짓빛 상처는 다행히 더 이상 덧나지 않고 시들시들 아물어가는 것 같았다. 그동안 나는 하루에 두세 번씩 그네의 집을 뻔질나게 들락거리면서 그에 맞는 소독약이나 소염제 따위는 물론, 방금 낳아 따끈따끈한 토종닭 달걀까지 한 꾸러미 가져가 안부를 공손히 물어댔고, 뒤늦게 '개사건'의 진상을 알게 된 아내는 또 아내대로 양념이 발라져 잘 익은 피자 상자를 들고 가 연신 고개를 주억거렸다. 그때마다 사람좋은 반장댁은 오히려 벌컥 역정까지 내면서,

"아니, 괜찮다는데 왜들 이래유? 이런 데 살믄서 벌에게 쏘이고 개나 뱀한티 물리는 건 흔히 있는 일이니께 너무 걱정들 말어유. 첫날밤엔 퉁퉁 욱신거리믄서 제법 아픕디다만, 봐유, 이제 다 나아가잖유."

이 빠진 소리로 히죽 웃으시고는 또 그만이었다.

그 반장댁이 오후 해질녘엔 또 제초제 약통을 등에 짊어지고 집

뒤 밤나무밭을 올랐다. 마침 아내와 함께 장독대 근처의 가마솥 돌
화덕에 불 피워 매실액을 달이고 있던 나는, 차마 그 농약바람이 이
쪽으로 날아오지 않도록 조심하라는 말은 못한 채,

"아따, 일욕심 좀 적당히 내세요. 그런 힘든 일은 장성한 자식들
한테 부탁하셔야죠. 아니면 제가 대신 뿌려드려요?"

딴청을 피웠다. 그네는 냅둬유, 한마디로 내뱉고는 이마 맞댄 채
일하는 우리 내외를 부러운 듯 이윽히 건너다보면서,

"서울양반은 그렇게 오순도순 의좋게 사는데, 우리집 헌 신랑은
허구한 날 구들장만 지고 세월아 내월아 누워만 있으니. 나는 평생
남편 사랑 못 받구 살았슈. 손 하나 까딱 안 하믄서 감 놔라 배 놔라
지청구만 늘어 놓을 줄 알았지, 쯧쯧쯧."

스스로에게 혀를 차신다. 마른 오징어 냄새 같은 무성한 밤나무
꽃길 사이로 느릿느릿 사라지는 그네의 뒷모습이 너무 무겁고 안쓰
럽게 느껴진다. 그러면서도 가마솥에서 팔팔 끓어대는 새 매실액 맛
을 보니, 특유의 신맛 뒤에 달착지근한 설탕 맛이 더해져 꽤나 괜찮
은 잼과 엑기스가 될 것 같다. 조금 전 아내가 옹기 항아리에서 손
본 새 막된장 역시 예전 어릴 적의 토장 맛의 향수가 그대로 배어 있
었다. 노오랗게 익은 그 색깔이며 달고 구수한 그 장맛이 분명 올해
처음 담아본 된장, 간장의 성공을 착실히 예감케 하였다. 나는 다시
새 콩 심을 궁리로 바빠진다.

그런데 문제는 역시 무수히 돋아나는 무서운 잡초들이었다. 내일
밤이나 모레쯤 비가 온다는데, 그 비 오기 전에 이 쓸데없는 잡풀들
을 말끔 제거해야 거기에 또 콩 따위를 심을 수 있으니 말이다. 가
능하다면 결코 독한 제초제 안 뿌리고 유기농법으로 농사짓겠다는

게 내 기본 생각이지만, 무슨 점령군처럼 온 땅을 순식간에 잠식해 버리는 맹렬한 잡초들의 위력 앞에서는 도무지 어떻게 맞상대해볼 재간이 없다. 자고 나면 하루가 다르게 경쟁하듯 엉키어 돋아나 있고, 날카로운 예초기를 폭격기인 듯 휘둘러대도 결국엔 또 어느새 무쇠 같은 싹을 내미는 게 놈들의 질기고도 끈질긴 근성임에랴. 그래서 이놈들을 아예 뿌리째 뽑아내는 게 가장 완전한 무공해 농사법이겠다 싶어 처음엔 호기롭게 그리 실행했으나, 그 역시 얼마 못 가 이내 지치고 나자빠져 두 손 든 상태. 앞마당의 몇 평 남새밭은 얼마쯤 그런 방식으로 일구고 가꾸는 게 가능하지만, 절골 쪽의 호두밭이나 앞으로 한창 일을 벌일 콩밭엔 당최 어림없는 일이다. 한두 해 이렇게 열심히 풀들을 괴롭히고 나면, 그 다음부턴 놈들도 절로 고개 숙이고 혼비백산 도망친다니, 어디 한 번 꾹 눌러 참고 약한 제초제 신세를 모른 척 져볼 참이다.

비온 뒤 끝, 콩을 심었다.

난생 처음 내 손으로 심어보는 본격 농사 알곡식이다. 작년까지 논으로 이용했던 6백여 평의 무른 땅이 작년 봄 매실 묘목을 심고부터 자연스레 밭으로 전환된 셈인데, 그것들이 큰 나무가 될 때까진 이런저런 농작물도 함께 빈 자리에 재배할 수 있다기에 그에 적합한 것으로 우선 콩을 선택한 것이다. 작은 다랑논 네 배미 중 하나를 남겨두고, 그 나머지 세 배미를 다 콩으로 채울 요량으로 겨우 한 배미쯤 심었을 뿐인데, 벌써 허리가 휘어질 지경이다. '콩밭 매는 아낙네야, 베적삼이 흠뻑 젖는다'는 유행가 가사의 의미를 흠뻑 깨닫고도 남겠으되, 그럼에도 뻐근한 어깨와 저린 무릎과 오금 사이로 전해져 오는 이 뿌듯한 성취감이라니!

하지만 무거운 농약통을 지고 고추밭에 가던 반장댁은 또 뭐가 맘에 안 차는지 시큰둥 참견이다.

"아니, 씨앗콩에 약 안 했슈? 그거 날짐생, 들짐생이 다 빼 먹어유!"

"잡것들이 빼 먹으면 얼마나 빼 먹겠슈. 그래도 독약 안 바르고 잘 심어 볼랍니다."

나는 또 지지 않는 어조로 응대하였다. 그네는 엊그제부터 씨앗콩은 반드시 그렇게 해야 된다고 열심히 조언해왔던 터여서, 도시 당신의 천금같은 충고를 순순히 들어먹지 않은 내가 한없이 미욱하고 패씸스럽기까지 한 모양이었다. 그 단정적인 권유가 하도 완강해서 처음엔 나도 귀가 솔깃했었으나, 그 말을 전해들은 아내가 '그만큼 안 먹으면 되지, 약 바르는 건 절대 반대'라며 '까치나 들쥐가 먹고 죽을 약이라면 그 씨앗으로 난 콩들은 또 어떻겠느냐'고 덧붙여 한사코 막았던 게 주효했던 셈이다.

내 설명을 건성으로 얼추 듣고 난 반장댁은 피식 고소를 머금으며 이렇게 휙 내뱉고 간다.

"다 헛일이요, 헛일. 그놈덜 배불리 먹여 살리고 싶으시걸랑 인심 좋게 그리 하시구랴."

"……?"

이거 진짜 괜히 사서 고생하는 거 아냐 싶으면서도, 유난히 농약통 좋아하는 당신의 지나친 기우 탓으로 돌린 채 나는 내처 콩 심기 호미질을 계속하였다. 호미도 많이 쓰면 몽당연필처럼 닳는데, 이제사 그 의미도 전량 내 것으로 다가오는 듯싶었다.

아무튼 이 산마을 주민들은 너나없이 갖은 농약과 화학비료를 너무 좋아서 탈이다. 이즈음의 일손 딸리는 농촌 실정이 대개 이와 똑같거니와, 그 빈도가 지나치게 넘쳐서 누구는 풀 잡는 제초제를 엉뚱한 살충제로 잘못 알고 다 잘 자란 열 마지기 찰벼들을 몽땅 불 태워 죽이는가 하면, 또 누구는 희뿌얀 가루의 살충제를 밀가루 반 죽에 골고루 섞어 국수 해먹고 죽는, 참으로 어처구니없는 경우까지 심심찮게 벌어지고 있는 형편이었다.

나는 여전히 콩 심기를 계속한다.

팔다리가 아프고 뻐근하여 밭에 쪼그리고 앉아 움직이는 게 여간 힘들지 않지만, 정성스런 호미질로 흙을 파헤칠 때마다 지렁이가 득 시글대는 걸 보면 절로 즐거웠다. 재작년 가을 벼수확 때 콤바인이 뱉어 놓은 뒤 그대로 깔아 두었던 볏짚이 잘 썩어가고 있기 때문이 었다. 그만큼 기름진 퇴비로 작용하고 있는 셈인데, 지금까지의 관 행대로 동네 이웃들이 한겨울 소먹이로 가져가겠다는 걸 억지다시 피 말렸던 게 참 다행이었구나 싶다. 이런 게 바로 진정한 유기농법 이고 죽어가는 땅 살리는 첩경이 아니겠는가.

하지만 호미로 콩 심기는 여전히 힘에 겹고 벅찼다. 고기잡이 그 물을 깁거나 바둑을 두듯 그렇게 일정한 간격으로 하나하나 칸 맞춰 서너 개씩 콩을 심어 나가는데, 목표량을 채우기엔 아직도 아득하고 멀기만 하였다. 한참 만에 허리 펴고 돌아보면 지나온 흔적은 고작 대여섯 평 정도. 동네의 잘 심는 사람은 하루에 한 말까지의 씨앗콩 을 너끈히 소화해 낼 수 있다니 그 잽싼 손놀림이 그저 놀랍고 경탄 스러울 따름이다. 그에 비한다면 나의 서툰 콩 심기 솜씨는 이제 겨 우 걸음마 단계. 처음엔 그 간격부터가 아주 엉성하였다.

"너무 촘촘혀유. 그라고 모심기하듯 일정하게 똑발라지유."

빈 지게 지고 느릿느릿 꼴 베러 가던 반장님이, 삐뚤삐뚤 이게 뭐유, 하면서 친절히 조언해 줄 때까지만 해도, 나는 사방 30센티미터 내외를 적당히 유지하고 있었거니와, 그건 솔직히 땅을 아껴 쓰려는 내 욕심이 크게 작용한 탓이었다. 나는 오랜 만의 반장님 나들이가 반가워서,

"아이구, 그렇게 운동삼아 움직여야 회복도 빠르시지요. 얼굴이 많이 좋아지셨네요?"

실제와는 정 다른 발림으로 새삼스런 수인사를 보냈다. 시난고난 앓기 시작한 지 이태 째, 분에 넘치게 술 좋아하던 당신은 이제 완전 그것을 끊은 채 거의 두문불출로 시간을 축내 왔는데, 허수아비 같은 몰골일망정 그래도 자기 분신이나 다름없는 빈 지게나마 등에 지고 집을 나섰으니 얼마나 가상하고 다행스런 일인가. 반장님이 그림자처럼 지나가면서 가쁜 숨으로 말한다.

"아무튼 글밖에 모르시는 김 선상이, 농부 노릇 하는 모습, 참 보기 좋구랴. 콩보다 더 좋은 건강식품은, 없시우. 나처럼 건강하게, 오래 사시고 싶거든, 그저 밤낮으로 매끼, 콩을 드시우."

"암은요, 이 콩 키워서 수확하면 반장님한테도 선물로 좀 드릴게요."

나는 진심으로 받아넘기면서 희게 웃었다. 그리고 그이가 천천히 길모퉁이로 돌아드는 뒷모습을 말없이 바라보고 서 있다가 다시 칸 맞춰 콩을 심기 시작했다. 칸의 간격은 이제 40센티 정도. 하지만 자꾸 심어가다 보니 또 그게 아니다. 이놈들이 무럭무럭 성장하면서 얼마나 성가시게 서로 몸 부대낄까 싶기도 하지만, 우선 너무 횟수가 잦은 호미질로 힘이 부쳐 눈앞이 핑핑 돌았다. 거기에 간격이 좀

으면 결국 그 소출이 오히려 적어질 뿐 아니라 콩밭 관리하는 데에도 많은 애로가 따를 터였다.

나는 다시 45센티 내외로 간격을 늘려 잡았다.

한참을 그렇게 심으면서 다 자란 놈들의 키와 몸둘레를 가늠해 보니 이 간격도 어림없이 좁게 여겨진다. 그래서 다시 50센티 내외로 수정했다. 적어도 자기 키 높이 정도의 간격과 거리는 유지해 줘야 될 성싶었다. 사람과 사람 사이의 공간도 최소한 그래야 얼마쯤 자유롭고 쾌적한 관계를 확보할 수 있지 않던가 말이다.

그러나 그것도 얼마 안 가서 곧 60센티 내외로 늘려 잡고 말았다. 이미 지칠 대로 지친 나는 다른 배미로 옮겨가는 걸 기회로 선심쓰듯 또 다시 수정한 것인데, 모심기하듯 줄 맞춰 널찍널찍 심자니까 이게 가장 이상적이지 싶은 분별심이 절로 들었다. 서로의 공간에 넉넉한 여유가 생겨야 그 열린 틈 사이로 바람과 햇볕, 밭주인의 정성이 잘 소통될 수 있을 게 아니냐는 판단이 뒤따른 것도 물론이다.

인간의 어리석은 욕심이나 덜 익은 경험은, 이렇듯 많은 시행착오를 삐뚤삐뚤 그침없이 되풀이하게 만든다.

마침내 콩들이 얼굴을 내밀었다.

새벽같이 콩새떼가 요란스레 날며 지저귀기에 급히 콩밭으로 달려가봤더니, 놀란 콩새들은 푸드덕 날아오르고, 그 자리에 웬 콩싹들이 노오란 속살을 손톱만큼씩 밀어 올리며 수줍은 듯 웃고 있었다. 여기저기에서 다투어 귀여운 함성을 내지르며 솟아나는 놈들의 앙증맞은 생명의 숨결이라니! 한없이 유정한 눈빛으로 내려다보던 나는 연신 탄성 내지르기에 바빴다. 이제 저 떡잎들이 양쪽으로 사이쁘게 갈라지면서 녹색으로 점점 짙어지면, 새들의 사냥감인 씨앗 콩 신세에서도 완전 해방될 수 있을 터. 어쨌든 내가 심은 콩들이 일제히 새 목숨으로 살아나 움터 오르는 게 너무도 신기하고 기특하였다. 땅은 역시 위대한 모성의 원천임을 속 깊이 실감하겠다.

어스름 해질녘에 다시 보자니까, 콩싹들은 어느새 파르스름한 빛깔을 띠고 손가락 한 마디쯤 더 올라와 있다. '하루가 다르게' 정도가 아니라 '한 시가 다르게' 다투어 성장하는 어린 새싹들이었다.

나는 슬그머니 또 다른 욕심이 생겼다. 마지막 빈 한 배미에는 들깨 대신 쥐눈이콩을 심으리라는 게 그것이었다. 엊그제 텔레비전에 나온 어느 한의사가 하도 이 서목태(약콩)의 효능에 대한 장점을 장황히 늘어놓기에, 암만해도 가장 땅심이 좋은 마지막 윗배미에는 바로 저걸 심어야겠다 싶던 참이었다.

나는 서둘러 반장댁을 찾았다. 하지만 그네는 전혀 내 말을 알아듣지 못하셨다.

"쥐눈이콩 말이에요. 좀 있으세요? 그 콩, 지금 심어도 아직 괜찮죠?"

"하지가 지나믄 뭐든 잘 안 뿌리고 안 심지만, 아주 늦진 않았슈. 근디, 쥐, 뭐유? 쥐누리콩?"

"몸에 좋다는 쥐눈이콩 말예요. 서목태!"

"서, 뭐? 암튼 콩 종류는 다 떨어졌슈. 어서 장에 나가 곡물전으로 가 봐유."

기름진 흙이 축축하게 젖어 있어 아직은 싹이 그런대로 잘 날 거라면서 막연히 독려만 할 뿐, 그네는 내동 그런 콩도 다 있느냐는 투였다. 생김새나 크기가 영락없이 쥐눈을 닮아 그렇게 부른다고 자세히 설명해도 내내 캄캄절벽이더니, 어렵사리 그걸 장에서 사 들고 와 보여주자 그제서야 아, 이거? 하신다.

"이거 나물콩 아니우! 히히, 난 또 뭐라구. 무슨 희한한 게 다 있나 했더니 그 흔한 나물콩이었구만그랴."

"이걸로 청국장이나 두부 만들어 먹으면 기가 막히다면서요?"

"기 막히긴 뭐, 그냥저냥 나물이나 길러 먹는 게지."

"볶아서 가루 내어 선식으로 먹으면 한 끼 식사로도 거뜬하다던데?"

"아이구, 한의사들 말 믿지 말어유. 몸에 안 좋은 콩음식 어디 봤슈?"

반장댁은 내내 별로라는 주장이면서도 나물로 길러 먹으면 아주 그만이니 기왕 사온 거 한시라도 빨리 심어 보란다. 빈 지게 지고 지나치던 허수아비 당신 남편도 덩달아,

"몸에 좋다는 거, 그거 다 헛거유, 뭐든 맛있게 잘 먹으믄, 그게 다 약이지, 안 그류?"

나의 약콩 과신을 시큰둥 공격하였다. 나는 겉으론 아, 그래요, 하는 표정이면서도, 오로지 나물밖에 모르는 저 지독한 관습과 고정관념이라니, 하고 속으로는 맘껏 조소해 주었다.

그러거나 말거나 이번에는 또 열심히 약콩을 심었다. 날이 캄캄 어두워질 때까지, 팔다리, 허리가 휘청거릴 정도로, 그렇게.

그러나 이를 어쩌랴.

이놈들이 그 귀여운 싹을 노오랗게 내밀 때가 됐는데, 됐는데, 하고 타는 기다림으로 몇 날째 부리나케 약콩밭을 오가며 유심히 들여다봤더니, 앙증스런 새싹들은 하나 안 보이고 싹 날아간 모가지 자국들만 앙상히 남아 있었다. 때마침 밭자락 한 끝에서 한떼의 산비

둘기가 푸드덕 날아오르는 걸로 봐, 덩치 큰 이 새들이 몽땅 따먹어 버린 게 분명하였다.

아니, 이럴 수가, 이럴 수가….

나는 망연자실, 넋을 놓고 말았다.

도무지 현실로 믿고 싶질 않아서 여드레 전 힘들여 심은 그 씨앗 콩 자리들을 한 점 한 점 꼼꼼히 다시 점검해 나갔지만, 역시 모지락스레 싹쓸이 당한 게 틀림없었다. 탐스런 콩싹들이 싱싱 움터 오를 때마다 까치, 산비둘기들은 마치 목을 빼 기다리고나 있었다는 듯 다투어 보기 좋게 쪼아먹은 모양이었다. 아침저녁 열심히 지킨다고 지켰는데도 결과는 이 모양이니, 한사코 약을 치지 않고 농사짓는다는 게 얼마나 힘든 고역인지 온몸으로 알겠더라. 살가운 반장댁 충고대로 씨앗콩에 약을 옴팡 묻혀 심었더라면, 이런 하 어처구니없는 불상사는 차마 없었을 텐데. 하다못해 밭 귀퉁이 몇 군데에 그럴 듯한 허수아비라도 세워 둘 걸 그랬다. 무농약 농법에의 집착이 지나치게 심한 데다가 새떼의 해코지를 너무 과소평가한 나의 어리석은 순진성도 문제라면 문제였다.

이럴 때의 농부들에겐 목청 좋고 깃털 고운 새가 순전히 예쁘거나 아름답지만은 않았다. 오로지 1년 농사를 죄 망친 증오의 대상으로 전락하고 만다. 물결치듯 부드러운 풀도 마찬가지. 밭이나 논에서 농작물과 함께 자라는 풀은, 거기에 눕거나 앉아 쉴 수 있는 평화로운 의미로서의 단순한 존재가 아니라, 오로지 짓이기고, 뽑고, 퇴비장에 갖다 버리고 싶은 '웬수'일 따름이다. 그래서 극히 단순한 새나 풀이 더럭 무서울 경우가 있는 것이다.

진종일 물에 빠진 듯한 허탈과 무력감, 울화에 시달리다가, 해질녘 다시 호미 들고 맨 처음 심었던 콩밭을 찾았다. 거기 들어가 휘둘러보니, 몽땅 도둑 맞았던 약콩에 대한 미련이 한순간에 가시는 듯하였다. 그 콩들은 벌써 한 뼘 이상씩이나 하늘을 향해 튼실히 뻗어 올라 진한 녹색 기운을 활활 내뿜고 있었기 때문이었다.

산색(山色)도 어느새 짙은 한여름으로 들어섰다. 늦봄 내내 비가 많았던 탓인지 산속의 나무들이 엄청난 양감으로 숲을 이루어 어둑한 그늘까지 드리울 만큼 울울창창하였다. 그 암청색 녹음이 너무 진해 차라리 음산하게 무서울 지경인데, 그 안에서 음악처럼 울려 나오는 온갖 소리들은 또 얼마나 처절한 함성과 생존 투쟁의 의미로 다가오는 것인지.

숲은 사실 겉으로 보기에는 참 평화롭고 고즈넉한 듯싶어도, 조금만 더 깊숙이 안으로 들어가 유심히 살펴볼라치면 거의 경악에 가까운 참상이 전개되고 있게 마련이다. 네발 달린 짐승들은 짐승들대로, 온갖 새와 뱀, 지네, 불개미, 벌과 나비, 곤충들은 또 그놈들대로 서로 싸우고 잡아먹거나 먹히는 사투가 치열하게, 정녕 치열하고 처참하게 벌어지고 있는 것이다. 그게 바로 한참 재미있으면서도 통렬한 동물의 세계이나, 그러나 하늘에도 물속에도 가야 할 길은 저마다 다 따로 나있는 법이었다.

콩들이 엄청 자랐다. 내 무릎을 훌쩍 넘기는 키에 거의 손바닥만한 잎들을 무성히 달고, 세 배미의 밭들을 온통 진한 녹색의 물결로 가득 채워놓고 있다.

농사의 보람이 바로 이런 것인가.

그 과정이야 비록 힘에 겹고 고통스럽지만, 이렇게 어김없는 자비와 은혜의 결실 앞에 서면 또 말짱 그동안의 노고를 잊어먹은 채 마냥 즐겁다. 탈없이 잘 자라주는 자식을 바라볼 때처럼 그렇게 마음이 든든하였다. 이 무성한 콩밭을 내 손으로 가꾸고 수확해서, 빛 부신 가을날 알알이 마대 가마니에 거두어 담을 걸 생각하니 더욱 그랬다.

하지만 무럭무럭 생성하는 이 콩밭의 자랑스런 자태와는 달리, 텃밭의 고추들은 어째 시들시들 꽤나 수상쩍었다. 잎사귀 끝이 검붉게 타들어 가거나 거뭇하게 벌레 먹고, 맵게 여물어가던 풋고추들은 희멀겋게 멍들어 맥없는 희나리로 땅에 떨어지기 일쑤. 그 옆의 열무밭 또한 잎마다 송송 구멍이 뚫리면서 엉망으로 일그러진 몰골이었다.

"암만해도 약을 좀 쳐야 되잖을까?"

가벼운 소독제라도 뿌려줘야 될 성싶어 아내에게 슬쩍 흘렸더니, 그녀는 또 어김없이 세게 도리질을 치면서 응답한다.

"괜히 욕심 부리지 말고 서로 절반씩만 나눠 먹기로 해요. 우리가 반, 벌레들이 반⋯."

탐스런 붉은 고추 기다릴 것 없이, 무공해 풋고추나 실컷 따먹고 말자는 거였다. 열무 같은 다른 푸성귀들도 한창 물이 오르면서 땅을 박차고 올라올 때만 열심히 솎아 먹자는 게 아내의 평소 주장이고 나 역시 그에 맞장구치는 편이나, 이것들이 막상 시름없이 병들고 벌레들에게 마구잡이 물어뜯기는 걸 볼라치면 한순간 불끈 농약을 치고 싶은 유혹에 젖어들곤 한다.

올해는 유난히 비가 많이 자주 내려서, 벼를 비롯한 대개의 농작물이나 호두, 감 같은 과수들의 열매도 시원찮은 판에, 하찮은 채소들까지 그러니 영 속이 상하였다. 그래서 저독성인 목초제 물약을 열무밭에 흩뿌려 주는 것으로 대충 끝냈는데, 그나마 무성한 콩밭이 저리 있으니 그걸로 올 농사 위안을 삼을 수밖에. 생성할 것은 무럭무럭 생성하고, 썩고 소멸할 것은 또 가차없이 그렇게 하도록 만드는 게 한여름의 저 위대한 섭리이며 생리가 아니던가. 자연은 그저 하늘이 정해 준 순리대로 따르고 맡겨두는 게 상수였다.

계절이 8월 중순쯤으로 접어들면, 산천의 모든 생물에게도 독(毒)이 바짝 오르게 마련이다. 무성한 숲과 뱀, 벌, 하찮은 풀, 벌레까지도 저마다의 깊고 고유한 독성을 품고 마지막 열정을 불사르기라도 하듯 기승을 부린다. 며칠 전 눈곱만한 불개미한테 물린 손등이 거의 달걀만큼이나 벌겋게 부어오르는 데는 거의 할말을 잃을 지경이었다. 각다귀 모기들의 불룩한 배는 온통 싯붉은 피로 채워졌으며, 지난봄부터 자르고 또 짓이겨도 한사코 무성하게 고개를 내밀던 들녘의 온갖 잡초들 역시 줄기차게 칼날을 세워 온 맹독의 결과를 한껏 내뿜는 거였다.

그러나 가을은 또 어김없이, 자연의 순리대로 찾아오는 법이었다. 매운 숨을 절로 헉헉거리게 하던 무더위가 한풀 꺾이고 나니 벌써 그 서늘한 기운이 알게 모르게 감지된다. 이제 함부로 독을 내뿜던 저 숱한 만물도 머잖아 그 왕성한 생명력을 소진한 채 하나같이 시들시들 멈추고 말리라.

그럼에도 콩밭의 녹색 빛깔은 여전히 짙푸르다 못해 아예 먹그늘이었다. 너무 잦은 비 때문에 여문 알이 좀 튼실치 않긴 하지만, 그래도 가지에 달린 콩깍지들은 포기가 휘어질 정도로 많아 한 며칠해만 쨍쨍 더 비춰 준다면 아주 괜찮은 수확을 기대해도 좋을 듯.

그 콩밭 곁을 지나던 반장님이 입을 쩍 벌리며 탄성이었다.

"얏다, 이 집 콩, 잘 되는 것 좀 보소. 겁나네그랴."

콩을 수확하였다. 싱그러운 늦봄과 무성한 한여름을 거쳐 이겨온 나의 자랑스런 첫 농작물, 콩.

누렇게 익은 콩대를 일일이 손으로 뽑는데, 잘 여문 콩깍지가 자칫 쏟아질까 봐 여간 신경 쓰이는 게 아니었다. 그러나 가을햇살 일렁이는 콩밭에선 노오란 콩알들의 즐거운 함성이 그칠 줄 몰랐다. 이런 게 바로 농사짓는 이들의 한결같은 기쁨이거니와, 콩 심은 데 콩 나는 자연의 이치에 더해, 뿌린 대로 거두어 주는 섭리까지 또 온몸으로 깨닫고 느껴 얻었다. 그동안의 온갖 노고의 땀방울이 한순간에 싹 가시는 듯하였다.

열흘쯤 지난 후, 나는 다시 콩을 털었다.

수확한 콩을 지금껏 햇볕에 바짝 말려 두었다가 땅바닥에 대형 비닐멍석을 깔고 묵직한 몽둥이로 마구잡이 두들겨 패는 일이었는데, 처음엔 별 대수롭잖게 장난삼아 덤벼들었으나 나는 이내 뒤로 나가떨어지고 말았다. 어떻게든 혼자 해결해 볼 작정으로 엊그제부터 쉬엄쉬엄 그것들을 두들겨대다가, 이내 두 손을 든 채 내 농사선생인 반장댁한테 충분한 품삯 드릴 요량으로 도움을 청할 수밖에.

숨 가쁜 노인네지만 콩깍지 까부는 키와 널찍한 체 꿰어차 들고 흔쾌히 달려와 주었다. 그러고는 요령 좋게 콩타작을 시작하면서,

"콩알이 증말 튼실타. 이 동네서 젤 많이, 젤 잘 됐슈. 선무당이 사람 잡는다더니, 농사의 '농' 자도 모르는 양반이 큰 콩 잡았네유."

찬탄하시기에 바쁘다. 그러면서 또,

"그렇게 힘만으로 마구잡이 두들겨 팬다고 되는 게 아니우. 살살 달래가믄서 어깨에 힘 빼고 때려야제, 안 그르믄 금방 몸살나유. 아이구, 뿌리 뽑을 때 흙을 잘 털어냈어야지, 이리 온통 범벅으로 묻혀 놨으니 어쩐다. 흙 반, 콩 반으로 뒤섞였으니 이걸 체질하고 걸러내려면 내일까정 해도 모자라겠슈."

연신 구시렁대신다.

그 중에서도 나를 더욱 곤혹스럽게 만드는 건, 아주 어렵게 끝낸 이쪽의 말끝마다 거의 반드시 따라 붙고야 마는 당신의 반문 어법이다. 기껏 애를 써서, 제법 크고 정확한 음성과 문장으로 잘 알아듣게 말을 끝냈는데도, 그네는 이내 '야?'라고 습관처럼 되묻는 것이다. 그러면 나는 다시금 이미 내뱉었던 말을 목청껏 되풀이해야 하는바, 이게 또 보통 고역이 아니라는 얘기이다. 그럼에도 그동안 동네에 살가운 말동무가 없어 입 안의 말이 고플 대로 고팠던 반장댁은, 거의 알아들을 수 없이 심한 충청도 방언으로 켜켜이 쌓인 독백인 듯 당신의 한 많은 과거사나 마을 안 숨은 내력들을 시시콜콜 털어놓으신다.

"이 첩첩산골로 시집와설랑 여태껏 땅만 파먹고 살았슈. 남편은 전쟁통에 군대 가서 자그마치 칠 년 동안이나 아무 소식 없지, 시집 식구덜은 또 서로 번갈아 감시로 새색시 구박하고 타박하지, 비탈진 묵정밭에 똥거름 지고 오르내린 건 예사였슈. 내 지나온 야기, 책으로, 연속극으로다가 엮으라는 사람 참 많아유. 어떻게 안 될까유?"

" …… ?"

"일가 피붙이도 지내기에 따라선 생판 남보다 못혀유. 그저 이웃 사촌을 잘 둬야지, 너무 못살믄 부모형제한티서도 괄시받는당께유.

그나저나 요즘같이 좋은 시상에, 암인가 뭔가 하는 그 몹쓸 병은 왜 고쳐내지 못한대유? 처음엔 콩알만했던 그 혹덩이가 왜 자꾸 커지기만 한대유?"

"반장님은, 정말 가망 없으시대요?"

"틀렸시우. 그래도 무심한 우리 바깥 서방님은, 저리 병석에서 한가로이 마지막 밥상 받아놓고 있으믄서도, 생전 고맙다는 말 한마디 없슈. 당신 나 만나서 고생했다, 사랑 못해줘서 미안하다, 그런 정겨운 위로말은커녕, 걸핏하믄 지금도 오히려 남들 역성들기 바쁘당께유. 내가 지지리도 복이 없는 년이지."

또 누구는 욕심 많은 심술쟁이, 누구는 주정뱅이에 쌈꾼, 누구는 이혼선수, 누구는 놀기 좋아하는 난봉꾼, 또 누구는⋯ 어쩌구저쩌구 까발리기에 바쁘시다. 늘 코맹맹이 축농기마저 달고 있는 쉰 목소리라 두 귀 바짝 곤추세워 잘 새겨들어야 하는 번거로움은 좀 있어도, 그 바람에 고된 콩 털기가 한결 수월하였다.

모름지기 세상 누구든 기막힌 소설 한 권쯤의 자기 이야기는 다 갖고 있는 법, 이즈음에도 언제나 이른 새벽부터 캄캄 해질녘까지 그저 험한 농사일밖에 모르는 그네가 새삼 안타까웠다. 하지만 일로 해서 많이 움직이는 그게 어쩌면 건강하게, 오래 사는 첩경일 수도 있지 않겠는가 싶어, 이제 그만 억척 일손을 놓으시라는 말은 더 이상 않기로 혼자 속으로 다짐하였다.

어쨌든 농사박사인 그네 덕분에 어렵사리 콩 털기 일을 끝내긴 했으나 내 머리, 얼굴이며 옷가지는 이미 흙먼지를 흠뻑 뒤집어쓴 탈바가지 꼴이다. 그런데 수확물은 고작 2백 킬로그램 정도이니 농협 공판장 값으로 치면 겨우 60만 원쯤. 참 허무하고도 가소로운 결과가 아닐 수 없었다. 4백여 평의 세 배미 기름진 밭에서, 부신 햇살 넘실거리는 저 봄부터 결실의 황금빛 이 가을까지 나는 얼마나 시난 고난 이것들 때문에 몸살처럼 부대껴 왔던가. 이제야 농민들이 쉬 농촌을 뜨는 이유를 좀더 확실하게 이해할 수 있었다. 그럼에도 반장댁은 맨 나머지 키질을 계속하면서,

"돈 보고 농사 지으려믄 이 짓 못 혀유. 내가 손수 지어서 곳간에 쌓아두는 맛, 그걸 필요할 때 하나하나 꺼내 먹고 나눠주는 맛으로 농사 지어야주. 안 그류, 서울양반?"

은근슬쩍 뒤틀린 내 심사를 위로하고 격려하였다. 나도 태연스레 대꾸하였다.

"암은요, 농사는 소득 바라고 짓는 게 아니지요. 손수 내 손으로, 농약 안 치고 짓는 이 맛이 기막히잖아요."

흔쾌히 맞장구치긴 하였으나, 마음은 여전히 뭔가 허전한 구름밭을 헤매었다. 그 기분을 바삐 지워내기 위해서라도 나는 서둘러 콩 됫박을 따로 챙겨야 했다. 반장님한테 보내는 내 푸짐한 가을 선물이었다.

11월 하순, 온 들녘이 텅 비어버렸다.

그토록 온갖 작물로 충만하던 논과 밭들이 추수를 끝낸 낫과 트랙터 칼날 자국만 빈 바둑판처럼 남긴 채 허허벌판으로 변했는데, 이 완벽한 여백을 위해 지난여름은 그리 극성스레 무덥고 무성했던가 보았다. 만산홍엽의 가을산도 이제 마지막 잎사귀마저 훌훌 떨어내고, 저마다 빈 알몸을 환히 드러내고 있는 중이다. 많은 양의 수분을 빨아먹는 잎사귀를 아낌없이 다 떨어내야 그 나무 자신이 물 없는 긴

겨울을 죽지 않고 버텨낼 수 있다는, 한 치 어김없이 되풀이되는 나무들의 생리도 진정 위대하고 아름답다. 이 정적, 이 거대한 침묵의 여백이 눈물겹도록 아름답다. 어느 화가의 걸출한 붓놀림이 저 빈 충만의 여백을 좁고 하찮은 화폭에 어찌 담을 수 있을 것인가.

거기에 희끗희끗 숫눈발까지 흩날리는 지경에 놓이면, 여기 함박골의 초겨울 한가운데에 알몸으로 우뚝 서 있는 감나무의 선홍빛 홍시들이 꽃보다 더 어여뻐 보이는 까닭은, 노지(露地)의 모든 과일 중에서 거의 유일하게 마지막까지 남아있기 때문이리라.

우리집 감나무도 예외가 아니다. 마당 초입의 다릿목에 서 있는 제법 우람한 수형의 수십 년생 고목이 그것인데, 작년에만 해도 말랑말랑한 반시 곶감이다, 참살이 건강 감식초다 해가면서 늦가을 내내 열심히 따내는 바람에 그 붉게 단맛을 크게 즐겼으나, 내가 이런저런 바쁜 일로 거의 손을 못 댄 올해엔 유난히 많은 홍시들이 지금껏 그 탐스럽고 현란한 자태를 하늘 높이 뽐낼 따름이다. 한겨울을 알리는 찬 서리와 성난 비바람에도 끄떡없이 빈 가지 끝에 용케 매달려 있던 그것들이 이제 모진 눈보라를 얻어맞고선 더 이상 버틸 재간이 없었던지, 끝없이 투명한 얼음햇살을 온몸에 품은 채 하나 둘 절로 땅에 떨어지곤 한다. 어김없는 하늘 뜻에 따른 그 핏빛 장렬한 투신이라니, 어느 낙화가 저리 화사하고 비장하게 아름다울까.

모름지기 이럴 때의 '아름다움'의 '아름'은 진정한 '앓음'에서 비롯되었을 법하다. 언 홍시가 가끔은 한가로운 개목장(우리집 개들은 줄 없이 풀어 기른다)에도 뜬금없이 툭, 툭 떨어져, 흠칫 놀란 가을이나 반디녀석이 냉큼 달려들어 까무러칠 듯 핥아먹기도 하는데, 때까치나 다른 멧새들까지 우리 가족과 함께 골고루 나눠 맛을 보게 되니 더욱 즐겁다. 웬만한 꿀은 저리 가라 할 만큼 단맛의 극치라 할 수 있거니와, 입 안에 가득 차는 그 붉은 빛의 터질 듯한 양감이라니!

이제 저 홍시들마저 얼어붙듯 멍들어 다 떨어지고 나면, 한겨울의 눈은 아주 깊게 이 산속의 적막을 부신 설경으로 뒤덮을 것이다. 털빛 화려한 장끼와 까투리 한 쌍이 빈 콩깍지 소복이 쌓인 퇴비장에 보기 좋게 내려앉았다.

그 이튿날 아침, 지금껏 구들장만 짊어지고 지내기 일쑤이던 반장님이 밤새 꿈꾸듯 돌아가셨다는 기별이 거짓말처럼 날아들었다. 내가 보낸 귀한 콩 선물에도 아랑곳없이.

길은 집을 짓지 않는다

집 짓는 소리가 온 산을 울린다. 양지바른 고래실 골짜기가 또 진
종일 떠나갈 듯하다.

저게 아닌데, 저 모양은 결코 아닌데⋯.

나는 몇 번씩이나 동쪽으로 비스듬히 올려다 보이는 신축건물 현
장을 일별하며 혼자 고개를 흔든다. 애초에 생각했던 것보다 훨씬
크고 멋지고 거창한 골격이기 때문이다. 굴착기와 석공, 조경사까
지 떼거리로 불러 터를 닦고 석축 쌓고 나무 심는 데만 수개월이 걸
리더니, 꽃피고 새 우짖는 이른 봄부터 시작된 그이의 집짓기는 여
름이 한창인 이즈음에 이르러서도 겨우 그 뼈대만 조금씩 완성되고
있음에랴. 그것을 떠받치고 있는 대지의 하단부 석축만 해도, 아래
쪽에서 올려다보면 마치 웅장한 성채와도 같은 위압감을 던져 주기
에 충분하거니와, 누가 봐도 그럴싸한 무슨 사찰이나 수련원 같은

대형 건조물로 짐작하기에 딱 맞지, 물 좋고 산 좋은 조용한 숲 속의 전원주택으로 보아주기에는 영 마뜩잖았다. 청기와까지 올린다고 했다.

"김 선생, 더운데 거기서 뭐 하시우?"

때맞춰 나를 부르는 소리가 들려왔다. 다름 아닌 언덕 위의 땅주인 '직가스' 장군이다. 질서정연하게 줄 맞춰 엮여진 지붕의 서까래 골조 위에서 곡예 하듯 위태롭게 작업하는 목수들을 배경에 두고, 그이는 사람 좋게 손짓하며 다시 소리친다.

"어서 와 냉커피나 한 잔 하시구려. 맨날 들여다보는 항아리 이제 그만 만지시고……."

"아, 예. 그러지요."

안 그래도 궁금해서 그쪽으로 걸음 하려던 참이었다. 나는 곧 내 밥줄이기도 한 된장 항아리 뚜껑을 덮고 돌아섰다. 그리고 짧지만 가파른 언덕길을 올라 큼지막한 냉커피 유리잔을 받아들기 바쁘게,

"정말로 기와를 올리시게요?"

밤새 이를 앓던 걱정거리를 냉큼 꺼내었다. 생판 남의 밥상에 콩 놔라 팥 놔라 상관할 일은 아니지만, 그래도 내내 단 두 집만의 이웃으로 살아갈 깊은 산속의 주거형편이고 보니 그냥 그렇게 슬그머니 넘어갈 일도 아니었다. 더욱이 '손바닥만한 땅뙈기에 그저 등 따습고 바람 안 들어오는 정겨운 통나무집이나 황토방'을 들먹이던 직가스의 맨 처음 다짐과는 영 딴판이지 않은가. 하지만 직가스는 주저없이 대답한다.

"내 손으로 직접 집짓기는 이게 처음이자 마지막인데, 기왕에 짓는 것 크게 한 번 지어봐야지요. 사나이는 역시 스스로 집을 지어봐

116

야 한다니까!"

"그렇지만 저는 암만해도⋯."

"여기 이름이 비록 양지바른 고래실이긴 하나, 산세가 워낙 험하게 목을 조르는 형국이라서 그걸 제압하려면 어쩔 수 없는 노릇, 이 고래실에 걸맞은 고래등 하나 턱하니 버티고 서있는 것도 괜찮지 않겠나 싶소. 그래야 상하좌우에서 마구 짓누르는 억센 지기(地氣)를 단칼에 다스릴 수 있단 말이오."

"자연의 순리를 억지로 고치고 바꾸려다 보면 많은 무리가 따를 수도 있지요."

나는 엊그제도 한 번 다녀간 시내의 환경단체 사람들의 심상치 않은 움직임을 의식하며 다시 좀더 솔직하게 털어놓는다.

"암만해도 요 앞을 오르내리는 등산객들이나 자연보호 운동하는 사람들 눈초리가 예사롭지 않더라구요. 오늘 아침에는 절에서도 젊은 스님이 한 분 올라와 잠깐 살펴보고는 고개를 갸웃거리며 내려가던데요."

"제까짓 것들이 뭔데 남의 일에 참견한다는 겁니까? 이 나라는 엄연히 자유민주주의 국가요, 사유재산권이 보장되는 자본주의 사회로서, 구워 먹든 삶아 먹든 내 땅 내가 알아서 하겠다는데 도대체 무슨 참견들이 그리 많아?"

"아니, 저도 괜히 걱정이 돼서 미리 귀띔해 드리는 겁니다. 요즘엔 환경민원이 들어가면 허가를 내준 행정당국에서도 아주 골치 아파하니까요."

"그러고 보니, 김 선생도 은근히 시시비비하는 그놈들 편에 서 계시는 게 아니오?"

"아이구, 가까운 이웃으로 살면서 무슨 말씀을 그리 섭섭히 하십니까? 혹시나 예기찮은 말썽이라도 생기면 어쩌나 공연스레 걱정이 돼서 그러는 거지요."

"암은, 그러셔야죠. 우린 누가 뭐래도 이 고래실을 지키고 가꿔 나가는 데 온 힘을 합쳐야 할 공동 운명체니까, 나는 아우 같은 김 선생을 끝까지 믿고 의지할 겁니다."

" ......"

물은 이미 엎질러진 것, 더 이상 떠들어 봐야 무슨 소용인가 싶어 나는 이내 입을 다물었다. 직가스는 매사 이런 식인 것을. 한 번 결정한 건 그 어떤 난관에 가로막히더라도 역전의 예비역 육군소장 출신답게 초지일관 직선으로 탱크처럼 밀어붙일 뿐 아니라, 남의 말에 귀 기울이고 마음 깊이 배려하는 덕스러움 같은 건 애초에 기대할 수 없는 위인이어서 더욱 그렇다. 모든 사고와 언행이 아주 단순하게 우향우 한 쪽으로만 뻗쳐 있으되, 의외로 의심과 겁이 많고 아주 작고 하찮은 일에도 목숨을 걸다시피 덤벼드는 빈틈없는 성격의 소유자. 그래서 내가 '직가스'라 속으로 별명을 붙였거니와, 지난봄 볕 밝은 어느 날 독서 삼매경 때의 한 삽화가 그 결정적인 계기였다. 그동안 까맣게 잊고 지냈던 소설(임철우의 《직선과 독가스》) 책을 모처럼 집어들고 마당가의 나무그늘 밑으로 가 한창 그 재미에 푹욱 빠져드려는데, 제초제 분무기통을 등에 진 그이가 때맞춰 찾아들었던 것이다.

아이구, 신선놀음이 따로 없구랴. 늘 바쁜 양반이 무슨 책을 그리 열심히 읽으슈?

아, 예. 봄빛이 너무 고즈넉해서 말이죠.

책하고는 아예 담을 쌓고 사는 사람이라는 걸 미루어 짐작하고 있던 터라, 나는 시답잖게 대꾸하며 기대었던 등의자에서 천천히 몸을 일으켰다. 아니나 다르랴, 그이가 다시 엉뚱한 심술로 자신의 무식을 과시한다.

봄볕이 좋으면 서둘러 씨 뿌릴 준비를 하셔야지, 한가하게 책만 읽고 계시다뇨. 책이 밥 먹여 주는 건 아니잖습니까.

직접 밥을 먹여 주는 건 아니지만, 마음의 양식은 맘껏 제공해 주지요. 책 속에 길이 있다는 말이 빈말이 아닙니다.

허, 그거 다 거짓말입니다. 특히 그 소설이라는 거, 그거 다 말짱 도루묵이지요.

왜요?

현실이 아닌, 순전히 허구로 지어낸 거짓말이니까 그렇지요. 맨날 울고 짜는 사랑노름이나 일삼잖아요. 내가 걸어온 기막힌 이야기를 소설로 쓰면 정말 기막히게 잘 팔릴 텐데….

소설은, 그리고 문학이라는 건, 그런 식의 단순한 거짓말이 아닙니다. 그 속에 진실이 담겨 있지 않으면 결코 남이 읽어주지 않지요. 남이 감동할 수 없는 이야기는 소설 또한 될 수 없습니다.

나는 읽다 만 책을 덮고 조심스럽게, 그러나 퉁명스레 따지듯 다시 계속했다.

그건 그렇구, 또 제초제 뿌리시게요?

잡초는 그저 초장에 싹 조져야지, 안 그러면 두고두고 전쟁을 치러야 되니까 내가 직접 통 지고 나섰소이다. 집 주변이 말끔해야 사람 사는 집 같지, 김 선생처럼 이리 잡초가 무성하면 난 영 개운치가 않더라구. 허허허.

농약을 극도로 싫어하는 나를 의식한 그이가 어쭙잖은 너털웃음으로 얼버무렸다. 마치 전쟁터에라도 나가는 군인처럼 발목을 꽉 조인 정글화와 방수복, 안전모에 분진 마스크까지 목에 건 완전무장의 그이를 흘깃 건너다보며 나는 여전히 지지 않고 받는다.

그래도 독 많은 제초제보다는 적당한 때 예초기 돌려 자르면 잡초는 결국 잡히게 돼 있는데, 그러지 않고 그걸 마구 뿌려대면 우리가 먹고 마시는 지하수, 채소 다 망칩니다. 물과 공기, 땅이 다 죽는다구요.

김 선생 얘기도 일리가 있긴 하지만, 뱀과 모기, 온갖 벌레가 창궐하는 것보다는 낫지 않겠소? 보기에도 우선 흉측하지 않고.

그게 바로 생태파괴지요. 그리고 보기에 흉측한 건 오히려 제초제 뿌린 다음의 그 불난 듯 황량하고 살벌한 죽음의 풍경이 아닐까요?

나는 자신도 모르게 약간 상기된 목소리로 반문하면서, 순간적으로 '직가스'의 이미지를 퍼뜩 떠올렸다. 바로 이 사람이 직선과 독가스로 온몸, 온 정신을 가득 채우고 있는 건 아닐까. 임철우 작가의 《직선과 독가스》를 아직 다 읽어 본 것은 아니지만, 거기에서 유추한 내 나름의 이미지는 이 모나고 단순한 완전주의자의 모습과 너무나도 딱 일치된 형상으로 다가왔던 것이다.

그래, 맞아. 내 의식 속에서의 당신은 오늘부터 다름 아닌 직가스 장군이야!

직가스가 이 고래실로 맨 처음 찾아든 것은 작년 봄이었다. 그러니까 어느새 거의 1년 반쯤이 지난 셈인데, 그날도 여전히 날씨는 쾌청하고 초록으로 깊이 물든 산천은 만화방창이었다. 거짓말처럼 꽃이 피고, 거짓말처럼 다시 생겨난 벌과 나비가 날거나 새가 울었다. 나는 그 넘쳐나는 은혜와 감탄의 대지 위에서 어설픈 닭장 짓기에 한창 열을 올리는 중이었다.

안녕하십니까?

망치질을 멈추고 돌아보니 웬 말쑥한 정장차림의 노신사가 싱긋 웃으며 서있다. 한눈에 봐도 꽤나 점잖고 세련된 분위기가 확 풍겨 나오는 사람이었다. 나이는 나보다 거의 한 세대쯤의 윗길로 여겨지지만, 산전수전 다 겪었을 그 모진 풍상에도 어떤 인생의 그늘이나 상처가 전혀 묻어 있지 않아서 얼핏 나보다도 더 젊어 보임직했다.

무슨, 일로?

나는 엉거주춤 반기며 용건을 물었고, 노신사도 기다렸다는 듯 평상이 놓인 우물가의 나무그늘을 가리키며 말했다.

일을 방해해서 미안하오만, 잠깐 땀 좀 들이시지요.

그러시지요.

마치 주객이 뒤바뀐 모양새로 평상에 앉자, 그이는 손에 들고 있던 검은 비닐봉지 속의 캔맥주와 육포를 꺼내었다. 그리고 호기롭게 캔의 마개를 똑 따서 내게 내밀고, 당신도 아직 냉기가 남아 있는 그것을 천천히 따 들었다.

자, 우선 목부터 축이시고 나서 통성명합시다. 우리가 남이 아니라는 건 전생의 인연이 착실히 알려 줄 겁니다.

……?

나는 여전히 어리벙벙한 눈을 쏨벅이며 낯선 상대의 호의를 적당한 경계심과 즐거움으로 받아들였다. 때 맞춰 힘에 겨운 갈증도 일던 참이라 몇 모금의 찬 맥주는 금세 기분 좋게 목울대를 넘어갔다.

노신사가 비로소 본론을 끄집어냈다.

실은, 여기가 바로 내 안태 고향이올시다. 이 몸이 태어난 곳.

아, 그러세요?

그래서 죽을 때가 가까워오니 자꾸만 이쪽으로 고개가 돌려지지 뭡니까. 수구초심이라는 말에 걸맞게, 짐승도 때가 되면 맨 처음의 자리로 되돌아가 죽는다잖습니까. 허허헛, 이 몸이 딱 그 짝입니다.

그리고 작자는 계속해서 자신의 과거, 앞으로의 포부까지 좀 부담스런 군대식 달변으로 펼쳐 나갔는데, 그것을 요약하자면 대충 다음과 같았다.

요컨대, 김약술이라는 이름을 가진 예비역 장군의 이 늙은 사내는, 일찍이 때를 맞춰 퇴역하여 정부 산하기관의 한직을 조금 떠돌다가 나이가 벌써 칠십 줄에 이르렀는데, 이제는 진정 조용히 인생을 돌아보며 살고 싶다는 거였다. 그래서 죽어서도 편안히 묻힐 만한 무덤 겸용의 집터를 물색해 본 끝에 결국은 이 숨어 있는 고향땅으로 낙착되더라는 것. 어릴 때는 그토록 지겹게 어디론지 늘 떠나 살도록 충동질했고, 급기야 모든 걸 정리한 가난뱅이 부모 따라 대처 타관으로 나간 후에는 두 번 다시 돌아보지 않았던 곳인데, 어느 날 문득 이곳을 떠올리며 애타게 그리워하게 된 건 참으로 이상한 일이라는 거였다. 개천에서 용 났다는 이야기는 바로 자신을 두고 이른 참 적절한 경우였으되, 어릴 적 이곳을 뜬 이후로는 한 번도 고향이라고 여기지도 않을 정도로 까맣게 잊고 살았으나 결국 이렇게 되고 말았다는 거였다. 그래서 여느 등산객과 마찬가지로 두어 번 이곳을 오르내리며 옛 추억을 더듬고 다시 살 자리를 모색해 봤는데, 그때 자신이 살았던 그 집터는 이미 당신이 터억 차지해 들어앉아 있으니 이를 어쩌면 좋으냐는 하소연이었다.

허, 그 참, 묘한 인연이군요.

나는 혼란스런 웃음을 베어 물며 다시 이었다.

그런데 어쩌죠? 우린 전혀 이 땅을 팔 생각이 없으니.

암은요, 여기 오신 지 서너 해밖에 안 되셨다는 것도 잘 알고 있습니다. 그 지독한 도시공해와 득시글대는 인총이 싫어 큰맘 먹고 귀농하신 분의 이 안락한 산중 전원생활을 방해할 생각은 추호도 없습니다. 이 몸은 다만….

기탄없이 말씀하시지요.

저 언덕빼기 밤나무밭을 좀, 분양해 주셨으면 해서요. 집터로는 지대가 좀 높고 서향이긴 하지만, 그런대로 정성 들여 닦아 놓으면 등 따숩고 아담한 통나무집이나 황토방 정도는 능히 지어 볼 수 있을 것 같습니다. 어떻게 잘 좀 안 되겠습니까? 외람되지만, 땅값은 달라시는 대로 셈해 드리지요.

글쎄요, 너무 갑자기 듣는 말씀이라….

물론이죠. 지금 당장은 대답하시기 곤란할 테니, 이번 주말에 다시 오지요. 그 사이 식구들하고 상의하고 잘 따지셔서 꼭 좋은 결과 있었으면 합니다. 이래뵈도 여기가 예전에는 열몇 가구가 살던 부자 산동네였지요. 그런데 지금은 오직 김 선생 댁 혼자시니, 저 같은 이웃 하나쯤 듬직하게 옆에 둬도 크게 손해 볼 일은 아마 없을 겁니다. 더욱이 성씨도 저와 같고 조용히 살고 싶은 목적도 저와 똑같으니, 우린 분명 전생에서부터 보통 인연이 아니라 여겨집니다. 허허허.

그런데 어떻게 저 땅 주인이 저라는 걸 아셨습니까?

그런 거야 요즘 세상에 금방 알아볼 수 있지요. 저 밤나무밭을 대지로 지목 변경하는 거나, 여기까지 찻길 닦고 고압전기 끌어들이는 일도 지가 죄 알아서 처리할 테니 그저 저 오백삼십 평짜리 묵은 땅만 고스란히 저에게 넘겨주십시오. 김 선생은 암만 봐도 농사지으실 분이 아니니 하루라도 빨리 처분하시는 게 여러모로 좋을 겁니다.

사실이 그랬다. 처음 한두 해는 정말 물불 가리지 않고 이런저런 농사일에도 겁없이 덤벼들어 보았으나, 천성이 백면서생인 주제에 끝없는 풀과 병충해, 전혀 예기찮았던 안전사고나 풍수해 따위의 '전쟁'에서 그만 지쳐 나가떨어진 채 백기를 들고 만 오늘의 실정임에랴. 그래서 아내와 나는 이제 입에 풀칠할 마지막 수단으로 '세상에서 가장 맛있는 토속된장' 제조 쪽으로 슬그머니 방향을 틀어잡고 있는 형편이었다. 그런데 그 밑천 장만이 영 여의치 않아서 속으로 애가 닳아 전전긍긍해 있던 판에 이 엉뚱한 노신사가 불현듯 우리 앞에 나타난 것이다.

아내는 단박에 환영하고 나섰다. 하루가 다르게 조여드는 생존의 위기감은 차치하고라도, 사방이 첩첩 외로움으로 에워싸인 적막한 산중에서 어찌 그런 훌륭한 이웃을 만날 수 있겠냐는 게 그녀의 거침없는 주장이었다. 그 또한 숨길 수 없는 사실이었다. 애당초 외로움을 많이 타는 아내는 아예 그렇다 치더라도, 어지간히 혼자 호흡하기를 즐기며 언제까지나 지금 이대로의 조용한 삶을 흔들림없이 유지하고 싶은 나 역시도, 하루해가 넘어가는 낮과 밤의 그 야릇한 어스름 무렵이면 문득 이상한 고적감이 뼛골에 사무치는 것을 이즈음 들어 온몸으로 자주 겪고 있음에랴.

일은 일사천리로 진행되었다. 3백여 평의 집과 채마밭을 빼놓으면 우리 재산의 거의 전부나 다름없는 언덕 위 밤나무밭을 더 이상 주저하지 않고 팔아 치우기로 했다. 그리하여 우리는 늘 안개와도 같이 모호하기만 했던 지금까지의 실속 없는 전원생활을 완전 새로이 정비, 세상에서 가장 맛있는 토속된장 사업을 자그맣게 시작해 보기로 했다. 햇살 양명한 마당 가득 자갈을 깔고 하나 둘 질 좋은 항아리를 끌어들였으며, 메주 띄우는 황토 밀실과 가마솥 작업장도 손수 돌과 나무를 날라 토속적으로 지어 나갔다. 햇콩을 입도선매하기 위한 절 아래 마을 출입도 부쩍 잦아졌다.

　김약술 씨의 행동은 더욱 민첩하고 재재발랐다. 한 번 마음먹은 건 지체없이 실천으로 옮기는 사람이었다. 탱크처럼 밀어붙이는 그 당찬 추진력과 저돌성 앞에선 그저 멍하니 혀만 내두를 수밖에 없었는데, 수완 좋은 그이는 우리와의 매매계약서 인주가 채 마르기도 전에 그 척박한 돌밭을 말짱한 대지로 한순간에 바꿔 놓았을 뿐 아니라, 경운기나 겨우 힘들게 오르내릴 정도의 거친 비포장 산길을 또 어떻게 행정당국에 압력을 넣고 구워삶았는지 시원한 아스팔트 포장농로로 확 갈아 닦아놓는 거였다. 그 진입로에 해당되는 부분은 다름 아닌 절 땅이어서 반드시 이 산의 터줏대감이기도 한 안양사(安養寺) 주지의 허락이 떨어져야 할 것이나, 절 쪽에서도 그동안 간절히 바라던 숙원사업이었으므로 두말없이 쌍수를 들어 동의한 모양이었다. 우회로로 이 길을 들어서서 이용하는 등산객들 또한 마찬가지였다. 다음으로는 전신주였다. 기분 좋은 포장길을 따라 말쑥하게 뻗은 시멘트 전신주들이 줄지어 세워졌는데, 그동안 그 흔한 전기 하나 끌어오지 못한 채 겨우 소형 자가발전기에나 가끔씩 의지하며 원시의 촛불로 밤을 밝혀 온 우리에게도 실로 엄청난 개명천지가 찾아든 셈이었다. 들뜬 아내는 그것 보라며 이웃 하나는 정말 끝내준다고 연신 싱글벙글이었다.

하지만 아내의 큰 기쁨은 그리 오래 가지 못했다. 독하고 역한 제초제 냄새가 뜬금없이 코를 찔러왔기 때문이었다. 싱그러운 여름날 아침, 모처럼 단잠에서 깨어나 쭈욱 기지개를 켜며 상쾌하게 창을 열던 그네는, 아니, 이게 무슨 냄새야? 응, 무슨 냄새지? 하고 이내 미간을 잔뜩 찌푸리더니 기겁할 듯 코를 싸쥐었던 것이다. 그러고는 금방 숨넘어갈 듯 앙앙불락하여,

아니, 저 멀쩡한 신사 양반이 제초제를 마구잡이 뿌려대잖아! 이거, 큰일났네. 여보, 빨랑 뛰어가서 여긴 농약 모르고 사는 유기농 청정지역이라고 알려 줘요! 모든 생명이 다 죽는다고, 어서요!

채소밭에 물을 줘야 할 텐데, 줘야 할 텐데, 하면서도 아직 미망의 잠을 다 털어내지 못한 채 잠자리를 뒤척이는 나에게, 아내는 여전히 분기탱천하여 소리쳤다. 아니나 다를까, 내 코에도 이내 진한 제초제 냄새가 훅 맡아졌다. 반사적으로 몸을 일으켰다. 그리고 서둘러 작업복을 걸쳐 입고 밖으로 나가 냄새의 진원지를 올려다보았는데, 역시 김약술 씨였다. 엊그제 현장 사무소를 겸한 숙소용 컨테이너를 대형 트럭에 실어온 그이는, 이제 완전한 새 땅주인이 되어 어떤 궂은일도 마다치 않고 그렇게 몸소 터닦기 기초작업에 열중하고 있었다. 그러나 이미 밤나무들이 그루째 베어진 그 황량한 밭쪽으로 급히 발걸음을 옮기려던 나는 이내 주춤 멈추어 서고 말았다. 아무려나 소중한 자기땅 자기가 알아서 하는데 국외자인 내가 어찌 나서서 말릴 수 있단 말인가. 일단 어렵사리 진행중인 일, 나중에 진중히 말씀드리면 되지. 우리 서로가 자연을 사랑해 나가자고, 앞으로는 서로 상의해서 물 맑고 공기 좋은 이곳을 더 이상 농약이나 도시의

공해물질로 오염시키지 말자고 점잖게 일러주면 인격과 절도를 겸비한 무골장군이니 그 가상한 뜻을 이내 충분히 알아들으리라.

하지만 그럴 기회는 내게 쉬 돌아오지 않았다. 차일피일 눈치 보며 미루는 사이, 사륜구동의 레포츠 차를 새벽같이 손수 몰고 다니는 그이의 너무나도 바쁜 집짓기 작업이 본격적으로 시작되어서였다. 김약술 씨는 스스로 그 현장감독 일을 맡아 즐겼다.

오늘도 산중은 요란한 공사 굉음으로 진동한다.

집을 짓기 시작한 이후 지금껏 단 하루도 조용한 날이 없었는데, 또 여전히 그 전기톱 돌아가는 소리와 망치질, 자재를 실어 나르는 차 소리와 인부들의 고함 따위의 소음공해로 뒤덮일 모양이다.

"아무래도 우리가 큰 실수를 한 것 같아요."

벌써부터 기가 질린 아내의 푸념이 다시 이어졌다.

"이러다간 내가 지레 말라죽겠어. 농약과 소음공해도 심각한 문제지만, 밤낮없이 불야성을 이루는 저 전깃불도 보통 일이 아니라구요."

"그러게. 실수 같애 …."

나도 비로소 그동안 쌓인 후회를 속절없이 곱씹었다. 노오랗게 익어가는 항아리 속 된장들이 거의 숨을 못 쉴 지경으로 주변 사정이 진정 어지럽고 시끄러우니 어찌 그런 한숨이 절로 나오지 않을 것인가. 마당과 풀밭을 맘껏 활보하며 아장대던 삼십여 수 토종닭과 세 마리 삽살개는 이제 저마다의 우리 안에 꼼짝없이 갇혀 사는 신세가 되고 말았고, 너무 밝은 한밤중의 전깃불은 무럭무럭 자라던 채마밭의 갖은 청정채소는 물론, 눈부신 꽃과 나무, 산새들의 단잠을 저 멀리로 쫓아버렸다. 쉬지 않고 맑게 흐르는 개울가의 물봉선이나 버들치, 개구리도 어디론지 자취없이 사라져 가고 있었으며, 등산객들이 산을 오르내리며 달게 마시는 길모퉁이 옹달샘 역시 그 시원한 맛이나 양, 냄새가 눈에 띄게 달라졌다. 나는 아내를 안심시키기 위해 다시 말한다.

"하지만 걱정 말아요. 환경단체 사람들이 마침내 활동을 개시했다니까."

"글쎄, 저도 어제 버스 종점에서 그런 소릴 듣긴 들었지만, 그 사람들이 그런다고 그게 그렇게 쉽게 되겠어요? 바위에 달걀치기지."

"세상이 달라져서, 그게 그렇지가 않아요. 시민공원이나 다름없는 등산코스 한켠에서 무서운 생태파괴가 자행되고 있다고 여론이 들끓듯 일어나 봐. 그땐 분명 무슨 조치가 귀찮게 뒤따를 거니까, 우린 모른 척 가만 기다려 보자구."

나는 진실로 그렇게 되기를 속으로 간절히 빌었다.

아, 그림 같은 이 땅과 집을 소유하기 위해 우리는 얼마나 많은 땀과 눈물을 흘렸던가. 지친 도회의 삶을 미련없이 청산하고 이 깊은 산골로 인연 따라 들어와 새로운 둥지를 틀었을 때, 우리는 오직 자연 그대로의 순리에 충실하기로 몇 번씩이나 다짐했었다. 그래서 집도 어느 농투성이 노인네가 남기고 간 누옥을 헐지 않고 그대로 뼈대 삼아서, 집 주변의 흙과 나무와 돌로만 재건축해 아주 만족스레 살고 있거니와, 자연은 또 거기에 거짓없이 화답하여 정녕 맑고 깨끗한 물과 공기, 아름다운 삶의 의미를 무한정 들이마시게 해주었다. 거기엔 이제 인심조석변의 애증으로 늘 상처받고 괴로워하던 어제의 도시의 지옥은 없었다. 서로 지치지 않은 채 헐뜯고 갈등하는 세속의 그 부질없는 일상 대신, 눈뜨면 은혜와 감탄으로 넘쳐나는 자연의 축복만이 우리를 감싸 안았다. 그리하여 우리 스스로 자연과 하나로 동화되는 느낌 속에서, 지금까지와는 전혀 다른 마지막 꿈을 나름대로 즐기며 활짝 펼쳐왔다고 보아야 한다. 그런데 아닌 밤중에 이런 느닷없는 홍두깨를 만나다니!

요란한 다툼 소리가 직가스네 현장에서 시끌벅적 들려온 건 바로 그때였다. 다름 아닌 업자와 건축주 간의 맞고함 섞인 삿대질이었다. 아니, 어떻게 저런 일이 생기지? 늘 고양이 앞의 생쥐 꼴로 직가스 앞을 굽실거리던 진짜 현장감독이 왜 저런 막가는 행패를 부리게 되었지?

나는 적이 궁금하고 괴이쩍어서 서둘러 그쪽으로 발길을 옮겼다. 아니, 좀더 솔직히 표현하자면 신나는 싸움구경을 한 치도 놓치고 싶지 않아서였을 것이다. 일찍이 세상에서 가장 재미있는 건 남의 집 불구경과 싸움구경이라지 않던가.

독기어린 업자가 한껏 핏대를 올려 세우며 소리친다.

"아무리 내 돈 주고 부려먹는 경우라지만 이건 너무 심하잖아요? 그런 식으로 시시콜콜 간섭하고 개 다루듯 하려면 차라리 직접 업자가 돼서 집을 지으셔야지, 왜 우릴 선정해 놓고 이리 골탕을 먹이시느냐 이거예요."

"이 사람이 보자보자 하니까, 점점 …."

"이거, 아침에 먹은 것도 목에 걸려 소화가 안 될 것 같습니다요. 드러워서, 우린 철수합니다."

옆에서 팔짱을 끼고 서있던 목수장이 늘쩡한 가락으로 눙치며 마침내 결심한 듯 연장통을 챙기기 시작하자, 다른 인부들도 지체없이 그의 뒤를 따랐다. 배알이 꼴려 더 이상 일을 않고 물러가겠다는 '노가다판의 곤조'가 바야흐로 진행중이었다. 나는 이만큼 떨어진 채 하릴없는 방관자로 묵묵히 서성일 수밖에 없었는데, 그동안의 직가스의 행티로 미루어 본다면 능히 그럴 만도 할 터였다.

사실 작은 핸드폰과 줄자가 항상 손에 쥐어진 그이의 입은 한순간도 쉬는 법이 없었다. 한 번 정밀하게 업자와 계약 맺고 일임하면 가끔씩 현장에 나와 큰 줄기를 바로잡아 주며 여러 가지 방법으로 일꾼들을 독려해 주고는 그만인 다른 건축주와는 달리, 한시도 현장을 떠나지 않는 그이는 그침없이 뭔가를 요구하거나 지시하고, 까탈부려 트집잡고, 다시 뜯어고치고, 거의 멀쩡한 설계도를 수시로 바꾸거나 자재를 되돌려 보내고, 애써 부서뜨려 고친 것을 다시 원점으로 되살리고 해서 업자 쪽에선 이미 바늘 끝조차 들어가지 않을 그 소갈머리 없는 철저함과 이기심에 절레절레 이골이 날 대로 나있는 형편이었으므로, 이런 중도 불상사는 어쩌면 너무나 당연한 결과인지도 몰랐다. 맨 처음 기초공사를 닦을 때부터 그이의 직선과 독가스는 실로 유감없이 뿜어져 나왔거니와, 입에 씹히는 말이면 무엇이든 여과없이 뱉어내고 방귀조차 꾹 눌러 참아내지 않고서 속 시원히 밖으로 쏟아내 버려야 직성이 풀렸다. 그이는 곧잘 자신이 솔직 담백하고 원칙에 충실한 성격이기 때문이라고 둘러댔지만, 내가 보기엔 적어도 남들에 대한 까닭 모를 불신과 적개심이 천성적으로 몸에 밴 탓이 아닌가 여겨졌다. 설비팀이 들어오면 그들과 또 어김없이 티격태격이기 마련이고, 골조나 전기, 내장, 페인트, 지붕공사에 이르기까지 의기양양 일하러 들어오는 일꾼들은 어느 팀 가릴 것 없이 저마다 두세 번씩 호되게 홍역을 치르게 마련이어서, 오죽하면 그 팀장들마다 애먼 나한테까지 슬그머니 찾아 내려와 '정말 더러워서 못해 먹겠다'고 담배 뻑뻑 피워대며 한숨으로 하소연했을까. 가쁜 숨 씩씩거리며 미련없이 짐 싸들고 차에 오르는 일꾼들을 하 어이없는 표정으로 잠시 지켜보던 직가스의 선언도 역시 칼날처럼 재빠르고 단호했다.

"알았어. 당신들은 오늘로서 끝이야!"

그리고 며칠 후, 전혀 새로운 시공회사 팀을 그 빈자리에 지체없이 채워 넣었다.

하지만 직가스의 불행은 결코 홀로 오지 않았다. 여느 불행의 경우와 똑같이, 파도처럼 떼를 지어 몰려왔다. 옳고 정당한 사회의 공익을 위해 물불 가리지 않고 헌신해 뛰어다니는 시민단체의 회원들이 열혈 활동을 시작한 것인데, 거창한 직가스의 신축저택에 청기와가 입혀지면서 바짝 다가온 완공날짜를 향해 그 위용을 자랑스레 드러낼 무렵, 머리띠를 칭칭 휘두른 채 산을 올라온 그들은 손에 손에 붉은 피켓까지 움켜쥐고서 이렇게 온 산을 흔들어대었다.

"환경파괴 일삼는 악덕업자 물러가라! 우리의 등산로에 호화주택이 웬 말이냐?"

"물러가라, 물러가라. 죽어가는 자연을 살려내라!"

기어이 올 것이 왔구나, 하고 나는 적이 안도하는 기분으로 그들의 당찬 시위를 멀찍이 바라보았다. 뭔가 화끈한 변화를 속으로 은근히 기다려왔던 터이므로, 생각 같아선 나 역시도 주저없이 그 대열 속으로 뛰어들어 함께 동참, 힘껏 구호를 외치고 싶을 지경이었다.

그럼에도 직가스는 코빼기조차 뵈지 않았다. 미리 정보를 들어 알고 있었는지는 몰라도, 오가는 등산객들까지 합세해서 제아무리 크게 소리쳐 떠들어대도 전혀 얼굴을 드러내거나 그들 앞에 나와 해명하지 않았다. 한마디로 코웃음치며 싹 무시해버리고 있는 게 분명했는데, 내 예상은 그대로 적중했다. 한바탕 메아리없는 소란을 피우고 난 시위대가 썰물처럼 산을 빠져 내려가자,

"허, 미친놈들! 세상에 별 희한한 놈들이 다 있네?"

짐짓 아랫집도 잘 새겨들으라는 듯 처억 뒷짐을 지고 나와 혼자 큰소리였다. 채마밭에서 잡초를 뽑고 있던 나를 향해 그이가 다시 내뱉는다.

"남이야 구중궁궐을 짓든 초가집을 짓든 제깟 것들이 대체 무슨 상관이야? 허, 참. 김 선생은 어떻게 생각하시오?"

"그러게 말입니다."

때아닌 난리법석 뒤끝에 그냥 가만히 침묵하는 것도 뭐해서 나는 건성으로 맞장구쳤다. 언덕 위의 그이의 흥분된 투덜거림이 공명을 이루며 다시 들려온다.

"한 번만 더 그런 식으로 남의 재산권 침해했다간 봐라, 내 당장 경찰 불러 처넣어 버릴 테니!"

"……?!"

나는 더 이상 대꾸할 말이 없었다. 어쨌든 맞긴 맞는 논리인 것을. 비록 국유림과 하천부지, 사찰림에 비잉 둘러싸여 있긴 할망정, 직가스는 철저하게 자기땅 안에다 집을 지으며 북 치고 장구 치는 제 멋에 겨워하는 것을. 더욱이 행정당국의 정식허가를 얻어 정해진 법의 테두리 안에서 사유재산권을 정당하게 행사하고 있지 않은가 말이다.

짐작했던 대로, 그이의 집짓기 행보는 보란 듯 더욱 빨라지고 요

132

란스러웠다. 절 입구와 버스 종점, 등산로 여기저기에 거친 비난의 플래카드가 내걸리는 건 물론, 한 지방언론까지 취재보도하는 지경에 이르렀음에도 그이는 여전히 눈 하나 까딱하지 않은 채 새집의 마지막 단장에 온 정성을 기울이고 있었다. 어느새 늦가을이었다.

그리하여 마침내 높은 시멘트 돌담장이 직선의 사방을 에워싸고 정원수 많은 마당에 잔디가 깔린 우람한 청기와집이 완성되었다. 그것은 철옹성이었다. 철대문 위와 담장 네 귀퉁이마다 정밀한 감시카메라가 설치되고, 성능 좋은 엽총과 사나운 진돗개 두 마리도 새로 들여왔으며, 웬 스피커와 경보장치까지 보안등 전주에 높직이 매달려졌다. 그것은 또한 불야성(不夜城)이었다. 밤새 켜놓은 불빛들이 여기저기 너무 많아, 우리집 쪽에서 올려다보면 마치 거대한 유람선이 밤바다를 떠가는 것 같았다. 혹 누구는 산중 카바레나 고급요정 같다고도 했고, 또 어떤 이는 개미 한 마리 얼씬거리지 못하는 철책선의 경비부대 본부 같다고도 했다.

산 아래 안양사 주지가 나를 찾아온 것은 바로 그 무렵이었다. 마당에 한가득 쌓인 낙엽을 부질없이 쓸고 있는데,

"처사님, 안녕하십니까?"

평소에도 친절히 알고 지내는 그이가 공손히 합장하며 집 안으로 성큼 들어오던 것이다. 전에 없던 일이었다. 나는 뜨악한 얼굴로 주지를 반겼다.

"아이구, 스님이 이른 아침에 웬일이시죠?"

"처사님한테 상의드릴 일이 좀 있어서 말이죠."

"어서 오세요, 스님. 안 그래도 저희도 너무 답답해서 ⋯."

바깥 기척에 바짝 귀를 곤두세우고 있던 아내가 반색하며 나온 것

도 당연한 노릇. 절이나 우리가 그동안 저 못된 욕심덩어리 직가스 장군 때문에 이심전심으로 함께 끙끙 앓아온 동병상련의 피치 못할 관계였던 바에야!

아내가 따뜻하게 끓여 내놓은 차를 한 모금 마시고 난 주지가 시선은 여전히 직가스네에서 거두어들이지 않은 채 이윽고 입을 열었다.

"날아온 돌이 박힌 돌 뺀다더니, 아마 저 집 때문에 마음고생이 심하실 겁니다. 우리도 그래왔으니까요. 헌데, 이제는 어떻게든 그 해결책을 강구해야겠습니다."

"아니, 어떻게요?"

불안과 기대가 반반씩 섞인 아내가 반짝 눈을 빛내며 반문했고, 주지가 덤덤히 계속했다.

"우리도 고유한 사유재산권을 행사해야지요. 길을 막겠다는 겁니다."

"아니, 그럼 우리는요? 그걸 막으면 우리도 꼼짝없이 갇혀버리는데, 그럼 언제까지, 어떻게?"

"그래서 이렇게 긴히 상의드리러 오지 않았습니까. 운동단체나 등산객들과도 다 끝난 얘깁니다만, 저 어리석은 중생이 자신의 어리석음을 눈물로 뉘우치고 깨달을 때까지 … ."

"그럼 우리는, 그동안 어디서 어떻게 살아야지요?"

바짝 타들어가는 목소리로 아내가 채근했고, 나는 나대로 된장사업은 이제 말짱 도루묵이구나, 속으로 탄식했다. 하지만 넉살 좋은 주지는 갈수록 여유만만이었다. 잠시 뜸을 들인 후 그가 명쾌한 답을 내놓는다.

"모름지기 사람은 사람과 더불어 살아야 합니다. 그 무슨 사업이

든, 사람 많은 데서 해야 승부가 난다 이 말씀입니다. 요 아래 버스
종점 부근에 허름한 순두부집 있잖습니까, 그게 실은 우리 절 땅인
데, 마침 이달 말로 임대계약이 끝나고 해서 혹시 처사님네가 그걸
맡아 운영하시면 어떨까 싶어서 말이지요. 이 깊은 산중에서 별 대
책없이 벌여놓은 된장사업도 꽤 활성화되지 않을까 싶기도 하고. 순
두부에 청국장, 된장, 다 콩으로 만드는 건강식품이 아닙니까. 마당
도 꽤 넓은 편입니다."

"……?!"

이 무슨 이상한 전화위복인가, 우리 부부는 놀란 시선을 소리라
도 날 것처럼 서로 부딪쳤다.

눈이 내리고 있었다. 길이 막힌 지 벌써 3개월째, 고래실은 이제
완전한 섬이었다.

하지만 길이 비록 막혔다고는 해도 그건 단지 생필품을 실어 나르
는 차만 못 다닐 뿐 사람들의 보행은 여전히 자유로웠는데, 그 이후
직가스는 왠지 바깥출입을 삼가는 눈치였다. 자신의 몸만큼이나 애
지중지 닦고 조이고 기름 치며 아끼던 차는 절 아래 주차장의 한 귀
퉁이에 처박힌 지 오래. 어지간히도 자존심이 상해서 얼굴 들고 다
니기가 영 남세스러운 모양이었다. 우리는 그동안 본의 아닌 두 집
살림을 살며, 지금까지와는 전혀 다른 세계에 적응하느라 정신이 없
었다.

그러던 어느 해질녘이었다. 나는 모처럼 짬을 내어 고래실 빈집으
로 향했다. 한겨울에 너무 오래 비워 두면 여기저기 집이 망가질 우
려가 있는 데다가, 직가스 장군은 도대체 지금 어떻게, 무슨 생각과

모습으로 숨쉬고 있나 은근히 궁금하기도 해서였다. 우리가 서둘러 꼭 필요한 몇 가지 가재도구와 항아리 따위를 짐차에 싣고 산에서 내려올 때, 새로 들어선 그 집과도 한 이웃으로서의 정이나 의미가 이미 적당히 끊어졌다고 보아야 하지만, 그래도 언젠가는 또 서로 이마 맞대고 시난고난 부대끼며 다시 살게 될 지도 모르지 않은가.

집은 역시 사람의 체취와 온기가 스며들어 있어야 집다운 집이 되는가 보았다. 썰렁했다. 그러나 연기 그을린 서까래 밑에 거미줄이 함부로 쳐지고 방바닥이 얼음장같이 식어있는 우리집보다도 언덕 위 청기와집의 동태에 더 먼저 시선이 쏠렸다. 거의 아무것도 달라져 있진 않아 보였다. 예전 그대로, 그 자리에 변함없이 우뚝 버티고 서 있었다.

그런데 참 희한한 것은 줄기차게 나를 압도하며 짓누르는 알 수 없는 적막감이었다. 하염없이 희끗거리며 빗금으로 내려 쌓이는 눈발 때문인가, 가끔씩 쩽그랑거리는 처마 밑 풍경소리에도 불구하고, 차디찬 공기가 얼어붙은 하늘에서 갈라지며 한순간 유리창처럼 쩽그랑 깨어질 것도 같았다. 사람의 체온이 전혀 느껴지지 않는 빈집의 삭막한 쓸쓸함이 대번에 전해져 왔는데, 조금 전 내 인기척에 놀라 몇 번인가 컹컹컹 공허하게 짖어대다가 만 개소리로 미룬다면 또 결코 사람이 들어있지 않다고도 할 수 없는 노릇이었다.

나는 우선 냉골의 온돌방을 서둘러 데우기로 했다. 우리 부부가 지친 육신을 풀기 위해 가장 즐겨 쓰고 아끼는 재래식 구들장의 안방을 후끈하게 데워, 눈 오는 산중의 하룻밤을 오래간만에 혼자 지내볼 작정이었다. 곧 가지런히 재워 둔 마른 장작을 갖다가 한가득 아궁이에 처넣고 불을 지피니 이내 활활 잘도 타오른다. 그리고 서서히 밀려드는 밤.

눈 오는 밤은 어둡지 않았다. 이제 방이 좀 데워졌나 하고, 들기름 먹인 종이장판 위에 손을 대보려 부엌을 나서는데, 어디선가 뜬금없는 목탁소리가 들려온다. 이게 웬 뚱딴지인가 싶어 귀를 곤추세우자니까, 목탁은 곧 다른 염불합창 속으로 섞여 들어간다. 대중 불교음악이었다. 짐짓 장엄하면서도 어딘지 깊은 슬픔을 머금은 애조의 그것은 절에서 들려오는 게 아니라 바로 윗집, 직가스네에서였다. 그 집 보안등 전주에 높이 내걸린 스피커를 타고 아주 조용하고 애잔하게, 눈 쌓이는 온 산천을 촉촉이 적셔주고 있었다.

허, 서쪽에서 해가 뜨려는가, 나는 놀라지 않을 수 없었다. 전혀 예기치 못한 일이었다. 절이라면 자연 이가 갈리고 저주스럽기까지 할 텐데, 어찌 원수를 은혜로 되돌리는 저런 해괴한 앙갚음이 가능하단 말인가. 평소에는 법당 근처에도 쉬 가지 않는 위인이라는 걸 익히 알고 있던 터여서 나의 의문의 놀람은 더욱 커질 수밖에 없었다. 먼산바라기로 쪽마루에 걸터앉은 나는 그 요상한 테이프 음악이 끝날 때까지 한동안 그렇게 우두망찰하여 움직일 줄 몰랐다. 그래, 오늘은 내가 먼저 내 발로 찾아가서 인사를 드리자. 지난봄에 담근 잘 익은 산복숭아 술병을 들고 가, 우리 한 번 이 부신 설야에 신선놀음에나 빠져 보자며 위로하자.

바로 그때였다. 예불 노래가 뚝 그친 스피커에서 목쉰 듯한 직가스의 음성이 나직나직 들려온 것은.

"김 선생, 오랜 만이오. 아까 저녁참에 이리로 올라오신 것, 다 지켜보았소이다. 금방 다시 내려가실 줄 알았는데, 아궁이에 불을 지피는 걸 보고…어서 이리로 오시오. 내가 술 한 잔 대접하리다.

참, 여기서 김 선생 댁을 내려다보면, 제일 멋있는 게 뭔지 아시오? 다름 아닌 굴뚝이오. 김 선생이 손수 흙과 돌로 쌓아올렸다는 그 운치 좋은 예술 굴뚝 말이오. 그 깊은 아가리로 뿌연 연기가 모락모락 피어오르면, 나는 그만 사족을 못 쓸 지경으로 꼼짝을 못한다오. 자, 어서 불단속 잘하고 이리로 올라 오시구랴."

이미 거나하게 한 잔 걸친 듯싶어서 주춤 저어해지긴 했으나 기왕에 내친걸음이었다. 나는 방 안으로 들어가 깊숙이 아껴 둔 예의 그 술병을 찾아들고 곧 윗집으로 향했다. 뽀득뽀득 밟히는 눈길이었다. 안에서 전자키 하나만 누르면 절로 철컥 열리는데도, 직가스는 손수 나와 육중한 대문을 따 주었다. 머리 다듬고 면도한 지 오래인 듯 한눈에 보아도 몹시 까칠하고 덥수룩했다. 평소 얼굴이나 몸치장도 그토록 깔끔한 직선으로만 유지해오던 것과는 너무나 딴판이었다.

나는 가져온 술병을 그이가 안내한 식탁 위에 내려놓으며 말했다.

"안 그래도 한 번 찾아뵈려던 참이었는데, 갑자기 웬 예불소리가 산중에 울려 퍼지나 싶어서 깜짝 놀랐습니다."

"아, 그거요? 몇 해 전에 죽은 우리 마누라 생각이 나서, 공연히 한 번 들어 보았소이다. 그 사람이 아주 열렬한 불교였거든. 그 테이프도 마누라가 이 악머구리 남편 개조하려고 놔두고 간 겁니다. 자, 앉으시오."

약간 과장되고 건조한 가락의 직가스가 흔들리는 턱짓으로 식탁 맞은편 의자를 가리켰다. 집이 완공된 이후 처음으로 이 실내에 제대로 들어와 보는 터라서, 나는 자연히 여러 가지 궁금증이 많았다. 하지만 그 중에서도 직가스네 가족 이야기가 지금껏 가장 알고 싶던 부분이라 나는 얼른 놓치지 않고 반문했다.

"그 오랜 공사 중에도 한 번도 식구들이 안 나타나서 그게 늘 이상했는데, 아, 그러셨군요? 돌아가셨군요? 그럼, 자제분들은요?"

"자제랄 게 뭐 있나? 딱 한 놈 아들뿐인데, 미국서 출세해 잘살고 있는 친미파요. 나더러 들어오라고 자꾸 성화지만, 난 절대 그렇게는 못한다고 했소. 죽어도 여기, 내 땅에서 죽어 묻히겠다고. 자, 쓸데없는 개인사는 싹 집어치우고, 우리끼리 술이나 한 잔 하십시다."

"그, 그러지요. 그럼, 식사는…?"

"뭐가 그리 궁금한 게 많소? 그까짓 먹는 문제, 뭐가 그리 중하다고? 내가 직접 해결하고 있소. 집이 완공되기 무섭게 지하 방공호 가득 전투식량을 여러 가지 비축해 놔뒀거든. 핫핫핫. 자, 잔이나 받으시오."

"아, 예."

나는 그가 따라 건네는 황금빛 양주잔을 받아들었다. 안주는 육포와 땅콩접시가 전부였다. 둘은 가볍게 잔을 부딪쳐 뒤늦은 재회와 새집 입주를 축하했다. 그리고 또 한 잔씩을 내가 가져온 술로 바꿔 마셨는데, 그 투명한 유리잔을 탁 소리내어 내려놓은 그가 외치듯 감탄한다.

"햐, 이거 괜찮네! 쌉싸름 달콤하게 퍼지는 향이 내 양주는 저리 가라야. 이게 대체 무슨 술이오?"

"봄에 담근 산복숭아인데, 저는 아예 선도주(仙桃酒)라 혼자 명명해 놓고 있지요."

"김 선생이 직접 따 담근 겁니까?"

"그럼요. 산속으로 계곡 따라 조금만 깊이 들어가면 머루, 다래,

복분자, 산뽕 따위가 지천이지요, 제 입에는 그 중에서도 이 야생 복숭아가 제일 좋습니다."

"맞아, 옛날에 무릉도원의 신선들이 마셨다는 술이 바로 이거였구면. 허, 신선이 따로 없구랴. 김 선생이 바로 신선이오."

"장군님도 얼마든지 신선이 되실 수 있습니다. 새봄이 오면 저랑 같이 산에 들어가 이걸 많이 따 오십시다."

"글쎄, 난 원체 그런 방면으로는 무식하고 아둔한 문외한이라서⋯."

그이는 다시 그 술로 잔을 채워 깊고도 천천히 음미한다. 그리고 눈 내리는 창 밖으로 시선을 던지며 또 한동안 멍한 상념에 잠기더니 이윽고 혼잣말처럼 중얼거렸다.

"참으로 멋대가리 없는 이 몸은 도대체가 그럴 듯한 취미나 기호 같은 게 없는 사람이오. 남들은 송이 철이면 송이 따라, 꽃게나 대게, 전복 철이면 또 그것 따라 산으로 바다로 마냥 쫓아다니는데 난 좀체 그런 걸 몰라요. 맛있는 먹거리를 탐하는 미식가라든가, 수석이니 분재니 바둑이니 하는 무리들 역시 내 입에는 영 맞지를 않고, 그렇다고 독서를 좋아하나, 온천을 즐기나⋯. 그저 무취미, 몰개성의 참 재미없는 인간이 바로 나란 말이오."

"⋯⋯"

"내 인생을 관통해 온 건 오로지 남을 불신하고 경계하는 군인정신이었지. 나 아닌 남은 모두가 적이다! 흠, 그러면서도 나는 또 얼마나 겁 많은 겁쟁이인데! 그래서 여기 깊은 산속에서조차 밤이면 대낮처럼 환히 불 밝혀 뭇 새와 산천초목을 괴롭히고, 그것도 모자라 높이 울타리를 치고, 밤낮으로 감시카메라까지 매달고⋯."

"그래서, 그런 삭막한 도시적 일상이나 사고를 털어내려고 여기 낯익은 자연을 찾아 들어오신 거 아닙니까? 그러니까 새봄이 오면 채마밭부터 우선 몸소 가꿔 보시지요. 직접 호미 들고 흙 일궈 씨 뿌려서, 농약 없는 청정채소를 한 번 키워 보면 그 기쁨이 얼마나 크고 소중한지 스스로 체득하시게 될 겁니다. 그 씨앗들이 다투어 싹을 틔고 무럭무럭 움이 올라오는 모습은 세상의 그 어떤 것보다도 귀하고 아름답게 느껴지실 테니까요."

"글쎄 말이오."

직가스는 알 수 없는 새로운 상념에 잠기면서 또 말끝을 흐린다. 이제 그만 술을 멈췄으면 좋지 싶은데, 그이는 아랑곳없이 잔을 비우고 나서 자학하듯 이었다.

"집 주위를 감싸는 너무 강한 불빛이나 감시카메라 따윈 내일이라도 당장 치워 없앨 생각이지만, 난 지금껏 결코 내 강철같은 손발에다가 흙을 묻히며 살진 않을 작정이었소. 왜냐하면 … 우리 아버님이, 흙밖에 모르시던 머슴이었거든!"

" …… ?"

"사실은, 김 선생네 집은 조랭이 부자로 소문났던 고씨네 본채가 들어있던 땅이오. 우린 지금의 닭장 자리인 하천부지 자그만 행랑채에 의탁해 살았고. 그래도 그 당시엔 여기 고래실 골짜기에 열몇 채나 되는 가구가 옹기종기 의좋게 살았는데, 그 중에서 고씨네가 제일 갑부였지. 지금 내가 집 지어 들어있는 이 밤나무밭도 우리 상전인 그 집 거였소. 허나 이제는 다 부질없이 지나간 옛일, 나도 우리 아버님처럼 정직하게 흙을 실컷 어루만지며 살고 싶소."

"아, 그러셨군요? 암은요, 그러셔야죠."

"이제 이 못난 인간에 대한 궁금증이 좀 풀렸소?"

"원 별 말씀을요. 너무 취하신 것 같으니 저리 소파로 옮기시지
요. 아니면, 침대로⋯."

"아니오. 오늘밤은, 김 선생네 흙집 온돌방에 가서 한 번 자보고
싶은데, 재워 줄 수 있겠소?"

"그럼요. 아, 그러구말구요."

소복소복 내려 쌓이는 눈은 여전히 그칠 낌새가 보이지 않았다.
온 천지가 새하얗게 뒤덮이는 겨울밤이었다.

그리운 쪽빛

아득한 내 기억의 밑그림, 변소간 안에는 언제나 작은 패랭이꽃 송이들이 피어 있다. 시리도록 추운 겨울날 아침, 살얼음 낀 똥통 속에 떨어지는 투명한 그 똥소리, 어린 아들이 치던 실로폰 소리보다 더 아름답게 되살아난다.

지난날의 스산했던 삶의 갈피 속에선 왜 변소간의 그 냄새나는 정경이 가장 먼저 떠오르는 것일까. 그것도 저만큼 떨어진 구석 쪽의 두엄더미에 말갛게 솟아오르는 패랭이꽃의 환영(幻影)과 함께.

그때 나는 아마 울고 있었으리라.

아니, 웃고 있었는지도 모른다. 어른들의 이해할 수 없는 세계에의 적의와 막연한 동경까지를 포함해서, 내 불두덩에 검실검실 돋기 시작하는 여린 치모의 수상한 낌새를 혼자 확인하고 즐기기 위해선 변소간보다 더 안성맞춤인 곳은 달리 없었으니까.

희디흰 미지에의 공상을 끝도 없이 펼칠 수 있는 곳도 이 냄새나는 변소간이었으며, 어둠이 깔린 담 너머 속길에서 음험하게 두런거리는 어른들의 귀엣말을 아무런 여과 없이 엿들을 수 있는 곳 또한 영락없이 이 변소간이었다. 아버지가 대뜸 삼촌에게 밥상을 뒤엎고 싸움판을 벌였을 적, 겁에 질린 내가 후닥닥 숨어들 수 있는 곳도 이곳이었고, 아득한 꿈속에서 나와 함께 뒤엉켜 뒹굴던 계집아이에게 문득 현실로 깨어나 다가갈 수 있는 곳도 어김없는 이 변소간이었다. 비현실의 천국과 지옥을 마음껏 넘나들 수 있으되, 오로지 혼자만의 일탈이 자유롭게 확보될 수 있는 공간으로서의 변소는 그만큼 내 조숙한 소년기의 꽃다운 은신처였다.

그러니까 그 변소는 행랑채의 뒷마당 한 귀퉁이에 조개껍질 엎어지듯 자리잡고 있었다.

동네 속길로 통하는 샛문 옆 담장과 곧바로 연결되어 있었는데, 그곳으로 오가다 슬쩍 눈을 들면 돌담 너머 새색시 가르마 같은 신작로가 한눈에 환히 들어오는 건 물론이고, 병풍처럼 마을을 둘러싼 산봉우리들이 먼 듯 가까운 듯 이마 위로 성큼 다가들기 마련이었다. 그리고 가축들…….

돼지와 닭, 오리, 개를 포함해서 두 마리의 살진 어미소까지, 외양간이건 흑돼지 우리나 토종닭장이건, 식구들보다 더 당차고 오지게 떼를 지어 저마다의 번듯한 집들을 하나 둘씩 차지해 들어앉은 곳이 이 행랑채의 뒷마당이었다. 흡사 작은 동물농장이라도 연상케 만드는 분위기였는데, 그것들을 사람보다 더 가깝고 귀하게 여기는 할아버지의 별난 성품과 영향에 따라, 나 역시 한솥밥을 함께 나눠 먹는 가족처럼 따뜻한 교감 속에서 그것들과 자연 친해지지 않을 수 없었다. 특히 살래살래 꼬리치며 깡충대는 황구라든가 살진 궁둥이를 아장아장 아장이며 걷는 오리떼, 꼴을 뜯겨 먹이는 일은 거의 내 차지인 어미소들과는 친구 이상의 깊은 잔정이 들 정도로 그렇게 두 텁고 사이좋은 관계를 늘 유지하고 있었다.

그런데 어느 날 느닷없이, 털이 뽀오얗게 웃자란 오리새끼들이 떼거리로 변소간 똥통에 빠져 죽은 사건이 발생하고 말았다. 마치 못된 불의에 항거하여 집단 투신이라도 하듯, 맨 앞장에 선 어미오리가 엉겁결에 발을 헛디뎌 그만 까마득한 저 나락의 어둠 속으로 낙하하고 나자 한 줄로 쭈욱 열을 지어 뒤뚱뒤뚱 뒤따르던 어린 자식새끼들 역시 차례차례 보기 좋게 그리로 떨어지고 만 것이다. 그 맹목적인 종속집단의 추종과 절개(?) 앞에서 할아버지는 차라리 어이가 없으신지 끌끌끌 혀를 차며 헛웃음부터 지으셨다.

"허, 미련한 것들…. 참, 별일도 다 있구나."

냄새나고 파리 끓는 똥통 뚜껑을 열어놓은 게 바로 네놈이지, 하는 눈빛을 연신 내 쪽으로 보내면서도 당신은 회초리보다 더 무서운 힐난 대신, 그런 식으로 슬쩍 남세스러운 수모의 장면을 비켜 가셨다.

하지만 자그마한 어떤 허물도 쉬 용서하지 않는 빈틈없는 당신이 그토록 어물쩍 넘어가신 데에는 오리새끼 투신사건보다도 더 남세스러운 일이 발등에 떨어진 불로 은연중 작용하고 있어서였다는 걸, 나는 나중에서야 알았다. 죽은 오리놈들한테 괜스레 미안스럽고 두려워서 하루 한 낮을 꼬박 그 변소간에 가지 못하다가 어쩔 수 없는 막판에 몰려서야 남 몰래 겨우 뛰어든 그 이튿날 밤, 행랑채의 대청마루에 엉거주춤 걸터앉은 아버지에게, 방 안의 당신은 이렇게 말씀

하셨던 것이다.

"지은 행실은 고약하고 밉다만, 그래도 어쩌겠냐. 자칫 기회를 놓쳤다간 콩밥 신세를 면치 못할 것 같으니 이쯤에서 니가 나서야 쓰겠다. 목포형무소로 넘어가기 전에 서둘러 강 변호사를 만나 피해자 측과의 화해를 원만히 주선해 달라고 부탁하거라."

"……"

"수퉁개 논배미 팔믄 비용은 그냥저냥 충당할 수 있겠더라. 알아, 들었냐?"

"… 예."

아버지는 어렵사리 선대답을 내뱉으면서도 '그놈의 인간 말종이 …' 하고 원망스런 볼멘소리를 후렴처럼 매다는 걸 잊지 않았다. 종가를 지키는 맏아들의 이유있는 울화가 얼마쯤 곰삭아지기를 기다리고자 잠시 뜸을 들이시던 할아버지는 다시금 조용히 말문을 여셨다.

"날이 새거든 새벽밥 묵고 일찌거니 길을 떠나. 신작로로 말고 가학재 잔등으로 … 잉?"

"… 예."

그러고는 뚝 두 분의 대화가 그쳤다.

이어서 안마당을 가로질러 천천히 어둠 속으로 사라지는 할아버지의 헛기침 소리가 신음처럼 멀찍이 들려왔다.

나는 밤이 던져주는 어둠의 그물을 뚫어질 듯 응시하였다. 알 수 없는 슬픔과 의혹이 뿌리혹박테리아처럼 어린 가슴에 꼭꼭 숨어 들어와 박혔다.

삼촌은 왜 또 경찰서에 잡혀들어 갔을까? 읍내의 어떤 정치집회에서 각목을 든 깡패들이 마구잡이로 설치며 집단 패싸움을 벌였다는데, 혹시 그 주모자로 붙잡히게 된 건 아닐까. 아니면 복잡한 여자문제?

막연한 짐작의 가지만 눈앞에 무성할 뿐, 나의 호기심 어린 궁금증은 좀체 풀릴 줄 몰랐다. 그럼에도 아랫배에 체증인 듯 갇혀있던 굳은 똥덩이는, 사위가 죽은 듯 조용한 틈을 타서 좁은 항문 밖으로 시원하게 비어져 나왔다. 똥, 하고 떨어지는 그 속 시원한 쾌감의 낙하소리가, 숨을 한 번 내쉴 만큼의 간격을 두고 뒤늦게 내 귀에 들려왔다.

새벽같이 길을 떠난 아버지의 뒷모습을 떠올리면서, 나는 툇마루에 우두커니 걸터앉아 먼 산을 바라보고 있었다. 아니 좀더 정확히 표현하자면 부신 가을햇살 속에서 수상한 잉크빛으로 피어나는 마봉산 뒤쪽 우리 선산(先山)의 유현한 산등성이의 곡선을 잔뜩 찌푸린 눈으로 유심히 관망하는 중이었다. 변소간 똥통에 떼거리로 빠져죽은 오리떼와 십일시 장터 삼세약국의 여대생 주인딸한테로 편지 심부름을 시키던 때의 삼촌의 얼굴도 아버지의 뒷모습에 실어 어렴풋이 떠올리면서, 나는 무심결에 그쪽으로 시선을 옮겨갔었다. 그러나 그것은 분명 하릴없는 안개나 이내가 아니었다.

만산홍엽의 현란한 가을산을' 시샘하는 투명한 햇살의 장난은 더욱 아니었다. 연기였다. 푸르스름한 불연기가 함부로 머리를 풀어헤치면서 한공중으로 스멀스멀 퍼져 오르고 있는 중이었다.

"아니 … ."

나는 어린 내 눈을 의심하면서 불현듯 자리를 박차고 일어섰다. 그리고 습관처럼 할아버지를 불렀는데 당신은 어디에서도 보이지 않았다. 집 안엔 오직 나밖에 없는 것 같았다.

"할무이, 불났어요. 불!"

놀란 내가 집 안팎을 허둥지둥 소리치고 다니는데,

"뭐여, 불? 불은 무신 불?"

안채 뒤란 쪽에서 할머니가 황망히 걸어나오며 무슨 귀신 씻나락 까먹는 소리냐고 반문하셨다. 당신의 손에는 방금 딴 쪽잎이 한 움큼 쥐어져 있었다. 나는 행랑채 지붕의 한쪽 모서리에 가리어진 선산 쪽을 서둘러 손가락으로 가리켰다.

"할무이, 우리 산에서 연기가 막 피어올라요. 내 눈으로 똑똑히 봤당께요."

"…야가, 시방 무신 잠투정이여?"

할머니는 반신반의의 눈을 끔벅이면서 따다 만 쪽잎을 대바구니에 챙겨 넣고는 내 쪽으로 돌아 다가오셨다. 그러나 당신은 잔망스레 당황해하거나 콩 튀듯 서두르지 않으셨다. 설사 코앞에 경천동지의 날벼락이 떨어진다 하더라도 결코 방정스레 처신하지 않는 게 당신의 타고난 성품이거니와, 신산의 세상살이에 시난고난 부대껴오면서 어느덧 절로 몸에 배어버린 체념과 달관의 탓도 거기에는 넉넉히 포함되어 있었다. 그 태도와 걸음새가 너무 능청스럽고 답답하여 나는 여전히 입버릇처럼 할아버지를 찾았는데,

"니 할애비는 또 가는개에 갔나라. 그년 속곳 훑으러…. 집에는 술이 없나 밥이 없나, 원. 오다가다 팍 거꾸러질 양반."

할머니는 다짜고짜 원한 섞인 한숨이었다. 눈앞에선 고양이 앞의 쥐 꼴로 늘 죽어지내면서도 할머니는 내친 김에 평소에는 입에 담지 못할 욕설까지 한 소쿠리 덤터기씌워 더 뱉어냈다.

"그 옘병할 화상이 즈네 선산 타는 것도 모르고 뭐하고 자빠졌다냐. 증말 불이 나긴 난 모양인디 … ?"

주름진 이마에 손차양을 만들어 이윽히 불난 쪽을 건너다보던 당신은 그제서야 내 빙충맞은 호들갑에 동의하면서, 어서 골목 안 달수 씨한테 달려가라 이르신다. 나는 다시 그쪽으로 부리나케 내달렸다.

하지만 우리집 마름을 살고 있는 달수 씨가 나보다 한 걸음 더 먼저 골목 밖으로 달려나왔다. 그의 손에는 어느새 삽과 허드레 바께스까지 들려 있었는데 벌겋게 상기된 그의 왜장치는 '불이야!' 소리에 따라 고요의 늪에 포옥 감싸여 있던 마을의 정적은 한순간에 깨어지면서 곧 어수선한 혼란 속으로 휩쓸려들고 말았다. 집안의 멀고 가까운 친척들은 물론, 힘깨나 쓰는 동네 남정네들이 하나 둘 눈을 비비며 몰려나와선 이내 불붙은 산 쪽으로 황급히 내달렸다.

하지만 혼비백산 달려나온 그들이 산불을 끄기에는 이미 어림도 없었다.

높은 하늘이 연한 쪽빛으로 물든 화창한 가을날씨에, 여름 한철 무성했던 숲은 또 진액을 다 살라버린 결실의 뒤끝이어서 산불이 붙기에는 그보다 더 안성맞춤일 수가 없는 조건이었다. 마을 상공에는 벌써 꺼어먼 불티와 함께 매캐한 연기냄새가 질펀히 깔리고 있었다.

어른들을 따라 마봉산 샛길로 달리던 나는, 이내 신작로 쪽으로 발길을 돌렸다. 어린 마음에도 한시바삐 할아버지한테 이 소식을 먼저 알려야 한다는 생각이 퍼뜩 떠올랐기 때문이었다. 아아, 할아버지가 검붉게 선산이 타는 저 장면을 목격하게 되면 과연 어떤 표정을 지으실까? 나는 또 지은 죄도 없이 가슴이 두근거리고 후들후들

다리까지 떨렸다. 그런데도 이상한 것은, 분노와 낙담으로 얼룩지는 당신의 모습을 어서 맞닥뜨려 보고 싶은 야릇한 호기심이 내 가슴 밑바닥에서 남 몰래 꿈틀대고 있다는 사실이었다.

그것은 맹렬히 타오르는 산불을 멀찍이 바라보면서도 마찬가지였다. 세포(細浦)로 꺾어지는 길모퉁이에 다다른 지점에서도 활활 산이 불타는 정경을 한눈에 쳐다볼 수가 있었는데, 어쩌면 장엄하기까지 한 그 산불의 화염을 통해 나는 내 깊숙한 내부에서 알 수 없는 흥분과 희열의 불꽃이 일어나는 것을 전신으로 의식할 수가 있었던 것이다.

나는 쫓기듯 재 너머 가는개로 다시 뛰었다. 날름대는 불의 혓바닥이 나를 연신 뒤쫓고 있었고, 부우연 물안개 같은 연기가 검은 불티와 함께 자꾸만 내 눈앞을 어른거렸다.

할아버지는 천지 모른 채 파도소리 철썩이는 갯가의 강진댁 안방에서 낯선 술손님과 함께 앉아 계셨다. 그러나 나를 먼저 발견한 쪽은 콧마루에 엷은 콩점이 박혀 있는 강진댁이었다. 행주치마에 손을 문지르면서 그네는 어머니보다도 더 다감한 음성으로 실눈을 짓는다. 박꽃 같은 웃음이었다.

"하이구, 학동어른 손주님께서 우리집엘 다 오셨네?"

그러나 나는 건성으로만 꾸벅 고개를 숙여 보이고 나서 다짜고짜 안방을 향해,

"할아부지, 산에 불, 났어요. 불이 났당께요!"

턱에 가득 차오르는 숨을 가쁘게 헐떡이며 외치듯 말했다.

이미 불콰하게 술이 오른 할아버지는, 네가 예까지 웬일이냐는 듯 눈을 홉뜨실 뿐 처음엔 별다른 반응을 내보이지 않으셨다. 나는

다시 숨을 고르며 아랫배에 힘주어 선산에 불이 난 사실을 알렸고, 그제서야 화들짝 놀란 할아버지는 마주한 술손님을 그대로 내팽개쳐 둔 채 미닫이문 밖으로 황망히 뛰쳐나오셨다.

산불은 이틀 낮 이틀 밤을 꼬박 지새고 나서야 제풀에 스멀스멀 잦아들었다. 솔밭 우거진 마봉산을 경계로 해서 선산 뒤쪽으로는 다행히 험준한 바위산으로 둘러싸여 있었으므로, 그 밖으로는 더 이상 불이 옮겨 붙진 못한 모양이었다.

불길은 가까스로 그렇게 잡혔으나, 거기에 고스란히 남은 화상 입은 산소의 몰골은 차마 눈뜨고 바라볼 수가 없었다. 산 자체가 타버린 것은 재수 없는 운수 소관으로 돌린다 치더라도 그 한가운데에 덩두렷이 솟아나 있던 봉분들이 새까맣게 타버린 사실만은 할아버지를 비롯한 집안 어른들이 두고두고 통탄할 노릇이었다. 대대로 모셔온 선산이 불타다니 도대체 이 무슨 불길한 조화 속이란 말인가, 하고 할아버지는 아예 말문을 열지 못하셨다. 다만 어금니를 꽉 깨물며 어떤 저주를 불어예는 예감 속에서 바닥 모를 비감에 스스로 잠길 따름이었다. 그 땅에 묻힌 조상들에게의 불경스런 죄책감은 잠시 접어두고라도, 선거철만 되면 후보자들이 어김없이 다투어 찾아들 정도의 우뚝한 지역유지이고 보면, 망가질 대로 망가진 당신의 권위와 체면이 우선 참을 수 없는 수모로 받아들여지는가 보았다.

시커멓게 타버린 그 묘역 앞에서 망연자실 한숨을 쉬다가 먼바다에만 시선을 던지고 귀가한 할아버지는 곧바로 안방을 차지해 들어앉아 한동안 꼼짝도 않으셨다. 끙끙 앓다시피 하룻밤을 꼬박 뜬눈으로 지새더니, 이튿날 읍내에서 돌아온 아버지를 맞닥뜨리고는 일상의 활기를 조금 되찾으시는 기색이었다.

"어서 여물 썰어 가져가 산소에 진혼해 드리고 오니라. 조상님들이 뜨겁다고 아직껏 호통이시다. 그리고 오는 즉시, 어떡하든 산에 불낸 놈을 찾아내야 쓰겠다. 그 놈이 누군지 대강 짐작은 하고 있다만…너도 사람을 풀어서 알아볼 대로 알아보고, 지서에도 정식으로 신고를 해두거라."

"예…."

늘쩡하게 대답하는 아버지의 표정 역시 이게 대체 무슨 액운의 연속이며 집안 망신인가 싶어 착잡하게 얼굴이 일그러졌다.

그럼에도 당신은 서둘러 헛간 안의 볏단을 꺼내고 달수 씨를 불러들였다. 그리고 두 사람은 열심히 작두질하여 그 볏단을 잘게 썰더니, 망태기와 볏가마니 가득가득 지게에 짊어지고 곧장 산으로 향했다. 맨땅이 드러날 만큼 잔디가 타버린 봉분 위에 햇볏단의 싯누런 그 여물을 잔디인 양 흩뿌릴 모양이었다. 볏단을 써는 작두질은 한동안 더 계속되었고 그걸 져 나르는 달수 씨의 지게질도 몇 번 더 되풀이되었는데, 법 없이 살아온 달수 씨의 굽은 등이 내 눈에는 그날따라 더욱 휘어져 보였다.

옆 골목에 바로 이웃해 사는 달수 씨네는 우리와 거의 한식구나 다름없었다. 집안에 크고 작은 일이 있을 때마다 그 잔심부름까지 도맡아서 척척 해결해내는 일꾼 중의 상일꾼일 만큼, 내 기억 속의 달수 씨는 언제나 지게를 지고 사는 모습으로 상징된다. 들망터에서 한 배 가득 잡아온 전어, 숭어 따위의 은빛 생선들을 바다에서 내리기 바쁘게 열심히 집으로 져 나르는 것도 언제나 그였고, 탈곡기가 쉴 새 없이 돌아가는 수확철의 보리, 쌀가마니를 비지땀 뻘뻘 흘리

154

며 져 나르는 이도 영락없이 그였다. 그리고 식칼…….

　큰 제사나 명절을 비롯한 집안의 경조사가 있을 때면 곧잘 돼지를 잡을 만큼 푸짐한 잔치음식을 장만하곤 하였는데, 그럴 때의 달수 씨는 정말 신명이라도 지핀 듯 그 며칠 전부터 숫제 밤잠을 잊어가며 설쳐대기 일쑤였다. 통나무 등걸의 마른 장작을 패고, 떡메를 휘두르고, 가마솥 아궁이에 불을 지피고, 그리고 식칼을 잡았다. 그 시퍼런 칼을 잡아 돼지 멱따는 일로 시작해서, 팔딱거리는 도미나 숭어의 배를 갈라 때깔 좋게 다듬는 건 물론, 잔치 뒤풀이 끝의 배식(配食)에 있어서도 그 칼을 잡는 건 어김없는 그였다. 안채 부엌과 연결된 작은 모방 문지방 옆에 터억 하니 자리를 틀고 앉아, 번들거리는 기름기를 손에 묻힌 채 방 안 가득 널려 있는 먹거리들을 열심히 조몰락대며 요리조리 칼질하기에 여념이 없는 거였다.

　하지만 과연 아무런 여념이 없었을까?

　그건 아니었다. 부조하러 찾아오는 손님의 성분이나 그 됨됨이에 따라 접시에 담겨지는 음식물의 질량이 요령 좋게 차이가 나는 건 어쩔 수 없는 달수 씨의 소관사항이었다. 평소에 못 먹고 못사는 축에게는 어떤 형태로든 푸짐하게 건네는 반면, 밉살맞고 평판이 좋지 않은 손님이 들었다 싶으면 찰진 허벅지나 볼태기 살은 은근슬쩍 빠뜨려놓기 십상인 게 그의 영악스런 칼질이었다. 거동이 불편한 노인들에겐 혼기 놓친 과년한 당신의 딸 초순이를 심부름시켜 음식물을 머리에 이어 보낼 만큼 온 동네잔치로 번지기 십상인 게 당시의 우리 시속이며 가풍이었고 보면, 칼자루를 움켜쥔 달수 씨의 그런 인심쓰기는 당사자에겐 꽤나 놓치기 아까운 권리이며 텃세였을 터이다. 호랑이로 소문난 할아버지의 신임을 그만큼 두텁게, 어쩌면 당신의 자식들보다도 더 자상스레 받고 있었던 셈이기도 한데, 산불이 난 이후부턴 이상하게도 달수 씨의 그런 어깨가 볼품없이 축 처져 보이는 것 같았다.

아니나 다를까, 불탄 선산에 진혼을 위한 여물을 대충 흩뿌리고 하산한 아버지로부터 연거푸 호된 추궁을 받은 달수 씨는, 밤들어 끝내 자신의 실화를 실토하기에 이르렀다. 이미 지서에서 순경이 찾아와 주민들의 귀띔(그날 나무하러 산에 들러간 이는 달수 씨밖에 없었다는)을 토대로 한 취조에 열을 내고 있었으므로, 달수 씨는 더 이상 버틸 힘을 잃어버리고 만 것이었을까.

"용서해 주십시요, 어르신. 절대루 고의가 아니었어라우."

그날 밤, 색 바랜 창호지 격자창이 호롱불에 벌겋게 물든 안채를 향해 안마당의 맨땅에 무릎꿇고 주질러앉은 달수 씨는 연신 울음에 가까운 목소리로 하소연했지만 돌담장 너머 구경꾼들 머리통이 뿔뿔이 다 사라져가고 난 이후까지도 할아버지는 끝내 봉창문을 열지 않으셨다. 그러다가 한밤중이 되어서야 벌컥 그 문을 열어젖힌 당신은,

"네 이놈! 즉시로, 왜 진즉에 불지 않았느냐? 실수로 불을 냈으면 바로 그렇다고 이실직고할 일이지, 여지껏 숨기고 거짓말을 혀? 어림없다, 이놈. 은혜를 원수로 갚는 놈은 내 절대로 용서 못한다!"

대갈일성을 터뜨리고는 문을 도로 쾅 닫아버렸다. 그러고는 영 그만이었는데, 정주간을 통해 숨죽여 밖으로 나온 할머니의 손에 어렵사리 일으켜진 달수 씨는, 그래도 한참이나 그 자리에 말없이 서 있다가 흐느적흐느적 자기집으로 돌아갔다.

불꺼진 방의 찢어진 문틈으로 그 어둠 속 살풍경을 몰래 훔쳐보

던 나는, 그제서야 몰려드는 졸음을 쫓아낼 여유없이 스르르 눈을 감았다. 가물거리는 잠의 망막 안으로 거의 쓰러지다시피 흐느적거리던 달수 씨의 마지막 뒷모습이 꿈결처럼 어른거렸다. 아버지나 순경에게 털어놓은 그의 고백에 따르면, 오전중에 산에 들어가 잠깐 담배를 피운 죄밖에 없다고 했다. 그리고 분명히 담배꽁초를 비벼 끈 후 산에서 내려와 낮잠까지 한숨 푹 자고 났는데, 어떻게 해서 그 산이 뒤늦게 불길에 휩싸였는지는 도통 자신도 알 수 없노라는 주장이었다.

우연찮은 실화든 고의적인 방화든, 당시의 어린 나로선 거기에 끼어 이러쿵저러쿵 상관할 바가 아니었다. 다만 어둠 속으로 흐느적거리며 사라진 등 굽은 달수 씨의 마지막 뒷모습이 오래도록 잊혀지지 않는다는 사실만이 중요했다. 그리고 혼기를 놓친 딸자식까지 거느린 오십줄의 어엿한 남의 집 가장에게 냅다 '이놈, 저놈' 소리를 내지르는 할아버지의 지나친 어법도 약간은 의아스러웠다.

어쨌거나 그 이후 달수 씨는 슬그머니 우리 곁을 벗어났다.

모방에서의 그의 잔망스런 칼질도 더 이상 훔쳐볼 수 없었거니와, 오늘에 돌이켜 생각해보면 달수 씨는 그때 일부러 주인집 선산에 불을 질렀던 건 혹 아니었을까, 혼자 곰곰 되씹어 볼 때가 있다.

당, 당, 덩더꿍. 당, 당, 덩더꿍.

그칠 줄 모르는 징과 장고소리가 후끈 달아오른 굿판을 더욱 뜨겁게 고조시켰다. 신명 지핀 무당의 알 수 없는 주문과 춤사위는, 이즈음 들어 엉뚱한 횡액이 그칠 날 없는 집 안팎을 한꺼번에 쓸어가 버리기라도 할 듯, 점점 더 절정을 향해 치달았다. 그 구성진 굿거리장단에 맞춰 동네 아낙들도 덩실덩실 어깨춤을 추었고 할머니는 너울거리는 촛불 앞에서 닳아질 듯 두 손 모아 비손하기에 바빴다.

그날 밤 할아버지는 또 집을 비우시고 나갔다. 낮에 곳간을 열어 이것저것 제수거리를 챙겨주고는, 당골네 패거리가 당도하기 전 해거름 녘에 그냥저냥 뒷짐을 진 채 가는개 쪽으로 바람처럼 휘이 넘어가셨다.

집에서 당골네 불러 굿판을 차리기는 그것이 처음이었다. 꽤나 완고한 시골 유학자이기도 하였던 할아버지도 이제 더 이상은 안 되겠다 싶었던지 할머니의 간청을 은근슬쩍 들어주고 만 결과였는데, 굿판은 열되 거기에 당신이 기웃거리며 참례하는 것만은 기어이 사양하고 싶으셨던 모양이다. 사람이 죽어 곡(哭)을 할 적에도 그 울음의 어간 속에 적당한 곡조를 넣어 불러젖힐 만큼 유난히 흥이 많은 남도 특유의 정서에도 불구하고, 그 같은 잡속과는 일부러 먼 거리를 두고 사셨던 신식 할아버지였고 보면, 액풀이 굿판이나마 그리 걸쭉하게 열어 준 것만도 당신의 이즈음의 큰 변화라면 변화였다. 애잔한 구음 시나위까지 곁들인 씻김굿판이 끝난 것은 거의 새벽닭이 자지러지게 목을 뽑을 무렵이었다.

그 신명 지핀 굿판 덕분이었던지 공교롭게도 날이 새기 바쁘게 빗발이 하나 둘 듣기 시작했다. 할아버지가 그렇게도 애태워 기다리던 비였다. 유치장에 갇혀 지내는 당신의 아들이 돌아오는 것보다 더 간절하게 비를 기다렸던 이유는, 물어보나마나 삽시에 잿더미로 타 버린 선산의 시꺼먼 잔해를 한시바삐 씻겨내기 위해서였다. 혹시 잔디뿌리까지 열상(熱傷)을 입었으면 어쩌나, 거기에서 어서 새순이 돋고 본디의 새파란 풀옷으로 갈아 입혀지려면 무엇보다도 비, 비가 쏟아져야 할 텐데, 하고 당신은 시도 때도 없이 맑은 가을하늘을 애꿎게 쳐다보곤 하셨다.

그런데 비가 오는 거였다.

이튿날 조반 때가 훌쩍 지났을 무렵에야 엉거주춤 귀가하신 할아버지도 그 비를 흠뻑 뒤집어쓴 탓으로 옷과 얼굴, 허연 머리칼이며가 후줄근하게 적시어 있었다. 당신은 아마 기별없이 오는 비가 너무 반갑고 기쁜 나머지, 즐겨 그 비를 흠뻑 다 맞으면서 선산까지 몸소 올라갔다가 하산하신 길인가 보았다. 비 오기 전까지의 당신은 분명 가는개 갯가의 강진댁 무르팍에라도 베고 깝북 잠들어 계시다가 후드득 듣는 빗소리에 놀라 댓바람에 달려 나오셨던 것이리라. 어쨌든 흠뻑 비를 맞고 오신 당신의 표정은 그렇게 흡족해 보일 수가 없었다.

마봉산 봉우리에 물안개가 휘휘 휘감아 돌면서 여우처럼 오락가락하던 빗줄기는 하루를 더 그렇게 흩뿌렸는데, 그 끝물 무렵엔 또 예기치 않았던 삼촌까지 그림자처럼 슬그머니 찾아 들어와 이래저래 지친 식구들을 은밀한 기쁨 속으로 몰아넣었다.

삼촌이 돌아온 날 밤, 우리 둘은 비좁은 한방에서 함께 잤다.

아니 삼촌이 방주인인 나를 밀어내고 그 아랫목을 차지하게 되었다는 편이 옳을 것인즉, 할머니는 쇠죽을 쑬 철이 아닌데도 가마솥이 펄펄 끓도록 군불을 지펴 당신의 죄 많은 아들의 어혈 든 등어리가 녹작지근하게 지져질 수 있게끔 자상히 신경 쓰셨다.

"삼춘, 어디 갔다 왔어?"

어둠의 빗줄기를 타고 아득히 들려오는 먼바다의 무적(霧笛) 속에

서 나는 물었고,

"어디 갔다 오긴, 잠깐 도시바람 좀 쐬고 왔지."

열없게 이를 드러내면서 삼촌은 대답했다. 나는 내친 김에 또 화살을 던진다.

"삼세약국집 딸 만나러?"

"햐, 이 녀석이? 그 친구 시집간 지가 언젠데 그래. 쬐그만 게 못할 말이 없네?"

삼촌은 기어이 꿀밤 한 대를 내 머리통에 먹이고는 고무풍선 바람 빠지는 헛웃음과 함께 끙 돌아누웠다. 그리고 이불을 뒤집어썼다. 공연스레 겸연쩍고 주눅이 들어 한동안 말없이 어둠 속 천장, 그 보이지 않는 그물의 덫을 가만히 응시하였다.

하지만 삼촌은 밤늦도록 잠을 못 이루는 것 같았다. 어미소가 송아지를 부르는 듯한 수통개 바다 너머 먼 안개울음 소리에 오롯이 귀를 기울이기도 하고, 입 바깥으로 이불깃을 밀어낸 채 어둠 속 천장을 나와 함께 뚫어질 듯 노려보기도 하더니, 드디어는 자리를 차고 일어나 자리끼 냉수사발을 벌컥벌컥 들이켠 다음 아예 문을 열고 밖으로 나갔다. 도대체 얼마나 속 깊이 사모하였기에 대학 다니다가 몇 년 전 문득 시집가버렸다는 그 여자를 삼촌은 저렇듯 못 잊어하는 것일까. 고등학교밖에 못 나온 삼촌이 그 여자를 사랑하고 소유할 수 있는 방법은 정말 없었을까, 하고 나는 또 어린애답지 않게 혼자 생각했다. 안개울음 소리는 그 잠에서 어렴풋이 깨어났을 적에도 여전히 음머, 음머어, 먼바다에서 들려오고 있었다.

그럼에도 한동안 분잡스러웠던 집안이 어느 정도 정상을 되찾았다는 건, 항상 일손이 바쁜 할머니가 뒤란에서 한가하게 쪽물을 푸시는 걸로 충분히 알 수 있었다. 큼지막한 옹배기에 물과 쌀뜨물을 넣고 풀어낸 쪽물은 연한 잉크빛 하늘처럼 투명하였다. 무명베와 명주자락, 할아버지가 내놓은 한지도 돌절구 위에 두루마리로 마련되어 있었다.

"할무이, 또 물감 들일라고?"

허겁지겁 주린 배를 채우고 난 나는, 뒤란 우물가에서 부신 햇살을 이마 가득 받은 채 쪽물 처리에 정신이 없는 할머니 곁으로 다가갔다. 산뿌라 의치를 희멀겋게 내보인 당신이 정겨운 표정으로 돌아보셨다.

"오냐, 내 새끼. 밥 많이 묵었겠제?"

"…야."

나는 할머니 입에서 훅 끼쳐오는 누룩술 냄새를 슬쩍 외면하며 건성으로 받는다. 굵게 마디가 진 할머니의 손에는 잉크 같은 쪽물이 진하게 배어 있었다.

할아버지는 또 어디에 가셨을까?

당신이 집을 비우신 날이면 할머니의 입에선 어김없이 술냄새가 났으므로, 나는 습관처럼 생각했다. 곳간에선 언제나 당신이 직접 찹쌀로 빚은 누룩술이 부글거리며 익고 있게 마련이었는데, 주둥이가 널찍한 항아리 한가운데에 틀어박힌 용수 안의 싯누렇게 해맑은 청주는 당연히 할아버지 몫이로되, 그 바깥의 막술은 아버지나 일꾼들에게 체로 걸러주는 틈틈이, 당신의 점심 끼니 대신 스스로 지게미째 물에 타 마시는 할머니를 나는 심심찮게 보아왔던 것이다. 오늘도 싹 밥맛을 잃은 당신은, 그 한 잔의 탁배기로 부글부글 끓는 속을 마약처럼 달래신 게 틀림없었다.

나는 그 붉은 술냄새가 싫어 이내 자리를 비켜났다. 그러나 당신은 도와 줄 일손이 없던 참이라 마침 잘되었다는 듯,

"달수 각시는 이제 코빼기조차 안 뵈고, 니네 에미가 밭에서 돌아올라믄 아직도 멀었고…. 안 되겠다, 니라도 내 옆에서 손 좀 빌려 줘야 쓰겠다."

낮게 날아다니는 고추잠자리 쪽으로 다가가려던 나의 발목을 당신이 성큼 잡아채셨다. 나는 에이, 하는 기분으로 치자나무 위에 앉고 있는 잠자리에 시선을 던졌지만, 그러나 결국 예, 대답하지 않을 수 없었다. 그러면서도 내처 잠자리 쪽으로 살금살금 고양이 걸음을 옮긴다. 누렇게 익은 치자열매 위에도 또 다른 잠자리가 죽은 듯 앉아 있었고, 바로 뒤 돌담장에도 살포시 앉아 있었다.

하지만 나는 고추잠자리를 잡지 못했다. 거의 손에 잡힐 듯 가까이 숨죽여 다가서면, 뒤통수에 눈이라도 달렸는지 놈들은 거짓말처럼 다시 훌쩍 비행해버리고 만다.

갖가지 기화요초로 가득한 뒤란에 잠자리가 떼지어 날기 시작하면, 가을은 이제 깊을 대로 깊어졌다는 걸 뜻했다. 할아버지가 보석처럼 좋아하시는 치자가 익는 것도 그 무렵이었다. 쪽물을 풀고 난 할머니는 얼마 안 있으면 또 할아버지의 성화에 못 이겨 치자물감도 마저 풀어내야 하리라. 남빛 계통의 쪽과는 영 딴판으로 진한 황톳빛이 감도는, 혹은 타는 노을빛 같은 치자물감은 그렇게 많지 않은 양을 풀기 때문에 할머니의 수고 또한 쪽보다는 좀 덜한 편이었다. 명주 두어 필과 두루마리 한지에만 물감을 들일 뿐, 그 나머지 치자는 솥뚜껑으로 내린 독한 증류주에 넣어 황금빛 술로 우려내거나, 겨우내 잘 갈무리해 두면서 황달이나 이뇨제 따위의 약재로 요긴하

게 쓰이기 마련이었다.

깊은 가을날의 뒤란 풍경은 말 그대로 한 폭의 그림이다.

빠알간 살색이 그대로 드러나는 홍시, 할머니 얼굴 같은 잎을 뚜욱뚝 떨구는 벽오동, 미풍에 서걱이는 오죽(烏竹) 숲과 돌담장의 눈깔잎 덩굴, 그 밑으로 융단처럼 달라붙은 푸른 돌이끼.

어디 그뿐이랴.

자그마한 남새밭까지 곁들인 뒤란에는 그저 되는 대로의 손길로 군락을 이뤄 가꾸어진 식물들이 지천이었는데, 길모퉁이 쪽의 응달에는 머위라든가 쪽이 대부분을 차지하는 대신, 볕바른 양지 장독대 주위에는 작약이라든가 난초, 도라지, 접시꽃, 앵속(양귀비), 파초, 수국 따위가 길고 긴 봄과 여름에 걸쳐 서로 앞다투어 피고 지는 걸 되풀이했다.

그 중에서도 나는 할머니가 가장 애지중지 아끼는 앵속꽃의 현란한 자태를 지금도 잊지 못한다. 무슨 색깔이 그 노란빛의 정화(精華)를 뛰어 넘어설 수 있을까. 진정 눈이 시리도록 샛노란 꽃잎이 이슬을 흠뻑 머금은 채 아침햇살 속에서 맨살을 드러낼 때의 몸 떨리는 그 전율을.

백도라지와 함께 어우러진 여남은 포기의 앵속꽃이 시름없이 진 다음, 이윽고 그 열매가 옹골차게 익으면 거기에 생채기를 낸 할머니는 또 젖 같은 끈적끈적한 수액을 소담스레 수저로 따 모아 놋사발에 담으셨다. 앵속즙은 곧 거무스레한 조청빛깔로 말랑말랑 굳어지고, 할머니의 정성스런 손끝의 궁굴림에 따라 흑사탕만한 아편 덩어리로 가공, 쪽 물든 창호지에 싸여서 반닫이 서랍 속으로 깊숙이 들어가는 것이었다. 그리고 이듬해 앵속 수확철이 올 때까지 일가붙이들의 응급처방약으로 아주 요긴하게 쓰였다.

"앵속꽃이 보고 싶다, 할무이."

잠자리를 놓친 내가 장독대 가까운 곳의 앵속 열매를 매만지며 말했다. 애야, 그거 함부로 만지지 말아라, 하는 얼굴로 할머니가 손사래를 치신다.

"이리 와, 이거나 붙잡으라니께."

작은 항아리의 쪽물 속으로 쑤욱 밀어넣었다가 힘들여 건져 올린 무명자락 한 끝을 가리킨 할머니의 턱짓에 따라, 나는 당신 앞으로 바짝 다가가서 조심스레 그 다른 한 끝을 마주잡았다. 그러고는 주름이 안 지게 펴들고선 팔뚝만한 굵기의 통죽걸대에 옮겨 걸었다. 그러면 끝자락의 외면을 타고 뚝, 뚝, 뚝 떨어지는 투명한 잉크빛 쪽물 방울들.

방금 전의 동작을 되풀이하면서 할머니가 말을 붙이신다.

"승철이 니, 삼춘하고 한방 쓰니께 많이 불편하쟈? 오늘 밤부터는 삼춘 혼자 놔두고 내 방으로 와서 자자, 잉?"

"……"

"니 삼춘은 워짜든? 무슨 말을 해주거나 밤에 잠시로 끙끙 앓지는 않든? 잠꼬대 같은 건?"

"말은 없고, 가끔씩 끙끙 앓기만 하던디요."

"아이구, 그놈의 화상. 가라는 장가는 안가고 무신 똥고집인지 원. 안 되겠다. 다 나을 때까진 니가 곁에서 수발들어야 허니께, 그냥 거기서 자거라."

"근데 할무이, 삼춘은 왜 여태 장가를 안 갔시우?"

"그러게 말이다. 참한 색시감을 숱하게 선보여도 말짱 헛거지 뭐냐. 무신 역마살이 그리 질기게 끼었는지."

"근데 할무이, 변소간에 매달아 논 노끈은 또 뭐다요? 똥통 속으로 기일게 늘어뜨린 ⋯ ."

나는 그제서야 깜빡 잊고 있던 한 의문을 문득 꺼내었다.

삼촌이 돌아온 다음날부턴가, 변소 한켠의 기둥 모서리엔 정체를 알 수 없는 웬 노끈이 단단히 동여매졌었다. 그게 너무 이상한 나는 볼일을 마친 대로 그것을 슬그머니 잡아 당겨보기까지 했는데, 저 아래 똥통 속으로 깊숙이 처박혀 들어간 노끈 끝의 의문의 물질은 도무지 짐작조차 할 수 없었다. 무슨 이무기라도 물린 듯 아주 묵직하고도 완강하게 버티었으므로, 누구보다도 할머니한테 먼저 알아보면 틀림없이 그 정답을 얻어낼 수 있으리라 여겨왔던 것이다. 그러나 당신은,

"응, 그거? 니는 알 거 읎다."

한마디로 딱 자르시고는 그만이다. 어른들은 왜 걸핏하면 니는 알 거 읎다, 애들은 몰라도 된다고 다짜고짜 윽박지르기만 하는 것인지. 비윗장 틀리면 언제 한 번 그것을 직접 끌어올려 봐야지, 나는 속으로 앙앙 다짐하였다.

그러나 그 부신 가을빛 다 스러지고 숫눈발이 희끗희끗 흩날리는 초겨울이 올 때까지도 그런 기회는 나에게 도통 찾아오지 않았다. 그 대신 할머니의 손에 비밀스럽게 끌어 올려진 그놈의 정체를 두 눈으로 확연히 들여다볼 수 있는 순간은 저절로 굴러 들어왔다.

"자, 눈 질끈 감고 단숨에 들이켜야 헌다. 이 생강으로 얼른 입맛 다시고 ⋯ 잉?"

어느 날 밖에 놀러 나갔다가 털레털레 돌아온 내가 멋모른 채 방

으로 불쑥 들어서자 할머니는 거의 애원조로, 그리고 반강제다시피 놋주발에 담긴 누르께한 웬 액체 마실거리를 삼촌의 입에 마악 갖다 대고 계셨는데, 바로 그것이 노끈에 매달려 있던 막소주 됫병 속의 알 수 없는 정체였던 것이다. 병 주둥이를 솔잎으로 촘촘히 틀어박은 다음, 그 미세한 틈새로 몰래 스며든 똥물의 정수가 바로 골병이 들 대로 든 삼촌의 어혈(瘀血)을 푸는 데 그렇게 좋은 영약일 줄은 또 훨씬 나중에서야 알았다. 그땐 그저 독한 약술이겠거니 별로 대수롭잖게 보아 넘기면서, 오만상을 찌푸린 삼촌을 은근슬쩍 놀리는 데만 열을 올렸었다.

"삼춘 얼굴이 왜 그래? 맛이 써?"

"쓰긴 임마, 꿀인데 왜 쓰냐? 미안하지만 아까워서 넌 못 주겠다. 괜히 헛물켜지 마."

정말 꿀이야, 하는 표정으로 내가 가까이 다가들자, 삼촌은 들고 있던 놋주발을 장난스럽게 내 코앞으로 바짝 들이밀었고,

"아, 얼른!"

할머니는 혼비백산 그것을 도로 낚아채서 삼촌의 입으로 가져가 재빨리 부어넣기에 바쁘셨다. 시큼털털한 초냄새와 야릇한 구린내가 한데 뒤섞인 그것을 한입에 털어 넘긴 삼촌의 얼굴은 영락없는 희극배우, 바로 그것이었다. 삼촌이 던진 베개에 쫓겨 문 밖으로 달려나오면서도, 나는 연신 터져 나오는 웃음을 참지 못해 안달이 날 지경이었다.

할머니가 억지로 먹인 그 영약 덕분인지 삼촌은 나날이 제 본래의 얼굴색을 회복하고 기운이 세어졌다. 꿈쩍없이 방 안에만 갇혀 지내

던 그동안의 두더지 생활도 하루아침에 싹 청산하고 부쩍 바깥출입을 일삼기 시작했다.

처음엔 바닷가 쪽으로 슬슬 바람을 쐬러 나가거나 가벼운 낚시질 정도로 답답한 가슴을 달래더니, 뉘엿뉘엿 해질녘이면 자연스레 주막에 들러 한두 잔 막술까지 입가심인 듯 들이켜는 모양이었다.

"아이구, 그놈의 술! 그 웬수 같은 술을 또 입에 대기 시작했으니 사람 되긴 영 글렀는갑다."

내 속옷을 벗겨 툭툭 이를 잡다 말고, 할머니는 구들장이 꺼질 듯 푸욱 한숨을 내쉬었다. 그러면 치자물 든 손바닥만한 한지에 깨알 같은 붓글씨로 연하장을 쓰고 계시던 할아버지는,

"지놈이 개버릇 남 주겠나. 꼴도 보기 싫으니 보따리 싸들고 집 나가락 해!"

끌, 끌, 끌 혀까지 차면서 쓰던 붓을 벼루에 내려놓으시기 마련. 이어서 방문을 벌컥 열어젖힌 후 어디론지 뒷짐을 지고 미련 없이 스스로 집을 나가시는 할아버지였다.

그러면 할머니는 또 흰자위가 다 드러난 모들뜨기 눈으로 지아비의 뒷모습을 한동안 멀거니 흘기고 나서 애꿎은 내 내복의 서캐떼만 잘근잘근 씹어댔다. 엄지손톱엔 배 터지는 이의 핏물이 더욱 벌겋게 번지고, 당신의 입속에서는 톡톡 튀는 서캐떼 소리와 함께 '흥, 씨종자는 못 속이는 법이여. 그게 다 부전자전, 애비한티서 배운 솜씨지 뭐겠어' 주문을 외듯 혼잣소리로 쑤얼쑤얼, 집안은 금방 비라도 쏟아질 것 같은 먹구름장으로 뒤덮인다.

하지만 일찍이 예고되었던 삼촌의 탈선은 더욱 기승을 부리기 시작했다. 아버지한테서 또 뺨까지 한 대 얻어맞았지만 가보나 다름없

는 소전(素筌)의 8폭 병풍을 야밤에 훔쳐내다 파는 도벽이라든가 동네 사람들에게 공연스레 행패 부리고 술주정하는 망나니 짓거리는 좀체 고쳐질 줄 몰랐다.

삼촌이 술에 취하면 동네는 이내 막가는 공포의 분위기로 돌변하기 십상이거니와, 어떻게 그런 놀라운 변용이 가능한 것인지 나는 도무지 이해할 수가 없었다. 평소엔 그렇게도 음전하고 말없는 삼촌이 술만 들어갔다 하면 왜 포악스런 악질의 전형으로 둔갑해버리는 것일까. 쌍꺼풀진 깊숙한 두 눈이며 오뚝 솟아난 코는 한껏 우수에 찬 분위기마저 자아내지만, 그리고 학생 때는 줄곧 수재 소리를 들을 만큼 명석한 두뇌의 소유자이기도 했지만, 일단 술 취해 도끼 들고 폭력을 휘두르는 그의 광기 앞에선 어느 누구라도 그저 속수무책일 수밖에 없었다. 집안은 다시 음산한 절망감에 휩싸여 들었다.

그러던 어느 날 밤이었다.

애들에게는 한바탕 신명나는 축제일 수밖에 없는 설이 지나고, 그리고 휘영청 달 밝은 대보름이 다가왔다. 그때만 해도 마을회관 안마당에선 강강수월래나 줄다리기가 으레 벌어지면서 밤새도록 놀고 즐기는 데 모두들 정신이 없었다. 농사장원기가 휘날리는 집집으로 오곡 쳇밥을 얻으러 다니다가 졸음에 지쳐 돌아온 뒤끝이었던가, 나는 언 몸을 녹이려 급히 방안으로 뛰어들고자 문고리를 잡아당겼다. 그런데 웬일인지 안에서 걸어 잠근 문은 쉽게 열리지 않았다. 그 대신 당황스런 부스럭거림과 함께 삼촌의 헛기침 소리가 급히 튕겨 나왔다.

"승철이냐? 손님이 와서 … 어쩌지. 뒤란 우물에 가서 냉수 한 사발 떠 올래?"

"…야."

엉거주춤 마루 밑을 내려와 신발을 다시 챙겨 신으면서도, 나는 뭔가 미심쩍은 기분에 사로잡혀 발걸음을 냉큼 떼어놓을 수가 없었다. 소금을 뿌려놓은 듯한 달빛 속의 안채 마당을 가로질러 다시 물잔을 들고 돌아왔을 때엔, 또 어느새 삼촌이 든 방문이 활짝 열려 있었다. 그 사이 손님은 온데간데없이 사라졌고, 어딘지 수상쩍은 기운이 감도는 밤꽃냄새 속에서 삼촌은,

"끄윽, 그놈이 말야. 술이 워낙 취해놔서 쫓아 보내느라 혼났다. 들어와 자거라."

내던지듯 말하고는 내가 건넨 냉수사발을 벌컥벌컥 단숨에 들이켰다.

그 닷새쯤 후에도 똑같은 일이 벌어졌다.

혼인잔치가 잦은 농한기의 정초라 어른들의 바깥출입이 부쩍 잦아지고 있었는데, 할아버지가 읍내로 외출하신 날 밤 삼촌은 또 그 얼굴 없는 손님을 몰래 불러들인 것이었다. 이번에는 아예,

"손님이 왔으니 할머니한테 가서 자거라. 응?"

거의 애원에 가까운 사정조로, 그러나 적당한 강제성을 띠어 억지다시피 나를 내쫓았던 것이다. 이번에도 뭔지 모르게 미심쩍으면서 묘한 반감까지 은근히 치밀어 올랐으므로 나는 고양이처럼 할머니 방에 기어들기 바쁘게 구시렁거렸다.

"삼촌은 맨날 손님만 불러들이고….."

"……"

할머니는 말없이 시린 내 손을 꼬옥 움켜쥐셨다. 그러고는 한참이나 더 조용한 침묵 속에 잠겨 계시더니,

"암시랑토 않으니께, 넌 그저 눈 딱 감고 있거라. 나중에 할애비가 뭘 물어도 시치미 뚝 떼고 모른닥 하고, 잉?"

"……"

나는 도무지 할머니가 무슨 말씀을 뇌시는 건지 종잡을 수가 없어 두 눈만 어둠 속에서 멀뚱거릴 따름이었다. 그러고는 이내 깊은 잠에 떨어졌는데, 잠에 떨어지기 전 마셨던 물 탓이었는지, 아니면 삼촌이 든 방에서 벌어지고 있는 수상한 낌새의 진실을 꼭 밝히고 말겠다는 오기 탓이었는지 희끄무레 밝아오는 새벽참에 나는 자신도 모르게 눈을 떴고, 그리고 곧장 변소 쪽으로 향했다. 도둑고양이처럼 살금살금, 삼촌한테 들키지 않으려는 조심스런 몸짓으로 발소리를 죽여 행랑채 모퉁이를 돌아서려던 나는, 아, 또 누구를 훔쳐보았던가!

속길 쪽 샛문을 마악 빠져나가 줄행랑치는 큰애기의 뒷모습은 눈을 씻고 다시 보아도 초순이 틀림없었다. 바람처럼 휙 스쳐가는 달 그림자와도 같았으나 나는 삼촌과 함께 잠을 잔 손님이 다름 아닌 그네, 우리집 마름이었던 달수 씨의 맏딸이라는 사실에 벌린 입을 다물 수가 없었다. 그 누구보다도 할아버지가 이 일을 알게 되시는 날이면 정말 큰일이었다. 안 그래도 음산하게 불편한 집안이 발칵 뒤집힐 건 불을 보듯 뻔했다.

그러나 삼촌은 의외로 손쉽게 그 난감한 숙제를 스스로 처리해버리고 말았다. 집을 나가 독립하겠으니 그 살림 밑천을 좀 장만해 달라고 아버지에게 요구하는 소리를 나는 그 며칠 후의 어느 날 밤, 변소간에서 들었던 것이다.

"안 돼!"

아버지는 단호하게 못 박으셨고,

"형님은 모른 척 가만히 계십쇼. 내일이 십일시장이니까 새벽같이 소 한 마리만 끌고 갈라요."

삼촌 또한 칼날 같은 어조로 잘라 응대했다. 혹시 두 어른이 일촉 즉발의 기세로 또 엉겨 붙으면 어쩌나 싶어 나는 괄약근을 잔뜩 오므린 채 숨죽여 바깥 동정에만 귀를 기울였다.

한동안 불안스런 침묵이 이어졌다.

그렇게 뜸을 들여 겨우 마음을 가라앉힌 아버지의 입에서 비로소 설득조의 자상한 음성이 두런두런 흘러 나왔다. 대처에 나가 무얼 해 먹고 살겠다는 거냐, 색시감은 정해 놨느냐, 따위의 질문도 그 속에는 마지못해 포함되어 있었다. 그러더니 고장난 유성기처럼,

"안 된다! 그건 절대 안 돼!"

다시금 원점으로 돌아가는 아버지였고, 삼촌이었다.

날이 밝기 전 삼촌은 결국 쥐도 새도 모르게 외양간의 소를 끌고 집을 나갔다.

떠나는 삼촌을 숨어보기 위해 새벽같이 눈을 비비고 밖으로 뛰어 나갔지만, 삼촌은 이미 내 눈에 들어오지 않았다. 아버지만 희끄무레한 동구 밖 다릿목에서 먼산바라기하며 줄담배를 뻑뻑 빨아댈 따름이었다.

그렇거나 말거나 나는 삼촌이 서둘러 떠났음직한 가학재 잔등 쪽으로 내달렸다. 한낮에도 귀신이 나올 것 같은 돌담 상여집을 지나고, 움푹 꺼진 물둠벙의 윗장안을 지나 다복솔 우거진 넙자락에 이르렀지만 삼촌은 결코 눈에 들어오지 않았다. 나는 힘껏 삼촌의 환영을 불러 보았다.

"삼춘⋯."

빈 산메아리만 힘없이 되돌아왔다. 눈물이 핑 돌았다.

알 수 없는 그리움과 두려움으로 하루가 지났다.

그날 이후 달수 씨네 댕기머리 초순이도 동네에서 영 찾아볼 수가 없었다.

할아버지는 눈에 불을 켜고 고함치셨다.

"천하에 몹쓸 놈. 허, 이런 인간 말종을 보았나!"

"⋯⋯"

"승철 애비 니도 다 알고 있었지? 어서 바른 대로 말해 봐!"

"⋯⋯"

"자식이 아니라 웬수로구나, 웬수. 에잇, 발칙한 것들!"

그리고 당신은 횡 하니 뒷짐을 진 채 동구 밖으로 나가셨다.

뒤도 돌아보지 않고 휘적휘적 신작로를 걸어 나가시던 할아버지는 이내 마봉산 쪽으로 방향을 틀어잡았다. 아버지는 여전히 한자리에 붙박인 채 우두망찰 그쪽으로 시선을 고정시키고 있었다. 그러다가 할아버지가 솔밭 속으로 들어가시는 것과 거의 동시에 내 손을 홱 낚아채시더니,

"너도 함께 가자."

나를 앞장세워 급히 길을 나섰다.

할아버지는 솔밭이 끝나는 지점에서 어렵사리 따라 잡을 수 있었다. 뒤에서 웬 인기척을 느끼고 슬며시 돌아보던 할아버지는 주춤 걸음을 멈추신 다음,

"허, 이눔이⋯."

저만큼 떨어져 있는 아버지를 일별하면서, 당신 곁으로 가까이

다가서는 내 머리통을 지긋이 쓰다듬으셨다.

그리고 당신은 다시 되돌아서서 연한 쪽빛으로 물든 선산을 부신 듯 쳐다보았다. 산불이 났던 거대한 그 화상의 흉터자국은 이 봄 어느새 새롭게 되살아나고 있었고, 아버지와 나도 말없는 할아버지 뒤에서 그 산의 쪽빛 신생(新生)을 황홀하게 올려다보았다.

월출산

비가 내린다.

풀옷의 비는 또 한순간 사금파리 같은 백우(白雨)의 소나기로 변해 진정 충만하고도 현란한 빗소리를 산지사방에 흩뿌린다. 겹겹으로 둘러싸인 청청한 대숲 위에, 진초록의 동백 잎새와 연분홍의 목백일홍, 우거진 청솔가지에도.

그렇게 내리는 비를 가만히 바라보고 있노라면 끝내는 산이 비가 되고 비가 산이 되고 산과 비와 내가 하나로 만나는 그윽한 합환의 지경에까지 다다른다. 그 무슨 열락의 절정이 녹음 짙은 산속 빗소리와의 일체감을 훌쩍 뛰어넘을 수 있으랴. 거무스레 삭은 기와지붕의 추녀 끝에서 실폭포처럼 떨어져 쏟아지는 낙숫물에도 오욕에 찌든 이 육신을 주룩주룩 내맡기고 싶어진다.

그럴 즈음에 이르렀을 때의 푸른 산속의 비는 두 눈을 지긋이 감고도 그 빛깔과 형상, 냄새까지 훤히 매만지고 감지할 수가 있다. 무슨 빗방울이 어디에 어떻게 내리는지, 어떤 비바람이 어느 생나무를 몸살나게 하고 어떤 숲 사이로 흘러가는지, 그 오고 감을 손에 잡을 듯 명징하게 들여다볼 수가 있는 것이다. 이곳 월출산 죽정서원(竹井書院)에 내리는 비는, 그만큼 감각적으로 다가오는 채색 문인화라고나 할까.

하지만 황홀하고도 아름다운 그 일체감의 대상이 어찌 하찮은 이 비뿐일까.

마당 앞 돌축대 밑의 맑은 석간수가 모이는 샘, 서북쪽 옹벽 위의 송악덩굴을 머리에 인 물고기 형상의 금어석(金魚石), 좁은 산길이 끝나는 왼쪽 앞마당에 수호신인 양 터억 버티고 서있는 두 그루의 팽나무 고목과 그 사이로 멀리 내다보이는 기름진 몽해 들녘, 그 뒤편의 치마바위를 휘감는 우윳빛 아침 안개와 낙타등 같은 은적산 정상으로 붉게 타며 가라앉는 일몰…. 그 어느 것 하나인들 쉽게 지나칠 데 없이 감미롭고 장엄하고 천연덕스런 주변 풍광이다.

그 중에서도 특히 나를 은근한 자석처럼 끌어당기며 매혹시키는 것은, 뭐니뭐니해도 동북쪽 능선으로 펼쳐진 병풍 같은 칼바위들이다. 명산은 악산(惡山)이라는 속설에 걸맞게, 월출산 자락 한 끝에 자리한 야트막한 봉우리 밑임에도, 죽정서원에서 백여 미터만 좀더 타고 오르면 금세 갖가지 기기묘묘한 기암괴석들과 절로 맞닥뜨리게 된다.

절벽 위에서 거세게 헤엄치는 듯한 백경암은 물론이거니와, 산 아래 마을 어디에서도 한눈에 훌쩍 올려다보이는 월대암(月臺岩)과 두꺼비바위, 공알바위, 의자바위, 학바위, 잠수암, 귀두암, 쌈지바위, 마당바위 …. 갖가지 형상의 이 바위들을 거느리는 깎아지른 암벽의 서방루(西方樓) 아래엔, 먼 목포 쪽 시아바다를 아득한 시선으로 응시하는 미륵 같은 석상이 풍화된 화석처럼 터억 버티어 서 있고, 바로 그 옆발치께로는 바위지붕이 절묘하게 얹혀진 고래 뱃속 같은 책굴(冊窟)이 뚫려있다. 겉에서는 어느 누구도 쉽게 발견할 수 없는 검은 구렁 속 죽음 같은 집, 옛날 한때 왕인 박사가 책을 쌓아두고 공부했다는 그 유명한 전설 속 석굴이다. 어제 아침 그 앞을 지나치면서 나는 저 어린 날의 어둠 속 총소리를 또 잠깐 생생하게 엿들었었다. 뒤란 대숲 쪽으로 달아나는 아버지의 숨 가쁜 발소리와 밤새 음험하게 동네 고샅을 컹컹 울려대던 개 짖는 소리도. 그해 전쟁이 한창일 무렵 아버지는 이 책굴에 숨어들었고 당신의 수상스런 실종사건도 다름 아닌 이 책굴에서 비롯되었다.

이 책굴은 그때나 지금이나 크게 변함이 없어 보인다. 사람 몸뚱이 하나 겨우 들락거릴 수 있을 만한 좁은 출입구를 가까스로 내려서면 너덧 평의 네모진 공간이 웬만한 구멍살림을 차리고도 너끈할 정도의 안방 구실을 아주 톡톡히 담당해낸다. 이즈음에도 누군가가 한때 군불을 지피고 살았음직한 비릿한 연기냄새와 분위기가 그대로 전해져 오는데 희끄무레한 천장의 그을음, 먹고 자는 터전으로 짐짓 손을 본 듯한 맨바닥의 반듯한 아랫목, 그 흙모래 위에 눈물처럼 뚜욱뚝 응고되어 떨어진 촛농 따위의 흔적들이 바로 그것이다.

여기다 돗자리만 깔아놓으면 아주 훌륭한 안방이 되겠는걸. 나도 여기서 한 번 지내볼까?

사흘 전 이곳 죽정서원을 아주 오랜 만에 찾아들었을 때, 주변을 한바퀴 둘러본 내가 마지막으로 이 책굴을 들러 농담처럼 말하자,

흠, 우리집에 오라버니 묵을 방 하나 없을까봐서요?

집주인 현주는 시큰둥한 어조로 나를 흘겨보았었다.

하지만 나는 진심이었다. 까맣게 흐른 저 지난 세월 동안 거의 꿈처럼 잊다시피 지내온 고향땅에 다시 찾아들었을 때, 그래도 나의 잃어버린 기억의 긴 회랑을 가장 확실하게 재생시킨 것이 바로 이 책굴이었기 때문이다. 아니 예전 한때 할아버지가 동네에 기증한 서당이었던 죽정서원 본채의 낡은 기와지붕이 갖고 있는 적막한 귀기(鬼氣)는, 그러나 어딘지 음험하면서도 다정한 이 책굴로 하여 더욱 구체적인 친화의 몸짓으로 내게 다가왔었다는 게 더 적절한 표현이겠다.

그런데 문제는 전에 없던 무덤이었다. 책굴 바로 밑으로 분명 문중 것이 아닌 무덤이 세 기나 자리잡고 있었다. 무시로 떨어지는 주변의 솔잎 때문에 잔디가 제대로 살아 남지 못한 민대머리 봉분들인데, 이를 처음 본 나는 여기에다 어떻게 묘를 쓸 생각을 다했지 하고 자연 께름칙한 기분에 휩싸여들지 않을 수 없었다. 우리의 선산은, 아니 한때 월출산 아래 몇 개의 마을들을 보란 듯 주름잡고 누볐던 우리 집안의 영화는, 그렇게 도처에서 누더기처럼 해지거나 매몰되어 있었다. 다시는 소생할 길 없는 폐허 그 자체인지도 몰랐다.

마침 고시 수험생 전용의 슬레이트 가건물과는 뚝 떨어진 본채에 작으나마 두 개의 방이 더 비어 있어서 나는 결국 그 중의 산 쪽 갓방을 쓰기로 작정하였다. 장판만 새로 깔면 신방으로 이용해도 괜찮을 것 같다고, 현주는 웃으며 말했다. 멀쩡한 장판을 왜 새로 까느냐고 내가 말렸지만 그네는 듣지 않았다. 자신이 직접 장터목에 나가 비닐장판을 사오겠다는 거였다.

그래서 장판은 내가 사오기로 다시 고쳐 작정하고 현주 아들 희식이를 앞세워 산을 내려갔던 것인데, 열아홉 살이나 먹은 이놈은 처음부터 나를 그만 얼이 빠지게 만들었다. 내가 장터목에서 산 비닐장판을 둘둘 말아 어깨에 들쳐 메고 돌아서자, 나와 똑같은 속도로 자전거 페달을 천천히 밟으며 이렇게 뚱딴지처럼 묻는 거였다.

삼춘, 그게 뭐지요?

뭐긴, 장판이지.

장, 판? 어디다 쓰는 건디요?

방에 … 아니, 그것도 아직 몰라?

야, 좋겠다. 그거 여기다 실어봐, 삼춘.

그리고 희식이는 자전거에서 훌쩍 내려서더니, 그 뒤칸으로 내 짐을 빼앗다시피 낚아 실었다. 하지만 헛일이었다. 긴 원통형의 덕석처럼 돌돌 말린 그것을 자전거에 싣기란 애초부터 무리였다. 굴뚝인 듯 수직으로 세우면 자전거의 중심축이 무너지면서 가로수나 처마 끝에 걸리고, 수평으로 뉘어 실으면 차나 행인에게 방해되어 더욱 어림없었다. 그것 봐, 안 되잖어, 하고 나는 도로 장판을 들어올려 오른쪽 어깨 위에 낭창 걸쳐 얹었다.

걸음을 떼어놓을 적마다 낭창낭창 휘어지는 비닐장판의 무게가 제법 묵직하게 느껴졌다. 그런 내 뒷모습을 잠시 안타까운 표정으로 지켜보던 희식이가, 어느 결에 다시 옆으로 바짝 다가왔다. 놈은 아주 천천히, 있는 재주껏 느린 속도를 유지하며 내 보폭에 맞춰 페달을 밟았다. 그래, 이 녀석아, 네가 내려서 나와 함께 걸으면 되잖니. 그 자전거엔 코뿔소의 코뿔마냥 앞쪽으로 향하게 장판을 싣고 … 그렇게 속으로 생각은 하면서도, 나는 짐짓 모른 척 내처 걸었다.

바로 그때 희식이는 갑자기 좋은 묘안이 떠올랐다는 듯 자전거에

서 다시 훌쩍 뛰어 내리더니,

　삼춘, 여기다 실어. 여기다 요렇게….

　자신의 엉덩이를 걸쳤던 자리를 요모조모 가리키면서 또 빼앗다시피 내 어깨 위의 장판을 끌어내리는 거였다.

　나는 놈의 마음씀씀이나 행동거지가 내심 예쁘고 가상해서 그대로 가만히 내버려두었다. 그랬더니 놈은 자전거 뒤칸의 고무밧줄까지 풀어내서 코뿔소의 코뿔인 듯 장판을 묶어 싣고는, 만족스런 웃음을 흘깃 내게 날려보낸 다음 자랑스레 앞으로 끌고 나갔다. 그런 때의 희식이는 평범한 정상인과 전혀 다름없는 젊은이였다.

　사촌인 현주한테 이런 모질이 푼수자식이 있다는 건 전부터 귀동냥으로 전해 들어 얼마쯤 알고는 있었지만, 중년 나이를 훌쩍 흘려 넘긴 오늘에 이르러서야 막상 그 실체를 두 눈으로 맞닥뜨리고 보니, 그동안의 나의 무심(無心)이 그렇게나 겸연쩍을 수가 없었다. 귀향하기 며칠 전 서울에서 전화를 걸었을 때, 현주는 송수화기 저쪽에서 애써 반가움을 눌러 참으며 말했었다.

　오빠도 여태 살아 계셨네? 참 별일이다. 내한테 전화를 다 주고….

　어젯밤 작은아버지가 꿈에 뵈시지 뭐냐. 그래서 혹시 당신 제삿날이 다가온 게 아닌가고 말이지.

　그 기일(忌日)도 똑바로 알고 있지 못하다는 게 또 열없어서, 나는 더듬거리는 어조로 나머지 용건을 마저 뱉어냈다. 설사 당신의 제삿날이 이미 지나갔더라도 모처럼 시간이 많이 남아도는 요즈음 형편이니, 이참에 고향에라도 한 번 다녀오고 싶다는 뜻을 후렴처럼 덧붙였던 것이다. 그랬더니 현주는,

　해가 서쪽에서 뜰랑 것이오. 아직 일주일쯤 남아 있긴 하지만 별

일 없으면 그 전에라도 싸게 내려 오셔요.

어쩌고 흰소리를 늘어놓으면서도 속으로는 자지러질 듯 반기는 기색이었다. 그래서 나는 그 어둠을 슬그머니 헤치고 지친 추억 속의 죽정서원에 밤들어 어렵사리 당도했었다.

괜스레 혼자 싱긋거리며 자전거를 끌고 가는 희식이를 흘깃 훔쳐 본 내가 물었다.

너는, 돌아가신 외할아버지 기억 나냐? 네 어머니의, 아버님 말이야.

어무닌 맨날 야단만 쳐서 싫당께요. 삼춘이, 우리 아부지였음 좋겠다.

이런, 뚱딴지같긴 … 내가 어떻게 늬 아버지가 될 수 있냐?

그쯤에서야 나는 희식이놈의 지능지수가 상당히 위험한 지경에 이르러 있다는 걸 사실대로 인정하지 않으면 안 되었다.

이런 희식이와 뒤뚱뒤뚱 번갈아가며 자전거를 끌고 죽정서원에 오른 뒤, 나는 한 번 더 감당키 어려운 혼란의 수렁으로 빠져들지 않을 수 없었다. 가파른 돌층계를 올라, 좁은 마당 안으로 들어선 희식이놈의 입에서 장난스런 불자동차 경적음이 뛰뛰빵빵 터져 나오고, 그걸 들은 그애의 노망든 외할머니는 또 당신 방의 쪽문을 슬그머니 열며 덜 떨어진 손주녀석의 입모양을 그대로 흉내내고자 희멀건 잇몸을 드러냈던 것이다. 나는 비로소 앞뒤 바르게 재지 않고 새 장판을 서둘러 사온 걸 짧게 후회하였다. 그걸 사러 갈 때만 해도 나는 솔직히 두어 달쯤은 여기서 도시생활의 지친 심신을 그런대로 편히 쉴 수 있으리라 속으로 가늠했었다.

거기에다가 또 산아래 토종닭집의 입바른 여주인의 귀띔에 의하

면 현주는 사람들한테서 흔히 '물감 들이는 여자'로 통하는데, 고시
생들의 공부방이나 길 잃은 등산객의 임시숙소로도 가끔씩 제공되
는 건 죽정서원의 곁다리 소일거리일 뿐, 그네의 진짜 일손은 거의
천연염색 작업 쪽에만 매달려 있다는 거였다. 틈만 나면 온 산천을
뒤져 자연산 염료를 채취하고 비단천이나 삼베 물감 들이는 일에 온
정신을 판다고 하였다. 부담스런 식객에 불과할 따름인 나로선, 그
바쁜 일손 또한 적당히 의식하지 않으면 안 되었다.

그런저런 숨은 속사정임에도 나는 어쨌거나 오늘에 이르러선 이렇
듯 더없이 만족스러운, 향기 짙은 녹색의 비와 즐거움의 나날이다.

새소리 때문에 잠이 깨었다.
어제 아침 올라왔던 한 등산객은 저 새이름이 삔찌새라고 했던가.
쪽쪽쪽쪽쪽, 쪽쪽쪽쪽쪽….

울음소리의 색깔로 따진다면야 영락없이 더운피가 감도는 쪽쪽새
라고 불러야 마땅할 터인데, 삔찌새라니 요상하다. 저 별난 새울음
탓에 새벽에야 겨우 잠이 들었는데, 이 아침녘까지 또 샘가 팽나무
로 옮겨 와 나를 깨운다. 나는 창을 열고 새소리 쪽으로 부스스 눈
길을 던졌다.

그런데 이건 또 무슨 색깔의 조화 속인가.
축대 밑 마당가 건조대에 고혹스레 널려 있는 염색천들이 먼저 한
눈에 들어왔다. 현주는 어제 오후부터 물감들이기 작업에 온통 열중
이더니, 오늘 아침 일찌감치 그 일을 끝낸 모양이었다. 바탕 색조는
한결같이 은은하게 착 가라앉아 있으되, 자연에서 따온 갖가지 물감
들이 노랑, 연두, 쪽, 치잣빛 따위로 부신 햇살 속에서 무슨 환희의

깃발인 양 조용히 펄럭이고 있었다. 아, 소리가 절로 우러나올 만큼.

나는 자리에서 벌떡 일어나 문 밖으로 나섰다.

우거진 녹색 숲과 에메랄드의 하늘을 배경에 둔 새소리는 이제 염색된 천들에 가리어 귀에 들어오지도 않았다. 그 대신 내 신경세포는 온통 긴 우물 정(井) 자로 세워진 왕대나무 건조대 사이의 천들이 일으키는 보이지 않는 색(色)의 소리에 꼼짝없이 사로잡히고 말았다.

산천에서 나는 모든 식물이 염료의 소재가 돼요.

현주는 그저께 대바구니 가득 애기똥풀을 따오면서 말했다. 개망초나 감잎, 밤송이, 갈대, 심지어는 바위의 오랜 이끼까지도 다 염료로 쓰일 수 있다는 거였다.

눈이 부신 나는 자신도 모르게 미간을 찡그렸다. 마루 끝 기둥 모서리에 한쪽 손을 기우뚱 짚은 채, 색색으로 벽을 드리운 천 사이의 어디쯤에서 현주가 불현 얼굴을 내밀 것 같은 환상에 잠기면서.

그러나 그네는 그림자가 아닌 현실로, 방금 양치질을 끝낸 아주 청순한 모습을 샘가에서 드러냈다.

"아침 드셔야죠. 늦게 잠드신 것 같기에 일부러 깨우지 않았어."

"저 염색천 풍경이 너무 황홀해서 배고픈 줄도 모르겠다."

나는 턱짓으로 축대 밑 건조대를 가리켰다. 고른 치아를 활짝 내보이며 돌층계를 올라 뒤란 작업실 쪽으로 가는 그네의 걸음걸이가 오늘따라 한결 가볍고 경쾌하다. 나도 칫솔에 녹색 치약을 묻혀 축대 밑 샘가로 향하였다.

정말 많이 변했구나.

돌층계를 밟고 내려가면서 나는 또 현주를 생각한다.

남자용 흰고무신에 헐렁한 개량한복 바지, 별로 손질하지 않은 파마머리에 슬쩍 눌러 쓴 잿빛 등산모는 그렇다 치더라도, 그네가 가끔씩 푸욱 빠져 일하는 작업실을 들여다보게 되면 적당한 방심과 파격이 불러일으키는 독특한 그 분위기에 짐짓 홀리지 않을 수 없었다. 이젤 같은 화구와 그림물감, 화선지 따위가 어지러이 널려 있고 한쪽 벽면의 선반을 가득 채우고 있는 갖가지 투명한 술병들이 나를 더욱 은근하게 매혹시킨다. 당사자는 정작 술 한 방울 입에 대지 않으면서 순전히 그럴듯한 바위색을 빚어내기 위해 그렇게 정성 들여 술을 담가 놓았다는 대답이었다.

　크고 작은 유리병들 속에 독한 증류주나 희석식 소주를 부어 더덕이나 산수유, 버찌, 치자, 아편 따위의 뿌리와 열매, 꽃으로 담근 술들이 곱고 유현한 여러 비색을 은밀히 내뿜고 있는 것이었다. 좀 심하게 표현하자면, 현주는 곧 색(色)에 빠져있는 여자라고나 할까. 한때는 세상을 버린 산속 여승이었다가 버리고 온 외아들과 친정어머니가 눈에 걸려 다시 그들 곁으로 섞여 들어온 사연 많은 여자가 바로 그네였다.

　축대 밑 화단에 시린 시선을 던진다.

　그곳에선 어김없이 남도의 여염집 냄새가 물씬 배어난다. 분꽃이나 앵속, 작약, 도라지, 배롱나무, 석류를 포함해서 그 꽃의 향기 속에 진한 죽음의 냄새가 배인 치자나무까지도 보기 좋게 심어져 있다.

　"저 그림, 누구 거야?"

　소리나지 않게 찻잔을 내려놓은 다음, 나는 얼마쯤 어림짐작은 하면서도 짐짓 모른 척 맞은편 벽 상단에 걸려 있는 한 폭의 바위그림을 보고 입을 열었다.

내리닫이 두루마리로 표구된 화선지는 비록 누우렇게 바랜 채 오랜 세월의 앙금을 그대로 드러내고는 있을지라도 그 안에 우뚝 버티고 선 바위는 볼수록 오묘한 마력을 자아내었다. 얼핏 단순하고도 굵은 선을 쉽게 붓놀림을 한 것 같지만 좀더 세밀히 들여다볼라치면 어떤 거인의 백발 휘날리는 풍모나 고뇌에 찬 굵은 주름살을 연상시키고 또 엉뚱하게 겨울 골짜기라든가 계곡의 거친 물결, 황소뿔, 켜켜이 포개어진 책, 벌어진 노송껍질 등이 사이사이 뒤섞여든 것 같은 묘한 착시의 감흥을 불러일으키게도 만든다.

　"오빠 처음 보는 건가? 아버지 그림 잊고 산 지 오래됐지만 엄니가 걸어둔 거라 그냥 놔뒀어. 책굴에서 그린 마지막 그림이래. 승냥이처럼 객지를 휘휘 떠돌다가 돌아가실 무렵에야 이곳으로 다시 조강지처 찾아왔는데 그때 책굴에 들어가 저 그림을 그렸다는 거야."

　등 뒤의 보이지 않는 그림을 그녀는 훤히 바라보고 있는 눈빛으로 말하였다. 내가 받았다.

　"문외한인 내가 보기에도 보통 솜씨는 아닌 것 같구나."

　"솜씨는 무슨… 겨우 흉내만 내다가, 이것도 저것도 아닌 폐인으로 살다가 훌쩍 가신 양반인데."

　"하긴 작은아버진 재주가 너무 넘치셨지. 축구나 연극, 그림, 춤, 판소리까지, 정말 못하신 게 없으셨으니까."

　"그걸 재승박덕이라던가? 업보도 너무 많으셨어."

　"그럼 저 그림 속 바위는 실재하는 건가?"

　"바로 요 위, 월대암. 우리가 어렸을 때 안마당 삼아 곧잘 뛰어 놀곤 했잖아."

　"월대암? 하나도 안 닮은 것 같은데?"

사실이 그랬다.

어렸을 때만이 아니라 며칠 전 여기 온 이후에도 하루에 몇 번씩 걸핏하면 산으로 올라 함께 벗하는 바위인데 그 바위의 무엇이 저 그림과 닮았단 말인가.

그러나 현주는 알 듯 모를 듯한 미소를 입꼬리에 베어 문 채 창밖 염색천 쪽으로 시선을 던지며 말하였다.

"그래도 자세히 들여다보면 닮은 데가 있을 거예요. 못 믿겠으면 지금 올라가 한번 확인해 보시든지."

"안 그래도 운동 삼아 그쪽으로 바람이나 쐬러 갈 참이었는데 그 거 잘됐구나."

나는 어설픈 미소를 흘리며 자리에서 일어섰다. 방을 나가는 내 뒤에 대고 현주가 또 말하였다.

"여긴 물이나 공기 맛이 달라서 오빠도 아마 작품이 잘 써질 걸? 원래 큰 그릇은 늦게 구워지는 법이래잖아. 암튼 책은 등산하는 기 분을 느끼게 해. 책 한 권을 읽고 나면 산 하나를 오르고 난 것 같 은…. 그 산이 명산인지 아닌지는 그 책의 내용에 달려 있으니까, 오빠도 명심하라구요."

"이거, 지레 겁나는구나. 니 안목 무서워서 아직 한 줄도 못 쓰고 끙끙 앓고만 있는 거야."

그리고 현주 곁을 벗어난 나는 문제의 월대암 쪽으로 오르면서도 여전히 속이 편치 않은 기분이었다. 그네 앞에서 내뱉은 겸양의 고 백마따나 그동안 겨우 산을 오가는 녹색 비바람이나 향기로운 꽃을 바라보는 사이 또 이렇게 아까운 시간만 죽이고 있잖느냐는 알 수 없는 자괴와 무력감 탓이었다.

그럼에도 산은 말없이 나를 넉넉하고 푸근하게 안아주었다. 별의 별 희한한 새와 나비, 곤충들이 한껏 제 세상을 만난 듯 푸른 날갯짓이었다. 그것들은 대개 산 아래에서 보는 것보다 훨씬 크고 진한 원색으로 현란하기 마련이었다. 팔색조라든가 후투티, 어스름 속에서 귀신을 부르는 듯한 휘파람새는 현묘한 아름다움을 휘휘 불러일으키는가 하면, 밤마다 불빛 속으로 뛰어드는 수많은 부나방이나 시도 때도 없이 살 속을 파고드는 독살스런 각다귀 모기에 이르러선 오히려 절로 진저리가 쳐질 지경이다. 어제 종일토록 비가 내렸음에도 오늘 아침 문을 열고 보면 마루에는 또 밤새 숨을 거둔 날벌레들이 타다 만 종이 부스러기인 양 수북하게 쌓여 있다.

뛰어들면 어김없이 풀풀 죽게 되는 줄 뻔히 알면서 밤의 날벌레들은 왜 빛을 좇아 불을 좇아 줄기차게 온몸을 내던지는 것일까. 아침마다 그것들을 빗자루로 쓸어내면서 나는 밝고 따뜻함을 지향하는 모든 생명 있는 것들의 본능어린 성향을 곰곰 곱씹어 보곤 하였다. 그리고 나 또한 밝고 따뜻한 그 뭔가를 부질없이 그리워하고 탐하며 무모하게 뛰어들었다가 결국 배소(配所)와도 같은 이곳에까지 밀려 내려오게 된 건 아닐까, 혼자 고소하고 한숨지었다.

그러므로 나는 해질녘 천변만화를 일으키는 온갖 구름떼의 화려한 자연율동은 물론 휘몰아치는 칼바람이나 우울한 빗소리, 두꺼운 옷 사이로 사정없이 파고드는 모기떼의 비정한 독침까지도 전량 내 것으로 받아들이기로 다짐하였다. 그 관념어린 고통을 적당히 즐기고 감내함으로써 실패와 오점으로 얼룩진 지난 세월의 죄값음을 얼마쯤 치르는 셈이 되지 않을까, 허튼 자위로 어리석은 과거를 비질하듯 달래가면서.

책굴 앞을 지나 숨을 잠깐 들이쉴 참의 쌈지바위에 오른 나는 우선 고개를 들어 월대암부터 찬찬히 올려다보았다. 역시 거대한 고인돌이거나 로마병정의 투구 아니면 비스듬히 누운 대형 두부모 같다.

다시 산을 오른다. 폭넓은 치맛자락인 양 자르르 흘러내린 비탈진 절벽의 서방루를 타고 월대암 가까이 바짝 다가가지만, 그림 속의 모양새와는 여전히 생판 다르다. 화가는 혹시 진경산수의 독창적인 파격을 나름대로 시도했던 건 아니었을까 하고 나는 그제서야 애써 닮은꼴만을 좇은 걸 잠깐 부끄러워하였다.

월대암은 사실 누가 어느 각도에서 바라보더라도 그 생김새가 던져주는 심상이 사뭇 다르고 아슬아슬하며 신통한 위엄과 위험을 동시에 품어 안고 있는 바위이다. 웬만한 안방 크기의 이 장방형의 마당바위는 그 밑부분의 거의 절반쯤이 둥실 허공에 뜬 채 산의 정상을 차지하고 앉은 기이한 품새도 품새려니와, 태풍이라도 불면 금방 산 아래로 굴러 떨어져 한순간에 온 마을을 덮칠 듯싶으면서도 지금껏 끄떡없이 그 마을의 역사와 함께 살아온 유구한 상징성을 갖고 있는 바위이기도 하였다.

나는 이 바위를 어렸을 때부터 '큰바위 얼굴'쯤으로 내심 의인화시켜 놓은 터였다. 사람들은 월출산에서 떠오르는 달의 얼굴을 가장 먼저 맞이하고 또한 서쪽으로 소멸하는 달을 보내는 것도 그래서 월대암이라 부른다고들 했지만, 나에게는 왠지 미륵 같은 의미의 거대한 위인의 얼굴로 비쳐드는 걸 어쩔 수 없었다.

그런데 작은아버지는 기묘한 그림 속 가공의 바위들과 야합하여 이 월대암에 대한 내 인식을 깡그리 무시하고 있다.

노망든 숙모는 분명 당신의 수의로 장만해 장롱 속 깊숙이 숨겨놓은 걸 불현 꺼내어 입은 게 틀림없었다. 거의 주황색이거나 황톳빛에 가깝도록 진하게 치자물을 들인 그 삼베옷은 그러나 나에게는 곧장 죽음의 그림자로 닿아 있다. 그런 옷을 입은 숙모는 이번엔 또 웬 채소 씨앗까지 흩뿌린다.

"숙모님, 그게 웬 씨앗이지요?"

나는 당신의 손에 들리어진 낡은 플라스틱 바가지를 의아한 시선으로 들여다보지만 그네는 더욱 완강히 바가지를 움켜쥐며 돌담장 밑으로 그것을 뿌려댄다. 나는 연신 어이없는 실소를 히죽히죽 베어 물지 않을 수 없었다.

"지금은 씨 뿌릴 철이 아니잖아요. 그것도 맨땅에다가 … 멀쩡한 수의를 느닷없이 꺼내 입으신 것도 그렇구요."

"아녀, 아녀. 지금 뿌려야 봄에 싹이 나는 벱이여."

"숙모님도 참, 봄은 벌써 지났는걸요?"

노망이 들어도 아주 단단히 드셨군요, 소리는 입 밖에 내지 못했다. 그러면서 나는 또 유백색 기름진 치자꽃의 그리움으로 아슴푸레 다가오는 할머니의 옛 얼굴을, 숙모한테서 자연 떠올리지 않을 수 없었다. 숙모는 곧 할머니의 잔영이었다. 나는 다시 말하였다.

"오늘이 무슨 날인 줄은 아세요, 숙모님?"

"무신 날은. 우리 시엄씨 제삿날이지."

"허, 그러세요? 시엄씨가 아니라 작은아버지, 숙모님의 남편이시 잖아요?"

"아녀, 시엄씨여. 난 남편 없어."

"자, 이제 씨앗도 다 뿌렸으니 안으로 드시지요. 어서요."

거의 강제다시피 마루 쪽으로 숙모를 옮겨 앉힌 나는 한시도 손을
놀리지 않고 다시 생마늘을 까려드는 당신에게 묻는다.

"저 치자는 뭣에 쓰려고 저리 많이 매달아 두셨어요?"

"무신 자?"

"치, 자요. 치자."

나는 잿빛 나무기둥 모서리에 굵은 실로 꿰어 가지런히 매달린 거
꿀달걀꼴의 치자 열매를 턱짓으로 가리켰다. 누우렇게 익어도 결코
입이 벌어지지 않는, 굳게 다문 그 입속엔 또 무슨 한이 서려 있을
까. 그제서야 겨우 알아차린 숙모가 더듬더듬 뇌까렸다.

"술도 담고 물도 들이고 약으로도 쓰고 … 시엄씨가 어지간히도 좋
아하셨제. 뒤란에 가믄 지금도 많어."

"그래요? 치자나무가요?"

나는 얼른 몸을 일으켜 뒤란 쪽으로 향하였다.

장독대 옆으로 몇 그루의 키 작은 치자나무들이 보인다. 그래 이
게 치자나무였지 하고 나는 그 잎사귀들을 소담스레 쓰다듬었다. 오
늘에 이르도록 고부간의 대물림으로 키워온 그 마음씀씀이와 손길
이 새삼 애틋하게 느껴진다. 할머니는 이 치자 말고도 뒤란 가득 앵
속이며 백도라지며 모란, 작약 따위로 남도 특유의 토종 꽃밭을 일
구는 걸 큰 즐거움으로 삼았었다. 그래서 그런지 할머니를 떠올리면
언제나 가장 먼저 이 치자 열매가 생각나곤 했다. 그 황옥빛 물감,
그 삼베옷의 죽음의 냄새.

아버지가 전쟁 때 실종(짐작건대 자진월북이 분명하지만) 된 이후,
나를 포함한 우리 식구들은 자연 고향땅과 뚝 멀어지고 말았다. 그
러다가 얼마쯤 세월이 흐른 어느 해, 할머니가 위독하다는 소식이

날아들었을 때에야 나는 가족을 대표해서 그 땅을 잠깐 다시 찾았었다.

그때 할머니는 철부지 어린애 같았다. 내가 밤들어 도착하자 위독한 한 고비를 잠깐 넘기고 거짓말처럼 또 말짱 살아났으되, 당신은 여전히 먹는 음식물을 똥오줌과 구분하지 못할 정도로 심각했다. 덜덜덜 이를 물며 춥다면서도 이불을 덮어주면 이내 발로 차던졌다.

그리고 이튿날 얼마쯤 제정신으로 되돌아왔을 때 당신은 가장 먼저 치자물 든 삼베옷을 찾았다. 아니 자꾸만 장롱 쪽을 가리키며 뭐라고 웅얼거리시기에 눈치 빠른 숙모가 재빨리 그것을 꺼내어 입혀드렸던 것이다. 마알간 황토빛으로 색감이 아주 강하면서 고왔다. 명당의 흙이거나 그곳에서 육탈된 황골(黃骨)이 바로 그러하리라. 깨었다가 눕고 누웠다가 다시 깨는 걸 두어 번 더 되풀이한 연후에 할머니는 이윽고 운명하셨다.

그러나 당신이 정작 땅속으로 즐거이 들어가실 적에는 그토록 살아 생전에 고이 간수해왔던 삼베 수의는 입지 못하였다. 음력 정초에 임종하였으므로 3년간 초분으로 모신 다음 그 풍장에 의해 육탈이 되면 다시 이장하여 정식으로 산소를 쓰는 게 당시의 고향 쪽 습속이었다. 당신의 수의는 그 뒤 이장할 때 다시 곱게 입혀 드리기로 하였다.

하지만 그 3년 후 할머니는 삼베 수의를 다시 입었던가.

입긴 입었으나 그 수의는 아주 고약스런 불명예로 그만 한순간에 더럽혀지고 말았다. 초분을 쓴 자리가 좀체 바람다운 바람이 들지 않았던지, 제대로 육탈이 안 된 당신의 유골은 맑고 부드러운 치잣빛 대신 오히려 거멓게 썩어 있었고 아직껏 녹은 양잿물처럼 검게 달라붙은 살점엔 작고 흰 구더기까지 한데 뒤엉켜 함부로 꼬물거렸던 것이다. 그 구더기와 살점들을 하나하나 떼어내고 뼈는 뼈대로 가지런히 짜맞추는 데 꼬박 반나절이 걸리고서야 당신은 비로소 치잣빛 삼베옷에 싸여 새로 맞춘 황토의 집 속에 고이 묻힐 수가 있었다.

제수를 장만하러 장(場)에 나간 현주가 마음에 걸려서 나는 곧 산을 내려갔다. 장보기에 보태 쓰라고 몇 푼 억지로 쥐어주긴 했지만 아무래도 질 좋은 양초와 향(香)은 내가 직접 마련할까 싶었다.

맑은 물이 흐르는 개천 둑을 타고 시푸른 히말라야시다와 목백일홍이 심어진 마을회관 앞을 지나 나는 천천히 농협 연쇄점 쪽으로 걸었다. 봄이면 흐드러지게 가로수의 꽃터널을 이루는 벚나무 밑동들을 보니 새삼 세월의 덧없음을 알겠다. 그땐 겨우 어린애 팔뚝 정도의 굵기였는데 이제는 어른 몸통이나 허벅지만큼의 두께로 불어나 있다.

"삼춘, 어디 가?"

찌르릉 경쾌한 금속성을 내지르며 어느 결에 나타난 희식이가 대뜸 내 앞을 가로막는다. 나는 놈의 웃음을 즐겁게 맞받았다.

"저기, 양초 사러."

"양초? 뭐에 쓰게?"

"응, 오늘 밤 제상에 밝히려고. 너의 어머닌?"

"읍내, 목욕하러."

"목욕? 그럼 장보는 건?"

"제사는, 몸을 깨끗이 한 다음에 지내는 거라문서. 이것 싣고 지먼저 집에 가랬당께요."

그리고 희식이는 자전거 뒤칸에 실린 큼직한 종이상자를 턱짓으로 가리켰다. 일부 짐스러운 것들을 먼저 사서 아들에게 실려 보낸 다음 그네는 따로 자기 볼일을 보러 간 모양이었다. 상자꾸러미를 얼핏 눈여겨보아도 내가 지금 사러 가는 것들은 들어있을 성싶지 않았다.

장터목의 농협 연쇄점에 들러 원하는 것들을 산 뒤 우리 둘은 다시 왔던 길을 되돌아 산으로 향하였다. 희식이는 자전거를 타고 나는 걸었으나 둘의 사이는 결코 따로 벌어지지 않았다. 아주 천천히 페달을 밟는 놈의 자전거 타기 솜씨는 마치 어지간한 곡예사와도 같았다.

정미소 앞을 지나치기 전 나는 이윽고 발길을 멈추었다.

아까부터 줄곧 곁눈질로 바라보고 온 오른편 대숲 속 낡은 고옥 (古屋)의 잔상을 끝내 떨쳐버릴 수가 없어서였다. 아주 오래 전 우리도 잠시 살았던 집, 그러나 지금은 남의 소유로 넘어가 거의 폐가다시피 방치되어 있는 풍문의 집이었다. 할아버지와 아버지를 거쳐 작은아버지(현주네)가 이 집을 지키면서 가세는 알게 모르게 급격히 몰락하기 시작했고 결국에는 더 절박한 이런저런 이유들로 풍비박산이 나고 말았었다. 집은 울창한 대숲 속에 가려 잘 보이지 않았다.

"희식이 너, 저 집을 아니?"

나는 대숲 쪽을 손가락으로 가리키며 물었고

"몰러요. 옛날 외할아부지네가 살았다는 것밖에 ⋯."

놈은 마치 남의 말하듯 툭 던져놓고는 그만이었다. 하긴 집안이 패가망신한 건 희식이가 태어나기도 전이니까. 거기에 외손(外孫)이기도 한 흑싸리 껍질 처지의 놈이 그 복잡한 전후사정을 자세히 알고 있을 리는 만무였다.

저기 잠깐 좀 들렀다 가자면서 나는 곧 그쪽으로 방향을 틀었다. 어? 하는 표정의 희식이도 이내 두말없이 내 뒤를 따랐다.

마당에는 역시 온갖 허무의 잡초가 무성하였다. 짐작했던 대로 빈집이었다. 고래등 같던 본채는 이미 온데간데없이 허물어졌는데 전에 행랑채로 쓰던 건물의 이끼 긴 지붕에도 잡초는 어김없이 산발인 듯 돋아나 있었다. 축사 겸 창고로 쓰던 헛간은 아예 지붕이 폭삭 무너져 버렸으며, 물 좋기로 소문났던 찬우물은 이미 지저분한 흙더미로 메워져 있었다. 앵속이나 백도라지, 작약, 치자꽃 따위가 만발하던 뒤란과 난초무늬 살이 새겨진 흙항아리 즐비하던 장독대는 또 어디로 갔을까? 마을의 호랑이로 불리던 할아버지의 마른 헛기침 소리는?

검게 삭은 서까래의 거미줄과 바짓가랑이에 자꾸 달라붙는 도꼬마리 줄기들이 회억에 젖은 내 시야를 더욱 흐릿하게 부채질하였다. 사방을 울울창창 에워싼 대숲과 돌담장 안 한 귀퉁이에 우람한 고목들로 깊이 뿌리 박힌 늙은 가죽나무와 벽오동, 감나무의 오래고도 질긴 생명력만이 변치 않은 증인이듯 나를 이윽히 내려다보며 감쌌다.

나는 그 고목들에게 조심스레 손을 내밀었고 가만히 내 손을 잡는 고목들의 손길에서 뜨겁고도 오래 참았던 뜨거운 정감이 애틋하게 전해져 왔다. 사촌인 현주와 뛰어 놀던 그 마당, 그 대숲, 그 시푸른 나무들이었다.

처음 만났을 때의 현주 역시 그랬었다. 포동하고 후덕한 인상은 예전 그대로이나 굵은 손마디며 여러 갈래로 나있는 눈가의 잔주름, 희끗희끗거리는 머리카락이 그동안의 신산한 시간들을 짙게 암시하

고 있었다. 오빠도 늙어 가시네요 하고 그네 역시 한동안 말문을 닫
은 채 연민이 가득 담긴 시선으로 나를 속 깊이 뜯어보았었다.

나는 눈을 들어 너울거리는 오동잎 사이로 슬몃 드러난 산 위의
먼 월대암을 부신 듯 올려다보았다. 그리고 저만큼 떨어진 거리에서
비싯비싯 웃고만 서있는 희식이놈에게,

"니 눈엔, 저 바위가 어떻게 보이냐?"

조금 생경하다 싶은 질문을 불쑥 내던졌다. 놈은 또 엄지손가락
까지 입에 어슷 베어 물고서 격에 어울리잖게 이리저리 궁리하는 척
하다가,

"배, 돛단배요."

전혀 엉뚱하고도 환상 어린, 그러면서도 얼마쯤은 또 정확한 대
답을 되돌려 주었다. 나는 고작 대형방석이나 두부모, 로마병정의
투구 정도만을 연상하거나 조금 무리한 큰바위 얼굴쯤으로 억지 형
상화시킬 뿐이었는데!

바위는 상기도 푸른 바다를 가르며 한껏 파도 위를 내달리는 모습
이기도 하였다. 그 돛단배 안에 타고 있는 이는 다름 아닌 현주, 어
릴 적의 그네와 나였다. 그것이 좀더 잘 보이는 잡초마당 한가운데
로 걸음을 떼어놓으면서 나는 넋두리처럼 늘어놓았다.

"우린 마을 어디에서나 저 바위를 바라보고 자랐지. 학교에서 공
부하다가도, 또랑에서 가재를 잡거나 변소간에 급히 볼일을 보러 가
면서도…, 그만큼 변함없고 엄청난 의미로 언제나 저렇게 터억 하
니 버티고 앉아 있다는 얘기야."

"난 배가 좋은디."

"참 넌 돛단배라고 했지? 그래 맞다. 저 바위는 돛단배야."

나는 월대암에서 시선을 거둬들이며 싱글싱글 서 있는 희식이놈을 희멀건 웃음으로 건너다보았다.

그래, 앞으로 너와 니 엄닌 저 바위배와 함께 몰락한 우리 가문의 상징 같은 죽정서원을 충분히 지켜낼 수 있을 것 같구나.

바람도 없는데 촛불이 흔들린다.

아편처럼 번지는 이 낯익은 향냄새. 복제한 소치(小癡) 선생의 솔가지 병풍 사이로 실오라기 같은 향연이 사르르 사르르 머리 풀며 올라간다.

나는 그 향 너머 영정을, 오늘밤의 주인공인 작은아버지의 흑백 초상을 아까부터 뚫어질 듯 마주보고 있었다. 알 수 없는 분노와 슬픔, 화해, 망각 따위의 착잡한 낱말들이 한데 뒤엉켜 가슴속을 훑고 지나간다. 그럼에도 나는 극히 태연스레 조금 전 당신 앞에 잔을 올리고 경건하게 무릎 꿇어 절했었다.

죽음 같은 침묵이 싫은지 제상 아래의 퇴주잔 속 술을 조용히 응시하던 현주가 입을 열었다.

"오빠 기억나? 그해 제삿날 할아버지 심부름으로 술도가에 술 가지러 갔던 일. 그때 것보다 빛깔이 훨씬 덜하지?"

"덜하긴. 내겐 그때보다 더 선명해 보인다. 향기도 좋구."

는개 자욱히 내리던 그해 어느 날, 우리는 어둑신한 잿빛 논둑길을 걸으면서 마냥 설레는 동경 속에 잠겨들었고 불가해한 어른들의 세계와는 동떨어진 내밀한 친화의 교감으로 서로를 단단히 묶고 있었다. 나는 이렇게 현주가 좋은데 아버진 왜 작은아버지를 그토록이나 미워하고 경멸하는 것일까. 소줏고리에서 맑게 증류된 홍주 됫병을 현주와 서로 번갈아 들고 오는 동안에도 나는 줄곧 벌거숭이 현주와 한 이불 속에서 나뒹구는 엉뚱한 환상에 사로잡혀 있었다. 그 며칠 전 엉겁결에 목도해버렸던 할머니와 할아버지의 얄궂은 정사 장면이 뇌리에서 영 가시지 않아서였을 것이다.

그날도 진종일 물안개를 잔뜩 머금은 는개가 내렸는데 밖에서 놀다가 급히 뛰어 들어온 나는 아무런 주저없이 안방 문을 열어젖혔고 그러고는 이내 화들짝 놀라 도로 방문을 닫지 않을 수 없었다.

가슴이 쿵쾅거리고 얼굴이 화끈 달아올랐다. 철부지 어린 눈으로 보아도 그건 분명 예삿일이 아니었다. 어디선가 불콰하게 낮술이 오른 할아버지는 소나무 껍질 같은 엉성한 뼈대를 다 드러낸 채 밑에 깔린 할머니와 한창 한몸이 되어 있었던 것이다. 주춤 행위를 멈추고 돌아다본 당신의 그 낭패스런 표정을 나는 지금도 잊을 수가 없다. 문고리를 걸어 잠그지 않은 데 대한 뒤늦은 후회와 문을 열기 전의 손두드림이나 예의바른 인기척도 낼 줄 모르는 버릇없는 손주놈에게의 원망이 복잡 미묘하게 뒤섞이며 뒤틀리던 당신의 그 일그러진 얼굴.

나는 무슨 말 못할 큰 죄나 지은 것처럼 마을 앞 신작로를 마구 내달렸다. 그렇게나 엄하고 무섭기만 하던 할아버지가, 맛있는 거면 뭐든 아낌없이 먹이려드는 그 인자스런 할머니가 그런 흉측한 맨몸으로 깨벗고 누워 한데 뒤엉켜 있다니, 나는 정녕 믿을 수가 없었다.

그러나 헉헉거리는 숨을 겨우 잠재우고 쉼 없이 찰랑이는 저수지에 이르렀을 때 나는 다시금 싹 터 오르는 야릇한 흥분과 몽환과도 같은 긍정의 느낌을 스스로 의식하지 않으면 안 되었다.

아, 노인들도 서로 몸을 섞고 함께 나뒹구는구나. 남자와 여자가 잠을 잔다는 게 바로 저런 거였구나.

나는 진실로 어서어서 어른이 되어 그런 희한한 감정들을 스스로 경험하고 싶은 강한 충동에 이내 휘둘리고 말았다.

외할머니 발부리 밑의 희식이는 벌써 잠이다. 메마른 입술을 헤벌린 채, 코까지 가볍게 골아대면서. 병풍을 치고 지방을 쓸 때까지만 해도 나보다 더 부산스레 설쳐대며 부푼 호기심을 내보이더니 밤이 깊어지자 어느새 그만 시들시들해지고 제사 자체를 가맣게 잊어먹었나보다. 지 어미인 현주의 표현에 따르면 저녁 숟갈만 내려놓으면 두 조손(祖孫) 다 은단 쪼아먹은 병아리들이 되어버린다는 것이다. 비칠비칠 눈부셔하며 곧장 나비병 같은 잠에 떨어지고 남들 곤히 자는 새벽이면 거꾸로 잠이 깨어 오뚝이처럼 다시 일어서는 것도 숨길 수 없는 공통점이라면서 그네는 이렇게 덧붙였다.

"오빠, 그런 것도 혹시 유전이 아닐까? 아니면 업보?"

"또 쓸데없는 소리. 지난 일들은 다 잊어버리도록 해."

나는 은은한 빛과 향을 내뿜는 치자술을 잔에 부어 제상 위에 바치고 현주와 함께 다시 마지막 절을 올렸다. 그리고 자리에 앉은 현주는 퇴주그릇을 들어 잠깐 입술을 적신 다음 나에게 내밀며 말하였다.

"이렇게 격식 갖춰 제사 모시는 건 요 근래 처음이어요. 전에는 그냥저냥 상만 차려놓고 말았다구. 진짜 집주인이 다들 떠나고 없으니까."

"⋯⋯"

맞아, 할머니는 속이 참 깊으셨지, 하고 나는 또 다른 상념에 잠겨들었다.

아무한티도 발설하지 말그라잉?

할아버지 별식으로나 남 몰래 꺼내어 놓는 육포 몇 조각을 내 손에 은근슬쩍 쥐어주면서 당신은 몇 번이나 다짐을 받아내곤 했었다. 괜스레 회초리를 빼들거나 벼락같은 화를 내리라고만 여겼던 할아버지도 오히려 필요 이상 내 뒤통수를 쓰다듬어 주고 몇 푼의 쌈짓돈까지 현주와 내게 건네는 자상함도 잊지 않았었다.

그리고 그 제삿날 밤 우리에겐 또 무슨 일이 벌어졌던가.

검은 가마솥에 갓 잡은 돼지고기를 삶고 그 뒤에 또 떡시루까지 올렸던 탓에 행랑채 작은방은 초저녁부터 한증막처럼 설설 끓었다. 그러나 어둠과 함께 시끌벅적 모여든 집안 어른들은 어지간히 밤이 깊었는데도 도통 제사지낼 낌새를 쉬 내보이지 않았다. 당신들의 불안스런 쑥덕거림에 따르면 어디선지 인민군이 쳐내려오고 있다는 거였다.

인민군이 뭐야? 하고 현주가 물었지만, 나는 대답하지 못했다. 아예 전쟁의 의미조차도 잘 모르는 철부지 어린애였으니까.

그러므로 현주와 나를 포함한 우리 아이들은 일찌감치 행랑채로 밀려나 무작정 놀기에만 바쁘다가, 밑엣동생들이 스멀스멀 잠에 떨어지자 우리도 그애들을 사이에 두고 자연스레 노곤한 몸뚱이를 뒤로 눕히지 않을 수 없었다 그리고 희끄무레 발을 드리운 어둠의 그물 속에서 안채 쪽 어른들의 비밀스런 동정에 조용히 귀를 기울였다. 짐짓 엄숙하고도 고즈넉하던 여느 때와는 달리, 그날 밤은 왠지 어수선하고 불안스레 들떠 있는 분위기였다. 아마 흉흉한 전쟁발발 소문 때문이었으리라.

그런데 자세히 들어보면 꼭 그런 것만도 아닌 듯 싶었다. 가끔씩 가시 돋친 고함이 소용돌이처럼 불쑥 터져 나오는가 하면, 뭔가 어르고 달래는 듯한 과장된 억양도 조용조용 섞여 들려왔다. 그러거나 말거나 현주는 끓는 온돌방의 더위에 한시도 배겨낼 재간이 없었던지 자꾸만 윗목으로 차고 올라가는 데에 온 정신이 팔려 있었다. 나역시 홑이불을 차내고 옷가지를 한 꺼풀씩 벗어 내던져도 소용없었다. 그러다가 마침내 우리 둘의 손과 머리가 서로 맞닿았고 그러는 내 손끝엔 말라빠진 웬 곶감이 우연찮게 하나 만져졌다.

현주야, 곶감 먹을래?

아니, 싫어. 그냥 잘래.

맛있어. … 자, 여기.

바보, 그건 코야, 코. 이리 줘봐, 내가 먹을게.

뭐, 코?

그리고 우린 괜스레 키득거리며 딱딱하면서도 달짝지근한 그 곶감의 살을 조금씩 떼어내 입 안에 집어넣고 오물거렸다. 그러다가 나는 이윽고 입을 열었다.

나, 할부지랑 할무이가 깨벗고 노는 것 봤다!

어떻게?

옷을 할딱 벗고 그리고 음, … 이렇게!

뭐야? 안 돼. 이러면 혼나!

괜찮아.

안 돼, 안 돼. … 무서워.

그리고 우리는 깨꽃이 흐드러지게 핀 밭이랑 어디쯤에서 설익은 모험과 만용의 나락으로 사정없이 미끄러져 내렸다. 그러나 한참을 그렇게 자맥질하듯 씨근덕거려도 안개와도 같은 혼돈과 의문으로 가득 찬 그 깨꽃의 세계를, 우리는 더 이상 헤쳐 나갈 방법이 없었다. 서로의 본능과 호기심은 하나로 만나 화들짝 불타오를 수 있었지만 알지 못할 공포와 어둠 속 두려움은 어설픈 그 환희를 여지없이 깔아 뭉개어버렸다. 아리고 싸한 풀냄새만이 둘의 입 안 가득 마른침과 함께 고일 뿐. 안채에서 우당당탕 문짝이 부서져 나가고, 하늘 찢어질 듯 무서운 싸움소리가 터져 나온 건 바로 그 순간이었다.

우리 둘은 거의 반사적으로 다시 꼬옥 껴안았다. 그리고 잠시 후 창호지가 발린 문 쪽으로 조심조심 기어가 거기에 침구멍을 뚫고 맞은편 안채의 마루 아래로 굴러 떨어진 어른들의 저주와도 같은 폭력과 광기를 뚫어질 듯 응시하였다. 싸움은 남들이 벌이고 있겠거니 나는 당연스레 그렇게 생각했고 현주 또한 그랬다.

하지만 둘의 기대는 여지없이 빗나가고 말았다. 다름 아닌 아버지들(현주 아버지와 내 아버지)이 서로 치고받으며 벌건 피투성이가 되도록 살벌한 멱살잡이로 엉겨붙고 있었던 것이다. 우린 동시에 뿌리치듯 손을 놓고 혼비백산 홑이불 속으로 다시 숨어 들어갔다.

무슨 일일까. 어떻게 저런 끔찍한 사건이 벌어졌을까?

나는 거의 숨조차 쉴 수 없을 지경이었다. 새우처럼 등을 꼬옥 오므려 옆으로 누운 채, 잔뜩 겁에 질려 훌쩍이는 현주의 울음소리도 그걸 잘 설명해주고 있었다. 나중에 안 일이긴 하지만, 그림이다, 연애질이다, 항상 밖으로만 나대며 집안의 재산을 곶감 빼먹듯 자꾸 축내기만 하는 개망나니 아우를 평소에도 눈엣가시처럼 여기던 판에 아버지는 또 그로부터 공산주의자라는 소리까지 엉겁결에 얻어듣게 되어 다짜고짜 뺨을 후려쳤다는 거였다.

땅 많은 지방 유지의 어엿한 맏이인 데다가 해방되기 전 한때나마 잠시 일본 유학물까지 먹어본 당신이 어떻게 친혈육의 아우에게서 그런 불온한 혐의를 뒤집어쓰게 됐는지는 잘 알 수 없었으나 한 번 불붙은 그 아우의 짐승스런 행태는 살아있는 악의 화신, 바로 그것이었다. 사람이 달라져도 저리 모지락스럽게 달라질 수 있을까, 저마다의 눈을 희번덕 의심할 지경이었는데 결국 시퍼런 도끼를 추켜들고 기둥 모서리를 찍는 만행마저 서슴지 않았다. 더 심한 수모와 봉변을 피해 월대암 서당 쪽으로 황망히 몸을 숨긴 형을 찾고자 밤새 식칼을 움켜쥔 채 동네 고샅을 샅샅 훑고 다니는 질긴 악귀 노릇도 결코 마다하지 않았다.

두 형제의 그날 밤의 이전투구는 처음엔 자그마한 재산문제가 발단이었다고 하였다. 분가 명목으로 상속을 미리 해달라는 아우의 무례하고도 노골적인 요구에, 하필이면 이런 제삿날 집안 어른들 앞에서 이 무슨 패악질이냐고 형이 나무랐다는 것, 그게 티격태격 험한 입씨름으로 발전해서 당신은 유학까지 가 재산 다 말아먹고선 고작 배웠다는 게 빨갱이 사상밖에 더 있느냐고 아우가 거품을 물고 대들어 형제 사이는 결국 한순간에 철천지 원수지간으로 비화되고 말았다는 얘기였다.

그날 밤 할아버지는 실로 엉망진창이 되어버린 치욕의 제상 앞에서 한동안 무릎 꿇은 채 일어설 줄 몰랐다.

별이 새겨진 인공기를 의기양양 펄럭이는 낯선 군용트럭들이 동네에 들이닥친 건 그로부터 달포가 지나서였다. 본시 병역 기피자였던 아버지는 다시 월대암 아래 책굴로 급히 숨어 들어가지 않으면 안 되었으며 해방 후의 잠시 동안 치안대 경험이 있었던 작은아버지는 인민군이 들어오기 전에 이미 누란의 위기에 놓여 있다는 나라의 방패막이로 훌쩍 징발되어 나갔다. 어쨌거나 바깥이 아무리 콩 볶듯 뒤숭숭하기로 차마 오지인 여기까지야 그네들이 쳐내려오랴 싶었으나 세상은 이내 붉은 색깔로 뒤덮이고 말았다.

그러나 할아버지는 군청을 접수한 인민군에게 자진 협력해서 일부 재산을 헌납했으며 무덥고도 살벌한 그해 여름의 인공 치하를 줄타기하듯 슬기롭게 잘도 헤쳐나갔다. 나와 할머니는 은밀히 월대암 쪽을 번갈아 오르내리며 책굴 안의 아버지를 힘겹게 수발했는데 초췌한 얼굴이 덥수룩한 수염으로 뒤덮인 아버지의 짐승 같은 굴 속 생활은 늦여름으로 접어들어서야 겨우 끝이 났다. 어느 날 밤의 야음을 틈타 굴을 빠져 나온 당신 스스로 읍내 인민위원회에 자수해버렸기 때문이었다.

그러고는 곧 그들의 예기치 않은 패주가 시작되었다. 절 아래 저수지가 피바다로 변하도록 잔인한 총질을 해댄 마지막 인민군이 월출산 바람재 쪽으로 퇴각하던 날 밤, 어찌된 일인지 아버지도 어디론지 증발해버린 채 다시는 집으로 돌아오지 않았다.

그리고 그 이듬해 전장에서 돌아온 작은아버지는 이제 완전히 다른 사람으로 변해 있었다. 거의 피골이 상접하도록 지치고 깡마른 당신의 핏발선 두 눈은 어떤 알 수 없는 살의와 광기에 흠뻑 젖어 한시도 쉬지 않고 번뜩였다.

어느 결에 사람들한테서 알게 모르게 빨갱이 집안으로 낙인찍힌 걸 빌미 삼아, 온전한 정상인이 아닌 작은아버지는 곧 우리 가족을 집 밖으로 쫓아냈으며 할아버지한테의 터무니없는 반감도 곧잘 용서할 수 없는 패륜으로 난폭하게 발산되곤 하였다. 틈만 나면 술을 찾았고 술만 들어가면 여지없는 인격파탄자로 돌변했다. 온 마을의 위험한 짐승, 공포의 대상이었다.

"오빠네가 서울로 올라가버린 이후 아버진 병원에 강제입원당할 만큼 증세가 심해지고 더욱 포악해졌어. 소 팔아 논 팔아 가산 탕진하고 병이 좀 나았다 싶으면 또 그 못난 주제에 멋모르는 외지 작은 각시까지 집으로 데려오고…. 허나, 지은 죄업이 많다보니 결국 간경화로 일찍 가시더라구. 물론 얼마쯤 제정신을 차린 말년에는 당신 형님을 그리면서 몹시 후회하기도 했지만, 난 지금도 왜들 그러셨는지 통 이해하지 못하겠어. 오빠, 한 잔 더 줘요. 오빠도 이제 늙어 가니까 용서할 수 있지? 사람이란 때로 못된 짐승으로 돌변할 수도 있다는 거, 충분히 헤아릴 수 있지?"

"다 지난 일들, 니 얘기나 해봐라. 그동안 어떻게 살아왔는지…."

"참 빨리도 묻네? 내가 죽었더라도 아마 관심 두지 않았을 거야. 난 한순간도 오빠 잊은 적이 없는데."

"너도 미대에 들어가 그림공부했다는 소릴 나중에 들었는데 절에는 또 왜 갔댔어?"

"사람답게 살기 위해서였지 뭐. 내 운명이 저주스럽기도 하구. 두 번의 결혼 실패는 오빠도 소문 들어 알고 있었을 거야. 두 번 다 남자가 비명에 갔는데 그런 걸 보면 나한텐 확실히 살(煞)이 끼어 있나봐. 병신자식 낳은 걸 봐도 그렇구. 대학은 물만 좀 먹어보고 곧 때려치웠댔어. 내 팔자에 무슨…."

웃으며 말하는 현주의 시선은 어느새 오른쪽 벽의 빛 바랜 바위그림 액자에 가 멎어 있다. 적당한 취기에 젖은 그네가 나직한 음성으로 계속하였다.

"책굴에 들어가길 좋아한 말년의 아버진, 실상은 바위보다도 거기에 달라붙은 이끼를 더 잘 그렸댔어. 그 이끼에 그 바위의 영혼이 잔뜩 응고되어 있다면서. 그 영혼은 곧 당신 형님을 상징하는 게 아니었을까?"

"그래 그러셨겠지. 그럼 이쯤에서 소지를 올리는 게 어떠냐?"

현주가 고개를 끄덕이자 나는 자리에서 일어나 병풍 밑자락에 나붙은 지방을 떼어 촛불에 붙인 다음 경건히 문 밖으로 나섰다. 휘영청 달이 밝았다.

지방이 후루루 헛그림자처럼 타올랐다. 힘없이 사그라지는 그 재를 안개꽃 같은 달빛 속으로 후우 불어 보냈다. 그리고 쓸쓸히 돌아선 나는 벌써 마루에 한가득 떨어져 쌓인 수많은 날벌레들을 목이 긴 빗자루로 무심히 쓸어냈다. 그리고 그 자리에 주질러앉아 퇴주잔을 들이켰다. 아까부터 조금씩 음복한 술기가 금세 전신으로 퍼져 나갔다. 마당엔 온통 소금밭 같은 달빛, 나는 문득 무엇엔가에 이끌리듯 신발을 찾아 신고 책굴 쪽으로 걸었다.

대낮보다 밝은 달빛을 밟고 산에서 내려오니 제상은 이미 치워지고 없다.

그러나 현주는 새벽이 깊은데도 또 자기 작업실에 가 있다. 나는 헛기침을 노크 삼아 그 안으로 들어갔다. 뭔가 스케치하고 있던 그네가 주춤 손길을 멈추고 가볍게 고개를 끄덕이며 돌아본다. 그리고 거기 앉아요, 한켠에 놓인 야전침대를 눈짓으로 가리켰다. 나는 말 잘 듣는 아이처럼 엉거주춤 거기에 걸터앉았고 그네가 계속하였다.

"달 밝은 한밤중의 오빠 사색, 방해하지 않으려고 안 따라갔댔어. 무섭지 않았어요?"

"무섭긴. 작은아버지가 잘 보호해 주시더라."

벽장 가득 진열되어 있는 술병들을 이윽히 건너다보며 내가 말을 이었다.

"저것들도 다 바위색을 빚어내기 위한 거냐?"

"음, 투명한 유리병 속 술색깔을 들여다보고 있으면 갖가지 바위들의 깊은 속살이 섬세하게 떠오르는 걸 느껴. 그 중에서도 바위색에 가장 가까운 건 녹차술인데, 처음엔 연한 배추속이다가 차츰 녹두빛으로, 그러면서 보이지 않는 발효과정을 거쳐 은은한 황갈색 계통으로 바뀌어가거든. 치자술은 불타는 화강암이고 … 이거 한 번 맛볼래요?"

그리고 현주는 양주병에 담긴 녹차술을 작은 유리잔에 따라 내게 건네었다.

나는 갈증을 채우듯 달게 받아 마신 다음 작업실 안을 새삼 낯익은 느낌으로 휘둘러보았다. 전통기법에 따른 천연염색은 꽤 복잡한 숙련이 필요한지 마치 여느 허름한 화학실험실을 연상시킨다. 분쇄기와 스테인리스 그릇들, 커다란 핀셋과 집게, 저울, 고무장갑, 마스크, 칼, 가위, 매염제로 쓰이는 알루미늄이나 구리가구, 양철통이 여기저기 널려 있으며 또 산과 들, 계곡에서 채집해 온 갖가지 잎사귀와 꽃과 뿌리와 열매들, 치자를 비롯한 송악덩굴과 이팝나무, 팔손이, 찔레, 엉겅퀴, 참취, 한련초, 밤송이, 갈대잎, 이끼 따위가 마치 넉넉한 산채가게인 양 대소쿠리마다 정갈하게 담겨 있다. 내가 말하였다.

"현주 니가 이렇게 밤낮없이 푹 빠질 만한 일을 갖고 있다니, 암튼 다행이구나."

208

"오빠는? 난 얼마나 작가가 부러웠는지 몰라. 옛날 우리 얘기 쓰면 참 좋겠다고 생각하믄서."

"우리 얘기?"

"성장소설 … 아름답잖았어요?"

아, 너도 잊지 않고 있었구나.

현주가 다시 한숨처럼 말을 이었다.

"남편을 둘씩이나 잡아먹은 난 그렇다치고, 오빤 행복하죠?"

"글쎄, 그런 것 같기도 하고 아닌 것 같기도 하고….."

나는 적당히 얼버무리면서 그네가 따라 놓은 새 술잔을 뚫어질 듯 응시하였다. 이번에는 샛노란 유자술이다. 그 유혹의 술이 간절히 나를 부르고 있었지만 나는 이제 더 이상 술을 마시지 않기로 한다. 저 돌이킬 수 없는 지난날의 성장소설을 다시 쓰지 않기 위하여.

안개, 안개.

밤새 몰려든 안개떼는 또 어김없이 온 산을 흠뻑 뒤덮는다.

그 안개를 헤치며 아침 일찍 월대암으로 오른 나는, 그만 그 안개떼의 위세에 눌려 왈칵 무섬증이 이는 걸 느꼈다. 강 건너 맞은편 은적산에서부터 몽해들녘과 마을 상공을 칭칭 휘감아든 안개떼는 마치 성난 파도와도 같이 내 쪽으로 우우우 함성을 내지르며 몰려오고 있었다.

산의 연봉들은 저마다 홀로 떠있는 섬이었고 하늘과 맞닿아 흘레하는 긴 유백색 안개떼는 실로 거대한 목화밭을 이루고 있었다. 이쪽의 구름 사이 햇살을 받아 역광으로 반사되는 그 색깔 또한 진정 오묘하고도 깊은 비의를 속 깊이 간직한 채 극채색으로 뭉게뭉게 타올랐다.

그렇게 우우우 달려든 안개떼는 금방 나를 통째로 집어삼키고 만다.

흐드러지게 핀 메밀꽃밭이거나 살진 여인네의 희고 풍성한 허벅지처럼, 소금밭처럼, 은하수처럼, 흩날리는 폭포수처럼, 온갖 유혹의 형태와 색깔로 나를 붙들어 맨 채 도무지 옴짝달싹하지 못하게 만들었다. 나는 그 안개떼에 갇혀 그만 숨이 곧 넘어갈 것 같은, 까닭 없이 목이 콱 막힐 것만 같은 뜨거운 슬픔에 젖었다. 그때 어디선지 느닷없는 아버지의 음성이 들려왔다.

─난 단지, 꿈 때문이었단다. 그 꿈이 이리 오래도록 꿔지리라고는 미처 생각지 못했구나. 그래 어쨌든 미안하다. 한없이 미안하고 부끄럽다. 부디 이 아버지를 용서해다오. 너의 작은아버지 역시 불쌍한 인간이지 뭐냐. 따라서 난 악인정기(惡人正機)라는 말을 믿는 편이다. 오히려 못된 악종일수록 큰 깨달음에 이르기가 수월타는 뜻 말이야. 아주 철저하고 완전하게 절망해버린 사람만이 나중에 잘만 하면 더 큰 그릇이 된다잖더냐. 나도 그 꿈만은 아직 접지 않았다. 죽어 눈감을 때까지, 아니, 흙에 묻혀 구천을 정처 없이 떠돌더라도 난 결코 포기하지 않을 것이야. 그리하여 우린 어디선가 꼭 다시 만날 것이야. 어떤 형태로든 새 세상은 반드시 오게 돼 있으니까.

안개는 시방도 나를 꽁꽁 끌어 묶고, 감싸며 채찍질한다.

안개는 또 홀연 침묵의 바위로 변신하기도 하고 문득 애매모호한 내 안의 현주 이미지로 겹쳐 떠오르기도 한다.

그럼에도 안개에 휩싸인 월출산은 여전히 세상에의 내 경멸과 애증의 폭을 선뜻 좁혀주지 않았다.

그랬다. 이 산은 늘 배면 혹은 반골의 의미로 내게 다가오기 십상이었다. 조건없는 사랑을 듬뿍 안겨줄 것 같으면서도 그 깊은 속내는 끝내 내비치지 않는 산이었다. 부드럽고 따스한 손길을 불쑥 내밀 것 같으면서도 결국엔 너 혼자 일어서 가라며 매몰차게 돌아서고 마는…. 억수로 비가 퍼붓는 날엔 계곡 또한 콸콸콸 용솟음치며 내리꽂히다가도 그 비 그치고 햇빛 쨍그렁 솟을 양이면 또 언제 그랬더냐 싶게 말짱 말라버리는 산, 월출산.

비가 오려는지 바람이 몹시 세차다.

아까 해질 무렵부터 하늘은 온통 시커먼 먹구름장이었다. 온 산을 훑으며 떼지어 달려온 바람이 죽정서원 처마 끝을 사정없이 물어뜯다 달아나고 뒤이어 우람한 팽나무가 울부짖는 소리도 들려온다. 혹시 산이 뿌리째 뽑혀 나가지 않을까 싶을 만큼.

나는 다시 잔을 기울인다. 황옥처럼 맑고 투명한 치자술. 사랑에도 색깔이 있다면 바로 이 치자술 빛일 거라고 현주는 말했던가.

칠흑 같은 어둠이 확 밝아졌는가 싶자, 우르릉 쾅, 천둥이 내리꽂힌다. 마른번개와 우레소리가 몇 번을 더 되풀이하더니 번철에서 콩 튀듯 굵은 빗방울이 삭은 기와지붕 위에 떨어진다. 산은 곧 수많은 동그라미의 작은 물방울로 가득 차리라. 거대한 녹색의 폭우 속에 잠기리라.

불면의 밤은 또 그렇게 지나갔다.

그리고 이튿날, 여느 때와 같이 요란한 새소리에 잠이 깨었다.

쪽, 쪽쪽쪽쪽, 쪽, 쪽쪽쪽쪽쪽….

마루 끝을 아장대다 못해 흰 창호지 투명하게 발린 문살을 콕콕 쪼아대면서까지 새떼가 수선스럽다. 꿈인 듯 생시인 듯, 나는 뿌우연 몽환의 의식 속에서 가만히 바깥의 새소리에 귀를 기울였다. 사람이 갈 수 없는 곳, 새들은 그 곳을 자유롭게 오간다고 현주는 어제 저녁 밥상머리에서 말했었다.

그래서 새들은 하늘과 땅의 기운을 사람에게 이어주는 전령이래잖아요. 이승에서 만날 수 없는 이들을, 죽어서 하나로 묶어 주는 영혼의 중매꾼이라고도 하구.

그럼 우리도 새로나 태어날 걸 그랬나?

나는 숟가락을 상 위에 내려놓으며 싱거운 흰소리로 현주의 마음을 달랬었다. 그러나 그네는 이별이 주는 아픔을 쉬 가라앉힐 수가 없나 보았다.

정말 가야 돼요? 희식이랑 장판 사다 깔 땐 그게 아니었잖아!

하지만 나는 이제 주저없이 일어선다.

가방을 챙겨든 나는 이윽고 문을 열고 밖으로 나섰다. 그리고 현주의 그림자를 찾았다. 그네 대신 와락 덤벼드는 건 아직도 안개, 안개떼.

지난밤, 천둥번개를 동반한 빗줄기는 새벽녘까지도 그칠 낌새가 없었는데 아침이 되자 또 거짓말처럼 말짱 개었다. 그러고는 다시 안개의 별천지다.

아, 아 부드러운 육질의 촉감!

나는 주위를 슬금슬금 에워싸는 우윳빛 안개떼를 마치 살아있는 생물인 양 손으로 흩뜨리고 어루만진다. 그리고 다시 앞마당을 내다보았는데 그곳 역시 안개에 휩싸여 죽은 듯 조용하였다. 현주는 그 안개떼의 한가운데에 갇혀 있었다. 어느새 아무렇지 않은 일상으로 되돌아온 듯, 거기 건조대 가득 색색으로 물들인 비단천을 조심조심 털어 너는 중이었다.

나는 천천히 축대 아래로 내려섰다.

"햇빛 날 때 내걸지 그러니?"

"이 안개, 금방 걷힐 거예요. 걷히기 전에 안개색도 함께 물들여 볼까 해서 …. 가려구요?"

응, 하고 나는 말없이 고개를 끄덕였다.

왕대나무로 엮은 건조대의 염색천들 역시 비 맞은 깃발인 듯 움직이지 않는다. 그것들은 속으로 속으로만 스며드는 화려하고 은은한 빛깔이긴 하되, 그 모두가 하나같이 말 못할 그리움을 내뿜고 있는 듯싶다. 끝내 아무렇지 않을 것 같던 현주의 눈가는 이내 투명한 물빛으로 핑그르르 돈다.

돌축대 위의 식구들에게 한 번 더 다정한 작별인사를 보내기 위해 나는 다시금 흐린 시선으로 등 뒤를 돌아보았다.

흑백사진틀 속 같은 그 빛 바랜 얼굴들 너머 안개바다 사이로 먼 월출산 연봉이 작은 섬들인 양 둥두렷이 떠있다. 이 안개 걷히면 저 섬들도 비로소 하나의 산, 한몸의 바위색으로 만나리라.

푸드덕 깃털 고운 새 한 마리가 비탈진 산길의 안개 속으로 날아간다.

우국제(憂國祭)

1. 빛 좋은 개살구

皓首奮畎畝 草野願忠心
(백발 휘날리며 밭이랑에서 뛰쳐나옴은, 초야의 충성심을 바치려 함이다)
亂賊人皆討 何須問古今
(왜적을 내쫓는 것 사람마다 해야할 일, 예와 이제 다르랴 물어 무삼하리)

면암(勉菴)의 이 시구가 왜 문득 떠올랐던 것일까.

알다가도 모를 일이라고 생각하면서 죽천(竹泉) 선생은 잠시 발길을 멈추고 보신각 종을 올려다보았다. 지난 연말 제야 때 텔레비전에서 중계방송하는 걸 들으니 그 소리가 영 신통찮게 보였었다. 맑고 청아하게 산지사방으로 울려 퍼지는 것이 아니라 암벽에 막힌 듯 중간에서 맥없이 끊어지는 탁음이어서 저것도 벌써 명을 다했나 싶어 적이 안쓰러웠었다. 그런데 오늘 아침 모처럼 큰맘 먹고 사당동 언덕바지의 집을 나서자니까 썰렁한 한기가 목에 다가옴과 동시에, 아닌 밤중의 홍두깨 격으로 그 시구의 경종이 새삼스레 가슴을 파고 들던 것이다. 하긴 어디를 둘러보나 일본의 거센 물결이 다시금 판을 치는 작태이니 항일 구국일념으로 불탔던 지하의 애국지사들 속도 결코 편치는 않을 터이다.

아무래도 발을 들여놓지 말라는 암시가 아닐까.

죽천 선생은 몇 번인가 이대로 돌아서는 게 온당한 처사가 아니겠나 저어하였지만 기왕 나선 길 구경이나 좀 하고 가자고 고쳐 생각하며 결국 그 단체가 자리잡고 있다는 종로통에까지 당도하고 만 것이었다.

국제문화교류추진협회.

다섯 개의 단어로 이루어진, 길고 복잡한 이름과 성격을 지닌 이 단체로부터 처음 교섭을 받기 시작했던 건 일본의 교과서 왜곡사건 파동으로 전국이 가마솥처럼 들끓던 해의 한여름이었다. 우리의 국가이념이라 할 수 있는 3·1운동을 단순한 폭동으로 표현하고 있는 것만으로도 그네들이 아직도 저열한 침략근성을 저버리지 못하고 우리나라가 자기네 식민지라는 망상에 사로잡혀 있는 증좌라면서 국민들은 너나없이 '극일'(克日)을 외쳐댔었다. 마침내는 어린애의 코 묻은 동전에서 노인의 쌈짓돈에 이르기까지 광복기념관 건립을 위한 성금함에 모조리 휩쓸려 들어가던 판국이었는데, 그러던 어느 날 기울어져 가는 판잣집 툇마루에 앉아 활활 부채질을 하던 죽천 선생에게 낯선 두 청년이 찾아들었다. 삼십을 갓 넘겼을까 말까 한 두 청년은 찌는 삼복더위도 아랑곳없이 정중한 신사복 차림으로 찾아와 넙죽 큰절을 올리고서는, 청빈하신 것도 좋지만 선생님 같은 분이 이렇게 사시다뇨, 정말 면목없습니다. 이제야 찾아 뵙게 되어 정말 죄송합니다 … 어쩌고 늘어놓았던 것이다. 찾아온 용건인즉 다름 아닌 '자리' 교섭 차였다. 국제문화교류추진협회라는 요상한 법인체의 기관명이 찍힌 명함을 각각 내놓으면서,

저희 이사장님께서 특별히 보내셔서 이렇게 왔습니다. 세상이 날로 국제화 추세로 치닫고 있는 차제에 독립투사이신 선생님의 역할이 중차대하다고 사료되어 저희 단체의 명예회장님으로 모실 생각이신 것 같습니다. 불편하시겠지만 한 번 왕림하셔서 저희 이사장님과 말씀을 나눠보시는 게 어떠실는지요.

편수부장 오필대, 총무부장 정태길이라고 자기소개를 했던 두 청년은 깍듯한 존칭어로 혹은 유식한 덕담으로 죽천 선생을 번갈아 치켜세우다가 결국 십만 원짜리 자기앞수표 두 장이 든 돈봉투를 남기고 돌아갔었다. 이제 우리나라도 경로사상만 입으로 논의할 게 아니라 그분들의 지혜와 경륜 등이 직접 사회에 활용될 수 있도록 노력하는 게 저희들의 임무라는 말도 그들은 잊지 않았는데, 살다보니 참 별일도 다 있구나 싶던 죽천 선생은 상대방의 진의나 정체를 파악하기도 전에 고희(古稀)를 넘긴 지도 오래인 이 나이에 사회활동은 무슨 사회활동이냐고 지레 자격지심을 일으켜 곧바로 돈봉투를 반송한 것은 물론 그런 교섭이 있었던 사실조차 애써 지워 없앴다. 때마침 어떤 유명한 코미디언이 집 없이 살아가는 한 노경의 애국지사를 의부(義父)로 삼아 그럴싸한 집도 새로 지어주고 생활비도 넉넉히 대준다는 기사를 신문에서 읽었던 터라 마음이 영 개운치가 않던 참이었다.

죽천 선생은 결코 남의 일만은 아닌 듯싶어 노심초사 끙끙 앓기까지 했다. 비록 대면한 적은 없었지만 신문에 난 그 애국지사의 성함과 딱한 가정형편을 익히 알고 있던 터라 비슷한 처지의 자신으로서 굳이 비난할 성질도 못 되었다. 다만 국민의 일체감이 모처럼 형성되고 있다는 명분 아래 대대적으로 벌어지는 성금운동을 일견 마뜩찮은 눈으로 바라보며 끌끌 혀를 찰 수 있는 게 고작이었다. 광복기념관 건립도 좋기는 하다마는 그게 어디 불우이웃돕기 같은 성금으로 추진해야 될 일인가, 또한 그걸 짓겠다면 모든 사람이 무시로 드나들 수 있는 조선총독부나 서울시청 아니면 서울역사박물관 같은 걸 개조해서 명실상부한 산 교육장으로 삼아야지 외따로 떨어진 산골에 어마어마한 거액을 들여 위락 관광지화하겠다니 가뜩이나 시달리는 나라 살림에 그게 어디 될 법이나 하는 소리냐고 혼자 앙앙불락 투덜대다가도, 아냐 내가 엉뚱한 노망기를 부리고 있어, 명실공히 민족의 성전이 될 터이니 때문은 돈이나마 국민성금으로 짓는 게 타당한 노릇이지, 고쳐 생각하고 하는 사이 벌써 두 해 반이 훌쩍 지나간 것이다. 죽천 선생 역시 정부에서 주는 국가유공자 연금으로 근근히 살아가기에도 바쁜 실정이라 그 당시의 자리 교섭에 관한 일은 어영부영 잊어먹고 말았다.

그런데 또 느닷없이 그쪽에서 손길을 뻗쳐 온 것이다. 이번에는 아예 이사장이라는 작자, 정치가처럼 풍채 좋고 언변이 청산유수인 한국선이라는 중년사내가 직접 찾아와서는 분에 넘치는 보수를 제시하면서 단순한 명예직이 아닌 실권자로서의 회장직을 '형식적'으로만 수행해 달라고 간청하는 것이었다. 도대체 이 무슨 도깨비 장난인가 싶으면서도 왕년의 투사 출신에다 평소에 이렇듯 힘없이 그냥 죽어갈 수는 없다고 한숨짓던 죽천 선생으로서는 얼마쯤 귀가 솔 깃해지지 않을 수 없었다. 나이는 비록 늙었을망정 아직은 아침저녁 냉수마찰로 기름기 빠진 육신을 단련하고 잠이 깬 첫새벽이면 떨리지 않는 손으로 먹을 갈고 붓을 잡을 만큼 청정한 정신을 소유하고 있다고 자부해오던 터였다. 박절하게 거절했던 처음 때와는 달리 선생이 이렇듯 심경의 변화를 일으킨 데에는 또 다른 이유도 아울러 내포되어 있었다. 능력만 있다면 노인도 끝까지 일을 해야 된다는 평소의 소신과 함께 다달이 나오는 쥐꼬리만한 연금을 탈 때마다 남들한테서 공연한 동정을 받는 것 같은 자존심의 상처를 이제는 더 받지 않게 될지도 모른다는 기대 또한 숨길 수 없이 작동하고 있었던 것이다. 그래서 생각이나 한 번 해봅시다, 하고 사나흘 후에 연락주겠다는 단서와 함께 한국선이라는 작자를 돌려보냈던 것인데, 그 나흘째의 아침이 되자 선생은 몸소 그곳의 실상이나 한 번 구경해 볼 요량으로 불쑥 집을 나선 길이었다.

"아이구 선생님이 웬일이십니까. 연락 주셨으면 저희가 모시러 갔을 텐데요."

녹색 양탄자가 깔린 사무실을 들어서는 죽천 선생 곁으로 가장 먼저 달려온 이는 편수부장이라는 오필대 청년이었다. 죽천 선생은 마치 시야가 확 트인 골프장의 잔디밭 위에 서있는 기분이 들었다. 발에 밟히는 양탄자의 감촉이 한결 탄력있고 부드러울 뿐만 아니라 새로 지은 빌딩의 19층에서 내려다보이는 서울 도심지의 전망이며 산뜻하게 꾸며진 사무실의 실내 분위기가 그렇게 시원하고 질서정연할 수가 없어서였다. 짐작했던 것보단 가난하지도 않고 시답잖게 깃발만 나부끼는 그렇고 그런 유령단체도 아닌 성싶어 선생은 일단 안도의 숨을 내쉬었다.

"저희 이사장님께서 어제, 오늘 계속 기다리고 계시는 중입니다. 이쪽으로 가시죠?"

한발 늦게 달려나온 총무부장 정태길이 공손하게 허리를 굽히며 안내한다. 다시 문을 열고 나가 복도를 꺾어들자 자그마한 비서실이 딸린 한국선 이사장 방이 터억 버티고 있었다. 검은 유리벽에 둘러싸인 그 방에는 적당한 위엄과 속물근성이 동시에 배어 있었는데 탁구대만큼이나 큰 책상 저편에서 의자에 푹 파묻혀 있던 한국선이 금테 안경을 고쳐 쓰며 얼른 일어나 정중한 자세로 죽천 선생을 맞았다. 시력이 별로 나쁠 것 같지 않은 그가 금테를 다시 한 번 밀어 올리며,

"잘 오셨습니다, 선생님. 몸도 불편하실 텐데 이렇게 어려운 걸음을 해주시고…. 자, 앉으시죠."

응접 소파를 가리켰다. 그러고는 여비서를 불러 차를 가져오게 한 다음 인터폰으로는 사무국장을 호출한 후 다시 말했다.

"안 그래도 선생님 고향이 저와 한이웃이라 진즉부터 한식구처럼 느껴왔습니다."

"아, 그래요?"

죽천 선생은 꾸어다 놓은 보릿자루처럼 멀뚱하게 앉아 실내를 한 바퀴 휘둘러보았다. 책상 뒤켠의 벽 한가운데에 태극기가 걸려 있고 그 오른쪽으로는 웬 대통령의 초상이, 그 왼쪽으로는 추사가 그린 고풍스런 난초 그림의 액자와 함께 안중근 의사가 여순감옥에서 유시(遺詩)로 남긴,

丈夫雖死必如鐵
義士臨危氣似雲

일필휘지의 칠언절구가 족자로 걸려 있었다. 대장부 비록 죽으나 마음은 강철과 같고, 의사가 위기에 닥쳐도 그 기상 구름 같다는 뜻인데, 그것이 소파 바로 맞은편 진열장의 갖가지 트로피와 감사장, 회원증, 기념메달과는 또 무슨 상관관계에 있는 것인지. 대한체육회 산하의 어떤 경기단체 이사에서 로터리클럽의 회원, 무슨 협회의 감사, 벽촌고등학교 재경 동창회장, 종친회 부회장, 심지어는 새마을 조기축구회 회장이라는 허랑한 감투까지 한국선이라는 성명 앞에 주욱 나열되어 있었는데, 그는 또한 국제문화교류추진협회 이사장이라는 그럴 듯한 자리도 함께 차지하고 있는, 꽤나 감투를 좋아하는 정치적인 사내였다.

비서가 가져온 설록차를 죽천 선생이 벙벙하게 음미하고 있을 때 사무국장이라는 사내가 들어왔다. 겨우 사십줄에 접어들었을 성싶은데 앞이마가 훌렁 까진 대머리였다.

"이완악이라고 합니다. 앞으로 잘 부탁드리겠습니다."

이 단체의 실무 책임자답게 그는 극히 사무적이고 절도가 있어 보이는 태도를 취했다. 어딘지 군인정신이 몸에 배인 듯해서 나중에 알고 보았더니 예비역 중령 출신이라고 했다. 한 이사장과는 인척관계에 놓여 있다는 사실도 나중에야 알았다.

어쨌든 죽천선생은 그날부터 국제문화교류추진협회의 비상근 회장으로서의 임무를 열심히 수행하기에 이르렀다. 회장직은 여지껏 이사장이 겸임하고 있었으므로 따로 방을 둘 필요가 없었으나 죽천 선생이 한솥밥을 드시게 됨으로써 독립된 방이 꼭 필요하다고 하여 사무국장실을 즉시 회장실로 바꿔 배치하는 친절을 그들은 민첩하게 베풀었다. 국장은 예하 부서를 총괄, 함께 호흡하고 뛰어야 한다는 구실로 큰 사무실로 책상만 옮겨갔다.

큰 사무실에는 총무부를 위시한 사업부, 국제부, 편수부, 조사부, 기획실, 경리과 등이 각기 책상 하나씩을 차지하고 들어앉아 이완악 사무국장 지휘 아래 일사불란하게 움직이고 있었다. 평직원은 거의 없이 간부직만 저마다 차지하고 있다는 사실이 조금 특이했는데, 그들은 또한 거의 젊은 이삼십대로만 조직되어 있어 그 어떤 집단보다 활동력이 왕성해 보이고, 살아 움직이는 듯한 패기와 항상 새로운 이상을 좇아 전진하는 개혁에의 의지로 넘쳐나는 것 같았다.

죽천 선생은 출근 첫날부터 자신이 받는 대접이 너무 과분하다고 생각했다. 언덕바지 집을 나서자 한길가에는 협회에서 보낸 검은색 자가용차가 미리 대기하고 있었으며, 사무실에 도착하니 새로 들인 응접세트와 책상, 캐비닛 등의 집기가 정갈하게 정돈되어 늙은 자신을 더 없이 따뜻하게 맞아들이고 있었던 것이다. 책상 위에 놓인 큼지막한 화병과 그 속에 꽂힌 꽃, '회장 김득수'라는 상아 명패와 명함통, 다탁 위의 자개 박힌 담배상자, 시원한 녹색 양탄자 … 그 모든 것이 죽천 선생의 뒤늦은 새 인생을 활짝 축복하고 격려해주는 것만 같았다. 선생은 다짐을 더욱 새롭게 하면서 젊은이들 못지않게 맡겨진 업무를 처리할 것이며 이웃과 사회를 위해 공헌할 수 있도록 협회를 이끌어 갈 꿈에 부풀었다.

"이사장님은 어젯밤 비행기로 동경에 가셨습니다. 공사(公私)가

다망하셔서 협회에는 거의 들르시지 못하는 편입니다."

사무국장이 아침인사차 들어와서 말했다. 그의 설명으로 미루어 볼 때 협회일은 지금까지 이 사무국장 중심으로 움직여 왔다는 걸 이내 알아차릴 수가 있었다.

하지만 앞으로도 계속 그의 전결(專決)로 모든 업무가 처리되려는 지 그가 방을 나간 지 꽤나 오래 지나도록 결재서류는 한 건도 죽천 선생에게 올라오지 않았다. 책상 위에는 분명히 결재용 서류함이 비치되어 있었지만 그건 순전히 구색을 맞추기 위한 겉치레일 뿐인 모양이었다. 죽천 선생 역시 애당초 그런 절차상의 권리를 행사할 작정은 아니었으나 아무 하는 일 없이 하루해를 보내자니 적이 답답하고 무료하지 않을 수가 없었다. 그래서 이튿날은 사무국장을 불러 내가 할 일이 무엇이냐고 묻자,

"선생님은 당분간 협회가 어떻게 돌아가는가만 관망하시면 되겠습니다. 업무파악 같은 건 시간이 지나면 자연히 알게 되실 겁니다. 장차 편수부하고 조사부, 기획실을 통합시켜 본격적인 출판사업을 벌일 계획으로 있으니 선생님께선 그 본격화에 따른 구상이나 구체적으로 좀 해주시지요. 한일 관계사를 정리하고 독립운동에 관한 자료수집도 겸해서 말이지요. 자세한 건 오필대 편수부장이 나중에 설명드릴 겁니다."

어디까지나 명예회장으로서의 자리나 지킬 일이지 협회의 여러 업무사항에는 일일이 참섭치 말라는 의미가 함축되어 있는 말을 점잖게 남기고 그는 곧 물러갔다. 한국선이 집을 처음 방문해왔을 때는 분명히 실권을 가진 최고 결재권자로서 행세해 달라고 주문했었는데, 일단 적(籍)을 두고 출근해 보니 사정은 그와 전혀 다른 양상

으로 발전해가고 있었다. 늙은 주제에 출근할 수 있는 자리만이라도 확보되어 있다는 게 얼마나 다행천만이냐 싶으면서도, 죽천 선생은 내심 협회의 여러 가지 돌아가는 실정 브리핑은커녕 현재 진행되는 일의 보고서 한 장 보여주지 않는 국장 이하 실무자들의 한결같은 소행이 퍽이나 괘씸하지 않을 수 없었다. 더욱이 새파랗게 젊은 청년 일색의 조직 속에서 노년은 오직 혼자뿐이라 이것들이 순전히 허수아비 노릇만 시킬 작정이 아닌가 하고 은근한 조바심마저 일었다.

죽천 선생의 이런 속마음을 눈치챘음인지 출근한 지 사흘째 되는 날엔 편수부장 오필대의 책상이 아예 회장실로 옮겨졌다.

"선생님의 비서를 겸해서 말이죠, 심심파적으로 말동무도 하시라고 오 부장 자리를 이쪽으로 옮겼습니다."

번지르한 이마를 문지르며 국장이 사후양해를 구하는 것이었지만, 죽천 선생은 그만만 해도 오히려 다행이다 여겨져 쾌히 고개를 끄덕였다. 널찍한 독방에 고물처럼 혼자 내팽개쳐져 있는 것보다는 그 편이 훨씬 화기롭고 협회 돌아가는 정보도 피부로 실감있게 받아들일 수 있을 터여서였다. 사람은 역시 사람과 더불어 호흡하며 살아야 되는 법이었다.

입구 맞은편의 구석진 쪽을 차지해 들어앉은 오필대 청년 또한 그렇게 싹싹하고 경우 바를 수가 없었다. 조리 있게 말을 잘하고 인물도 훤칠한 오필대는 약간 마른 듯한 체구에 필요 이상의 다변을 빼놓고는 별로 나무랄 데가 없는 사내였다. 비록 2류이긴 할망정 K대의 정치외교학과를 나와 지금은 어느 야간 경상대학원을 나가고 있는데 박사 코스는 신학 쪽을 밟게 될 것 같다고 장래 포부까지 늘어놓은 점으로 미루어 상당히 솔직 담백한 면도 갖고 있었지만 한편으로 한꺼번에 여러 토끼를 잡으려는 욕심 또한 많은 데가 있었다.

"편수부라니, 무얼 편수하겠다는 것인가?"

장황하게 자기소개를 끝내고 돌아앉아 컴퓨터 자판기에 뭔가를 두드려대는 오필대를 향해 죽천 선생이 넌지시 질문을 던졌다. 다시 돌아앉은 사내가 애매하게 입꼬리를 말아 올리자 선생은 계속 고삐를 늦추지 않았다.

"부장만 혼자 앉아있는 부서들이 대부분이던데 다른 부서들도 편수부처럼 애매한 편인가?"

"아닙니다요, 선생님. 저희뿐 아니라 모두가 바쁘게 움직이고 있습니다. 겉으로는 별 볼일 없이 한가하게 보이지만. 그 중에서도 편수부에서 하는 일이 가장 중차대합니다. 지금은 출판사업을 벌이기 위한 준비단계에 있습니다. 그게 본격 가동될 때는 선생님의 영향력도 막강해지실 겁니다. 우리의 독립운동사를 전집으로 꾸미는 걸 첫 사업으로 추진할 계획이거든요."

"허허, 영향력이라⋯."

지금은 그럼 아무런 영향력을 행사할 수 없는 거냐고 되받으려다 말고 죽천 선생은,

"독립운동하고 국제문화교류추진협회하고 혹 무슨 특별한 관계라도 있는 겐가?"

언중유골로 떠보았다. 이사장이 한일합작으로 설립한 자그마한 전자부품공장을 갖고 있다는 것, 그래서 일본을 이웃집보다도 더 가깝게 자주 들락거린다는 사실은 익히 알고 있어도 그 밖의 다른 관계는 자세히 들어보지 못한 터라 그 대목이 꽤 궁금하기도 했다. 오필대가 말했다.

"참, 선생님은 모르고 계셨던가요? 저희 이사장님이 독립유공자 가족이라는 걸 ⋯ ."

"그건 금시초문인데. 어찌해서 그렇게 되는가?"

"이사장님의 조부님 중에 상해 임시정부의 재정을 지원한 분이 계십니다. 한승회 씨라고, 혹시 들어보신 적이 있으십니까?"

"조부님이면 조부님이지 조부님 중에는 또 뭔가? 한승회라면 소문을 통해 내 들어 알고는 있지만 ⋯ ."

국경을 넘나들며 장사하는 대가로 운동자금도 더러 희사했다는 그 한승회가 맞을 게라고 어림짐작하면서, 그러니까 한국선은 그의 먼 손자뻘이 되는 모양이라고 죽천 선생은 생각했다.

"그래서 각별한 관심을 갖고 나 같은 볼품없는 노인도 친히 보살필 작정을 했던 게로구먼. 아무튼 기특한 일이야."

하지만 왜 진작에 그런 사실을 발설하지 않고 지금껏 숨겨왔을까, 죽천 선생은 적이 궁금했다. 그래서 또 슬쩍 떠보았더니,

"그야 촌수가 먼 할아버지인 데다 활약상도 변변찮다고 겸양을 보인 탓이겠죠. 실은 이사장님이 가장 존경하는 분은 그 조부님보다도 안중근 의사시거든요."

오필대 청년은 히죽 웃고 나서 계속했다.

"이사장님은 말이죠. 중국 가서 장군 못 된 사람, 미국 가서 박사 못 된 사람, 일본 가서 대학물 못 먹은 사람은 해방 직후 이 땅에 들어올 자격이 없었다고 하시더군요. 그런 의미에서 조부뻘인 한승회 선생에 대한 자부심은 그리 대단한 편이 아니신가 봐요. 투사정신을 발휘하여 독립운동을 몸소 실천했던 것도 아니고 해서 ⋯ ."

"장사를 하고 있다는 면에선 예나 이제나 변함이 없는데 설마 그

러기야 하겠나."

한국선 이사장을 단순한 장사꾼으로 치부해버렸다는 게 죽천 선생으로선 조금 켕겼지만 바로 그러한 열등의식이 반작용을 일으켜 안중근 의사나 나 같은 행동주의자를 좋아하게 된 건지도 모른다고 이내 자위해버렸다.

"선생님은 비록 장군은 안 되셨지만 항일특수공작대원으로서 활약도 대단하셨고 일본놈들한테 고초도 많이 당하셨다면서요?"

오필대는 진담인지 농담인지 모를 아리송한 찬사를 늘어놓고 나서 다시 제자리로 돌아앉아 뜻 모를 원고를 컴퓨터에 두드리기 시작했다. 그의 뒷모습을 무연히 건너다보던 죽천 선생의 눈앞으로 탄약고가 폭파되는 장면이 휙 지나갔다. 치솟는 불기둥과 필사적으로 도망치는 자신의 젊은 모습이 이중으로 겹쳐 떠올랐다. 눈보라의 벌판과 춥고 배고팠던 감옥살이, 임무를 성실히 수행했다며 뜨겁게 잡아주던 백범(白凡)의 두터운 손도 함께 떠올랐다가 사라졌다. 내가 저만한 나이였을 때는 오로지 구국일념뿐이었는데 저렇듯 한가하게 컴퓨터 앞에 앉아있으니 어찌됐든 세상 참 좋아졌구나 하고 죽천 선생은 지그시 미소를 머금었다. 잠시 후 오필대의 등 너머로 가까이 다가가다가 들여다본 원고의 내용은 다름 아닌 한국선의 자전적 에세이였다. 말하자면 산전수전을 겪으며 자라온 어린 시절부터 갖은 역경을 딛고 입신양명한 오늘에 이르기까지의 과거를 억지 에세이 식으로 엮은 책을 출간할 목적인바 편수부장인 오필대가 유려한 미문으로 대필하여 인쇄소에 넘기기로 약정된 모양이었다.

그런데 문제는 그 다음이었다. 실소를 머금을 겨를도 없이 오필대가 불쑥 이렇게 주문해왔던 것이다.

"서문은 선생님이 좀 써주셨으면 좋겠는데요. 필을 드시기가 곤란하면 초만 잡아주십쇼. 그럼 제가 살을 붙여 문장을 만들겠습니다."

"뭐라?"

죽천 선생은 기가 찰 노릇이었다. 집안 내력도 알지 못하거니와 전혀 그가 어떻게 성장했으며 무슨 업적을 쌓아왔는지, 진정 자서전을 남길 만큼 위대한 과거사를 소유하고 있는지, 그리고 왜 그런 책을 꾸미게 되었는지의 이유를 전혀 파악하지 못한 상태에서 서문을 써달라니 이런 해괴망측한 일이 또 있을까 싶었다.

"그러고 보니 오군은 남의 필경사 노릇이 본업인가 보구먼."

언짢은 감정을 안으로 삭이면서 선생은 오필대 청년을 이윽히 쏘아보았다. 형편없는 속물들이구나. 책을 내겠다는 주인공이나 그걸 써주면서 더러운 녹(祿)을 받아먹고 있는 이 전도유망한 청년이나 다 똑같은 놈들이라고 여겨졌다. 노기 띤 죽천 선생의 심사를 재빨리 훑고 난 오필대는 더 이상 말을 붙이지 못한 채 머쓱해진 몸짓으로 슬그머니 문을 열고 나갔다.

선생은 아무래도 잘못 발을 들여놓지 않았나 하는 후회가 서서히 고개를 들었다. 하지만 어린애 장난이 아닌 마당에야 출근한 지 며칠도 못되어 정성들여 꾸며준 '회장실'을 당장 뛰쳐나갈 수도 없는 문제였다. 나 역시 어떤 형태로든 이 집의 녹을 먹고 살아야 될 형편이 아닌가, 그렇다면 그 주인이 원하는 바를 성실히 수행해야 될 책무 또한 부여돼 있지 않은가, 하는 자괴어린 채무감도 뒤늦게 싹텄다. 그래서 선생은 오필대의 책상에 놓인 한 묶음의 정리된 원고 뭉치를 가져와 천천히 읽어 나갔다.

"선생님, 피곤하실 텐데 사우나에나 함께 가시죠. 제가 등 밀어 드리겠습니다."

점심시간이 아직 한 시간쯤이나 남아 있는 오전인데 오필대가 자리를 털고 일어섰다. 아마도 자서전 서문을 써준 대가로 그런 엉뚱한 향응을 베풀 작정인가 보았다. 죽천 선생은 주저없이 그러마고 대답했다.

한국선의 대필 자서전에 어줍잖은 서문을 써준 건 순전히 연민에 이끌린 탓이었다. 내용을 읽어본즉, 찢어지게 가난한 농민의 아들로 태어나 신문배달이다, 풀빵장사다, 영안실 조수와 리어카 행상 따위로 형설의 고학을 거쳐 입지(立志)했다는 고생담으로 시작, 눈부신 경제성장에 발맞추어 수출업체의 기업을 일으키고 국제문화의 교류를 위해 동분서주하는 건 물론 사회사업을 위해서도 왕성하게 활동하고 있다는 등의 상투적인 자화자찬으로 일관하고 있어서, 극히 간단하게 사탕발림한 메모쪽지를 오필대에게 건네어 주었더니 그가 또 그럴싸하게 살을 붙여 즉석에서 요리해 놓는 것이었다. 다만 가당찮게 걸리는 대목은 주인공이 독립유공자의 가족이라는 점을 침소봉대, 지나치게 과장시켰다는 사실이었다. 그의 조부뻘인 한승회의 공적도 필요 이상으로 극화(劇化)되어 있고, 분량도 상당히 많이 차지하고 있어서 얼핏 보면 서문을 써준 사람과 한승회라는 인물이 서로 어떤 직접적인 연관을 맺고 있는 듯한 인상마저 풍겼다. 그러나 죽천 선생은 그것을 읽기 시작한 지 나흘째 되는 오늘 아침, 결국 울며 겨자먹기 식의 서문 초안을 메모형식으로 작성하여 오필대에게 건네주고 말았던 것인데, 조금 전 일본에서 돌아온 이사장한테 그 건으로 결재를 받으러 갔던 오필대가 입이 헤벌쭉해져서 나오더니 그 주인공의 지시라면서 선생님을 사우나에 모시고 가겠다고 법석을 피워댔었다.

가까운 호텔 직영의 사우나탕으로 오필대를 따라 들어간 죽천 선생은 향락산업이 날로 번창하는 이유를 비로소 실감나게 알 수 있을 것 같았다. 그곳에는 선택받은 이들의 여유가 한껏 넘쳐나고 있었고 안락한 휴식과 부드럽고 따뜻한 물이 요동치고 있었다.

"어떠세요, 선생님. 한두 번쯤 오실 만한 데죠?"

물살을 가볍게 일으키며 죽천 선생 곁으로 다가온 오필대가 씨익 이를 드러낸다. 그의 싱싱한 치아, 물에 젖은 검은 머리칼, 팽팽한 근육이 젊음을 한껏 과시하고 있었다. 그의 시선은 노송 껍질처럼 주름지고 장작개비처럼 깡마른 각질(角質)의 노인 육체에 머물러 있었다. 노인이 시큰둥 말했다.

"역시 돈이 좋긴 좋구먼."

"그게 바로 자본주의의 생리니까요. 돈은 곧 힘이지요."

동정과 연민의 시선을 노인의 육체에서 거두지 않은 채 청년이 받는다. 청년은 줄곧 볼품없이 시들어버린 노인의 몸피를 안쓰러운 눈으로, 혹은 혐오감이 묻은 경멸의 시선으로 훔쳐보더니, 너도 결국엔 이렇게 되고 말 거라는 죽천 선생의 속마음을 헤아리기라도 했다는 듯 이내 돈은 곧 힘이라며 말끝을 흐리고 있었다. 죽천 선생도 지지 않았다.

"오군도 이런 데 출입에 익숙한 걸 보니 돈이 꽤 많은가 보구먼. 아직 장가를 들지 않은 총각이 언제 그렇게 벌어 뒀나?"

"아이구 선생님도…. 돈 많은 마누라를 얻으면 모를까 제가 무슨 돈이 있겠습니까. 실은 이사장님을 모시고 몇 번 따라와 본 게 고작

입니다."

"꽤나 기분파인 게로군. 그 양반은 뭘로 그리 벌었지?"

"마산에 있는 한일합작 회사는 새 발의 핍니다요. 지금 사무실이 들어있는 빌딩 자체가 그분 소유라면 알 만하지 뭡니까."

"그래?"

"그뿐인 줄 아십니까. 고향에는 톳 가공공장과 사립중학교까지 세워놓고 있는 걸요. 실은, 이번 총선에서 전국구 자리 하나 따낼려고 모 정당과 교섭중이라구요."

"그럼 돈으로 흥정하고 있단 말인가?"

"하지만 무소속으로 직접 뛰시게 될 확률이 더 많습니다."

허허 변괴로구나, 하고 죽천 선생은 하마터면 큰소리를 터뜨릴 뻔했다. 그래서 그랬었구나, 독립운동을 팔아먹으려고 나를 불러들인 게로구나, 그걸 팔아 정치가가 한 번 돼보겠다고…. 불쾌한 역겨움이 목을 타고 기어올라와 죽천 선생은 곧바로 욕조 안에서 나왔다.

대충 목욕을 끝내고 나서자 뒤따라나온 오필대가 잠옷 같기도 하고 사무라이 복장 같기도 한 상아색 가운을 얼른 내주고 자기도 맨몸 위에 걸쳐 입는다. 그걸 걸치고 식당 쪽으로 향하는 그의 뒷모습은 영락없는 일본인 차림새 그대로다. 그래, 목이 타니 주스라도 한 잔 마시고 가자 생각하면서 그가 하는 대로 맨몸 위에 가운을 걸치고 구부정하게 따라 들어갔더니 그곳은 또 일식집이었다. 나무식탁에 나무의자, 벽에 걸린 대나무 그림의 족자, 일본 글씨가 내리닫이로 박힌 주방 커튼, 창가에 걸린 붉은 종이등, 양념 그릇, 심지어는 주방장과 종업원의 유니폼까지가 모두 일본식이어서 죽천 선생은 다시 한번 실색하지 않을 수 없었다.

"저 주방장은 진짜 일본인이지요. 밤이 되면 기모노를 입은 일본 여자까지 등장한답니다. 선생님은 뭘로 드시겠습니까?"

오필대가 원목 그대로의 나무의자에 앉아 멀뚱하게 서 있는 죽천 선생을 건너다보았다. 선생은 말없이 자리에 주질러앉았다. 목욕 후의 나른한 탈진감을 느낀 데다가 도도하게 밀려온 일본의 거센 물결을 새삼 피부로 실감하는 것 같아서 도무지 말할 기력조차 일지 않았다.

"복매운탕이 어떠시겠습니까?"

오필대가 다시 물어왔다. 그의 시선은 주문받으러 온 여자 종업원의 색정 깃든 아랫도리에 머물러 있었다. 가운만을 걸친 사내들이 여기저기 떼를 지어 빈 공간을 차지하고 있었다.

"나는 청주나 한 대포 걸치겠네."

죽천 선생이 신음처럼 내뱉자 오필대는 부리나케 '고노와다 한 사라와 정종 한 대포'를 복매운탕과 함께 주문했다.

하긴 일본바람이 불어닥친 게 어제오늘의 일은 아니지, 하고 죽천 선생은 속 깊은 한숨을 길게 내뿜었다. 두고 보자, 우린 반드시 다시 돌아온다고 큰소리치며 귀국했던 패전 당시의 그들의 호언대로 해방된 지 20년도 지나지 않아서 경제협력이라는 미명 아래 그들은 이 땅을 금방 잠식해 들어오지 않았던가. 왜색바람이 부는 곳이 어디 이런 음식점뿐인가.

"선생님, 일본은 역시 무서운 나라죠?"

말없이 대폿잔만 기울이고 있는 죽천 선생에게 오필대가 또 말을 붙인다. 눈치 빠르고 교활한 그는 잠시 뜸을 들인 후 계속했다.

"만약 우리의 자력으로 독립을 쟁취했었다면 오늘 같은 비극은 생기지 않았을 겁니다. 미국의 영향력도 이렇게 막강해지지 않았을 거구요. 그래서 그네들을 이기고 대등한 위치에서 상대하려면 먼저 그네들을 알아야 한다고 생각합니다. 제가 일본어를 배우는 것도 다 그런 이유 때문이지요."

"아, 자네도 일본어를 배우고 있군?"

술기운이 조금씩 덥혀오자 죽천 선생은 격의 없이 말문을 열었다. 청년의 어디를 훑어보아도 개인의 영리추구를 벗어나 국가와 민족의 편에 서서 극일하고자 일본어를 배우고 있는 것 같지는 않았다. 오필대가 말했다.

"네, 웬만한 소설 정도는 번역할 수 있을 만큼 익혔습니다."

"대단한 실력이구면. 그렇게 실력을 쌓아둬야 언젠가는 우리도 왜놈들이 우리에게 가한 것과 똑같이 앙갚음해 줄 수가 있지. 못난 조상들의 무능을 탓하기에 앞서 자네들 세대부터라도 당당하게 맞설 준비를 갖춰야 될 걸세. 못난 우리 세대의 최대 실책은 그 더러운 일제 식민잔재를 청산하지 못한 거였어. 광복과 함께 친일인사들을 곧바로 응징하지 않고 오히려 새 나라의 지도자로 받아들여 민족정신을 잔뜩 흐려놓았기 때문에 지금처럼 일본문화가 무작위로 흘러들어오게 된 거란 말이네."

"하지만 저는 일본을 무작정 미워해선 안 된다고 생각합니다. 어두운 과거에 얽매이기보다는 차라리 그것을 너그럽게 용서하고 함께 힘을 모아 밝은 앞날을 창조해가는 것이 보다 건설적인 역사발전이 아닐까요?"

"좋은 말이군. 악을 선으로 갚는다는 건 참으로 값져."

따끈한 청주를 몇 모금 더 삼킨 다음 죽천 선생은 지그시 오필대를 건너다보았다.

"허나 인간으로선 도저히 불가능한 만행을 선량한 이웃나라 사람에게 자행하고도 반성할 줄 모르는 그들을 아무런 조건 없이 용서하겠다고? 이봐요, 오군. 힘 약한 자가 악을 선으로 갚는 것은 비굴한 행위예요. 그것은 곧 당연한 응징의 권리를 포기하는 셈이니까."

"……"

"국물 식으니 어서 밥이나 들게. 그건 그렇고, 한국선 씨가 정치에 뜻을 둔 건 언제부턴가?"

"글쎄요, 잘은 모르지만 3년 전 광복기념관 건립운동이 한창이었을 때 느닷없이 결심했던 것 같아요."

오필대는 시원하게 속 풀리는 복매운탕을 쉬엄쉬엄 들면서 죽천 선생이 궁금해하는 부분을 솔직하게 들려주기 시작했다. 그의 두서 없는 이야기를 요약하자면 대충 다음과 같은 것이었다.

즉, 돈도 벌 만큼 번 한국선이 뭐 새로운 소일거리가 없나 기웃거리던 판에 이종사촌 동생인 이완악이 국제문화교류추진협회라는 묘한 단체를 만들어 가지고 현재의 빌딩으로 들어왔다. 그 단체는 기실 연예인 해외송출을 추진하는 도깨비 같은 조직으로서 예쁘장한 아가씨들을 골라 일본과 홍콩 등지의 술집으로 수출하는 일이 주업무이다. 오필대 자신은 조그마한 영세 출판업을 하다가 그 출판사의 등록권을 이쪽에 넘기면서 몸도 함께 따라 들어왔는데 막상 와놓고 보니 개판 일보 직전이었다. 그래서 다시 나가려고 벼르는 판국에 전격적으로 한국선이 협회를 인수, 조직을 재정비하더니 지난 총선을 통해 자신도 국회로 진출하겠다고 선언을 했다….

"저희가 맨 처음 선생님을 찾아뵌 건 그런 결심이 있은 바로 다음

날이지요. 도대체 국회의원이 누구네 강아지 이름인지, 저도 더러워서 더 이상 못 있겠습니다. 장사꾼은 철저하게 장사꾼으로 남아야 되는데 말이죠."

"⋯⋯"

죽천 선생은 속절없이 고개를 주억거렸다. 진정 모를 일이로다⋯. 소신 있는 정치철학은커녕 참다운 민주주의나 독립운동의 개념조차 알지 못하는 위인이 신성한 국회로 나서겠다는 그 딱한 저의도 모를 일이거니와, 그런 위인의 자서전까지 기꺼이 대필해 준 오필대가 그 상전의 전비(前非)를 사정없이 분칠하여 폭로하고 함부로 인격을 모독하는 이유 또한 모를 일이었다. 이 작자의 정체는 과연 무엇인가. 어째서 사람이 이렇게 표변해질 수 있단 말인가. 이런 출판기획자가 내는 책은 도대체 어떤 종류이며 내용일까. 죽천 선생은 그저 어안이 벙벙한 채 가슴만 답답해질 뿐이었다.

그러나 오필대는 곧 표리부동한 자신의 정체를 착실하게 드러내 주었다. 사무실로 돌아온 그는 캐비닛 속에 챙겨 두었던 비장의 자료묶음을 부리나케 뒤지더니,

"선생님, 우리의 출판사업이 본격화되면 말이죠, 이걸 첫 타자로 내세우려고 하는데 좀 봐주시겠습니까. 공전의 히트작이 될 겁니다."

'일제 잔혹사'라고 표제가 붙은 스크랩북을 자랑스럽게 내보이는 것이었다.

어디서 이렇게 열심히 찾아내고 긁어모았는지 참으로 끔찍하고도 처절한 복사판 사진들이 두툼하게 정리되어 있었다. 첫 장부터 소름 끼치고 이가 갈렸다. 상투 튼 어떤 양민의 목을 작두로 뎅겅 자르는 장면이 있는가 하면, 만세를 부르는 두루마기 차림의 우국지사 가슴

에 칼을 꽂는 일본헌병, 피투성이가 된 수십 구의 시체가 즐비하게 흩어진 장터, 예배당에서 생화장을 당하는 예수교인들의 처절한 절규, 굴비두름처럼 묶인 채 짐차에 실려 가는 강제 노동자들, 부모가 학살당하고 집마저 불타버린 마당에서 벌거숭이로 울부짖는 조선의 어린이, 생매장의 현장에서 파헤친 수많은 해골더미…. 죽천 선생은 찢어질 듯 비통한 심정으로 그것들을 보다 말고 오필대의 면전에 스크랩북을 냅다 내던졌다.

"에끼, 호로자식 같으니라구. 베껴먹을 게 없어서 그래 조상들 해골까지 베껴 팔아먹을 작정인가? 알고 봤더니 영 몹쓸 사람이구먼."

"아니, 그게 무슨 말씀입니까. 다시는 이런 불행을 되풀이하지 않기 위해, 후세들에게 살아있는 교훈을 주기 위해 책을 엮어보겠다는데 그게 뭐가 나쁘다는 겁니까!"

엉겁결에 당한 무안이라 오필대는 얼굴이 벌개져서 항변했다.

그러나 며칠 지나지 않아서 그의 본색은 또 여지없이 하얗게 드러나고 말았다. 모처럼 불어닥친 정치의 계절에 발 맞추어 협회의 이사장실이 한국선 선거대책 본부로 급조되었는데, 유능한 청년 오필대가 바로 스피치라이터 겸 선전부장으로 발탁되어 맹활약을 벌이기 시작했던 것이다.

주인이 마구잡이로 뿌려준 벼락감투를 일시에 뒤집어쓴 운동원들이 춤추는 회의를 위해 무시로 들락거렸다. 한국선의 경우, 돈은 있으되 지명도가 너무 낮다는 이유로 전국구로의 진출이 좌절됨에 따라 그 반발심에 편승한 오기와 사기, 의기는 더욱 충천해가고 있었다. 사나이로 태어나서 승부를 한 번 걸어볼 수 있는 직업이 국회의

원 아닌가. 출신의 귀천, 이름의 유·무명을 가리지 않고 출마할 수 있으니 민주주의란 그래서 좋다, 비록 합동유세이긴 할망정 소신 있고 선명한 투사와 우국지사가 되어 세상을 향해 맘껏 욕하고 소리지를 수 있다는 것만으로도 얼마나 가치 있는 일인가, 하고 한국선은 열심히 자기 지지자들에게 떠들어대는 모양이었다.

선거운동이 가열됨과 동시에 중앙선관위에 입후보자 등록을 마친 한국선은 지지하는 운동원들과 함께 즉시 출마 선거구인 고향으로 내려갔다. 오필대만 잠시 서울에 남아 홍보활동을 위한 예비작업 마무리에 정신이 없었다. 일찍이 출간한 한국선의 자서전을 서둘러 선거구로 발송하는가 하면 선전 팸플릿과 여러 유인물을 작성, 제작하기도 하고 여기저기 전화를 걸어,

"죽천 선생 아시죠? 독립운동하셨던 김득수 선생 말씀입니다. 그분이 바로 저희 회장님이신데요, 실은⋯."

미주알고주알 늘어놓으면서 선거와는 전혀 상관없는 죽천 선생까지 다반사로 끌어들여 죽사발 만들기에 바빴다. 오필대는 진정 언행이 일치하지 않는 기회주의자였다. 정체가 분명치 않은 회색이었으며, 있는 자, 강한 자에게는 약하고, 없는 자, 늙고 병든 자에게는 교활하게 강한 아부파였다. 눈앞의 이익에만 밝고 너무 타산적이며 죽어도 손해는 안 보려는 영악한 욕심쟁이었다.

침이라도 뱉고 싶은 그 오필대의 손을 거쳐 월급이라는 명목으로 두툼한 돈봉투가 건네져 오던 날, 죽천 선생은 비로소 결심을 굳혔다.

"더러운 놈들⋯."

정해진 액수보다 훨씬 많은 돈봉투를 그대로 까발려 양탄자 바닥에 흩뿌리면서 죽천 선생은 유유히 발길을 돌렸던 것이다.

그러나 선생의 허탈한 발걸음이 그 건물의 현관을 채 벗어나기도 전에 한국선을 선전하는 유인물과 죽천 선생이 서문을 쓴 자서전 책자 등이 젊고 씩씩한 청년들의 등에 실려 안으로 들어가는 게 보였다.

죽천 선생은 천천히 탑골공원 쪽으로 향했다.

2. 사기꾼

그로부터 다시 4년이 흘렀다.

아니, 이 작자가 결국 의원님이 되셨어?

방금 배달되어 온 아침신문을 주욱 훑어보던 죽천 선생은 한순간 얼결에 뒤통수를 얻어맞은 듯한 충격을 느꼈다. 한국선이라는 낯익은 이름 석 자가 총선 당선자 명단에 거짓말처럼 얌전히 똬리를 틀어 앉아 있어서였다.

아무리 말세이기로서니 세상에 원, 이럴 수가 있나.

도무지 사실로 믿어지질 않아 선생은 다시 한 번 자신의 눈을 의심하면서 뚫어지게 그 대목을 응시했지만, 빙긋이 웃음 띤 한국선은 그것이 요지부동의 사실임을 여러 각도에서 새삼 분명하게 확인시켜 줄 따름이었다. 십 원짜리 동전크기만한 얼굴 사진이며 깨알처럼 박힌 경력 나부랭이, 출신 지역구가 한 치도 틀림이 없었다. 소개 기사는 또 그에 대해 덧붙이기를— 전 정권에 의해 재산을 날리고도 4전 5기한 독립운동가 후예의 정치 초년생이라고 잔뜩 뻥튀기시켜 놓고 있었다.

"허허, 참, 말세로구먼 ⋯."

이번에는 옆에서 누가 듣고 있기라도 하듯 한껏 소리내어 탄식하고 난 죽천 선생은 어쨌거나 다행이구나 싶은 생각도 없지 않아서 슬그머니 담배개비를 꺼내어 입에 물었다. 몇 년째 유야무야로 끌어온 조카 문제가 이젠 어떤 형태로든 해결되겠다는 기대감이 곧 그것이었는데, 고향에서 반농반어(半農半漁)의 초라한 생업으로 많은 식솔을 거느리고 근근히 끼니를 이어오던 오십줄의 조카는 뜻하지 않게 한국선을 만나 재산을 털리고 말았던 것이다.

3년쯤 전이었다. 심성이 그저 착실, 온순하기만 한 선생의 조카 김길조는 그해 어느 날 생전 처음인 서울 나들이로 사당동 백부댁에 불쑥 나타나선,

"큰아버님 같으시면 이 일을 충분히 보아주실 거구만요. 원통하고 분해서 이렇게 챙피 무릅쓰고 찾아왔습니다. 백주에 두 눈 뻔히 뜨고 당한 건 백 번 천 번 제 불찰입니다만 고향땅에서 의원 출마까지 한 그 인간이 형편없는 사기꾼이라는 걸 전들 어찌 알았겠습니꺼."

꺼칠해진 두 뺨을 연신 어루만지더니 영문을 알지 못해 어리벙벙한 죽천 선생에게 다음과 같이 그 자초지종을 털어놓았었다. ― 농사지을 땅도 변변치 않거니와 농사를 지어봤댔자 뼈빠지게 고생만 치를 뿐 언제나 별무소득이어서, 김길조도 옴팡지게 돈 한 번 만져 볼 요량으로 빚 얻고 외상 품 얻어 갯가에 톳 양식장을 개발했다. 일본으로 비싸게 가공 수출되는 톳은 당시로선 '없어서 못 팔아먹는' 전망 좋은 해조류였으므로 어지간한 수확이면 본전을 너끈히 건지고도 한밑천 톡톡히 잡을 수 있는 유망사업이어서 그는 다소 모험인 줄 지레짐작하면서도 쾌히 그 일에 덤벼들지 않을 수 없었다. 톳은 다행

히 무럭무럭 잘 자라주었다. 넓고 푸른 바다가 온통 그와 그의 가족들을 위해 열려 있는 것 같았다. 톳 수확철이 되자 일손 구하기가 힘든 어촌이라 제값보다 비싼 임금을 치러가며 외지에서까지 일꾼 사들여 열심히 채취한 결과, 중간상들이 제시하는 시세로도 거의 2천만 원대에 가까운 수입을 올릴 수가 있었다. 물론 생전 처음 만져 볼 수 있는 거금이었지만 그는 톳 가공공장에 직접 넘기는 것이 더 많은 이윤을 남겨 준다는 이웃들의 권유에 따라 정성스레 말린 톳뭉치들을 부리나케 ㅁ시로 실어 날랐다. 거기에서 얻어걸린 톳공장이 바로 한국선이 운영하고 있었던 것. 그러나 소유자만 한국선일 뿐 실제 경영이나 일의 처리는 공장 상무나 담당직원들의 손에 의해 수행되고 있었다. 그들은 곧 2천 5백만 원의 액수를 제시하고 김길조의 톳을 전량 받아들였다. 그리고 3백만 원을 선수금으로 내밀면서 나머지 잔금은 일주일 후 서울에서 한 사장님이 내려오신 즉시 현금으로 지불하겠다는 전제와 함께 한 사장 명의의 각서를 써주었다. 잠시 주춤거리던 김길조는 모든 것을 두말없이 믿고 따르기로 작심해 버렸다. 한국선 씨로 말할 것 같으면, 대한민국의 수도 한복판에서 떵떵거리며 산다고 소문이 자자하게 출세한 자랑스런 고향사람이 아닌가. 비록 내 물건이 아깝고 현물이 외상으로 취급되는 게 부당하긴 하지만 다른 거래처에 비해 수백만 원쯤 더 남는다면 일주일을 기다리는 게 무슨 대수랴. 한국선 씨의 인격과 기름기 번지르한 이 톳공장의 분위기를 믿자고 김길조는 내심 다짐하며 가볍게 발길을 돌렸었다. 그런데 그게 바로 화근의 불씨였고 가슴 찢어지는 고통의 시작이었다. 기약했던 일주일이 지나고 열흘, 한 달이 지나가도 나머지 대금은 좀체 그의 손으로 돌아올 줄 몰랐는데, 그동안 ㅁ시의 톳

242

공장을 왕복한 데 쓰인 경비만 해도 몇십만 원이 들어갔으며 사정없이 입술이 부르트고 발가락이 짓물렀지만 돈은커녕 한국선의 코끝조차 볼 수가 없었다. 그의 톳이 톳공장에서 가공되어 나간 지가 오래인데도 사무실 실무자들은 계속 일본수출의 선적이 안 되어 그런다면서 조금만 더, 조금만 더 기다려 달라고 사정했고, 급기야 모든 책임을 회사대표인 한국선에게 미룬 채 하나 둘 자취를 감추고 마는 지경에 이르렀다. 그리고 마침내 김길조는 자신처럼 사기당한 처지의 사람들이 한둘이 아니라는 사실을 뒤늦게 발견하고 아연실색해서 이렇듯 염치불구하고 불원천리 상경했노라는 것이었다.

반신반의의 죽천 선생은 도무지 조카의 억울한 사정을 쉬 이해할 수가 없었다. 그 높은 빌딩과 기업체를 거느리던 재산가가 어찌 그토록 철저하게 몰락할 수 있단 말인가. 4년 전의 총선 직전 때만 해도 일본을 제집 드나들듯 하던 국제문화교류추진협회 이사장으로서, 또는 의정 단상에서 국가와 민족을 위해 사자후를 뜨겁게 터뜨리고 싶어하는 무소속 정치 지망생으로서 하늘 높은 줄 모르고 활개치지 않았던가. 죽천 선생은 그때 그 위선과 망국적 상업주의, 기만과 허위의식으로만 일관하는 그 조직체의 생리가 눈꼴 시려 명색뿐인 국제문화교류추진협회 회장이라는 감투를 헌신짝 버리듯 내팽개치고 나왔던 것인데, 허긴 그때의 작태로 미루어 짐작할라치면 한국선의 사업들이 하루아침에 도산하게 된 건 어쩌면 불을 보듯 뻔한 결과인지도 몰랐다. 누구나 믿고 따를 수 있는 정통성을 확립하지 못한 채 부당하게 찬탈하고 착취한 권력이나 금력의 말로는 많은 역사가 필연 혹은 인과응보의 법칙으로 증명해 주듯 하루아침에 그 세력을 잃고 마는 것임에랴. 부자지간에도 걸핏하면 피 보기를 일삼던

저 욕된 왕조시대는 차치하고라도, 친일파 기회주의자들을 비호하며 독재에 여념이 없던 이승만도 하루아침에 권좌에서 쫓겨났었고, 무엇이든 '하면 된다'면서 권력의 화신인 듯 군림했던 일본육사 출신의 어떤 불행한 군인도 하루아침에 심복의 총탄에 맞아 비명횡사했었다. 분별없는 우국(憂國)의 명분으로 일을 그르치고 국민을 슬프게 할 뿐 아니라 끝없는 당리당략과 사리사욕에 눈이 멀어 하루아침에 망한 빈털터리 인간이 어디 이들뿐이겠는가.

그날 죽천 선생이 어깨 축 늘어진 늙은 조카를 이끌고 종로 번화가에 자리잡은 한국선의 예전 빌딩을 찾았더니, 아니나다를까 그 인간 역시 하루아침에 거지꼴로 전락한 채 낙향했다는 전갈이었다. 그때까지만 해도 반신반의해 온 선생은 어느덧 주인을 갈아 모시고 있는 수위실의 수위에게도 대체 어떻게 해서 이 지경이 되었느냐고 물었으나 그의 대답은 시종 모른다로 일관하고 있었다. 그리고 시큰둥하게 덧붙이기를 요즘 같은 난세에 흔한 일이지요, 하는 자조를 잊지 않았었다.

참으로 질긴 악연(惡緣)이구나.

죽천 선생은 그제서야 모든 것을 기정사실로 받아들이고 억울하게 당한 시골뜨기 조카를 위해 최선을 다할 것을 속으로 다짐했었다. 그러기 위한 첫 방책으로서는 뭐니뭐니해도 정의로운 법에 호소하는 게 최우선일 터인즉 그에 합당한 소송절차를 급히 모색해 볼 것이고, 그 길이 여의치 않을 경우엔 청와대에 민원 진정서를 제출하는 방법, 혹은 언론사에 정보를 흘려 여론화시키는 등의 차선책을 떠올렸다. 하지만 피해 당사자의 목적은 어디까지나 피땀이나 다름없는 피해금액을 현찰로 환수해내는 데 있을 뿐 그것의 일부나마 엉뚱한 소송비로 탕진한다거나 가해자를 물리적으로 처벌하여 복수심만 허망하게 충족시키는 걸 원치 않는다고 몇 번이나 안타까이 뇌까리는 형편이어서 딱 부러지게 어느 한 길을 선택할 수도 없는 문제였다. 그래, 지금 당장 시급한 일은 한국선 그를 찾아내는 데 있다고 죽천 선생은 생각을 고쳐먹었다. 어떻게 해서든 일단 그 작자를 직접 만나서 담판을 짓고, 그래서 흐트러짐 없이 돈을 받아내는 게 중요했다.

피해 당사자는 용의주도하게도 한국선의 서울집 주소만은 용케 간수해 온 터였으므로 그 집을 추적해내는 데엔 별다른 어려움이 따르지 않았다. 그러나 그는 그곳에 살고 있지 않았다. 다른 빚쟁이가 아랫목을 차지해 드러누운 채 사흘째 무언의 농성을 벌이다가 새로운 집주인의 신고에 따라 경찰이 강제력을 발휘하는 볼썽 사나운 풍경만을 목격하고 말았다. 물론 나중에 안 일이긴 하지만, 새 집주인은 그의 처남으로서 명의만을 이전했을 뿐 실제는 여전히 한국선 소유로 되어 있다는 것이었다. 사람 그림자가 거의 보이지 않는, 공기 맑고 쾌적한 부자동네의 한가운데에 자리잡은 2층짜리 저택만은 결코 빚쟁이들 손에 떠넘기지 않겠다는 교활한 의지가 거기엔 숨겨 있었는데, 어지간한 다른 부동산도 일찌감치 그런 식으로 빼돌렸다는 정보를 입수했을 땐 고향으로 내려간 김길조도 이미 화병으로 시난고난 몸져누워 있었다. 이 작자의 멱살을 어떻게 하면 틀어잡을 수 있담, 하고 저간의 사정을 괘씸하게 되새김질하고 있던 어느 날, 이번에는 김길조의 아들이 군대에서 제대하고 돌아왔다면서 인사차 죽천 선생을 찾아와 나름대로 탐문한 결과를 이렇게 알려왔던 것이다.

"할아버지, 이런 나쁜 인간이 있을 수 있습니까. 서울 소재의 집과 땅은 물론 톳공장까지도 다른 사람 앞으로 등기이전을 잽싸게 옮겨놓고 이리저리 법망을 피해 다닌다는 겁니다. 일본으로 도망쳤다는 소문도 들리지만 세상 끝까지라도 추적해서 이놈을 반드시 잡아내고야 말겠습니다."

어려운 집안 형편을 무릅쓰고 명문대학 법과의 관문을 뚫고 들어갔으나 그놈의 질긴 가난 때문에 자진입대, 소기의 임무를 마치고 돌아온 청년답게 분기탱천하여 말했다. 학태라고 불리는 이 청년은 계속해서, 아버지가 쓰러진 이런 현실을 두고선 다시 복학하긴 영 글러버린 것 같다고 덧붙인 다음,

"고시공부도 판검사도 당분간은 아예 생각지 않겠습니다. 제 손으로 직접 한국선을 붙잡아 응징하기 전까지는…. 힘없고 가난한 이들을 이유 없이 울리는 이따위 매판자본가와 정상배들이 활보하는 한 이 나라의 장래는 본질적으로 희망이 없습니다."

공허하게 열변을 토하고는 또 연락드리겠다면서 표표히 사라졌었다. 눈에서 불이 튀는 듯한 열혈 뒤에 차가운 이성도 함께 감추고 있는 당찬 청년이었는데, 그는 이내 자신의 결의를 행동으로 옮겼는지 돌아간 지 열흘쯤 뒤에 예기치 않은 소식을 죽천 선생께 전화로 알려왔다.

"할아버지, 드디어 그 사기꾼을 잡아냈습니다. 지금 바쁘지 않으시면 곧장 택시 타고 이쪽으로 오시지요. 아무래도 제 옆에 할아버지가 계셔주시는 게 유리할 것 같습니다."

"그래? 장하군. 그럼 내가 어디로 가면 되겠는가?"

그 실천력과 용기가 가상해서 죽천 선생은 오랜 만에 자신의 젊은 한때, 독립운동하던 시절을 짧게 떠올리며 바삐 외출준비를 서둘렀

다. 학태가 가리켜 준 곳은 퇴계로 입구의 어떤 여관 앞이었다. 그 골목의 공중전화 상자 안에서 여관에 든 작자를 감시중이라는 설명이었다.

현장에 도착한 죽천 선생은 눈을 빛내며 기다리고 있던 학태로부터 낯선 청년을 새로 소개받았다. 신문기자로 있는 자기 선배라는 것이었는데 학태는 상기도 현역으로 뛰고 있는 신문기자와 잃어버린 조국을 되찾기 위해 청춘을 불살랐던 왕년의 어느 초라한 독립지사를 방패삼아 용의주도하게 작전을 전개중인 것 같았다.

자, 가시지요, 하고 학태가 성큼 앞장서서 여관 안으로 들어섰다. 제법 규모가 크고 깨끗한 여관의 2층 층계를 밟고 올라가더니 맨 구석 쪽의 한 방 앞에서 걸음을 조심 멈춰 문을 똑똑똑 두드렸다. 그리고 안의 반응을 기다릴 새 없이 벌컥 문을 열었더니, 바로 거기에 그렇게도 찾아 헤맸던 그 한국선이 초라한 몰골로 웅크리고 앉아 혼자 깡소주를 들이켜고 있는 중이었다. 장기투숙을 해온 듯 더러운 옷가지와 빨지 않은 양말, 가방, 서류뭉치 따위가 한켠에 너절히 흐트러져 있었다. 벌건 대낮인데도 협수룩한 잠옷바람인 채 얼큰히 취한 상태였다. 불시의 방문객들은 분노와 측은함을 동시에 느끼면서 한동안 말없이 작자의 초라한 몰골을 내려다보았다. 어리벙벙한 표정으로 세 사람을 번갈아 쳐다보던 한국선은 찬찬히 죽천 선생과 눈이 마주치자,

"아니, 선생님이 웬일이십니까. 누추한 이곳을 어떻게 ⋯."

얼른 몸짓을 바로잡으며 일어나 반가이 손을 끌어당기고 있었다. 의연한 자세와 체통을 잃지 않으려는 안쓰런 노력이 민망해서 죽천 선생은 엉거주춤 그 정면에 주질러앉으며 두 청년에게도 일단 점잖

게 상대하라는 시늉을 지어 보였다. 그리고 두 청년을 한국선에게 소개하는 데서부터 조심스레 실마리를 풀어 나갔다.

"한 선생이 이렇게 전락된 인생을 사리라고는 꿈에도 생각지 못했소이다. 더욱이 고향의 핏줄 같은 주민들을 억울하게 울리고 가슴에 못을 박을 줄이야⋯. 여기 이 청년은 톳 때문에 망한 김길조의 아들이고 또 저쪽 청년은 신문사에 근무하는 기자 분인데 도대체 무슨 영문인가 해서 궁금해 들른 것이외다."

"아, 그러십니까. 잘 오셨습니다. 억울하게 정치보복을 당해 재산을 날린 저로서도 참 할말이 많은 인간입니다."

한국선은 야릇한 미소를 입가에 물면서 예기치 못한 세 불청객들을 주의 깊게 살펴보고 있었다. 특히 기자라고 소개된 청년의 얼굴에 시선이 머무는 시간이 길었는데, 그 경원의 눈빛 속에는 마치 당신 같은 기자 따윈 열 놈이라도 쾌히 상대해 줄 수 있다는 오만스런 경계심이 얼핏 스치고 지나갔다. 기자는 말없이 그의 앞에 명함을 내밀었고, 그리고 여태껏 가증스러운 눈초리로 한국선을 노려보던 학태가 입을 열었다.

"우리 가족뿐만 아니라, 땀흘려 일하는 다른 기층민중들의 피를 빨아 잡수고도 전혀 양심의 가책을 안 느끼는군요. 바로 당신 같은 인간 쓰레기 때문에 이 나라의 민주화가 제대로 안 되는 거예요. 따라서 당신은 민족의 반역자예요."

"어허, 젊은 친구 입이 너무 거칠구만."

질타하는 학태의 말을 중도에서 가로챈 한국선이 미간을 잔뜩 찌푸렸다. 죽천 선생 역시 느닷없는 '민족의 반역자' 운운에 그 비약이 너무 심하다고 생각하며 손짓으로 학태의 흥분을 제지시켰다. 입가에 실소를 머금은 채 이번에는 선생이 중재에 나섰다.

"그동안의 한 사장 행각이나 학태네가 당한 고통을 감안한다면 이런 봉변쯤 능히 각오했어야 된다고 생각하오. 문제는 아주 간단하게 해결될 수 있소이다. 그것은 즉, 하루라도 빨리 밀린 톳 대금을 지불해 주는 것이오."

"아닙니다, 할아버지. 그동안의 이자와 우리 측에서 들어간 경비, 정신적인 피해보상까지 책임져 줘야 합니다. 안 그러면 법적, 사회적, 물리적인 모든 방법을 동원해서라도 끝까지 투쟁할 겁니다."

"투쟁?"

좌충우돌하는 학태의 언행을 야릇한 웃음으로 맞받아 넘긴 한국선은, 다시금 무슨 음모와 계략을 흉중에 품는 것인지 이내 공손하고 비굴한 태도로 돌변하기 시작했다.

"좋습니다. 어쨌거나 제가 부덕했던 탓으로 여러분께 심려를 끼쳐 드린 걸 진심으로 사과 드리지요. 기왕지사 이렇게 된 것 조금만 더 참아 주십쇼. 이달 안으로 꼭 갚아 드리겠습니다."

"그걸 어떻게 믿을 수 있겠소이까?"

"오늘중으로 당장 내놓으세요. 흥, 여지껏 속아 왔는데 또 속을 줄 알구?"

하고 학태.

그러나 극히 태연한 얼굴로 주변을 번갈아 살피면서 눈을 깜박이던 한국선은 구석 쪽의 허름한 가방을 냉큼 끌어당기더니 웬 서류뭉치와 도장, 인주곽 등을 주섬주섬 꺼내었다. 그러고는,

"네, 그러시겠죠. 믿지 못하시겠단 말씀 충분히 이해할 만합니다. 그래서 여기, 약속어음과 각서를 써 드리고 그래도 영 내키지 않으

신다면 공증까지 해드리겠습니다. 이래봬도 이 몸이 다시 못 일어설 만큼 철저하게 망하지는 않았습니다. 두고 보십쇼, 전 불사조처럼 반드시 재기하고야 맙니다."

애원하듯 너스레를 떨면서 이쪽 의사는 아랑곳없이 각서와 약속어음을 두서없이 써나가고 있었다. 그 희극배우 같은 작태를 멸시와 회의의 눈길로 이윽히 내려다보는 학태에게 죽천 선생은 어디 한번 믿어보자는 표시로 고개를 몇 번 주억거렸다. 이쯤 다짐을 받아 두었으면 약속어음이나 각서의 내용대로 꼭 이행할 것이라는 생각이 신념처럼 죽천 선생의 뇌리를 휘감아들었고, 다른 두 청년 또한 내심 그렇게 간주하는 것 같았다. 겉으로는 여전히 미간을 잔뜩 찌푸리고들 있었지만 한국선의 확고한 행동거지를 보며 그 의지를 얼마쯤 확인하게 되고부턴 저간의 울분과 억울한 사정들이 제풀에 스르르 풀려가는 얼굴들이다. 더욱이나 험한 피난살이 같은 주제임에도 어떻게든 그 돈을 갚고야 말겠다는 결의를 연신 허리를 굽혀 다짐해왔으므로 죽천 선생은 차라리 어떤 동정마저 느끼며 두 청년을 데리고 문 밖으로 나서지 않을 수 없었다.

"일단 살살 달래가면서 일을 처리하는 게 상수네. 죽여도 내놓을 돈이 없다고 벌렁 나가자빠지는 경우보다야 얼마나 다행인가. 지놈이 제 입, 제 손으로 기약한 이달 말까지만 차분히 기다려봄세."

밖으로 나선 죽천 선생은 학태의 손에 들리어진 작자의 어음과 각서쪽지를 단단히 간수하라면서 그렇게 일렀다.

하지만 그들의 기대는 결국 또 보기 좋게 망신을 당하고 말았다. 약속날짜에 맞춰 약속장소로 갔더니 한국선은 이미 그곳에 있지 않았던 것이다. 돈을 마련하기 위해 일본에 건너갔다는 그의 아내의

250

눈물 어린 전갈과 함께, 기왕 기다리신 김에 며칠만 더 참아 주시면 … 이라는 하소연이 후렴처럼 따라붙었다.

학태는 이렇게 교활하고 가증스런 인간말종이 어디 있겠느냐면서 사람을 너무 쉽게 믿어버린 죽천 선생을 은근히 원망하고, 그날 함께 여관에 찾아들었던 신문사 선배에게는 이를 좀 기사화시켜 줄 수 없겠느냐고까지 매달렸다. 한국선, 그는 어쨌거나 정치적 야심이 큰 속물이므로 사기꾼으로서의 저간의 행각을 신문에 실어 때리면 꼼짝없이 그 돈을 갖고 달려올 거라는 주장이었지만, 신문기자는 대뜸 입꼬리부터 말아 올렸다.

"피해자가 그로 인해 목숨을 잃었다거나, 다른 피해자들이 모두 들고일어나 집단농성이라도 벌이면 모를까, 가시적으로 사건이 돌출되지 않으면 곤란해. 그리고 신문에 나게 될 경우 그 돈은 오히려 영영 못 받게 될 확률이 많지."

"그 말이 맞네. 신문에 사건화시키겠다는 걸 담보로 겁을 주어 받아낸다면 몰라도 그게 기정 사실화돼버리면 한국선은 오기로라도 더 배짱을 튀기고 아예 갚을 염을 않게 될 거구만. 이젠 어쩔 수 없이 법에 호소하는 수밖에 없겠네. 그래, 일단 그쪽에다 자문을 구해 보아야겠어."

요즈음 법이 무슨 힘이 될 수 있으랴 싶으면서도 죽천 선생은 비로소 평소에 낯이 익은 박 변호사를 만나보기로 작심했다. 은퇴를 몇 해 남겨두고 있는 박 변호사는 그 역시 작고한 독립투사의 후예로서 그쪽 관련자들의 크고 작은 송사(訟事)를 즐겨 전담해 왔으므로 죽천 선생 같은 독립유공자들과도 안면이 두루 넓었다.

기자를 돌려보내 놓고 난 선생은 학태와 함께 서초동 거리로 향했다. 모름지기 범법자가 많은 사회일수록 법률가들의 수입이 늘고 그 과정 속에서 또한 명망도 높아갈 수 있다는 말에 걸맞게, 법원을 낀 양켠의 높은 건물들은 온통 법률사무소로만 꽉 차 있는 것 같았다. 그 중의 한 사무실로 들어서기 전 죽천 선생은 다시 한 번 학태의 심중이나 그애의 애비 되는 김길조의 당부를 확인받았다.

"정말 니 아버지가 재판걸기를 희망하더냐? 니 생각도 그랬으면 좋겠냐?"

"아버진 이제 지칠 대로 지치셔서 진즉부터 재판에 걸라고 하셨어요. 돈 한 푼 못 건져도 좋으니 소송비가 얼마나 들든···. 그게 가장 깨끗한 방법이라고 그러셨지만 글쎄요, 법이 제대로 해결해 줄 수 있을지는 여전히 의문입니다."

"그래도 우리가 최후로 믿을 수 있는 대상은 법과 양심밖에 없네. 자, 어쨌거나 그 길을 선택하는 게 좋겠어. 더 이상 별다른 묘책이 생길 수 없는 막다른 골목까지 당도했구먼."

그리고 선생은 5층에 자리잡고 있는 한 법률사무소로 학태를 이끌고 들어갔다. 면담하고자 하는 변호사는 자리에 앉아 있지 않은 채,

"공판 때문에 법원에 나가셨는데요, 무슨 일로···."

젊은 40대 후반의 사무장이 응접소파를 가리키며 말했다. 번뜩이는 안경알 뒤에 민활한 상업성을 감추고 있는 사무장은 항상 어떤 사건이 생겨나기를 기다려 온 사람 그대로였다. 두 방문객이 엉거주춤 앉자마자 무슨 사건 때문에 오셨느냐고 다시 캐묻는다. 소송을 의뢰하기 위해선 일단 이 사무장을 거치는 게 순서일 것으로 판단한 죽천 선생은,

"이곳에 몇 번 들른 적이 있는데, 아마 새로 오신 분인가 보구만.

박 변호사하군 평소에 좀 알고 지내는 사이외다. 여길 찾아온 건 다름이 아니라….”

학태를 슬쩍 돌아보며 갖고 온 각서와 약속어음 따위를 꺼내라고 일렀다. 탁자 위에 올려진 한국선 서명 날인의 서류는 저번 여관에서 작성했던 것 말고도 세 가지나 더 있었다. 그동안 김길조에게도 원하는 대로 써주어 왔다는 학태의 보충설명이었다. 이 나쁜 상습 사기꾼을 법에 걸어 응징하기 위해 여길 찾아왔노라고 죽천 선생이 점잖게 말했다.

두 사람으로부터 저간의 사정을 다 듣고 난 사무장은 가는 안경테를 추켜올리며 조금 난감한 표정으로 애매하게 웃었다. 그는 적어도 이런 사건 따윈 사건 축에도 들지 못한다는 암시를 두 사람에게 보여주는 것 같았다. 이윽고 그가 입을 열었다.

“이 민사사건은 일차적으로 사기죄가 성립되지 않습니다. 톳 거래 시 그 선수금으로 삼백만 원이나 서로 주고받았다는 건 법적 하자가 없는 상행위로 간주되니까요. 원고 측에서 한 푼도 받지 못하고 물건을 빼앗기다시피 했다면 당장 형사입건까지도 가능할 수 있지만, 당시 두 거래 당사자는 서로의 믿음을 담보로 물건과 그 대금의 일부를 정식 교환한 겁니다. 물론 이 재판은 피해자 측에서 이기도록 되어 있습니다. 하지만 그 사람이 돈이 생기는 대로 꼭 갚겠다는 의사를 보여주는 한 이 재판은 아주 오래 끌게 될 게 뻔합니다. 이 정도 상습꾼이라면 본인 명의의 재산은 이미 모조리 처분해 버렸거나 다른 피해자들에 의해 차압당해 있을 터이고, 나름대로 법망을 피해 다닐 수 있는 방도를 완벽하게 구축해 놓고 있다고 봐야죠. 그리고 더욱 중요한 건 이천짜리 민사소송쯤 부지기수여서 판검사나 변호사들도 별로 관심을 기울일 틈이 없는 데다가 그 소송비용도 배보다 배꼽이 더 커지게 되는 결과를 낳기 십상입니다. 더욱이나 이 사건의 재판관할은 서울이 아니라는 데 저희로선 애로가 있군요. 사건이 발생한 곳, 또는 피고 될 사람의 현재 거주지의 검찰지청으로 먼저 가 보시는 게 현명한 방법이겠습니다."

따라서 자기들로선 맡을 수 없다는 뜻을 완곡하게 표현한 사무장은 지나가는 투로 또 이렇게 덧붙였다.

"이런 놈은 그저 족치는 게 가장 빠릅니다. 아니면 사탕발림으로 어르면서 끈질기게 기다리시든지…."

"족치다니, 어떻게 말입니까?"

침묵을 지키고 있던 학태가 문득 참견을 하고 나섰다. 늘 분기탱천해 있는 그로서는 기실 권력과 금력의 시녀로 치부하기 일쑤인 사법부에 일을 맡기고 무력하게 처분만 기다린다는 게 영 마뜩찮은 모양이었다. 솔깃하여 묻는 학태에게 사무장은 웃음 띤 어조로 받는다.

"법보다는 주먹이 가깝다는 원리를 응용하는 거죠. 혹시 검사라든가 비밀기관 쪽에 줄을 댈 수는 없습니까? 그쪽에 부탁해서 직접 소환시켜 족치게 되면 금방 일이 끝날 수도 있습니다. 그런 방법에 관심이 있으시면 나중에라도 따로 전화 주십쇼. 제가 혹 도움이 되어 드릴 수 있을지 모르니까요."

"참으로 한심한 세상이로구먼!"

죽천 선생이 참지 못하고 일어섰다. 학태 역시 어이가 없는 듯 사무장의 얼굴을 빤히 쳐다본 다음 아무 말 없이 선생의 뒤를 따라 나오고 있었다. 잘 알겠소이다, 다시는 이 사무실에 안 오겠다더라고

박 변호사께 전해 주시오. 선생은 그런 뜻을 은연중 얼굴에 내비치고 그곳을 나왔는데, 뒤따르던 학태는 그새 무슨 엉뚱한 상념이 뇌리를 스쳤던지 나중에 댁으로 찾아 뵙겠다면서 먼저 가시라 이르고 다시금 그 사무실로 되돌아갔다.

그로부터 이틀이 지난 후에 알게 된 사실이지만, 근처 다방으로 따로 학태를 안내해 나간 사무장은 어떤 수단과 압력을 동원해서라도 그 돈을 받아낼 테니 받아낸 액수의 2할 정도를 그 사례비조로 내놓을 용의가 없느냐고 제의하더라 했다. 좀더 자세히 알고 봤더니, 바로 허가 난 정식 해결사들을 동원하여 찰거머리처럼 괴롭히고 밤낮없이 공갈협박을 가하면 지 몸을 팔아서라도 결국엔 뱉어내게 될 수밖에 없다는 귀띔이더라는 것이다. 학태는 그렇게는 할 수 없다면서 그의 제의를 단칼에 거절하고 자신이 직접 관할 검찰지청에 찾아갔었노라고 말을 이어 나갔는데, 그가 치러낸 그동안의 과정을 요약하자면 대략 다음과 같았다.

─검사는 대뜸 한국선을 상대로 소송을 제기하지 않는 게 유리할 거라고 충고했다. 비록 패가망신하고 쫓겨다니는 신세이긴 할망정 국회의원에까지 출마한 이 지역 출신의 인물인 데다가 곧 일본 후견인의 도움을 받아 재기할 것 같으니 조금 더 기다려 보면 잘 해결될 수 있을 거고, 그리고 소송을 해봤자 한국선 소유의 솥단지에까지 집달리의 손에 압류딱지가 붙어 있는 상황이므로 별무소득일 거라고 친절하게 일러주었다. 아버지와 함께 톳공장에 가 봤더니 아닌게아니라 다른 피해 고소인들 때문에 온전하게 남아 있는 가산이 따로 없었고 상기도 농성 패거리들이 한국선과 그의 일가를 붙잡기 위해 눈이 벌겋게 충혈되어 있는 판국이었다. 학태네는 그 패거리들과 함

께 휩쓸려 경찰서로 갔다. 이런 희대의 사기꾼을 잡아 가두지 않고 무얼 하느냐고 경찰서장에게 다그쳤지만 서장은 오히려 한국선을 두둔하는 듯한 태도를 취했다. 곧 일본에서 돈 갖고 돌아올 테니 조금만 더 참아보자고, 절대로 당신들 돈 떼어먹고 도망칠 위인이 아니라고 설득하는 것이었다. 그를 비호하는 세력은 경찰뿐 아니라 검찰, 변호사, 언론, 지방유지들로 폭 넓게 포진되어 있다는 사실을 학태네는 뒤늦게야 알아차렸다. 전혀 우연의 일치인지는 몰라도 검찰지청의 검사 역시 서장과 똑같은 견해를 피력했었고, 서울의 법률사무소나 신문기자도 이상하게 이 사건에서 회피하거나 한 발짝 물러나 관망하려는 자세를 취했었다. 한국선 그가 유능하고 배경이 든든해서 그런 건지, 아니면 이 사회의 구조 자체가 그렇게 생겨먹어서 그런 건지 학태로서는 도무지 분별할 수가 없었다. 그러나 온 읍내가 시끄러워지고 인근 언론기관에서 기자들이 달려오는 경황에 이르자 한국선은 놀랍게도 하루아침에 구속 수감되는 처지로 전략되고 말았다. 제 발로 걸어 들어갔다는 것이었다. 이 또한 철저한 사전 각본에 따라 당국과 짜고 한 짓거리였음을 알게 된 건 훨씬 나중의 일이었는데, 어쨌거나 이를 기화로 벌떼처럼 들고 일어선 각종 채권자들의 요구를 단숨에 잠재우는 효력을 발휘했고, 그는 재판에 회부되기도 전에 곧 풀려나는 기묘한 특혜를 누렸다. 그리고는 자금도 조금씩 풀려났던지 가끔 찾아드는 질긴 채권자들에겐 빈손으로 돌아가지는 않도록 나름대로의 성의를 보이기 시작했고, 학태네도 기십만 원씩의 푼돈을 몇 차례에 걸쳐 받아내 오고 있는 중이라고 했다.

그렇다면 지금쯤엔 완전히 다 받아냈을 테지. 그 작자가 국회의
원에까지 당선된 마당인데 그동안 선거운동을 볼모 삼아서라도 못
받았던 잔금처리는 물론 매표용의 떡고물도 좀 묻혀냈을지 몰라. 그
러나 진정 모를 일은 이 땅의 정치판이로다….

죽천 선생은 우선 시외전화를 걸어 김길조의 근황을 알아보기로
했다. 병석에서 힘겹게 응답해 온 상대방은 의외로,

"아직 다 못 받았습니다. 안 그래도 학태로 하여금 찾아뵙도록 할
참이었습니다."

엉뚱하고 답답하기만 한 푸념을 속절없이 또 늘어놓고 있었다.

허허, 이런 등신 같은 인간!

죽천 선생은 하마터면 자신도 모르게 욕설을 내뱉을 뻔하였다. 3년
이 흘러간 세월 동안, 그리고 채무자가 정계에 입신양명하게 되기까
지의 여러 호조건에도 불구하고 어찌 그 하찮은 돈 몇 푼을 아직 완결
짓지 못했느냐고 애써 흥분을 가라앉히며 점잖게 힐문했더니, 그동안
가뭄에 콩 나듯 조금씩 조금씩 받아내어 그나마 전체 액수의 절반 정
도는 해결된 상태라는 궁색한 답변이 건너왔다. 여하튼 지독한 악연
의 끈을 움켜쥐고들 있구나, 생각하면서 죽천 선생은 통화를 끊었다.

그리고 공연히 심화가 끓어올라 냉수를 벌컥벌컥 들이켰다. 선생
의 객기어린 분노는 이제 그들의 채무관계 따위를 훌쩍 건너뛰어 한
국선 그가 국회의원이 되었다는 단순한 사실로 비화되고 있었다.

어떻게 그런 파렴치한 친일 매판자본가, 사악한 기회주의자가 신
성한 의정단상에 오를 수 있단 말인가. 도대체 민심이 어디에 놓여
있기에 그 같은 못난 위인을 국가의 선량으로 선택하여 핍박당하며
속아온 자신들의 민의를 대변케 했는가.

더욱이나 알 수 없는 것은 입건, 구속까지 당했던 범법자가 어떻게 까다로운 법적 제약조건을 뚫고 출마가 가능했으며, 그토록 고통을 당한 고향 주민들에 의해 다시 용서받고 뽑혀 나올 수 있었는가였다. 열 길 물속은 알아도 한 길 사람 속은 모른다더니 이번 총선의 결과가 딱 그에 걸맞은 형국이었다. 도토리 키재기 식의 4당의 절묘한 의석분포는 이 나라의 퇴보된 민주화 발전을 위해 어쩌면 다행스럽게 여겨지기도 하나 그 구성원 속에 한국선 같은 인물이 냉큼 끼어들었다는 건 아무래도 회화적(戱畵的) 풍경이 아닐 수 없었다.

어느 해의 대통령선거 때만 해도 죽천 선생은 열띤 유세장 입구에서 어깨띠를 두르고 물불 안 가리며 특정 후보의 지지운동을 벌이던 한국선이 차마 자기 개인의 정치야심과 결부시켜 그러리라고는 꿈에도 생각지 못했었다. 당시 온 국민은 오랜 만의 직선제 선거열풍으로 들떠 혹독한 겨울땅을 녹이고 뒤흔들었다. 소위 대권 경쟁자들의 유세장마다엔 발 디딜 틈이 없을 만큼의 인파로 넘쳐나 목청껏 함성을 지르고 박수를 치고 지지자의 이름을 외쳐댔었다.

깃발과 깃발이 홍수를 이루었으며 후보자들은 또 열심히 친애하는 국민 여러분을 쉰 목소리로 불러대면서 지상천국이 무색할 갖가지 공약을 나열하기에 바빴다. 그 모두가 우국충정에서 비롯된 말잔치였지만, 한때나마 거기에 참석한 군중들은 너나없이 최면에 걸려들어 집단 히스테리를 일으키고, 그래서 드디어는 울고 웃고 서로의 가슴에 불을 질러댔다. 죽천 선생 역시 그 우국의 대열에 기꺼이 동참했던 것은 물론이다.

그러나 그는 특정 집단의 편향된 이기로서 나라를 걱정하고 자기편만이 이 민족의 장래를 책임질 수 있다는 측면에서가 아니라, 정치 과도기에는 언제나 그래왔듯 너무 많은 애국자들이 서로 잘났다고 설쳐대는 그 자체를 걱정하고 다녔다. 속으로는 그래도 그 사람만이 민주주의를 제대로 실천할 수 있고 통일을 앞당길 수 있는 능력의 소유자로 일찌감치 점찍어 둔 터였지만, 결코 한쪽으로 치우친 용렬한 편견에 사로잡히지 않기 위해, 그리고 경천동지(驚天動地)하는 유세장의 사람 구경하는 게 나름대로 별나고 재미있어서 이편저편 가리지 않고 즐겨 찾아다녔었다. 저 진보주의자가 저래서는 안 되는데, 안 되는데…그 불을 보듯 뻔한 패배의 결과를 미리 예감하면서도 기왕지사를 사실로서 인정하고 의외의 기적이 일어나기만을 기대할 수밖에 없다면서 속으로만 분연히 탄식할 따름이었다.

아아, 그리고 무슨 일이 생겼던가.

세상은 하루아침에 한숨소리로 뒤덮였다. 물론 개중에는 환호작약하는 무리도 없지 않았지만 투표함의 뚜껑이 열리고 밤새워 뜬눈으로 그 결과를 확인하고 난 다음날 아침 대개의 사람들은 붉게 충혈된 서로의 눈을 쳐다보며 허탈과 분노, 그리고 침통한 자기기만의 감정에 잦아들지 않으면 안 되었으니, 그들이 유구무언의 입으로 토해낼 수 있는 건 고작 부질없는 한숨소리에 불과하였다.

이런 결과를 맞기 위해 그토록 많은 피와 땀과 눈물을 흘렸던가. 죄 없는 젊은이들이 고문을 당해 죽고 투신, 할복했으며 최루가스에 질식해 왔던가. 때로는 불에 타 죽고 때로는 총 맞아 쓰러졌으며, 또 때로는 물을 먹거나 전기에 감전되어 죽은 억울한 원혼들이 상기도 두 눈 부릅뜨고 중음신으로 떠도는데, 도대체 어떤 반민주, 반민족 세력이 잔존하기에 이런 허무맹랑한 결과가 도출될 수 있단 말인가.

그래, 우린 아직 멀었어. 민족성의 문제야….

죽천 선생은 대통령선거가 끝난 직후의 며칠 동안을 거의 백치상
태 속에서 막연히 그런 상념으로만 보냈다. 그는 구제받을 수 없는
인간본성의 이기주의에 차라리 연민을 느끼면서 부연 최루탄 연기
를 떠올리곤 했다. 그 숨막히는 눈물 속에서 남대문을 둘러싼 숱한
군중들이 하늘이 떠나갈 듯 내지르던 함성도 귀에 쟁쟁히 들려왔다.
거대한 장례행렬의 만장(輓章)들이 짓누르는 땡볕의 열기 속에서 힘
없이 나부끼던 모습도 눈에 선히 보였다. 그래서 죽천 선생은 도무
지 집에 붙어 있을 수가 없었다.

내 생전엔 통일은커녕 내 손으로 뽑은 대통령 만들기도 어렵겠구
나. 진정한 우국은 그 원하는 바가 결코 성취될 수 없다는 사실을
전제했을 때라야만 가능한 것인지도 모른다.

차가운 이역땅에서 죽자살자 독립운동하고 돌아와 보니 엉뚱한
친일파가 판을 치기 시작했고, 자유당 독재정권을 몰아냈더니 또 엉
뚱한 군부가 총을 들고 나섰어. 그런데 이번에는 또⋯.

얼이 빠진 듯 하릴없이 나날을 보내던 죽천 선생은 세상이 너무
시끄럽고 어지러워 몇 달 산에나 가 머리 식힐 요량으로 오대산의
자일스님을 찾았었다. 자그마한 고찰의 터줏대감 노릇을 하는 그의
곁에서 아수라 같은 속사(俗事)와는 당분간 아예 귀 막고 눈 감아
담을 쌀 작정이었다. 오랜 지기로 지내온 자일스님은 괴나리봇짐 같
은 가방만 달랑 들고 온 죽천 선생을 기꺼이 맞아들여 불경소리 자
욱한 깊은 산중에 마음 편히 홀로 있게 하였다.

그런데 이상한 것은 무릎에 차도록 하염없이 눈이 내린 한겨울을
깊은 산중에서 보내고 나니 그 지겹던 산 아래 일들이 몹시 궁금해
지더라는 점이다. 지난 4개월 동안 신문이나 방송을 일절 접하지 않

고 지내온 터라 세상 돌아가는 형편, 특히 그 후의 정계판도가 어떻게 변해 있는가를 몹시 알고 싶었다.

그래도 현실을 개조하고 이끌어 갈 수 있는 직접적인 동기와 힘은 어쨌거나 그놈의 정치에서 비롯될 수밖에 없지. 그건 숙명이야. 싫어도 온몸으로 받아들이고 부딪힐 수밖에 없는 게 정치라는 괴물이야.

"난 어차피 부처 되긴 글렀어. 깨치면 누구나 부처가 된다는데, 난 어쩔 수 없는 중생으로 살아갈 업을 갖고 있나봐."

잔설이 녹고 있는 빛 부신 봄날 아침, 맛있게 공양을 마친 죽천 선생은 자일의 손을 잡아 흔들며 희게 웃었다. 그렇게 해서 산을 내려온 게 바로 그저께. 다시금 홍역을 치른 국회의원 총선열풍은 실로 엉뚱한 결과를 또 초래해 놓고 있었던 것이다.

학태는 이튿날 낮에 죽천 선생을 방문해왔다. 그 역시 한국선의 당선을 분개하고 이 나라의 민도(民度)를 신랄하게 비판, 성토하기에 바빴다.

"이럴 수가 있을까요, 할아버지. 이런 거짓말 같은 사실이 가능할 수 있다는 게 정말 부끄럽습니다."

"그래도 아직 희망은 있네. 어느 당도 독주를 못하도록 서로 비슷하게 배치시켜 놓은 절묘한 의석 분포도를 한 번 보라구."

"아닙니다. 할아버지. 이건 오히려 저들의 기만술책을 더 강화시켜 주는 꼴입니다. 망국적 사색당파로 해서 지역간, 계층간의 간격은 더 넓고 깊게 파여졌습니다."

죽천 선생의 자조 섞인 자기위안의 말은 오히려 학태의 의분을 부추긴 꼴로 비화되어 기름에 불붙듯 거세게 이어졌다.

"보십시오. 한국선 같은 사기꾼은 제쳐두고라도 정말 도태되고 매장되어야 할 자들이 버젓이 활개치며 희희낙락하는 작태를. 불의와 정의가 한데 뒤엉키고 피고와 원고가 서로 야합하여 도무지 뭐가 뭔지 모를 형국입니다. 나치가 되살아나고 일제의 고문경찰이 되살아난 착각을 저는 갖는데요, 따라서 그런 모순을 청산하지 못한 기성 세대, 기성 정치인은 너나없이 일선에서 물러나고 이 땅에서 영원히 추방되어야 합니다. 유신과 군부독재의 잔당, 그리고 그들에게 핍박당했던 여러 계층의 세력들이 한자리에 모여 앉아 서로의 본심을 숨긴 채 국사를 논의하며 웃고 협상하는 모습은 상상만으로도 괴로운 일입니다. 그래서 혁명의 필연성이 요구되는 것이지요."

"혁명은 이제 자네들의 지속적인 자정(自淨) 작용만으로도 족해. 지금까지 한 번도 제대로 성공된 혁명이 없었다는 걸 염두에 두고 조금만 더 기다려 봄세. 자, 그러면 한국선 의원님한테나 가볼까?"

어젯밤 학태는 한국선의 요즘 동정(動靜)을 자세하게 전화로 알려 왔었다. 그동안의 일의 진행상황과 함께 마지막 남은 잔금은 선거가 끝난 즉시 해결해 주겠다고 공증까지 서 주었으므로 이제 할아버지와 동행하는 일만 남았다는 말도 잊지 않았었다.

둘은 화창한 봄날 속으로 나와 한국선이 새로 사업을 시작했다는 마포 쪽으로 행했다. 그는 진즉부터(국회의원 출마 전에) 든든한 물주와 손잡고 제법 규모가 큰 무역회사를 새로 차렸다는 소문을 사실로써 확인한 학태는 그 소재도 치밀하게 파악해 두고 온 터였다.

— 大和商易

두 사람이 어렵잖게 찾아 들어간 건물의 한 사무실 앞엔 이런 일본식 간판이 당당하게 내걸려 있었다. 패전 당시, 우린 반드시 다시

262

돌아온다면서 큰소리치고 물러갔던 그 일본인들의 실체를 두 사람은 비로소 피부로 감지하였는바, 일찌감치 경제협력을 앞세워 이 땅을 잠식해 들어온 그들은 이제 정계에까지 태연하게 손을 뻗치는 상황이었다. 그 사무실 안에서 이마에 기름기 번지르르한 일본인과 함께 담소를 나누며 앉아있던 한국선은 낯익은 두 사람을 마주하자마자 야릇한 미소를 입가에 머금었다. 그리고 지체없이 잔금액을 학태에게 묻고, 그 금액의 수표를 써서 기분 좋게 앞으로 내밀었다.

3. 너희들의 청문회

희끗희끗 숫눈발이 흩날려 쌓이고 있었다. 바람이 한차례 땅을 때리고 달려간다. 산동네로 오르는 비탈진 고갯길과 그 밑으로 펼쳐진 낮은 지붕과 지붕들이 시난고난 부대껴 온 삶의 무게를 안고 그대로 눈 속으로 잦아드는 것 같다.

청문회는 이렇게 계속되고 있었다.

… 아니 땐 굴뚝에 연기날 일이 있겠습니까? 그때의 소문의 진원지를 밝힐 용의는 없으신지? 불 땐 사람이 있으니까 소문이 났겠지요. 그 사람이 누구인지는 알지만 명예를 생각해 이 자리에서 밝힐 순 없습니다. 혹시 비공개회의라면 모르지만. 보안사 장교들이 대통령 관저를 포위한 행위에 대해서는 어떻게 평가하십니까? 무엇을 하는지 모른 채 방 안에만 있었습니다. 대통령 재가를 받지 않고 행동한 것은 위법이라고 생각합니다.

그리고 증인은 다시 멀쩡한 거짓말을 늘어놓기 시작했다. 잠깐 진실 쪽으로 돌아서는가 싶으면 이내 그것을 뒤집는 궤변이 뒤따르고 전혀 엉뚱한 오리발을 내밀곤 한다.

기억이 안 나는군요, 저하고는 상관없는 일입니다. 글쎄요, 모르겠습니다…. 천하가 다 알고 있는 사실들을 자신만 모르겠다고 딱 잡아떼는 철판 같은 그 강심장 앞에서는 분노보다는 차라리 어이가 없었다. 저 불쌍한 중생, 말하는 짐승에 불과한 저 가증스런 인간을 그래도 용서하며 살라고? 지 얼굴을 지가 직접 볼 수가 있다면 저렇듯 뻔한 위증은 차마 내뱉을 순 없을 테지.

죽천 선생은 어두워오는 창 밖, 눈 오는 풍경에 시선을 던지면서 텔레비전을 확 꺼 버리고 싶은 충동을 느꼈다. 하지만 시선은 곧 방금 외면했던 판도라의 상자 쪽으로 되돌려지고 어떤 축제와도 같은 흥분을 그로부터 슬그머니 전해 받게 마련이었다. 청문회라는 것이 처음 열렸을 때부터 선생의 관심은 온통 그쪽으로만 경도되어, 그것이 생중계되는 날에는 아예 아무 일도 할 수 없을 만큼 밤낮으로 그 앞에 붙어 앉는 게 일이었다. 도무지 꼼짝달싹할 수가 없었다. 막연히 소문으로만 알고 왔던 비리와 무법천지의 실상이 양파껍질 벗겨지듯 하나하나 속살을 보이고 그 야만의 이를 드러낼 때마다 선생은 허허 참, 혼자 실소를 터뜨리고 벌컥벌컥 혼자 쓴 막걸리를 들이켰었다. 나를 가장 잘 아는 존재는 물론 내 자신일 터이나 청문회의 저 증인들은 자기를 가장 잘 모르는 건망증 환자들이구먼. 허허 참, 과거를 청산하자고?

어쨌거나 혁명은 이제 본격적으로 진행되었다는 안도와 성취감에 젖어 선생은 새삼 텔레비전의 위력을 실감하는 것으로 위증에 대한 공분을 삭여 넘기곤 했다. 그래, 보았다는 사실 그 자체만으로도 충분하지. 타인의 거울을 통해서도 자신의 얼굴을 보지 못하는 증인들은 물론, 진상의 규명이 아니라 그것을 은폐하고 그 불의를 비호하는 데 혈안이 된 세력의 도덕적 파탄까지 두 눈으로 똑똑히 확인했으니 그것만으로도 충분하고말고.

하지만, 하고 선생은 또 다른 상황 속으로 빠져들지 않으면 안 된다. 화면이 바뀜에 따라 그에 대한 평가나 감정도 수시로 달라지기 때문이다. 분명히 살육하고 고문하고 양민을 생매장한 범죄가 있었는데 그걸 책임지는 사람은 아무도 없으니 어찌된 일인가, 도대체 누가 그랬단 말인가, 하는 탄식이 절로 새어나오는 것이었다. 때로는 입에 담지 못할 욕지거리를 퍼붓기도 하고 때로는 깊고 긴 한숨을 토하거나 어이없는 웃음을 비식비식 흘려가면서 혼자 슬픈 밤을 지새우기 일쑤였는데, 그때의 텔레비전은 영락없이 숨을 내쉬는 생물로만 여겨졌다. 서로 묻고 답변하는 의원이나 증인도 마치 살아있는 실체 그대로 다가오는 것이어서 혼자 웃고 혼자 술 마시며 욕을 퍼부어도 전혀 어색하거나 생소하지 않았다. 다만 가관인 것은 묻는 의원이나 답변하는 증인 모두가 한결같이 역사와 민족을 무작정 앞세운다는 사실이었다. 저마다 우국충정에 불타는 눈빛으로 나라의 장래를 걱정하고 있었으며, 오늘의 아픔을 다같이 공유하려는 노력만이 그 적절한 치유책이 된다고 강변하고 있었다. 정치 권력에 있어서도 이제는 종래의 기득권의 개념보다는 공유의 개념을 체질화해야 하며, 국민의 것은 끊임없이 국민에게 되돌려져야 한다고도 말했다. 말장난은 계속되고 있었다.

… 도대체 상상도 할 수 없는 일이고 적군 포로도 그렇게는 다루지 않습니다. 발포 명령자는 확실히 없습니다. 계엄군은 시위군중

이 몰려 올 때 가만히 있으면 깔려 죽을 상황이었습니다. 심지어 유언까지 남기는 경우도 있었으며 그 자리에서 죽겠다고 빗발치는 호소를 했습니다. 하느님에게 맹세코 저는 그때 지휘관들에게 상부에 철수 건의를 했으니 제발 총은 쏘지 말고 조금만 더 기다려 달라고 호소했습니다.

저런 육시랄!

죽천 선생은 순간 가슴이 콱 막히고 숨이 턱 밑까지 차오르는 것을 느꼈다. 주름진 노안에 경련이 일어 금방에라도 푹 고꾸라질 듯한 형국이었다. 죽음이 눈에 보이는가. 선생은 이즈음 들어 아주 작은 충격에도 새우처럼 자주자주 몸이 오그라들고, 문틈 사이로 들어오는 밤공기에도 곧잘 감기에 걸렸다.

때리는 시어미보다 말리는 시누이가 더 밉다더니, 그게 바로 저 같은 경우를 두고 이른 말이렷다.

바람벽에 반쯤 등을 기댄 채 선생은 밭은기침을 몇 번 토하고 나서 여전히 진행되고 있는 어느 의원의 신문 태도를 한순간도 놓치지 않고 노려보았다. 그들의 오가는 말 속에는 계속 진실을 은폐시키려는 교활한 음모와 복선이 깔려 있었는데, 특히 증인의 답변을 유리한 쪽으로 유도하고 그 전비를 덮어놓고 옹호하려는 신문자의 태도가 더욱 가증스러워서 견딜 수가 없었다. 그들은 살육의 현장을 이야기하면서도 히죽히죽 웃고 있었고, 오히려 억울한 피해자들을 범법 내지 죄인들로 엉뚱하게 몰아가는 논법을 화답인 듯 전개하고 있었다.

당신은 그저 살기 위하여 위로부터의 명령을 따를 수밖에 없었지요? 네, 그렇습니다. 나는 아무도 죽이지 않았으며, 내가 알고 있는 한 어떤 법률도 어긴 적이 없습니다. 만약 내가 그 자리, 그 시간에 존재하지 않았다면 누군가가 또 대신했을 테고 또 다른 나에 의해 소위 학살이 진행됐을 겁니다. 그 당시에는 누구나 나와 같은 사람이 될 수밖에 없었고, 그 같은 명령을 충실하게 수행했을 겁니다.

그들은 적어도 범죄의식은 전혀 없는 평범한 공직자의 태도를 취하고 있었지만, 이 땅위에서 어떠한 희생을 감수하더라도 다시는 압제의 폭력이 난무하지 않고 자유와 정의를 수호하겠다는 온 국민의 결의를 두려워하는 기색을 역력하게 내비쳤다. 그것은 수렁에서 헤어 나오려는 마지막 몸부림이었으며 살고자 기를 쓰는 안타까운 안간힘이기도 했다.

쯧쯧, 불쌍한 것들….

죽천 선생은 밤이 깊어질 때까지 줄곧 이런 애증으로 텔레비전 앞에 붙박인 듯 앉아 있었다. 도중에 잠시 저녁식사 대신 불어터진 라면을 안주 삼아 막걸리 두어 잔을 마신 것을 제외한다면 진종일 거의 식음을 전폐하다시피 청문회에 매달린 셈이다.

바람이 한차례 지붕을 흔들고 지나간다. 누웠다가는 다시 일어나 앉고, 그리고 벽에 반쯤 기대었다가 제풀에 스르르 베개 위로 미끄러져 다시 눕는 일을 되풀이해 온 선생은, 이윽고 자신도 모르게 선잠에 빠지고 말았다. 잠 속에서도 꿈인 듯 생시인 듯 말소리가 들리는 건 여전하였다. 화창한 봄날, 수많은 벌떼가 잉잉대는 것 같기도 하고 밝아 오는 첫새벽, 개떼가 쉬지 않고 짖어대는 소리 같기도 했다. 눈 내리는 광야를 말 한 필이 달려오고 있었다. 주먹만한 눈송이들은 이내 하늘을 덮는 태극기의 물결로 바뀌었다. 그런 어지러운 꿈속에서 선생의 발 앞에까지 바짝 다가선 말은 흡사 정감이 풍부한 사람처럼 환히 웃더니 두 앞다리를 곧추세워 정답게 악수를 청하고 있었다. 둘은 손을 잡고 흔들었다. 아주 뜨겁고 무거운 양감이 손안 가득 전해졌다.

참 이상스런 일이로다.

설핏 꿈에서 깨어난 선생은 잠시 넋을 놓은 채 자신의 손바닥을 멍한 눈길로 들여다보았다. 말의 체온이 아직도 그 손안에 고스란히 남아 있는 것 같았다. 뭔가 뜨끈한 감촉이 코끝에 느껴졌다. 피였다. 말의 체온이 아직 남아 있는 손으로 쓰윽 코피를 훔친 선생은 순간 불길한 예감에 사로잡혔다. 죽음이 코앞에 다가와 있다는 걸 피부로 실감한다. 꿈에 말과 악수를 하고 그 꿈에서 깨어나자마자 코피를 쏟는다는 건 아무래도 죽음 곁에 바짝 가까이 다가와 있다는 사실을 암시하는 게 아니고 무엇이겠는가. 요즈음 정신을 깜북 놓는 때가 자주 생기고 어질어질 헛것이 시야를 어지럽히는가 하면 한없는 잠의 늪 속으로 잦아들기 일쑤이다. 온몸의 세포마다에서 담배연기처럼, 혹은 저녁 숲의 실안개처럼 마지막 남은 기력이 빠져나가고 있다는 걸 선생은 비몽사몽간에 늘 접하곤 했다. 그런데 이제 와서 별 이유 없이 코피까지 쏟아내다니!

솜으로 콧구멍을 틀어막은 선생은 비스듬히 머리를 눕힌 채 여전히 진행되고 있는 텔레비전 속의 청문회 쪽으로 시선을 돌렸다. 하지만 그 속에서 벌어지고 있는 말장난들이 전혀 귀에 들어오지 않고, 정작 국회에 나와 모든 진상을 까발리며 참회의 눈물로 용서를 빌어야 할 전두환의 얼굴만 크게 화면에 겹쳐 떠오를 따름이었다. 나쁜 인간, 진정 비열하고 인간의 자존심에 먹칠을 한 이 시대의 수치…. 국민이 원하는 곳이면 그곳이 망명의 길이 아닌 한 어디든지 가겠다고 비장하게 입술을 깨물던 것도 말짱 허울좋은 위장술에 불과했다고 여겨지자 선생은 새삼 분노의 침을 삼키지 않을 수 없었다.

─ 그가 떠나고 있다. 온갖 욕된 권력의 잔해를 등에 진 채 도망치듯 골목길을 빠져나간다. 나는 새도 떨어뜨릴 듯한 그 눈빛 당당하던 위세는 오간 데 없이 이빨 빠진 고양이의 처연한 뒷모습만을 남기고 그가 사라지자 사람들은 한동안 어리둥절한 침묵 속에 잠긴다. 허탈한 표정으로 맥이 탁 풀리는 한숨소리를 내뱉기도 하고, 옆사람의 측은지심의 농도는 어떤지 흘깃흘깃 살펴보기도 하면서 이상한 정적에 휩싸여 있던 텔레비전 앞의 행인들은, 그 중의 한 청년이 저건 순전히 쇼야, 하고 씹어뱉자 비로소 제 갈 길들로 하나 둘씩 흩어지기 시작한다. 헙수룩한 잠바를 걸친 청년은 발그레 상기된 뺨을 들어 다시 말한다.

흥, 지옥으로나 가라. 일부러 처량하게 꾸며서 국민의 마음 약한 점을 이용해 먹는 저 가증스런 꼬락서니라니!

그리고 그는 곧 인파 속으로 섞여 사라진다. 눈시울이 충혈되어 있던 어떤 중년 여인은 청년이 사라진 쪽을 향해 잠시 서운한 시선을 보내고 나서, 참 몰인정한 젊은이네, 무슨 원한이 사무친진 몰라도 어쨌거나 가슴 아픈 일이잖남, 하고 혼잣소리를 뇌까리고는 그녀역시 곧 그 반대 방향으로 스스럼없이 사라져 간다. 땅을 내려다보거나 하늘을 쳐다보면서 각기 제 길을 찾아 많은 사람들이 텔레비전 수상기 앞을 떠나갔지만, 대합실 안은 여전히 바삐 오가는 여행객들로 분잡스럽다.

인간적으로 참 안됐네, 하지만 죄는 심는 대로 거둔다니까!

누군가가 이런 애증의 감정을 애써 삭이는 걸 귀담아 들으면서 죽천 선생은 그때 천천히 역대합실을 빠져나갔었다. 암, 심는 대로 거두지. 죄를 지으면 반드시 벌을 받게 되어 있으되, 그러나 그동안 죄 없이 억울하게 고문당하고 징역 살다가 눈 뻔히 뜬 채 죽어간 양민들의 피 맺힌 원한은 도대체 어떤 방법으로 보상할 것인가. 입과 귀와 눈을 봉쇄당한 사람들은 낙엽 지는 기척에도 깜짝깜짝 놀라 어두운 골방으로 화급히 숨어들곤 했었다.

투명한 핏물이 꽃처럼 배어 있는 솜뭉치를 코에서 빼내어 휴지통에 버린 선생은, 천천히 창 쪽으로 몸을 옮겨 밖을 내다보았다. 눈은 그쳐 있었지만 그 희디흰 목화밭 위를 차가운 밤바람이 핥고 지나갔다. 어둠 속에 버티고 선 연립주택 입구께의 벗은 나뭇가지가 심하게 흔들리고 창문이 덜컹거렸다. 아, 춥구나 하고 선생은 혼자 생각한다. 배도 몹시 고파왔다.

학태 녀석이 있었더라면 하고 당신은 또 문득 생각한다. 그애가 옆에 있었다면 오늘 같은 날 이리 춥거나 배고픈 걸 느낄 겨를이 없을 텐데 하고.

그래서 그런지 누군가의 발자국 소리가 현관 앞에서 뚝 멎은 성싶기도 하다. 개다리소반에 수저를 챙겨 놓다가 말고 선생은 현관 쪽으로 걸어가 가만히 귀를 기울였다. 분명히 사람 기척이 들렸는데…. 혹시 학태가 출감해 나온 건 아닐까. 지난 번 면회 때 며칠 안으로 곧 풀려나게 될 것 같으니 그 즉시 할아버지 찾아 뵙겠노라고 장담했었는데 여지껏 소식이 없으니 참 이상한 일이다.

거, 누가 왔소?

선생은 건성으로 문 밖을 향해 묻는다. 그러고는 바람 소리였나, 혼잣말로 중얼거리면서 돌아선다. 열세 평짜리 좁은 공간이 오늘따라 이렇게 넓어 보일 수가 없고 개다리소반 앞까지의 거리가 이렇게 길게 여겨질 수가 없다. 걸음을 옮길 적마다 다리에서, 그리고 온몸의 세포마다에서 힘이 빠져 달아나는 것 같다. 연기처럼 혹은 바람처럼 기체로 변한 피가 머리를 풀어헤치며 하늘로 올라간다. 내가 죽기 전에 그놈이 꼭 와야 할 텐데…. 신 김치를 입에 물고 물에 만 밥알을 힘겹게 씹으면서 선생의 눈은 자꾸만 현관 쪽으로 쏠렸다.

— 학태는 복학등록을 마치자마자 지난날의 운동권 핵심답게 새로운 구호로 등장한 '통일'의 기치를 높이 치켜들고 거리로 뛰쳐나갔다. 우리가 살 길은 오직 통일뿐이라는 데모대 일단의 선봉에 서서 가자 북으로, 오라 남으로를 외쳐댔다. 도심의 대로 한복판에서 동지들과 함께 떼거리로 어깨동무를 하고 누워있다가 주모자 색출 지시에 따라 학태는 덥석 잡혀갔다고 했다. 외세의 간섭없이 민족 자존의 힘으로 통일을 성취하자는 게 뭐가 나쁘냐며 항변했지만 그들은 학태네의 주장을 전혀 새겨듣지 않았다. 전가의 보도처럼 휘둘려온 용공분자의 낙인을 찍고 여전히 어줍잖은 공권력 행사하기에 바빴다. 혹자는 이에서 한 걸음 더 나아가 우익의 총궐기를 선동하고 나서기도 했다. —사회 각 분야의 우익은 감연히 떨쳐 일어나 좌익에 맞서 싸워야 한다. 우익의 궐기는 이제 정부도 군부도 거스를 수 없는 대세가 되었다. 그것도 순수한 민간 우익세력만이 주도가 가능하거니와, 사상적, 윤리적 설득력이 강하고 사회정의를 실현하기 위한 개혁성이 확고하며 자유민주주의를 실천하려는 의지가 강한 세력, 즉 신우익 또는 개혁적 우익만 궐기의 전면에 나서서 주도해야 한다는 것이었다.

부당하게 탈취한 그 추한 기득권을 어떻게든 움켜쥔 채 내놓지 않으려는 보수세력의 안간힘을 보고 선생은 차라리 연민을 느꼈었다. 그들 세력에 의해 무턱대고 잡혀 들어가기만 하는 학태네들도 안쓰럽기는 마찬가지다. 비록 멀리 떨어져 지내온 조카의 자식이긴 할망정, 친손자보다도 더 뜨거운 혈육의 정이 그로부터 끈끈하게 전해져 왔다. 피붙이 하나 남기지 못한 채 아내가 먼저 세상을 뜬 이후 줄곧 혼자서 살아온 죽천 선생은, 지난해 여름 느닷없이 찾아든 학태 녀석이 그렇게 반가울 수가 없었다. 2학기부터 다시 학교에 다니게 되었다면서 기왕 자취생활을 할 바엔 할아버님하고 함께 지내는 게 어떻겠느냐고 녀석은 주저없이 말을 꺼냈고, 선생은 흔쾌히 녀석의 제의를 받아들였었다. 그래놓고 보니 두 사람의 공생관계는 오히려 떼려야 뗄 수 없는 순치(脣齒)의 사이로까지 발전했던 것이다. 지난번 선생이 학태를 면회 갔을 때의 서울구치소는 사방이 산으로 에워싸인 펑퍼짐한 둔덕 위에 거대한 공룡의 화석처럼 여러 채의 건물로 들어차 있었는데, 그 견고한 철책 안의 죄수들 성격 또한 각양각색이었다. 가해자와 피해자가 한데 뒤엉켜 있는 형국으로, 죽을죄를 지었다면서 도망치듯 서울을 빠져나간 전씨의 친인척을 포함한 군사 독재정권의 하수인들과 그들로부터 별 이유 없이 핍박당해 온 민주투사들이 함께 한지붕 아래에서 숨쉬고 있다는 사실은 실로 기이한 느낌을 갖게 하기에 충분했다. 어쨌든 한 시대는 끝났다, 하고 뭔가 새로운 세상이 오고 있다는 확신에 찬 기대감이 사람들의 얼굴에는 알게 모르게 씌어져 있었지만, 그러나 죽천 선생은 이제부터가 진정한 고난의 시작인지도 모른다고 생각했었다. 일제를 청산하지 못하고 자유당과 유신 잔재를 씻어내지 못한 결과 오늘에까지 국가 기강이 잡혀지지 않게 된 터수에, 다시 이대로 그네들의 죄과를 용서하고 눈감아 버린다면 이 민족의 희망이나 정통성은 아예 먹통으로 둔갑될지 모른다는 기우가 그것이었다. 그래서 선생은 철창 안에 갇혀 있는 사람은 학태가 아니라 바로 내가 아닐까 하는 엉뚱한 상념에 빠져들기도 했었다. 징역을 사는 이들이 오히려 자유롭고 당당한 대신, 바깥에서 면회를 온 이들은 왠지 자신 없고 왜소하게만 비쳐졌다. 무고한 양민을 쏘아 죽이고도 태연하게 백주대로를 활보하는 기막힌 회극이 아직도 계속되고 있는데 도대체 누가 누구를 벌할 수 있단 말인가. 온갖 부도덕과 불의, 악행을 저지르고도 여전히 부귀영화를 누리는 범법자들의 가증스런 웃음소리가 귓가를 난타하는데 도대체 누가 누구를 용서할 수 있단 말인가.

그래, 너를 보니 이제야 장하다는 생각이 드는구나. 너희들이 벌여 온 난장판이 너의 말마따나 곧 축제로 승화될 수 있을 거라고 나는 믿는다.

언제던가, 축제의 중심부엔 반드시 난장판이 따른다면서 혼란과 무질서, 핵분열 같은 그런 갈등을 거치지 않으면 결코 축제가 성립되지 않는다던 학태의 주장이 새삼 떠올라 죽천 선생은 나직한 어조로 뒤늦게 그에 수긍했었다. 그 말을 듣고 있는 학태의 얼굴이 거울처럼 맑고 투명하다. 수척해진 노안을 빤히 건너다보던 녀석의 눈에는 상대하고 앉아있는 노인이 바람 앞 촛불처럼 훅 꺼질 듯한 느낌으로 다가오는 모양이었다. 환히 피어나는 저승꽃이라도 발견해냈는지 학태는 한동안 근심스레 선생의 얼굴을 살피고 나서, 무엇보다도 할아버님 건강부터 챙기셔야겠다고 신신당부했었다. 호랑이도 무섭잖던 왕년의 독립운동가셨잖아요, 할아버님.

혹시 시민군의 총에 맞아 죽었을지도 모르잖아요?

글쎄요, 그럴 수도 있겠죠. 그때의 절박했던 상황은 누가 누군지 분간하지 못할 정도였으니까요. 총신에 대검을 꽂고 시위진압을 자행했다는 건 더욱이나 상상조차 할 수 없습니다. 우리는 어디까지나 대한민국 국군입니다.

저런 육시랄… 죽천 선생은 억장이 막혀 도저히 밥을 떠넘길 수가 없었다. 학살 만행을 진두지휘한 당시의 증인보다도 그 모든 죄과를 송두리째 부정하고 위증을 일삼도록 유도신문하는 한국선이라는 여당의원의 태도가 더 가증스러워서였다. 총소리에 놀라 도망치다가 벗겨진 고무신 한 짝을 주우러 되돌아선 저 순진무구한 동심을 향해 총구를 겨눈 자가 누구냐, 혹시 서로 잘못 쏜 시민군의 총에 맞아 양민이 죽었을지도 모르잖느냐고 유도신문하는 저 후안무치의 금배지 주인공은 대체 누구란 말이냐?

침략전쟁의 책임을 끝내 시인하지 않은 채 죽어간 히로히토보다도 더 나쁘고 간악한 인간…. 죽천 선생은 텔레비전 속의 한국선 의원을 다시 한 번 뚫어질 듯 쏘아보았다. 민심을 믿기보다 힘을 믿고 힘의 크기만을 재는 인간, 그래서 그 힘과 조직이 아무리 바뀌어도 기생과 변신의 자질을 천부적으로 발휘하는 인간이 바로 한국선이었다. 그는 교활한 사기꾼이었으며, 친일 매판자본가였으며, 삶의 가치기준을 오로지 돈에만 두고자 하는 배금주의자였다.

저런 인간이 정치가랍시고 국민의 혈세를 받아먹으며 의정단상에 앉아 있으니 나라꼴이 과연 뭐가 될꼬?

속에 들어간 음식물이 욱 치밀어 올라 선생은 슬그머니 개다리소반을 한켠으로 치웠다. 그 대신 마시다 둔 소주병을 꺼내어 투명한 유리컵에 콸콸 쏟아 부었다. 한 홉 정도의 소주를 반주로 곁들이는 습관이 늘 붙어 있었지만, 이즈음 들어 왠지 몸이 소주를 받아들이지 않아서 도수가 약한 막걸리로 바꿨었다.

유리컵을 쥔 당신의 손이 파르르 떨린다. 그걸 한 입에 털어 넣은 다음 선생은 아주 천천히, 벽을 더듬어 의지하면서 현관께로 나가 철문을 열고, 그리고 희미한 방범등의 불빛과 정적뿐인 문 밖을 내다본다. 역시 학태는 그곳에 서 있지 않았다. 내가 죽을라고 노망이 들었군, 환청을 다 듣게 …. 방금 전 소주를 입에 털어 넣을 때, 그리고 텔레비전 속의 한국선 의원이 '국민 여러분이 두 눈 똑바로 뜨고 지켜본다'면서 위증을 하면 절대 안 된다고 증인에게 큰소리칠 때 분명 현관 밖에서도 누군가의 말소리가 들렸었다. 학태 녀석이 뛰어들어와 당신 자신을 들쳐업고 병원으로 달려가는 환상에도 문득 사로잡힌다.

하느님께서는 왜 한 눈이 아니라 두 눈을 주셨는지 아니?

지난봄, 대학병원에 입원했을 때 옆에서 갖은 수발을 다 들어주는 학태에게 선생은 웃으면서 말했었다. 병원 뒤 운동장에서 우국충정에 불타는 학생들의 열띤 구호와 함성이 땅을 흔들고 입원실 안까지 날아온 최루가스에 환자와 그 보호자들은 눈물, 콧물을 흘려대며 야단법석을 피우자 그에 빗대어 잠깐 시국걱정을 하고 나셨던 것이다.

그건 말이다, 한쪽으로 치우치지 말라는 뜻에서야. 독선과 아집의 옆길로 게걸음치지 말라는 뜻에서 하느님은 우리에게 두 눈을 주신 게라구. 그런데 나라꼴이 대체 어떻게 돌아가는지를 모르겠구나. 학생들은 그저 순수한 열정에 파묻혀 물러나라고만 외치고, 정치권은 사분오열되어 당파싸움이나 일삼고 …. 저마다 외눈박이 애국자들만 설쳐대고 있으니 무슨 놈의 새 역사가 창조되겠느냐. 이러다간 또 외세한테 당할 것만 같다.

같은 게 아니라 이미 당하고 있습니다, 할아버님. 놈들은 벌써 우리 내부 깊숙이 침투해 있는데도 초당외교를 앞세운 정치 지도자들은 또 서로 다투어 러시아다, 중국, 일본, 미국이다, 경쟁적으로 나대는 걸 보면 정말 한심합니다. 그런 식민근성을 타도하고 구한말 같은 치욕의 역사가 아닌, 민족자존의 미래를 창조하기 위해 저희들은 줄기차게 투쟁하는 겁니다.

다 좋은 말이다. 허나 미·러·중·일의 이리떼가 둘러싸고 있는 한반도의 국제상황은 어쩌면 숙명인 게야. 이들은 때가 되면 우방에서 적으로, 적은 곧 우방으로, 그 이해관계의 틀을 수시로 변동시키는 속성을 갖고 있어. 그런 현실을 직시하고 지혜롭게 움직인다면 오히려 국운을 싹틔울 수도 있을 게다. 단 일본만은 철저하게 경계해야지. 암, 경계해야 하고말고.

죽천 선생은 끌끌 혀를 차며 벽에 등을 기대어 앉았다. 바람벽의 설한(雪寒)이 등을 타고 기어올라와 골수로 전해진다. 어렵사리 늦은 끼니를 때우고 거기에 한 잔의 반주까지 곁들었는데도 오늘따라 왜 자꾸만 춥게 느껴지는지 모를 일이다. 군부 독재자들은 많은 국민들을 억울하게 희생시킨 사실과는 전혀 무관하게, 저토록 끈질기게 생명을 지탱하며 여태껏 부귀영화를 누리고 있는 걸 보면 인간의 목숨이란 선악으로 구분하는 건 아닌가 봐, 하고 선생은 또 생각한다.

그런데 몸이 왜 이리 추울까, 아 춥다…….

세찬 바람이 또 한차례 어둠 속의 눈밭을 훑고 지나간다. 제풀에 스르르 눈꺼풀이 감긴 죽천 선생은 새우처럼 등을 구부리며 더듬어 베개를 찾는다. 꿈인 듯 생시인 듯 어디선가 총소리가 들려오는 것 같다. 눈 덮인 광야를 성난 말떼가 달리고 있고 숲에 가린 계곡 쪽에선 화약고 터지는 폭발음이 온 산을 울린다. 그리고 만세소리, 태극기의 물결 … 그러다가는 또 피멍 든 육신 위에 다시금 잔인한 고문의 채찍이 휘감아들기도 하고, 검은 두루마기 차림인 한 촌로의 가슴을 향해 정체불명의 군인이 대검을 무참히 꽂는 장면도 어릿 스쳐간다.

광기(狂氣)의 시대는 제발 끝나야 해!

죽천 선생은 비몽사몽간에 신음처럼 내뱉는다. 그러나 좀체 입이 열리지 않고 눈도 뜰 수가 없다. 국회에서의 청문회가 텔레비전을 통해 다시 중계되고 있었지만, 선생의 귀에는 이제 그 소리도 전혀 들려오지 않았다.

그로부터 이틀 후 이미 싸늘한 주검으로 변한 죽천 선생에게 바삐 출감 인사를 드리러 오는 청년이 있었다. 학태였다.

그의 두 눈 가득 눈물이 붉게 맺혔다.

수국(水菊)

물소리가 들린다. 물소리는 그 원근을 뒤바꾸면서 계곡이 떠나갈 듯 여전히 들려 오고 있다. 때로는 폭포처럼, 때로는 바람이나 화살처럼, 또 때로는 천군만마를 거느린 노한 함성처럼 회돌이치며 흘러가는 물소리, 또 물소리 ···. 계곡이 생겨나고부터 그 살 속 깊이 배었을 성싶은 물소리는, 아마도 이 계곡의 목숨이 다할 때까지 이어질 듯 끊어지고 끊어질 듯 이어지는 선문답을 되풀이하리라.

　인월담에 이르러서 나는 잠시 발걸음을 멈추고 펑퍼짐한 바위를 골라 걸터앉았다. 물이 흘러가는 쪽의 내리막길임에도 다리는 왜 이리 후들거리고 가슴이 답답해지는 것인가. 언제나 떠나 사는 게 나의 일이고 일상이었을진대 비록 정처없는 발길이긴 할망정 오늘따라 그 비애의 농도가 유난스럽게 진하다. 숲 사이로 멀리 바라보이는 덕유산 정상의 비구름보다 더 무겁고 진한 슬픔이 계곡의 물살을 따라 거칠게 묻어난다. 그러나 물살은 계속 거품을 토해내며 다시 흘러오고 어디론가 또 줄기차게 흘러간다.

그래, 나는 구름이며 물이야. 운수(雲水)의 숙명을 바랑처럼 등에 지고 다니는 물거품일 뿐이지.

땀으로 끈적해진 양말을 벗고 바지춤을 걷어올린 후 그 물속에 두 발을 담갔다. 금방 이가 딱딱 마주치도록 시리고 차다. 연초록의 맑고 투명하고 차가운 물살이 찰랑대며 간질이는 부드러운 감촉을 즐길 새도 없이 나는 그만 짧은 비명을 내지르며 얼음 같은 찬물 속에서 발을 뺐다. 비록 장마철이긴 할망정 저마다 더위에 쫓겨다니는 한여름임에도 이렇듯 대경실색할 피서지가 있다니, 하고 나는 새삼스레 어둑신하게 그늘을 드리운 계곡 위 숲의 터널과 무수한 기포를 터뜨리며 소용돌이치는 물살을 번갈아 살펴보았다. 인적이 드문 산중이라 문득 가벼운 공포와 함께 외로움이 살 속을 파고든다.

나는 다시 양말을 펴 신으며 비구름이 맴돌고 있는 맞은편 산등성이를 물끄러미 건너다보았다. 그리고 막상 자리를 뜨기가 아쉽게 느껴져 무수한 기포를 토해내는 작은 폭포의 벼랑 밑 검푸른 못을 알 수 없는 그리움으로 응시했다. 그 시선 사이로 아우의 어릴 적 모습이 흘깃 지나간다. 빛 부신 어느 여름날의 갯가에서 고추를 다 드러낸 채의 벌거숭이로 옥수수 같은 이를 환히 내보이고 있다. 우리들은 유난히도 물을 좋아했었다. 여름이면 거의 온종일을 마을 앞 바다로 나가 물과 함께 살았었다. 살갗이 벌겋게 익고 거기에 물집이 흉물스럽게 잡혔다가 그 허물이 뱀껍질처럼 벗겨질라치면, 아이구 우리 물귀신들, 꼭 깜둥이 새끼털 같구나, 하고 어머니는 더 이상의 물놀이를 완강히 금지시키곤 하셨다.

이윽고 빗방울이 후드득 듣는다. 살갗에 한기로 해서 생긴 소름이 돋는 것을 느끼며 나는 급히 하산을 서둘렀다. 물소리는 여전히 내 뒤를 따르고 앞을 가로막고 그리고 산지사방을 에워싼다.

마을이 가까워오자 또 다른 물비린내와 함께 빗방울 사이로 연기 같은 이내가 질펀히 깔려 있다. 비는 한때 세차게 퍼붓다가는 뚝 멈추고 멈추었다가는 다시 후드득 콩 볶듯 한다. 그러나 계곡 건너편의 야영지에선 원색으로 물결치는 젊음들이 한껏 환성을 내지른다. 빗줄기 따위는 아랑곳없는 듯 노래하고 춤추는 데에만 정신이 팔려 있다. 붉고 푸르고 노란 고급 여관촌의 지붕들이 출렁출렁 다가오고 그 갖가지 원색의 물결은 주위를 감싼 잿빛 물안개와 빗줄기, 빗줄기로 해서 더욱 진한 제 빛깔을 뿜어낸다. 하얗게 빛나는 언덕 위의 호텔건물이나 제법 고상하게 설계한 산장들이 불과 몇 년 전까지만 해도 뱀들이 득시글거리던 이 무주구천동 산마을을 스위스의 별장지대 같은 위락지로 확 바꿔 놓았다. 뱀탕집들이 즐비하던 길 옆 후미진 골목엔 산뜻한 상가건물이 들어서서 각종 기념품 가게와 술집, 당구장, 다방, 대형식당, 민박집, 디스코장 따위가 현란한 네온사인 간판들을 달고 줄지어 손님들을 부른다. 바람이 불고 빗줄기가 제법 거칠어지기에 속으로 비닐우산이라도 살까 말까 망설이던 나는 이내 포기하고 가까운 다방을 찾아 들어섰다. 전망이 그럴 듯한 2층이었다.

창 쪽으로 자리를 잡고 앉아 비오는 창 밖을 녹색커튼 사이로 내다보고 있는데,

"비를 많이 맞으셨군요, 스님. 이걸로 좀 닦으세요."

눈가에 잔주름이 많은 사십 초반의 깔끔한 한복 여자가 마른 수건

을 들고 다가와 건네어 준다. 그리고 내 눈과 마주치는 순간 여자는 잠시 눈살을 찌푸리며 어떤 상념에 잠기는 표정이다. 내 얼굴을 통해 누구를 본 것일까. 나는 좀체 그녀를 본 적도 없거니와 어느 절 마당이나 걸식의 문전에서조차 옷깃 한 번 스친 기억이 나질 않는데, 여자는 기어이 맞은편 의자에 걸터앉으며 내 얼굴을 빤히 뜯어본다.

"장마철이라 파리만 날리고 있었지요. 그런데 이 빗속에 어디를 가시는 길이셨어요?"

"비가 오기에 그냥 나선 길이었소. 그건 그렇고, 왜 그리 뚫어질 듯 나를 보시우? 내 콧등에 무슨 파리똥이라도 묻었소?"

"원, 스님두⋯ 어디선가 많이 뵌 분 같애서예요. 사실은요, 다방을 척 들어서실 때부터 전 속으로 깜짝 놀랐댔어요."

"왜? 지은 죄가 보통이 아닌가보군. 아니면 누구에겐가 단단히 쫓겨다니고 있든지. 옳지, 당신이 차버린 옛날애인이 그만 중이 돼 버리고 말았군 그래? 어때요. 내 말이 맞지?"

"농담을 좋아하시는 걸 보니 차 역시 평범한 커피 따위는 아닐 것 같네요. 저희 집에 수년 묵은 머루주가 있는데 괜찮으시죠? 비를 맞아 으스스한 한기가 확 풀리실 거라구요."

"⋯⋯"

여자는 나의 응답을 기다릴 새도 없이 주방 쪽으로 사뿐히 걸어갔다. 심성이 꽤나 맑고 밝은 게 그 뒷모습에서 전해져 온다. 훤칠한 키와 슬픔이 뚝뚝 묻어날 것 같은 서글서글한 두 눈망울을 통해서도 조금 전 그런 느낌을 강하게 받았었다. 이목구비가 비교적 뚜렷한 미인 쪽에 속함에도 상대방을 훤히 읽고 있는 듯한 눈빛이라든지 웃

을 때 입꼬리가 약간 말려 올라가는 표정으로 미루어 웬만한 산전수
전은 이미 겪을 대로 겪었다는 느낌도 숨김없이 전해 받았었다.

어느새 굵어진 빗방울은 세찬 바람에 실려 창틈을 때리며 비집고
들어온다. 날이 어두워오고 있었고 계곡을 가로지른 다리 아래로는
여전히 거센 물살이 물보라를 일으키며 흘러간다. 물소리, 물소리
가 온 산마을을 뒤덮고 있다.

여자는 내가 다방을 들어서기 전까지만 해도 우중에 손님이 없어
몹시 무료하고 우울했던지 내가 든 이후로는 어쨌거나 파초잎 같은
생기를 되찾아 농익은 머루주병을 들고 다시 걸어왔다. 왼손 쟁반에
는 두 개의 빈 잔과 땅콩봉지, 멍게와 해삼이 담긴 안주접시까지 가
지런히 놓여 있는 걸 보아 우선은 자기 자신이 꽤나 술을 먹고 싶었
거나 누군가와 이야기를 나누고 싶어했음을 금방 눈치챌 수 있었다.
여자는 창가 구석진 쪽의 칸막이된 곳을 턱짓으로 가리켰고, 나는
곧 일어나 자리를 옮겨 앉았다.

"이 험한 산중에서 멍게, 해삼을 다 구할 수 있다니 신통하군요.
본격적으로 판을 벌일 심산이오?"

내가 적이 의아해서 여자를 건너다보았으나 그녀는 다방일을 한
명뿐인 다른 종업원 아가씨에게 맡기고 거의 밀실이나 다름없는 칸
막이 안쪽에 기대어 앉았다. 투명한 유리잔 가득 술을 채운 그녀는,

"이렇게 장마철 비가 퍼부어대니까 그리운 사람이 생각나서 미치
겠다구요."

다시 알 수 없는 넋두리를 뇌까리고는 단숨에 잔을 기울였다. 느
닷없는 여자의 호의가 다소 두려운 호기심으로 켕겨들었지만 그녀
와 나 사이에는 언제부터인지 모르게 끈끈한 인연의 끈이 닿아 있는

것처럼 착각되었고, 그리고 우선 목이 마르고 추웠다. 여자가 스스럼없이 잔을 비우고 나서,

"제가 좀 주책없이 보이시죠? 정서가 불안하고 약간의 또라이 기질이 엿보이고⋯. 그래서 중생 제도에 힘쓰시는 스님이긴 할망정 뭐가 뭔지 그저 어리벙벙하시죠?"

장난기 어린 미소를 머금은 후 자신이 비운 잔을 내게 내밀며 계속했다.

"하지만 걱정 마세요. 우린 분명히 어디선가 만났던 사람들이니까요. 이승이 아니면 전생에서라도. 그래서 서로가 환생해서 이렇게 마주 앉아 있는 거니까요."

"그렇다면 신심이 아주 깊으신 불자로군요. 절을 자주 찾으시는 편인가?"

"절을 자주 찾는 편은 아니고, 절에서 살았던 적은 있어요."

"그럼 비구니?"

"세상이 싫어서 잠깐 현실도피를 했었지요. 몸과 마음이 삼독에 잔뜩 찌들어서 수양 삼아⋯."

"⋯⋯"

"그때 그 사람을 알게 됐던 거예요. 영락없이 스님을 빼다박은 얼굴이어서 아까 스님이 들어설 때 그만 뒤로 넘어질 뻔했다니까요. 벌써 십수 년이 훌쩍 지나가버린 세월이지만 혹시 그 사람이 입산, 수도해서 스님이 된 게 아닌가 하구요. 모진 고문을 당한 뒤끝이라 몹시 고생을 하던 청년이었는데, 자세히 보니 스님과는 상당한 나이 차가 느껴지는군요."

"혹시 이름을 기억하십니까?"

나는 은근히 가슴이 두근거리고 답답해져왔다. 여자가 말한다.

"김치상이라고 했는데, 글쎄요. 본명인지는 확실치 않아요. 제가 이름이라도 알고 지내자고 누님처럼 닦달하니까 마지못해 내뱉더군요."

"사랑했던 거군요, 당신 쪽에서 … ."

나는 여자를 향해 싱긋 웃었다. 하지만 그녀는 웃지 않은 채 양손으로 가볍게 움켜쥐고 있던 술잔을 입술에 적시고 나서 말했다.

"나이도 저보다 여러 살이 어린 데다가 이미 애인이 있는 몸이더군요. 그런데 사랑이라뇨. 이래봬도 전 사랑에 대해선 백전노장이라구요. 결국 이 험한 산골까지 밀려 들어와 어줍잖은 찻집을 차려 놓고 있지만 한때는 가야금도 타고 일본앵화에 딸라돈까지 만지며 살았다구요. 국제결혼을 꿈꾸던 화려한 베테랑이 그까짓 애송이 청년한테 연정을 품을 수가 있었겠어요. 연민이었다면 혹 모를까 … . 참, 내 수다 좀 봐, 곡차, 더 하실래요?"

"아니, 이제 됐습니다. 가 봐야겠어요."

나는 손을 내저으며 빈 잔을 밀어냈다. 쟁반 위의 멍게와 해삼이 고스란히 남아 있었다.

"비가 오고 날이 어두워지는데 가긴 어디로 가실 참이세요?"

적당히 술기가 오른 여자가 동정과 연민을 적당히 담은 눈으로 비오는 창 밖을 유심히 내다보고 있다. 물먹은 가로등 불빛들이 하나 둘씩 켜지기 시작하고 계곡 건너편의 여관 불빛들도 수은으로 은은하게 빛났다. 불우한 한때나마 절밥을 먹었다는 인연 탓인가, 여자는 유별난 관심으로 층계참까지 따라와 나를 배웅했다. 김치상 씨를 닮아도 너무 닮으셨어 … 혼잣말처럼 뇌까리면서. 나는 뭔가 아주 중요한 것을 그대로 놓아두고 내려온 듯한 느낌이 들었다. 아니면 꼭 물어보았어야 할 아주 중요한 질문, 이를테면 언제 어느 암자에서 김치상과 함께 지냈는가를 분명히 알고 내려왔어야 한다는 때늦은 질책이 뒤통수에서 맴돌고 있었다. 고문이라든가 암자 따위의 낱말로도 그가 내 아우라는 개연성은 충분하고, 더욱이 나를 빼다박은 듯 닮았다는 말을 여자가 내뱉는 순간 나는 어떤 영감처럼 틀림없는 내 아우라는 사실을 몸으로 깨달았던 것이다. 그러나 나는 더 이상 아무것도 묻지 않은 채 세상은 참 넓고도 좁구나. 너무나 우연하게도 꿈에 그리지 않던 장소에서 전혀 알지 못하는 여자로부터 아우에 관한 서글픈 옛 삽화를 접하게 되다니, 하고 속으로 경악하고 탄식할 따름이었다. 따지고 보면 누구나 남인데 그 남남이 만나 새로운 인연을 만들고 필연적인 삶을 영위해 가는 건지도 모른다. 따라서 하늘을 나는 한 마리의 새, 계곡을 흐르는 한 방울의 물까지도 나와 무관하지 않는 법이었다.

그러나 나는 결코 뒤를 돌아보지 않기로 작심했다. 그래 더 이상 묻지 않기를 참 잘했어. 아우에 대해서 서로 확인하고 그래서 깜짝 놀라는 표정으로 공감대를 형성하여 서로의 눈을 응시한들 정처없이 떠도는 나의 발길을 더욱 무겁게만 할 뿐 그 같은 감상이 아우를 위해 무슨 도움이 될 수 있으랴.

버스정류장을 향해 터벅터벅 걷고 있자니까 뒤에서 스님, 스님 부르는 소리가 들린다. 여자가 우산을 받쳐들고 바삐 달려와 내 머리 위에 씌워 준다.

"그 사람의 뒷모습을 보면 진정 갈 곳이 있는지 없는지, 어디로 가고 있는지를 금방 알 수 있어요. 스님은, 지금 갈 곳이 딱히 정해져 있지 않다는 사실까지도 이내 알 수 있겠더라구요."

그리고 거의 억지다시피 계곡을 가로지른 다리 쪽으로 팔을 끌어
당겼다. 다리를 건너면 여관이었는데 여자는 하룻밤 나를 그곳에 묵
고 가게 할 모양이었다. 요즘은 장마철이라 피서객들이 오질 않아
방들이 텅텅 비었다는 둥, 잘 아는 단골집이라 아주 싸게 들 수 있
으니 숙박비는 전혀 걱정하지 말라는 둥 필요 이상으로 친절을 베풀
고 있었다. 어디를 가나 어차피 가숙의 땅, 비오는 산골의 여관 신
세도 하룻밤쯤 괜찮겠다는 생각이 들어 여자가 이끄는 대로 따라 들
어갔다.

물소리가 들린다. 천장과 사면벽이 온통 하얀 타일로 발라져 있
고 이따금씩 창을 세차게 때리고 가는 비바람 소리도 들린다. 이따
가 커피 또는 곡차 생각이 나거든 전화를 해달라고 부탁한 후 여자
가 되돌아가고 나자, 나는 극히 자유스러운 상태로 해방되어 축축하
게 젖은 승복을 훌훌 벗어제치고 그리고 벌거숭이 알몸으로 욕실부
터 찾았다. 욕조를 채우는 뜨거운 김이 뿌옇게 피어오르며 안개처럼
시야를 가로막는다. 상아빛 욕조에 더운물이 채워지는 동안 나는 샴
푸로 민대머리를 감고 전신에 비누칠을 하여 따뜻한 새 물로 헹궜
다. 날아갈 듯 가볍다고 여겨지는 순간, 나는 문득 무엇엔가 홀린
게 아닌가 하는 의구심에 사로잡혔다. 미인계에 단단히 걸려든 것
같은 자기최면과 함께 오늘밤 참으로 기이한 체험을 겪게 될지도 모
른다는 다소 엉뚱한 예감에 빠져들기도 하였다. 나는 욕조 안으로
들어가 미끄러지듯 드러누웠다. 욕조턱에 뒷머리를 기대어 두 다리
를 반쯤 구부려 뻗고 있자니까 따뜻하고 부드러운 물의 촉감이 사타

구니와 겨드랑이 사이를 함부로 찰랑대며 간질인다. 물의 양감이 늘어감에 따라 기분은 거품처럼 더욱 부풀어오르고 그 무거웠던 육체까지도 실제로 둥둥 떠오르고 있었다.

　병적으로 물을 싫어했어요.

　눈을 감은 채 욕조의 물의 흐름에 전신을 내맡기고 있을 때 아까 다방에서의 여자 목소리가 되살아났다. 내 아우는 물을 싫어할 리가 없는데, 하고 나는 속으로 부정했다. 따라서 김치상이라고 불린 그 도피자 청년은 어쩌면 내 아우가 아니었을 듯싶기도 하다. 운동권의 핵심멤버로서 더러는 모처에 끌려가 조사를 다반사로 받고 나오기도 하고 실제로 징역살이마저 경험한 골칫덩어리였긴 하지만 차마 목숨까지 앗아간 그런 모진 물고문까지야 받았을 것 같지는 않다. 내가 보기에는 적어도 그렇듯 악독한 죄를 저지르고 다닐 위인이 못 되기 때문이다. 항상 상위 그룹을 맴도는 실력의 공부벌레인 데다가 성품이 그렇게 착하고 온순할 수가 없었는데 재학 도중에 느닷없이 군대에 들어갔다가 나온 이후부턴 완전히 딴사람으로 변해버리고 말았었다. 학교에서 또는 거리에서 무슨 짓을 벌이고 다녔는지는 몰라도, 아우는 잊을 만하면 산중을 떠도는 나의 소재를 용케 파악하여 어줍잖은 구원요청의 손길을 뻗쳐 오곤 했으므로 그럴 때의 몰골이나 심약해진 행투를 보면 나는 먼저 화부터 터뜨리곤 하였다. 니가 무슨 혁명가라고 아까운 청춘을 다 버리고 다니냐? 나는 이미 속세와의 인연을 끊은 몸이니 가능한 한 찾지 않도록 해, 너는 너의 길이 있고 나는 또 나대로의 길이 있으니까 말이다, 하고 본의 아닌 독설을 퍼붓던 마지막 날 녀석은 벌겋게 흥분해서 나에게 대들었었다.

　인간이 자기 양심에 따라 행동하지 못한다면 그건 소, 돼지나 다름

없어요. 죄 없는 사람들이 고통받고 있을 때 그걸 가만히 보고만 있다면 용서받을 수 없는 죄악을 범하는 거라구요. 그런 면에서 형님은 온전한 인간이 아닐 수도 있다구요. 허울좋은 승복으로 위장한….

이 자식이 뭐라구?

나는 그때 숨돌릴 틈도 없이 녀석의 뺨을 후려갈겼다. 갈기고 또 갈겼지만 녀석은 더 때려 보라는 듯 내 눈을 빤히 쳐다보더니 서러운 눈물을 주르륵 떨어뜨렸다.

가까스로 평정을 되찾은 나는 녀석의 뺨에 선명하게 찍힌 나의 손바닥 자국이 뼈아프고 안쓰러워 콧날이 시큰해지는 걸 억지로 참으며 먼 산을 바라보았다.

가겠습니다, 형님. 다시는 찾지 않겠습니다.

이미 어두컴컴해진 깊은 산길을 황망히 내려가려 하기에 나는 비로소 녀석의 손을 움켜잡고 내가 임시로 들어 있던 요사채 객실로 함께 들도록 했다. 어디를 어떻게 쏘다니다가 왔는지 녀석의 옷에서는 지독한 인내가 풍겨왔다. 아마 목욕을 한 지가 까마득한 모양이었다. 한눈에 보아도 너무 오랫동안 피해 다닌 나머지 몹시 지치고 황폐해진 모습이 역연했다.

어쨌거나 새벽이 오기 전에 전 일찍 이곳을 떠나야 합니다, 하고 아우는 잠들기 전에 말했었다. 이번에는 또 무슨 잘못을 저질렀니, 하고 물어도 그애는 아무런 대꾸가 없었다. 진정 죄가 없다면 왜 쫓겨야 되는가고, 녀석이 주장하는 결백성을 공박했지만 그래도 아무 말 없이 한동안 침묵을 지키더니 이윽고 어둠 속에서 혼잣말처럼 뇌까렸다.

기성세대는 모릅니다. 악에 젖은 역사의 순환을 그렇게 많이 겪었으면서도 그들은 이내 그걸 잊어 먹고 말아요. 일신의 영달이나 자기 가족의 평화를 지키기만 하면 된다는 극도의 이기주의에 오염 되어 공동 운명체로서의 역사 따위 도무지 관심조차 없어요. 물론 적당히 배부른 어른들, 별다른 의식 없이 살아가는 말하는 짐승들에 게나 국한되는 것이긴 하지만요. 그 암흑의 일제시대를 잊고 사는, 육이오와 사일구, 오일륙, 십이륙과 광주를, 온 나라가 뒤흔들릴 만 큼 끔찍한 그 사건들을 까맣게 잊고 사는 어른들은 곧잘 이렇게 말 하지요. —왜 보려고 하는가? 왜 들으려 하고 왜 알려고 하는가? 왜 생각을 하려는가? 왜 입을 열려고 하는가? 왜 주먹을 쥐고 돌멩이를 던지고 함부로 날뛰는가? 그 모두가 철없는 짓이다, 하나를 보면 둘 을 보고 싶어지기 마련이고 소리를 들으면 뜻을 알고 싶어지기 마련 이다, 알게 되면 감정이 격해지기 마련이고 생각을 하면 절규하게 되기 마련이다, 주먹을 쥐면 부수고 싶어지기 마련이고 함부로 날뛰 면 몸을 다치기 마련이다, 그래서 모두가 헛된 일이다, 그 모든 것 은 힘있는 사람과 학식과 덕망 있는 어른들에게 맡기고 너희들은 공 부나 열심히 하고 원대한 이상을 품어라, 꿈을 꾸어라, 그 꿈이 곧 너희들의 현실이다, 현실을 깨면 너희들에게는 꿈마저 없어질지 모 른다. … 형님, 이래도 되는 겁니까? 역사와 현실에 대해서 이렇게 무기력하고 그 처절성에서 어떤 교훈을 얻지 못한 채 불감증과 건망 증으로만 일관한다면 그게 어찌 말하는 짐승일 뿐이지 양심을 지닌 인간이라고 할 수 있을까요.

아우의 넋두리 같은 독백이 끝났지만 나는 어둠 속 그물에 갇힌 채 그저 무의미한 침묵을 지킬 수밖에 없었다. 그 밤, 거의 뜬눈으 로 지새다가 동창이 희부옇게 밝아오기 무섭게 나는 아우의 손에 약간의 노자와 함께 그애가 당분간 별 부담 없이 기식할 수 있는 치악산 영천암 주지에게의 소개장을 쥐어 주었다. 불가에서 형제처럼 사귀어 온 사형이었는데, 몸이 형편없이 망가져 있으니 소인이 찾아가 인사 차릴 때까지 불기 없는 골방이라도 하나 내주어 보살펴 주면 고맙겠다는 내용이었다. 아우에게는 또 철저한 고시준비생으로 신분을 감추라는 당부를 잊지 않았고 당사자는 실제로 그에 대한 의지를 은연중 내비치기까지 했다. 아예 고시공부 쪽으로 눈을 돌려 물 흐르듯 자연스러운 법의 정토를 구현해보고 싶다는 농담까지 남기고 그는 떠났었다.

하긴 악독한 죄를 저지르지 않았어도 박종철 군은 물고문을 당했었지. 김치상이가 물을 꽤나 무서워했다는 건 그래서 어쩌면 당연한 일이었는지도 몰라.

욕조를 가득 채운 물이 어느새 턱을 넘어 바깥 바닥으로 철철 흘러 넘치고 있었다. 그러나 나는 수도꼭지를 잠그지 않은 채 뜨거운 물을 표시한 빨간색의 동그라미와 찬물을 표시한 푸른색 동그라미를 뿌옇게 피어 오른 훈김 속에서 뚫어질 듯 번갈아 노려보고 있었다. 정말 너의 말이 맞아. 우린 모두가 건망증 환자들이야. 그 숱한 치욕과 핍박으로 점철된 일제시대를 잊고 어느새 그들의 예속을 다방면에 걸쳐 즐겨 수용하는 망각의 명수들이야. 전쟁의 참상을 겪을 대로 겪었으면서 전쟁의 위험성은 언제나 우리 주변에 도사리고 있고, 그 숱한 동족상쟁의 학살 만행, 백주대로에서의 정적 테러와 고문, 살인, 사색당파끼리의 처절한 암투, 서로 물고 뜯는 이전투구의 그 역사를 통해 결코 독재와 반민주체제는 비참한 종말을 맞게 된다는 교훈을 무수히 체험하며 보고 배우면서도 그때만 잠시 숙연해지거나 참회의 눈물, 혹은 걷잡을 수 없는 공분을 일으킬 뿐 금방 잊어먹고 말거든. 박종철이 물고문으로 억울한 죽음을 당했다는 소문이 슬금슬금 퍼져 나가자 국민들은 얼마나 치를 떨고 슬퍼하고 분노했던가. 식민지도 아닌 개명천지에서 어떻게 그런 끔찍한 만행이 일어날 수 있는가. 온 나라가 발칵 뒤집힐 듯 거리는 온통 검은 상복으로 줄을 이은 것 같았으며 규탄과 추모집회가 매운 최루가스 속에서의 더욱 진한 눈물로 그칠 새가 없었는데. 그래, 정말 너의 말이 맞구나. 다시는 그런 고문을 않겠다고 국민 앞에 무릎 꿇고 빌었던 경찰들도 어느새 까마귀 고기 먹은 눈치이며 불감증, 건망증의 명수인 국민들도 까맣게 잊어가고 있어. 그것이 곧 용서와 화해의 길일지도 모르지만, 난 그렇지 않다고 생각한다. 인간의 존엄성은 어떻게 해서든, 어떠한 상황 아래서든 인간답게 지켜져야 하는데, 만약 그것이 유린되는 불의와 착취의 폭력에 대해선 결코 잊어선 안 되지. 맞아, 인간이 자기 양심에 따라 행동하지 못한다면 그건 곧 말하는 짐승일 따름이야.

어디론가 끝없이 흘러가고 있다는 착각 속에서 나는 눈을 떴다. 물은 계속해서 욕조 턱을 처르처르철철 흘러 넘치고 있었고, 출구 없는 사면 타일 벽의 욕실 안은 앞을 분간키 어려운 김이 꽉 감싸고 있다. 나는 비로소 따뜻하고 부드러운 물속에서 몸을 빼냈다. 때맞추어 방 쪽에서 전화벨이 울리고 있었으므로 나는 대충 마른 수건으로 훔친 후 알몸인 채 방으로 나와 급히 송수화기를 들었다. 짐작했던 대로 그 여자였다.

"뭘 하고 계셨어요? 너무 오래 안 받으시기에 깊이 잠드셨거나 밖으로 바람 쏘이러 나가신 줄 알았어요."

"물소리를 듣고 있었지요. 그 물소리 때문에 전화벨 소리를 듣지 못했나 보오."

"아마 그 여관집이 계곡 위에 지어져서 그럴 거예요. 지금 곧 창을 열어 보세요. 창 밑이 바로 물바다라구요. 소리가 굉장하시죠?"

"내다보지 않아도 충분히 알겠군요. 당신 목소리조차 물소리에 묻혀 버릴 지경이니까."

"그럼 저희 집이 보이긴 하세요? 계곡 건너, 그 길 건너의 감귤색 불빛이 새어나가는…."

"아까부터 보고 있었소. 아직 영업이 끝나려면 멀었습니까?"

"아뇨, 곧 끝나요. 잠깐만 기다리시면 간단한 밤참과 곡차를 가져갈게요. 괜찮죠?"

"……."

"호호, 스님도 참 짓궂으신 데가 있어. 지금, 옷을 다 벗고 계시죠?"
"그걸 어떻게?"

얼굴이 확 붉어지는 걸 의식했다. 여자가 장난스럽게 계속한다.

"전, 천리안을 갖고 있거든요. 그러니 설사 혼자 계시더라도 몸조심을 잘 하시라구요, 아셨죠?"

거품 같은 웃음을 까르르 날린 그녀는 나의 무안과 부끄러움을 엿보고 있기라도 한 듯 곧 전화를 끊었다.

물소리가 들린다. 나는 잠옷처럼 편안한 여름승복을 휘휘 두른 후 홑이불 속으로 기어들었다. 계곡을 낀 산속의 밤은 한여름이라도 열린 창 사이로 한기가 으스스 스며든다.

스르르 잠이 들려는 찰나 그녀가 왔다. 똑, 똑, 똑 문을 두드리고 있었지만 나는 한동안 잠을 자는 체 가만히 누워 있다가 마지못해

문을 따 주었다. 스님도 참, 제가 뭐 성고문하러 온 줄 아셨어요? 괜히 자는 체하시게, 하고 여자는 또 극히 태연한 몸짓과 어조로 엉뚱한 너스레를 떨며 들어왔다. 화사했던 한복을 간편한 평상복 차림으로 바꿔 입은 그녀의 손에는 김밥과 곶감, 마른 오징어 따위와 함께 토속 밀주 병이 들리어져 있었다.

"목욕을 하셨댔군요?"

들고 온 먹거리를 가벼이 내려놓은 그녀가 내 맞은편에 다소곳이 앉았다. 그러고는 또,

"걱정 마세요, 조금만 앉았다가 금방 갈 거니까요."

하고 살풋이 이를 드러낸다. 이번에는 나도 지지 않았다.

"당신은 도통한 보살 같은데, 의외로 고문에 대한 관심이 깊으시군요."

"정말 지긋지긋하게 당했지요. 그래서 결국 산으로 도망쳤으니까요. 요정에서 만난 일본인, 그 쪽발이 사내는 정말 무서운 변태였다구요. 넥타이로 목을 조르거나 혁대로 양손을 묶어 놓고 행위를 했었거든요. 그 학대에 너무 시달리기도 한 데다가 세상살이가 너무 허탈하고 고달파서, 육신조차 병들고 무엇보다 가슴이 아파서, 절을 찾았었지요. 하지만 그곳도 편히 지낼 만한 데가 아니더군요. 그 모두가 인생의 패배자들만 숨어드는 곳 같아서 싫었어요. 거기서 붙박여 사는 중들조차도 그렇게 느껴지더군요."

"그때 김치상이라는 청년을 만났던가요?"

자작자음으로 술잔을 기울이던 나는 비로소 다시는 기억하고 싶지 않은 욕된 과거 속으로 잠입해 들어가기 시작했다. 여자는 슬그머니 자세를 고쳐 잡으며 다시금 뚫어질 듯 나를 건너다본다. 그러

고는,

"스님은 분명히 그 청년과 한 핏줄이에요. 치악산 영천암도 잘 알고 계실 거구요. 어때요, 제 말이 맞죠?"

거의 확신에 찬 어조로 눈을 빛냈다. 나는 가만히 고소를 머금으며 고개를 끄덕였다.

물소리가 들린다. 그 물소리가 너무 줄기차서 차라리 아무 소리도 들리지 않는 것처럼 여겨지기도 한다. 어둠 속에서 여자가 말한다.

"손을 쓰지 않고 사람을 죽일 수 있는 가장 간단한 방법이 뭔 줄 아세요?"

"……"

"물을 먹이는 거라고 생각하셨죠? 하지만 틀렸어요. 그건 스스로 목숨을 끊게 하는 거예요."

"참, 그런 우문우답이 어딨소."

"이쪽에 있는 산을 파서 저쪽에 또 다른 산을 쌓게 하는 거지요. 몹시 불만스럽긴 하지만 그 사람은 지은 죄가 무겁고 상대방의 채찍이 무서워서 삽질과 지게질을 시작합니다. 그리고 마침내 저쪽에 산이 생기고 이쪽이 평지가 되면 다시 저쪽 산을 헐어 이쪽으로 흙을 운반시키는 거예요. 이쪽에서 저쪽으로, 저쪽에서 다시 이쪽으로 자꾸 반복해서 산을 만들게 하면 몇 년 후에는 그 일이 얼마나 무의미한가를 깨닫게 되어 곧 자살해 버리고 만다는 걸 어느 책에선가 읽은 기억이 나요."

"싱겁긴…. 자기 이야기가 아니라 결국 남의 이야기를 옮겨 놓고 있었군요. 그게 도스토예프스키였지, 아마?"

"어머, 스님도 도스토예프스키를 아세요? 인간의 야만성과 저주받은 악의 속성을 낱낱이 까발린 그 작가를? 야비한 운명의 삶을 그래도 짊어지고 갈 수밖에 없었던 그 위대한 죄수를?"

"허허, 스님은 사람이 아닌가?"

제법 유식한 편이구나, 대견해하면서 나는 여자를 끌어안은 왼팔에 지긋이 힘을 주었다. 여자의 머리칼에서는 미풍에 살랑거리는 아카시아 냄새가 났다. 어디선가 댓잎 서걱이는 소리도 들려오는 것 같았다. 나는 꿈결인 듯 여자가 속삭이는 소리를 가만히 듣고 있었다.

"목마른 자에게 물을 주듯 육보시도 서슴없으신 걸 보면 스님도 보통은 넘으세요. 아마 부처님이 되겠다는 큰 뜻을 품고 입산하셨을 거예요. 큰 뜻을 품은 자는 그 눈빛만 보아도 금방 알 수 있지요. 스님의 동생 되는 그 김치상도 첫눈에 척 알아보겠더라구요. 공양주 방에서 함께 공양을 하고 있다는 사실만으로도 전 늘 기쁘고 즐거웠어요. 산중에선 워낙 사람이 그리운 탓도 적당히 작용했을 테지만 그가 절에 온 이후부턴 이상하게 생기를 되찾게 되는 자신을 발견할 수 있었지요. 결코 연애감정이라고는 할 수 없는, 참으로 묘한 친화력 … 말하자면 누나 같은 감정으로 포근하게 감싸주고 싶더군요. 그래서 어느 날엔 침묵귀신처럼 도무지 말이 없는 그에게 말을 걸었지요. 뭐, 빨래감 같은 거 없느냐구요. 그랬더니 처음으로 이를 내보이면서 빙긋 웃기만 해요. 그때부턴 우린 심심찮게 대화를 나누곤 했는데, 맨 처음 저한테 들려준 말이 뭐였는 줄 아세요? 절은 도피처가 아니라 야망을 키우는 곳이에요, 그러는 거예요. 물론 빈둥거리며 시간만 죽이는, 저한테 쏘아댄 은근한 비난의 화살이었지요.

298

괜히 남의 고시공부 방해하지 말고 어서 하산이나 서둘라는, 당신은 결코 절밥을 먹고 살 위인이 못 된다는 투로도 지레 느껴지더군요. 하지만 우린 더욱 친해져서 한식구처럼 지낼 수가 있게 되었지요. 그러던 어느 날 밤 전 비로소 그가 쫓기고 있다는 사실을 알아챘어요. 단순한 고시준비생이 아닌, 만년 운동권 청년이라는 걸 곧 알 수 있었다구요. 한밤중 웬 신음소리에 놀라 눈을 떴더니 그 친구가 든 옆방에서 한참 악몽에 시달리는데, 글쎄 얼마나 끔찍한 고문을 당했었는지 애처롭게 애원하더라구요. 몰라요, 전 잘못이 없어요, 제발…사실대로 말할 테니까 때리지 마세요, 물만 먹이지 마세요, 제발…그런 잠꼬대에 놀라 전 손전등을 켜 들고 그의 방 쪽으로 조심스레 다가갔지요. 너무 목이 타는 신음소리여서 왼손에는 물론 물주전자가 들리어 있었구요. 치상 씨, 치상 씨…하면서 문을 열어보니까 그는 여전히 가슴을 쥐어뜯는 몸짓으로 신음중이었어요. 꿈을 꾸는 게 분명했지만, 전 그 순간 실제로 가슴이 아파서 통증을 호소하는 것으로 착각하고 마구 흔들어 깨웠지요. 엉겁결에 눈을 뜬 그의 다음 행동이 정말 기막히더군요. 본능적으로 후닥닥 도망치려는 거예요. 찬물을 먹이면 금방 진정되겠지 싶어 물주전자를 입에 물리려는 순간, 그걸 확 뿌리치며 어둠 밖으로 뛰쳐나가려 하기에 이번엔 제가 혼비백산할 수밖에요. 결국 가까스로 진정시켜 수면제를 먹이고 다시 잠을 재우긴 했지만 전 그때부터 그가 정상적인 환경에서 생활해오지 않았다는 걸 금방 알았어요. 특히 물에 대한 관심 내지 기피증이 병적이었는데, 그 이튿날 절 보기가 쑥스러웠던지, 아니면 쫓기고 있는 자기 신분을 위장시키고 싶었던지 샘터에서 세수를 막 끝내고 돌아서는 저에게 물에 대한 이런 역설적인 변명을 늘어놓더군요. 언제나 물가에서 사시는군요. 허긴 물은 역시 생명의 젖줄이니까 그럴 만도 하겠네요. 인체의 약 칠십 퍼센트가 물로 채워져 있고 지구 전체에서도 물이 차지하고 있는 비중은 육지의 열네 배쯤 되니까 엄격한 의미에선 지구가 아니라 수구라고 불러야 옳다구요. 암튼 어젯밤 고마웠습니다. 물에 얽힌 묘한 악몽을 다 꾸고 … 많이 허약해졌나 봐요. 그런 지 며칠 지나지 않아서 치상이는 낯선 사내들에게 끌려갔었지요. 제 얘기 듣고 계세요?"

　…….

　나는 희부옇게 밝아오는 창 밖의 미명을 말없이 응시하고 있었다. 모든 육체와 정신이 산산이 해체되고 있는 기분이었다. 그때 아우를 붙잡아간 사람들은 그 일을 업으로 삼고 있는 낯선 형사들이 아니라 바로 내 자신이었을지도 모른다는 죄책감과 함께, 상기도 타락의 살 냄새에 취한 채 그 뼈저린 아우의 아픔을 편안히 누워서 듣고 있다는 사실이 그렇게 가증스러울 수가 없었다. 이 또한 업이라면 업일 거야, 비승비속의 사슬에 묶이어 무주구천동의 비오는 상공을 떠도는 중음신 …. 내가 받을 형벌을 네가 대신 치러주고 네가 얻을 쾌락을 내가 대신 즐기는 이 모순의 현실도 결국 고통으로 끝나기는 마찬가지야. 그래서 세상은 고해고 또 고해인 것이지.

　"지금 무슨 생각을 하고 계세요?" 하고 여자가 묻는다.

　"부질없는 자기합리화 …" 하고 내가 대답한다.

　그녀는 다시 계속되려는 나의 무거운 침묵이 싫은지, 아니면 떠돌이중하고 하룻밤 살을 섞었다는 소문이 이 작은 산마을에 안개처럼 퍼져 나가기를 바라지 않은 탓인지 어느새 홑이불 속에서 몸을 빼내어 주섬주섬 옷을 주워 입고 있다. 먼저 나갈게요, 표정으로 말

300

한 다음,

"에이아이디에스는 걱정하지 않으셔도 돼요, 아셨죠?"

농담어린 입맞춤을 내 뺨에 남기고서 훌훌히 사라졌다. 나는 문득 출렁대는 물침대 위에 사정없이 내동댕이쳐진 느낌이 들었다. 로마제국의 멸망과 번창하는 목욕문화와 에이즈균이 득시글대는 그물침대 위에서 상처뿐인 내 알몸뚱이는 좀체 빠져나오지 못하고 있었다.

"햇빛이 쨍쨍 내리쬐었으면 아마 스님을 뒤쫓아오지 못했을 거예요. 그래도 비가 아직 다 안 그쳤기에 우산을 방패삼아 뛰어왔죠. 장도 볼 겸⋯. 오늘이 무주 장날이거든요."

"⋯⋯"

온 산천에 물안개가 짙게 깔려 있었다. 방금 전, 옆에 따라 걷고 있는 여자는 비가 아직 다 안 그쳤다고 말했지만 지금 내리고 있는 비는 결코 비라고 표현할 수 없는 는개였다. 그러나 여자는 여전히 우산을 받쳐들고 어디론가 떠나려는 여행객처럼 열심히 나를 따라 걷는다. 화장기가 싹 가신 얼굴이 푸르스레한 탱자빛을 띠고 있으나 빨간 티셔츠와 청바지 차림이 아주 청순한, 지난밤과는 전혀 딴사람으로 비쳐 준다.

"떠나고 싶을 때 훌쩍 떠날 수 있는 스님 같은 신세가 얼마나 부러운지 몰라요. 언제나 이곳을 탈출하고 싶다고, 어디론가 멀리 떠나서 정말 새롭게 시작해야겠다고 다짐하곤 하지만, 그리고 때로는 실제로 그렇게 시도해 보기도 하지만 돌아보면 도로 그 자리에 서 있다구요."

"모두가 다 그래. 그게 인생인 걸."

시외버스 정류장의 매표구 앞에서 발길을 멈춘 나는 비로소 따뜻한 작별의 인사를 보냈다. 알 수 없는 연민이 목을 타고 기어올라왔다. 여자가 말했다.

"장터거리에 제가 잘 아는 옛날 국숫집이 있는데요, 국수 한 그릇씩 먹고 헤어지기로 해요. 나제통문까지만이라도 함께 걷고 싶어요. 거기서 딱 돌아서기로 해요, 우리."

여자는 내 응답이 채 떨어지기도 전에 벌써 저만큼 앞장서 걷고 있었다.

비온 뒤끝인지 장터거리는 그다지 복작대지 않았다. 물에 젖은 흙냄새가 장터 가득 고여 있었다. 사방이 산으로 에워싸인 첩첩 산골이라 장을 보는 장꾼들도, 선을 보이는 상품들도 모두가 흙냄새, 산냄새로 가득 차 있는 것 같았다.

우리는 양철지붕을 인 허름한 국숫집으로 들어갔다. 커다랗게 입을 벌린 아궁이에서 마른 장작개비가 탁, 탁, 탁 소리내며 타고 있었다. 벌건 불길 위의 가마솥 속으로 우리가 먹을 국숫발이 들어갔다. 빳빳하게 서있던 국숫발들은 뜨거운 물에 닿자마자 스르르 힘없이 주저앉는다. 천장과 벽이 온통 장작 연기를 씌운 꺼먼 그을음으로 뒤덮여 있으나 장작을 피워 익힌 국수만은 모처럼 고향의 할머니를 연상케 했다.

우리는 국숫집을 나섰다.

나제통문에 이를 때까지 둘은 말없이 걸었다. 여자가 먼저 입을 열었다.

"자, 이제 헤어져요. 옛날 신라와 백제의 관문이었던 이곳에서 …

그 당시엔 이 국경선을 사이에 두고 서로 통역을 둘 만큼 언어가 달랐다더군요."

"……"

"동생분을 만나시거든 안부 전해 주시구요. 영천암에서의 안희수라는 여자를 이야기해 주면 금방 알아들을 거예요. 제 본명을 알려준 건, 사회물 먹고 그때가 처음이었어요."

나는 웃으며 가만히 고개를 끄덕여 주었다. 손을 흔들며 돌아서 걷던 그녀가 깜박 잊었다는 듯 우뚝 걸음을 멈추고, 다시 약간 큰소리로 외친다.

"동생분을 만나시거든 이런 통역도 좀 해주세요. 그 여자도 지독한 감옥살이를 하고 있더라구요. 아셨죠, 스님?"

나는 또 고개를 끄덕이고 나서 유정하게 손을 흔들며 돌아섰다. 온 산천에 물안개가 가득하다.

아우가 수용되어 있는 정신병동 앞뜰에는 그의 얼굴만큼이나 크고 소담스런 수국 꽃송이가 흐드러지게 피어 있었다.

지팡이 끝에 놓인 산

솔바람 소리인 양 찻물이 끓어오른다. 대나무 잎새 위에 내리는 빗소리 같기도 하다.

나는 화로에서 주전자를 내려 솔바람이기도 하고 댓잎 위의 빗소리이기도 한, 끓는 찻물이 잔잔히 잦아들기를 기다린다. 그러고는 곧 한 줌의 작설(雀舌)이 담긴 유백색의 자기 다관 속으로 물을 옮겨 따라 붓고, 차가 우러나기를 다시 기다린다.

그래, 차는 기다림의 미학이지.

산속 흐르는 물을 항아리에 담아서 그늘진 뜰에 놓은 다음, 그 위를 베로 덮어 별과 이슬의 기운을 받아 신기를 잃지 않게 하는 것도 기다림이고, 곡우 무렵 바위틈이나 자갈 섞인 흙에서 자란 차나무의 차를 따서 정성들여 덖고, 습기차지 않게 다스려 보관하고, 좋은 물 얻어 깨끗하게 끓이는 이 과정 자체가 오랜 기다림이었다. 그러나 진정한 기다림의 끝은 아직 눈썹 끝도 보이지 않으니 ….

나는 앙증맞은 유백색 찻종에 잘 우러나 잦아진 차를 따른다.

입 안에 화안히 퍼지는 이 녹색의 향취. 차 냄새는 땅속의 귀신도 홀리게 한다더니 몇 모금의 차가 목울대를 타고 넘어가자 과연 그렇다. 온몸이 금세 녹색으로 물드는 것 같다.

나는 체온처럼 따스한 찻종을 두 손으로 만지작거리면서, 맞은편 구석진 서상(書床) 위의 백자 항아리를 황홀한 눈으로 건너다본다. 휘영청 맑으면서 가슴이 후련한 저 색깔 아닌 색깔의 아름다움. 매양 마주하면서도 질리지가 않는다.

질리기는커녕 하루라도 안 보고는 못 배기는 아내이면서 친구이다. 저 어리숙하게 생긴 원형의 은근한 맛, 그렇다고 딱 부러지게 둥근 것도 아니면서 또한 일그러지지도 않은, 어수룩하면서도 어딘가 고집스런, 그러면서 어떤 계산이나 속기를 훌쩍 뛰어넘은 천연덕스럽고도 욕심이 없는 순정의 색깔이 원만의 둥근 선과 어우러져 그윽한 빛을 내뿜는다!

빛이면서 빛이 아닌, 색깔이 아니면서 또한 색깔인 저 백자 항아리가 이 방 안에 놓여 있지 않다면 내 적소의 기막힌 나날은 또 얼마나 고적하고 쓸쓸할 것인가. 저걸 갖다준 건 재 너머 만덕사의 혜장이었다.

혜장. 그이라도 왔으면 이 차맛이 한결 운치있고 깊어지련만.

요즈음 배에 찬 주독(酒毒)을 다스리느라고 한약을 달여 먹는다던데, 조금 차도가 있는지 원. 내일쯤 한번 만덕사로 넘어가 봐야겠다.

거의 폐허가 되다시피한 절이 그런대로 뼈대 맞춰 중수되고 이제 단청칠이 한창인 마당에 그 주인 되는 이가 저렇듯 몸져누워 있으니 참 한심스런 일이다. 호사다마라고 했던가?

빈 찻종에 더욱 진하게 우러난 차를 따른다.

거기 가득 담기는 물의 신(神). 적당한 온도로 차와 물이 잘 어우러진 뒤의 빛과 향기가 이렇게 고혹스러울 수가 없다. 차란 홀로 마실수록 신기롭고 아취가 있다지만, 그러나 난 아무래도 둘이나 셋은 있어야 할 것 같다. 파리나 모기, 빈대에 뜯기기보다는, 그래도 사람 속에서 살 부대끼며 살 때가 좋지 않았던가.

과연 그런가?

가만 생각해보니 실은 그렇지 않다. 지난여름 각다귀 모기가 극성을 부릴 때 더러 사람들이 그리운 적도 있었지만 지금 이 순간 다시 떠올리니 굳이 지난 과거사가 좋았다는 느낌은 따로 들지 않는다. 숱하게 되풀이되는 애증 속에서, 넘치는 건 오히려 미움 쪽이었다. 다 잊자고, 그들을 용서하며 나를 아끼자고 수시로 다짐하며 마음을 다스려 온 지 어언 12년. 그럼에도 나는 아직 오욕에 찌든 증오와 살의를 이기지 못한다. 큰형의 목이 뎅겅 잘려 한공중에 내걸려져서, 어리석은 뭇 인총의 멸시와 풍우에 나부끼는 장면을 상기할라치면, 나는 또 여지없이 이가 갈리곤 한다. 똑똑하고 잘생긴 자형도 그 칼날에 효수당했고 작은형은 나보다도 더 멀고 험한 곳으로 쫓겨났다.

에잇, 빌어먹을….

나는 짐짓 자신이 싫어 찻종에 가득한 차를 한 입에 털어 넣는다. 그윽한 다선삼매의 경지에 이르려 했더니 이 무슨 느닷없는 도깨비 망상이란 말인가.

일찍이 옛사람이 이르기를 차는 울적한 기분을 흐트러뜨리며 생기나게 하고 잠을 쫓고 병을 막고, 차는 남을 공경하게 하며, 스스로 예의를 닦아 몸가짐을 다스리며 도리를 따르게 하며 마음을 아름답게 하며, 차는 그 맛 자체를 즐기고 음미케 한다고 하였다.

어디 그뿐인가. 차는 또 머리가 맑아지고 눈이 밝아지고 추위를 막아주고 더위를 물리치고 입맛을 돋워주고 갈증을 채워주고 술을 깨우고 잠을 고르게 한다고 하였다. 그런데 이제 와서 시도 때도 없이 끓어대는 이 새삼스런 심화(心火)는 도대체 무슨 조화일까. 무릇 사서삼경을 비롯한 수천 권의 역사와 경세와 철학의 진수를 다 섭렵했을 뿐만 아니라, 온갖 고초와 사유의 세계를 온몸으로 깨닫고 체득하며 살아왔다고 자부하는 터수에 이 하찮은 증오의 불씨 하나 다스리지 못하다니.

나는 속으로 쯧쯧 혀를 차며 다시 잔을 비운다. 그리고 다시 또 한 잔.

벌써 땅거미가 지고 있다.

손바닥만한 마당 너머 울울창창한 대숲이, 바람도 없는데 흔들리는 듯싶다. 언제 보아도 어둡고 서늘한 대숲은 모든 나무들이 옷을 벗기 시작하는 입동 무렵의 이 계절을 짐짓 잊게 한다. 만산홍엽이 다 지고 난 한겨울이 오면 대숲은 바야흐로 얼음장보다 차가운 칼바람으로 더욱 시퍼렇게 멍들리라.

아까 찻물을 끓일 때 끔찍이나 아끼는 마당 한가운데의 다조 바위를 사용하지 않고 내처 방으로 들어왔던 것도 벌써 그 감촉이 차고 냉갈스러워서였다. 찬 것은 이제 싫다. 견딜 수 없는 외로움까지 뼛속으로 함께 스며드는 것 같기에.

밀려드는 어둠을 바라보며 차를 마신다. 그 어둠에 싸여 어둠과 한몸이 되었다가 이윽고 들기름 등잔에 불을 밝힌다. 불꽃과 함께 불끈 일어서는 나, 등 굽은 내 그림자가 창호지문에 어린다.

아, 이 밤을 또 어떻게 보내야 옳을까. 밤이 되면 몹쓸 마군(魔軍)이가 더욱 기승을 부리며 들끓어대는 것을.

나는 그걸 미리 차단하기 위해 주저없이 먹을 갈기로 한다.

찻잔들을 구석 쪽으로 밀어놓고 방 한가운데에 문방사우를 펼친다. 붓, 먹, 벼루, 종이. 하지만 약천의 서기어린 물을 항상 배불리 머금고 있는, 새끼 돌거북 형상의 청자 연적에 더 정이 갈 때가 많다.

먹을 간다.

사향처럼 번져가는 그윽한 묵향이, 옥벼루 안에서 검게 빛난다.

그 냄새와 윤기가 하나의 질량과 농도로 만났다고 여겨졌을 때 나는 먹을 내려놓고 잠시 쉬어 두었던 오른손으로 붓을 잡는다.

점을 찍는다.

순결한 백지 위에 점을 찍고 획을 긋는다. 결코 급히 서둘지 않고, 붓이 종이를 뚫는다는 마음으로.

아아, 붓이 종이를 뚫는다는 마음으로, 내가 본디 타고난 힘과 재주를 바탕으로, 붓 가는 데에 따라 점을 찍고 획을 그을 따름이로다. 글씨가 크거나 작거나, 먹물이 덜 가거나 더 묻혀지거나 길거나 짧거나 획이 굵거나 가늘거나 자간이 고르거나 조잡하거나를 초월해서. 그것이 바로 뜻을 얻은 운필(運筆)이므로.

거칠거나 폭포수처럼 급히, 함부로 붓을 내둘러 쓰는 일은 절대로 삼가야 되는 것이다. 붓의 중심을 잡아 부드러운 모래 위를 긋는 듯이 운필하면 스스로 생동감이 넘쳐 쓰는 이, 보는 이의 눈을 절로 이글거리게 할 것이다. 만약 그렇지 않다면 붓글씨가 종이에 붙지 않을 터인즉.

무엇보다도 생동감이 넘치고 활달할 것. 어떤 고정된 체(體)나 틀에 얽매이지 않아야 하며 법에 어긋나지 않으면서 또한 그 법을 뛰어넘어야 할 것.

그러기 위해선 늘 스스로 악심을 품거나 저속한 사람의 말은 듣지 않아야 옳은 일이거니와, 좋은 글씨는 바로 그 사람됨됨이를 가리키는 것이니, 득성(得成)은 한평생의 노력으로 이루어진다. 그 짜임새가 기묘한 솜씨로 빚어졌다고 해서 잘 썼다고 말할 수는 없는 것, 벼루 세 개쯤 뚫지 않고서는 결코 좋은 글씨가 나오지 않으리라.

그런데 나는 뭔가.

부끄러움으로 돌아보건대, 너무 일찍 수재로 소문난 게 탈이었다. 과거에 나붙어 벼슬길에 나간 것도 너무 빨랐으며, 임금으로부터 글씨 잘 쓴다고 과찬받았던 것도 따지고 보면 다 질시와 불화의 원인이었다. 그런 의미에서 지금의 이 산중적소는 얼마나 선택받은 자리이며 자유로운 처지인가. 아무것도 걸릴 것 없는 천의무봉의 몸짓으로 맘껏 생각하고 맘껏 일필휘지할 수가 있으니.

나는 이제 대바람 소리와 달빛에 취하여 책 읽고 글만 쓰면 된다. 마음속에서 큰 산을 솟아 올리고. 그러다가 아름다운 봉우리를 흘러내리게 할 것이며, 뼈를 먼저 세운 다음 꿈틀거리는 근육을 붙이리. 오로지 그럴 일들만 남았다.

나는 붓을 놀린다.

붓이 서 있다. 붓이 걷는다. 붓이 달려간다. 붓이 솟구친다.

그리고 나는 중도에서 그만 붓을 내던진다.

"이놈의 파리 때문에 ….."

글씨들이 검은 송충이인 양 꿈틀거리는 종이를 확 낚아채 접어, 꾸깃꾸깃 던져 버린다.

하지만 결코 파리 때문만은 아니었다. 그놈의 이가(李哥)의 얼굴이 또 문득 파리 콧잔등에 달라붙어 있어서였다. 파리는 아까부터 줄곧 종이 위를 맴돌았고, 쓰는 동안에는 그렇게까지 신경을 거스르진 않았었다. 겨울이 오는데도 무슨 날벌레 목숨이 이리 질긴가, 싶었을 뿐.

흠, 바깥이 추우니까 방으로 들어올 수밖에. 파리는 원래 무리동물인 사람처럼 따뜻한 것을 지향하거든.

그런데 붓글씨는 이상스레 자꾸 솟구치기만 할 뿐, 좀체 종이가 뚫리지는 않는 것이었다. 순간 눈앞으로 파리와 함께 휙 스쳐 지나가는 이가의 웃는 얼굴. 나는 끝내 견딜 수가 없었다.

마음이란 이다지도 무서운 것인지, 오늘밤 따라 내가 왜 이러는지 내 자신도 알 수가 없다.

친구이면서 원수였던 이가를, 나는 지금껏 일부러 잊고 살고자 하였다. 그런데 그 까아만 망각 속의 철지난 인물이 해 떨어질 무렵의 저녁끼니 때부터 자꾸만 눈앞에 어른거리던 것이다. 그때는 국 속의 멸치 때문이었다.

이가는 항상 멸치처럼 떼를 지어 몰려다녔다. 늘 무엇인가를 도모하고, 누군가와 작당하였다. 하긴 극심한 사색당파도 모자라서 또 시파와 벽파로까지 나뉘어 내 편이 아니면 모두 적으로 몰아붙이던 피바다의 시대였고 보면, 자신이 살기 위해선 어쩔 수 없는 행동양식이었는지도 모른다.

그러나 나를 모함하여 귀양보내는 데 앞장선 건 결코 살기 위한 몸짓만은 아니었다. 공연한 시기였고 엉뚱한 복수심이었다. 왜냐하면 그 또한 처음엔 나와 똑같이 이문(異聞)에 관해 듣기를 좋아했고, 손수 책 한 권을 베껴놓을 정도였으므로. 그리고도 그는 결국 위정척사의 그럴듯한 명목으로. '총명하고 재주 있는 벼슬아치와 유생들 중에 십 중 7, 8은 모두 서교에 빠져 있으니, 곧 황건적과 같은 난리가 일어날 것입니다'라고 무고하였던 것이다. 그 주동자 중의 하나로 내가 찍혀 있었는데, 나는 임금께 글을 올려 솔직하게 시인하고 또한 변명했다.

　　—신이 그 책을 보았던 것은 호기심이 왕성하던 23세 때, 마침 당시의 지식인 사회에는 일종의 풍기(風氣)가 유행하던 때여서 천문이나 역술, 관개수리, 측량 따위의 방법을 말할 수 있으면 널리 박식한 이로 통하였지요. 신은 한창 어리고 어리석은 때여서, 혼자서 몰래 그러한 일을 그리워하였습니다. 그러나 저의 성력은 조급하고 경솔하여 무릇 어렵고 교묘하고 치밀한 글들은 본디 세심하게 구색(究索)할 줄을 몰랐습니다. 따라서 그 글들의 찌꺼기조차도 영향받은 바는 없었습니다. 다만 우리 유교의 별파 정도로 인정해버렸으며 문단에서 기이하게 감상할 만한 글로 보아 넘겼습니다.

　　이른바 그들의 사생에 관한 정의란, 불교에서의 포령(怖令)을 나열해 놓은 것이며, 이른바 그들의 극벌원욕의 계명은 도가의 욕심의 불길을 억누르는 것입니다. 그들의 꼬부라지고 뒤틀려 넓게 변설된 글은 바로 패가소품의 지류거나 부수적인 것들에 지나지 않았습니다.

　　그리하여 저는 남들과 담론하면서 굳이 숨기고 꺼리는 바가 없었으며, 남들로부터 꾸짖음과 배척을 당하면 오히려 그들의 앎이 적고 얕고 비루하여 그러노라고 의심하였습니다. 맹세컨대, 저의 본래의 뜻을 캐보면 오로지 색다른 것을 널리 알리려는 생각에서였습니다.

하오나 엎드려 비노니, 임금님께서는 신의 여러 정상과 처지를 헤아리시고 살피시어 곧 신의 직책을 파(破)하소서. 곧바로 척출 명령을 내리시어 죄와 허물을 속죄케 하도록 해주십시오. 그리하여 성분을 다하여 천지 생성의 혜택을 마치도록 해주시면 더 큰 소원이 없겠습니다.

그러나 임금은 이 상소문을 읽어보고 착함이 봄의 새싹처럼 무럭무럭 솟아나는 듯하다면서, 너는 사양하지 말고 직책을 계속 살피라고 하였다.

하지만 또 다시 새롭게 터진 백서사건. 진정한 멸문지화의 문이 열리고야 말았다. 이때 몽둥이를 든 핵심인물 중의 이가는 아예 나를 직접 국문하여 반드시 죽이겠노라 장담했었단다.

나는 그가 귀양가 있을 때 그의 집에 가서 어린 자식들을 보살펴주고, 모친 소상 때엔 천냥의 돈까지 내어 주었었다. 그가 다시 풀려나 조정의 반열에 끼었을 때에도 오래 사귄 친구조차 그와 함께 서서 얘기하는 걸 꺼려했지만, 나는 누구보다도 그를 기뻐하며 즐겨 만나고 맞았었다. 그런데 돌아온 건 철저한 배신과 이유 모를 앙갚음뿐.

그래도 거기까지는 참고 넘길 수 있었다. 똥파리처럼 등 따습고 배부른 걸 지향하는 자들의 한결같은 소행머리니까. 그들은 시대에 민감하게 발맞추며 늘 따뜻한 곳이 어디냐고 눈알을 부라린다. 멸치 떼처럼 편을 지어 우우 몰려다니면서, 자기편의 이익과 영달을 끈질기게 모의하고 획책한다. 그들에겐 중도나 중용이란 없다. 흑이 아니면 백, 내 편이 아니면 무조건 적이다.

한때의 친구였던 이가 그랬다. 그도 권세의 집단생리 속에서 그저 흔들흔들 살아가는 속물이니 어쩔 수 없는 인심이라 치더라도, 문제는 지금. 세월이 많이 흐른 오늘에 이르러서까지 나를 모함하고 무고한다는 사실이다.

등잔 속의 등심을 응시한다. 살아있는 황금덩어리.

너울대는 불꽃을 바라보는 내 자신이 한없이 싫다. 미칠 듯한 자기혐오가 부글부글 끓어오른다.

그까짓 지푸라기나 먼지 같은 소인배를 두고 지금껏 이토록 애닳아하며 증오하고 있다니. 그저 그러려니, 이해하고 용서하면 그뿐인 것을, 내 마음의 그릇은 왜 이렇게나 작고 오래 금이 가 있단 말인가.

그렇다면 나 역시 어쩔 수 없는 협량의 새가슴에 지나지 않는 건 아닐까. 사람은 어디까지나 사람과 더불어 살아가야 되는 법, 우리네 세상살이는 철저하게 사람과 사람 사이의 관계임을 인정한다면 그까짓 소행들이 무슨 대수랴. 어차피 인간은 희로애락과 탐진치에 찌든 교활한 악성의 하찮은 존재들인 것을.

지나놓고 보면 그 모두가 아무것도 아니다. 이를 물고 아등바등 핏대 올려봤자 죽고 나면 다 한 줌 재에 불과할 따름. 인생이 그렇듯 아무것도 아니라는 사실을 깨닫기 위해 사람들은 저마다 그렇게 기를 쓰며 살고 있는 게 아니던가.

그럼에도 나는 여전히 숨이 가쁘다.

316

지지직 소리내며 타고 있는 등잔의 심지를 뚫어질 듯 응시한다. 심지를 돋워주자 일렁이는 그 누우런 불빛 속에 웬 사람이 있다. 웬 사람은 불이며 기름이며 검게 타들어 가는 심지이다.

그래, 난 참 무던히도 그들을 사랑했었지.

이쪽저쪽 어느 쪽도 편협하게 편들지 않고 늘 너그럽고 넉넉하게 다독이며 감싸안는 것이 옳고 정당한 중용의 길이라 믿었다. 둥글거나 모나거나 길거나 짧거나를 가리지 않고 너와 내가 함께 순수의 흰 바탕 위에서 큰 그림을 그릴 수 있게 되기를, 한 소식 깨달음에 이를 수 있게 되기를 기원하고 기다렸다. 마치 흙과 물이 만나 한데 불 속으로 들어가 백자 항아리가 빚어지듯이.

불길이 너무 강하면 그릇이 터질 것이고 불길이 너무 약하면 그릇이 죽이 될 것인즉, 섬세하고도 오랜 기다림의 결정체인 도자기가 바로 나의 중용의 상징이었다. 둥글고 원만한 원융의 의미로 배가 가득 불렀으되, 그 속 한가운데는 또 욕심없이 텅 비어 있는.

그러므로 반죽한 흙을 빚어서 거기에 불을 쬐어 돌보다도 강하게, 그렇게 도자기를 굽는 마음으로 살았다고 자부해 왔건만, 그러나 내 생애의 믿음의 중도(中道)는 어느새 무리동물인 사람들에게 여지없이 깨지고 말았다. 짓밟히고 바수어져, 해골처럼 나뒹군다.

이거, 오늘 밤 공부는 다 글렀구나.

나는 등심에서 시선을 거두어 이미 서늘하게 식은 찻물로 입 안을 가신다. 찻물은 식었을지라도 쌉싸래한 녹색의 향기는 여전히 변함 없다. 나는 다시 마음을 다독여 붓을 잡는다.

점을 찍고 획을 긋는다.

나의 모든 정신을 쓴다. 손끝에 불바람 같은 혼신의 힘을 모아,

말달리듯 달려나간다. 다시 또 한 장.

세 장째마저 아까운 종이에 먹물만 묻혔다고 느껴졌을 때, 나는 더 이상 주저없이 붓을 내던졌다. 그리고 흩어진 종이들을 한데 말아 쥐고 정주간으로 휙 뛰쳐나갔다.

아궁이의 불씨는 아직 잿더미 속에 그대로 남아 있어 그 안으로 종이뭉치를 던져 넣었다. 입김을 불어 불을 살랐다. 꺼졌던 불길이 연기와 함께 다시 살아 오른다.

어른거리는 불그림자에 따라 어둠 속의 지팡이들이 삐죽삐죽 얼굴을 내민다. 찬장으로 쓰고 있는 시렁 밑 공간에, 시루 안의 콩나물처럼 옹기종기 모여 서 있는, 갖가지 형상을 띤 나의 분신들. 혹은 풀리지 않는 화두의 상징들.

"선생님께선 아직도 미련을 버리지 못하셨습니까?"

열심히 동백 지팡이를 다듬고 있던 어느 날, 혜장은 내게 말했었다. 나는 단호하게 고개를 가로저었다.

"미련 때문이 아니라, 빈 곳을 채우기 위해서지."

"그래도 그걸 짚고 산을 오르시다 보면, 그게 사람으로 착각될 때가 있으실 텐데요. 뱀이나 지네, 가시덤불을 후려칠 때는 원수를 패듯 말할 수 없는 쾌감을 느끼기도 하고, 가파른 언덕배기에선 그리운 이가 절로 생각키이기도 하실 거구요."

"맞네. 지팡이는 맘먹은 대로 움직여 주니까. 저 산을 이쪽으로 옮겨주기도 하고 이 산을 저쪽으로 옮길 수도 있고…. 그리고 무엇보다도 빈손이 허전할 틈을 주지 않으려 이 지팡이를 깎네. 자질구레한 문예나 시율(詩律)은 아무리 명성을 얻는다 할지라도 쓸모가 없는 일이니, 밤낮없이 서책이나 읽고 집필에만 매달려 있을 수만도 없잖은가?"

"허전한 건 손이 아니라, 마음이시겠지요. 산을 이리저리 옮기는 것도 실은 지팡이가 아니지요. 산은 거기, 그 자리에 가만히 서 있을 뿐인데요."

"그래서 중요한 건 산을 움직였다고 생각하는 그 깨달음의 경지가 아니겠나? 그런 지극한 찰나의 한 소식을 얻기 위해서….."

"지팡이를 깎으신다, 이거군요?"

허, 이 사람이, 하고 헛헛헛 웃고 말았지만. 나는 끝내 의지심 때문이라고는 실토하지 않았다. 나와 지팡이가 서로 의지해 서 있으면 절로 사람 인(人)이 되기에, 다만 그래서일 뿐이기에, 굳이 무슨 고상한 의미를 부여할 필요는 없다고 덧붙여 말할 것을. 하지만 말이란 것도 따지고 보면 역시 '달을 가리키는 손가락'일 뿐이지 달 그 자체는 아니렷다.

나는 몸을 일으켜 손에 잡히는 대로 지팡이 하나를 골라잡는다. 줄기가 곧지 않고 볼품없이 휜 게 목백일홍이다.

사실은 이렇듯 못생기고 괴상망측한 지팡이에 더 정이 간다. 쪽 곧은 왕대라든가 노간주, 은행나무 따위도 나름대로의 기품과 매력이 없는 바는 아니지만, 갖은 풍상과 억압에 따라 배배 뒤틀리고 멍들어 옹이가 진 솔뿌리나 배롱나무, 바위틈에서 자란 이름 모를 잡목이 더 아름답고 착해 보이는 것이다.

어쨌든 내게는 저 많은 지팡이 친구들이 있다. 사람들만큼이나 다종다양한 갖가지 종류와 형상의 나무, 나무들. 냄새도 다르고 성질도 저마다 다른데 그 중에서도 내가 가장 아끼는 건 개다리 지팡이다.

나는 다시 그것을 바꿔 집어들고 방으로 든다. 아랫목에 가부좌를 틀어 앉은 다음 개다리를 무릎 위에 올려놓는다. 주머니칼을 잡고 아직 미진한 부분들을 다듬기 시작한다.

보면 볼수록 굽다 만 개다리 같다. 오래된 도토리나무. 뒷산 숲길을 오르다가 우거진 칡넝쿨 사이에서 우연찮게 발견한 것이었다. 억센 칡넝쿨에 칭칭 휘감긴 것도 모자라서 돌밭에 뿌리를 내린 아랫부분은 온통 거친 상처투성이이고 다른 나무의 마찰을 받은 중간 마디쯤엔 엉킨 혹뿌리까지 나 있다. 풍우와 돌날에 패이고 할퀴고 씻긴 자국이 한두 군데가 아니어서 그 생김 자체가 어떤 천연스런 목공예품을 보는 듯한 느낌이 들게도 하지만, 나는 처음부터 불에 그을린 듯 거무죽죽한 개다리를 먼저 떠올렸다.

지팡이의 무릎에 해당되는 혹덩이에서 삭은 부분을 조심스레 떼어내고 손잡이 쪽도 좀더 부드러운 원형으로 매끄럽게 손질한다. 내일 아침부턴 당분간 이걸 짚고 거닐어야지. 좀 무거운 게 흠이긴 하나 운동이 부족한 걸 보충하려면 이보다 더 무거워도 해되지는 않으리라.

바람이 분다. 수수수, 댓잎 서걱이는 소리가 들리고 짝 잃은 산새소리도 쑥, 쪽쪽, 쑥… 지치지도 않고 산을 울린다.

산을 넘어서기 바쁘게 벌써 은은한 동백향이 맡아진다. 아니, 법당의 향냄샌가?

그 동백숲에 에워싸인 만덕사의 분위기 또한 여느 때와는 좀 유별난 것 같다. 때리는 목탁소리가 두 겹, 세 겹으로 크게 들려오는 것도. 저 소리가 오늘따라 왜 이리 크고 선명하지?

나는 큼큼 코를 씰룩이며 먼발치로 내다보이는 절의 경내를 눈여겨 살핀다. 빈 가지와 우거진 숲에 얼기설기 가려 지붕 한귀퉁이만 겨우 눈에 잡힐 뿐이지만, 뭔가 안 좋은 일이 생겼으리라는 예감은 이미 머리끝에 와 있다. 나는 땀 들일 틈도 없이 허둥지둥, 산길을 내리닫는다. 개다리 지팡이가 아니었다면 미끄러운 비탈에서 몇 번씩이나 돌에 채이고 이슬 젖은 풀섶에 넘어졌으리라.

아니나다를까, 혜장이 죽었단다. 간밤에 거짓말처럼.

"새벽예불을 나왔다가 아무래도 이상해서 들여다봤더니 ….."

나무토막인 양 뻣뻣하게 굳은 채, 동쪽 바다를 향해 비스듬히 쓰러져 있더라는 것이다. 이 말을 전해주는 떠돌이 화승(畵僧)의 땀이 밴 이마가 아침 햇살을 받아 비늘처럼 번득였다. 얼마 전, 새로 중수한 이 절의 단청과 탱화를 그리기 위해 찾아들었다는 혜장의 도반(道伴). 그는 별 느낌 없이 말해주고는 아무 일도 없었다는 듯 다시 비계 사다리를 타고 올라가 단청에 몰두하였다. 얼룩덜룩 칠이 묻은 잿빛 작업복이 누더기처럼 한공중에서 펄럭인다.

혜장, 허, 이 싱거운 사람!

나는 목이 탁 메인다.

그대가 가려고 간밤이 그리 어지러웠던가. 허허, 난 믿을 수가 없네!

그가 안치된 방 안으로 들어가 병풍을 열어젖힌다. 뼈가 굳기 전 시신이 눈에 띄었던지, 이제는 반듯하게 허리를 펴 목침 베고 누워 있다. 목침을 모로 세워놓은 한 뼘쯤 위의 공간에 일직선의 좁은 나무판자를 타고 누워 있는 그의 얼굴은 멍든 가짓빛이다. 배는 아직 복수가 차 있는 듯 조금 부풀어 보이고, 가지런히 모아진 두 발은 게거품처럼 희멀겋다. 그럼에도 사르르 감겨진 두 눈과 살짝 헤벌린 입술은 여전히 잠자는 모습 그대로다. 그 안온한 얼굴 위로 웬 노랑 나비 한 마리가 하늘하늘 날아오른다. 아니, 두 날개가 하늘을 덮는 상상 속의 새 같기도 하다. 나도 모르게 콧날이 시큰해진다.

잘 가게, 혜장. 그렇게 거짓말처럼 가는 것도 큰 복이려니.

상기도 고해의 한가운데에서 표류하는 나는 더 이상 할말이 없어 방 밖으로 돌아선다. 부우연 눈빛으로 문설주 가까이에 이르렀을 때 문득 눈에 들어오는 멋스런 향나무 지팡이. 혜장의 법장(法杖)이다. 유불선(儒佛仙)의 경계를 자유자재로 넘나들던 운수납자. 스님이면서 또한 스님이 아니었던 그 역시 지팡이를 꽤 좋아하고 아꼈으나 그것은 오직 하나, 이 손때로 닳고 닳은 향나무 법장뿐이다. 주인 잃고 우두커니 서있는 모습이 안쓰러워서 나는 유정하게 손을 내민다.

손안 가득 들어오는 양감, 마치 살아있는 혜장의 손을 맞잡은 듯싶다. 그를 잃은 슬픔이 아리도록 투명한 겨울빛으로 새롭게 다가온다. 그 하늘 아래에서, 화승의 단청작업 손길은 여전히 춤추듯 바쁘게 움직인다.

일에 열중하는 것도 좋지만 한 도량 안에서 주인이 열반하였다는데….

그것도 서로 친한 도반 사이라고 하지 않았던가 하고 나는 새삼 의아스런 눈으로 저만큼 떨어진 비계 사다리 위의 화승을 치어다본다. 단청빛에 눈이 부시다. 그나저나 저이의 저 무심은 정녕 어디에서 비롯되는 것인지 한껏 괘씸하기조차 하다.

나는 잠깐 혜장의 향지팡이를 내 개다리 대신 가져갈까 망설이다가 지나친 욕심 같아서 그만둔다. 거기 그 자리에 없는 듯 놓아두고

322

기둥 모서리에 세워둔 내 것을 다시 집어든다. 그리고 천천히 단청 작업 쪽으로 좀더 가까이 다가간다.

화승을 포함한 세 화공들이 각자 맡은 색깔에 따라 처마 밑 살색 목재에 새 옷을 입히고 있다. 이제 거의 완성단계, 양귀비꽃보다 더 붉고〔丹〕 강낭꽃보다 더 시푸른〔靑〕 기본 색조 위에, 노랑과 검정과 하양의 안료를 절묘하게 배합시켜 연꽃이나 용의 비늘, 독수리의 깃 털, 사자 발톱 따위의 섬세한 문양을 그려넣고 있는 그들의 표정과 몸짓이 너무나도 진지하다. 벗은 나뭇가지에 거꾸로 달라붙은 큰 새 들과도 같다. 머리는 사자요, 몸통은 용, 꼬리는 독수리를 닮은 네 발 달린 상상 속의 새가 바로 저렇지는 않았을까.

"이 경황중에 일할 맛이 나십니까? 쉬엄쉬엄 하시지요."

나는 허공중의 화승에게 소리쳐 말했고,

"일 치르기 전에, 이것부터 끝내려구요. 저 땡초 스님을 편히 보 내 드리려면 아무래도 단청이 먼저 마무리돼야 할 것 같아서 ….."

화승은 천연덕스럽게 농담처럼 받아넘긴다.

음 그러면 그렇지. 다른 깊은 뜻이 있었겠지.

나는 그제서야 조금 안심이 되는 기분이다. 이 경내에서 곧 벌어 질 장엄예불을 위해 화승은 그리 자기 일을 서둘러대고 있었던 것이 다. 마지막 단청의 완성을 보지 못하고 가버린 친구가 그이는 못내 아쉬웠던가 보다.

어쨌거나 화승은 오직 단청작업에만 미쳐 있었다. 발아래 나의 존재는 안중에도 두지 않은 채, 이내 일 속에 파묻혀 들어가고 만 다. 음양이 맞물려 돌아가는 오색의 오묘한 조화 속으로, 나무이면 서 봄이면서 동쪽인 파랑과, 불이면서 여름이면서 남쪽인 빨강과,

흙이면서 사방의 한가운데인 노랑과, 물이면서 겨울이면서 북쪽인 검정과, 금붙이면서 가을이면서 서쪽인 하양이 서로 손을 잡고 한데 어우러진 극채색의 비의(秘儀) 속으로.

나는 눈이 시려 더 이상 단청을 쳐다볼 수가 없다.

낮 동안은 만덕사 경내에서 그렇게 소일하다가 해질 무렵 터덜터 덜 나의 초당으로 향했다.

하지만 그날 밤늦게 혜장을 못 잊어 다시 산을 넘었을 때 나는 또 한 번 입을 벌리지 않으면 안되었다. 추녀 끝에 등불을 매달고 혜장 의 떠돌이 친구 화승은 아직도 단청 색칠에 몰두하고 있어서였다. 옆마당에도 모닥불을 환히 펴놓았기 때문에 어둠 속의 불빛을 맞받 아 빛나는 선명한 단청들은 마치 귀신에라도 씐 듯한 비색의 역광을 찬연히 내뿜었다.

나는 문득 소름이 돋는 느낌이었다. 어둠도 하나의 빛이라면 그 속에서 이글거리는 눈으로 새로운 색과 선을 만들어내고 있는 저 환 쟁이 객승의 열정어린 넋은 또 무슨 의미를 담고 있단 말인가.

그럼에도 나는 혜장의 향지팡이까지 그에게 빼앗길 순 없었다.

이튿날 새벽 적소로 돌아오는 길엔 어김없이 그게 내 손에 들리어 있었는데, 좀더 솔직히 고백하거니와 내가 다시 밤늦게 절을 찾았던 건 순전히 이 향지팡이 때문이었는지도 모르겠다. 나 없는 사이 꼭 누군가의 손을 탈 것만 같은, 그 손은 다름 아닌 저 낯선 화승일 것 만 같은 빙충맞은 상념이 자꾸만 어지러운 뇌리를 괴롭히던 것이다.

새소리에 잠이 깨었다.

시방도 새소리는 산지사방에서 요란스럽다. 난리라도 난 듯, 마루에까지 퍼르퍼르 날아든다. 먹을 것이 사방에 널려 있던 철엔 들과 마을로 내려가 코빼기조차 뵈지 않더니 이제 삭막한 겨울로 접어드니까 산감나무 홍시가 매달린 산속으로만 너도나도 모여든다.

문을 연다. 놀란 새들이 화들짝 깃을 치고 날아간다. 해는 벌써 중천에 솟아 있고 대숲에 감도는 공기는 여전히 청신하다. 나는 도로 문을 닫는다. 그리고 반사적으로 깜박 잊고 있던 지팡이 쪽으로 시선을 던진다.

혜장의 분신이 구석진 서상 위의 백자 항아리와 함께 비스듬히 벽에 기대어 서 있다. 둥그스름한 항아리의 원과 길쭉한 지팡이의 선이 서로 대칭이되 또한 하나로 조화를 이루어 보인다. 날밤을 꼬박 새우고 돌아와 잠들 무렵 나는 향지팡이를 신주 모시듯 거기에 올려놓았었다. 그리고 어지러운 꿈속에서도 향지팡이를 본 듯싶다.

나는 벌떡 일어나 지팡이를 잡는다. 턱 밑까지 키가 차오르는 굵고 긴 향나무 냄새는 아직도 그윽하게 풍겨 나온다. 혜장의 손때로 반들반들해진 손잡이 부분이 혹 같은 곡선으로 반쯤 휘어져 있고 쪽 곧은 배흘림의 몸통엔 '法'이라는 글자가 흐린 음각으로 하나 달랑 박혀 있다. 껍질을 벗겨낸 뒤 아무런 기름칠을 않아 비록 오랜 풍우에 씻겼어도 향나무의 고상한 목질이나 특성이 그대로 드러난다. 나는 그것을 꼬옥 끌어안았다가 코를 씰룩이며 냄새를 맡기도 하고 손으로 괜스레 쓸어 보기도 한다.

그대가 갔다는 게 영 실감나질 않아. 그래 아니야, 여기 이렇게 멀쩡히 살아 있잖은가.

나는 걷는다. 혜장의 지팡이를 짚고 방 안을 서성인다. 그리고 이번에는 아예 소리를 내어 중얼거린다.

"이 지팡이, 나한테 맡기니 좋지? 임자를 제대로 만난 거지?"

좁은 방 안의 일정한 공간을 뚜벅뚜벅 오가면서 나는 이미 입적한 그가 정말로 살아 있는지도 모른다는 착각에 빠진다.

그래서 내처 문을 열어 젖히고는 방 밖으로 나가 바다가 보이는 왼편 산등성이로 향한다. 그와 함께 앉아 고담준론을 나누고 산과 바다를 함께 바라보았던 노천 정자. 확 트인 시야가 가슴에 벅차 오른다.

나는 구름과 물을 말했고, 그는 산과 지팡이를 말했던가?

그는 마음으로 움직일 수 있는 것과 없는 것을 구분했고 나는 물과 불의 인성(人性), 그 상극의 만남을 노래하였다. 나는 너요, 너는 나. 그러다가 그는 이제 구름이거나 바람이 되었고 나는 여기에 지팡이로 남았다.

"이보게, 혜장. 그럼에도 나는 도무지 저 산을 움직일 수가 없네. 산은커녕 이 작은 몸뚱이 하나도 제대로 추스를 수가 없어. 그 방도를 혼자만 알고 그렇게 훌쩍 가버리면 어쩔 텐가?"

"그 모두가 다 부질없는 똥막대기지요."

"그럼 자네가 아끼던 이 지팡이도?"

"산을 움직일 수 있는 건 결국 그게 아니니까요."

"아니야. 집착이 없으면 해탈도 없는 법이라고 자네가 말하지 않았나. 산을 움직일 수 있을 때까지, 난 절대로 이 지팡이를 버리지 않을 셈이네. 더군다나 이건 그대의 분신이 아니던가. 난 앞으로 이걸 꼭 껴안고 살아갈 것이야."

가볍게 고개를 끄덕이며 좁다란 산길을 올라가는 혜장의 뒷모습이 얼핏 눈에 들어왔다가 사라진다.

나는 시선을 던져 호수처럼 잔잔한 앞바다를 응시하고, 그리고 다시 그 건너의 수묵빛 낙타산을 멀리 바라본다. 언제나 또 다른 먼 바다를 향해 길게 누워있는 산. 짐을 진 쌍봉의 낙타 형상으로 나로 하여금 절로 한숨을 쉬게 만드는 산.

　다비식은 정오 무렵에 시작되었다.
　그리고 혜장의 그 불무덤은 해질녘까지 아주 오래도록 타올랐다. 집채만큼 쌓아 올린 질 좋은 장작더미 안에서 그는 극히 안락하고도 행복한 적정열반을 꿈꾸었다. 아니 그 화장해(華藏海)에 푸욱 안겨 들었다.
　나도 모르게 눈물이 흘렀다. 아니 웃지는 않았던가?
　솔직히 말해서 나의 이 같은 격렬한 감정의 분출은 결코 혜장 때문만은 아니었다. 그 친구를 보내는 단청쟁이 화승의 춤 때문이었다. 그전까지만 해도 나는 꽤 차분한 평상심으로 다비식 진행과정을 조용히 지켜볼 수가 있었는데, 그런데 치솟던 불길이 조금 잦아드는가 싶자, 안 보이던 그가 어디선지 난데없이 나타나 신들린 듯 훨훨 춤을 추어댔던 것이다.
　인근에서 모여든 아낙네들을 중심으로 한 무리의 흰옷 입은 사람들이 마치 탑돌이 하듯 벌겋게 타오르는 불무덤을 돌았다. 그네들은 의식을 주재하는 스님의 독경을 따라 부르짖듯 외기도 하고 어떤 이는 아예 땅을 치며 통곡하기도 하였다. 그래도 나는 여전히 흔들리지 않은 채 저만큼 떨어진 축대 위에서 탁 탁 탁 소리내며 타는 불꽃을 말없이 응시하였다. 화승이 불의 전면 한가운데로 뛰어든 건 바로 그때였다.

너울거리는 불꽃과 함께 그가 춤을 추었다.

나는 웬일인가 싶어 사람들 사이를 비집고 그의 곁으로 좀더 가까이 다가갔다. 그의 이마는 벌써부터 땀으로 희번득이고 눈빛은 어떤 알지 못할 존엄과 광기에 젖어 있었다. 그 눈이 자신의 긴 승복자락 끝을 뚫어질 듯 내려다보다가 한순간 하늘을 향해 치솟으며 춤사위의 속도를 빨리 한다.

한 팔은 추켜들고 한 팔은 어정쩡하게,

허리는 조금 구부리고, 고개는 모로 틀고,

몸을 둥그렇게 돌리고 하늘을 우러르고,

우르르 달려갔다가 허탈하여 물러났다가,

더러는 자비롭게 또 더러는 비수처럼,

이승의 정염을 사른다, 넋을 태운다…….

중몰이, 중중몰이에서, 휘몰이로 몰아가는 그의 미친 듯한 춤은 보는 이로 하여금 오히려 서늘한 전율마저 느끼게 하였다. 모든 기원과 염송을 담은 침묵의 극치, 크고 깊은 슬픔의 정화, 하나로 만나는 영혼과 육체의 절정.

그에 도취된 사람들은 저마다 땅바닥에 엎드려 절하기에 바쁘다. 불 속의 혜장한테인지 춤추는 화승에게인지 분간치 못할 만큼 정신 없이. 나도 이윽고 '나는 누구인가'고 묻는다.

너는 남을 위해 저렇게 혼신의 힘으로 춤을 춰 봤느냐?

망자의 넋을 기리고자 땅바닥에 넙죽 엎드려 저렇게 나를 내리는 지극한 하심(下心)으로 절해 봤느냐?

아니다, 결코 그렇지 않았다. 절집에 사는 친구들은 더러 있었지만 그 법당에 들어가 무릎꿇은 적은 한 번도 없었으며, 춤추며 노래하는 걸 즐겨 바라보기는 하였으나 내가 직접 당사자가 되어 남을 위해 춤추며 울린 경우는 결코 없었다. 아아, 나도 불 앞으로 나비인 양 뛰어들어가 저이처럼 두둥실 춤을 추고 싶다.

그러나 속으로는 그리 갈망하면서도 행동으로는 좀체 표출되어 나오진 않는다. 그저 불구경하듯 멍청히 바라보고만 있다.

화승의 얼굴은 땀으로, 신명으로 얼룩얼룩 빛난다. 타고난 예인 기질의 유랑잡승임에는 분명하지만 그 열정어린 신심과 친구 사랑하는 마음이 눈물겹다. 처음엔 그렇듯 무심해 보이던 사람의 어디에서 저런 불가해한 충동의 춤사위가 우러나오는 걸까.

그가 춤을 춘다. 지치지도 않고 다시 불길이 솟아오른다. 송장 타는 냄새, 사람들의 독경소리. 마지막 몸부림인 듯 탁탁탁, 소리내어 타는 불길. 나는 돌인 듯 혜장의 지팡이를 짚고 서서 미친 춤사위의 잿빛 승복자락과 일렁이는 불길을 번갈아 응시한다. 어디선가 불현, 나를 향한 음성이 들려온다.

"못난 놈! 편협하고 용렬한 인간은 바로 너다. 너를 유배 보내는 데 앞장선 그 이가보다도 더, 교활하고 욕심 많은 소인배, 사기꾼!"

"……"

"늘 용상이 있는 북쪽이나 쳐다보면서 터무니없는 선민의식에 젖어 지팡이나 깎고 있는 등신! 뭐, 산을 움직이겠다구? 어림 반 푼어치도 없는 잠꼬대는 이제 집어치우라. 입에 발린 공자 왈 맹자 왈로 혹세무민하고 음풍농월이나 다반사로 일삼으면서, 온갖 악행과 음모, 작당으로 권모술수나 부려온 게 너희들 말과 글로만 살아온 선비, 사대부들이 아니더냐. 지금은 비록 거기에서 적당히 비켜나 있는 것처럼 보일지 모르겠으나 그대도 따지고 보면 다 그렇고 그런

부류, 한바다가 꿈틀거리는 영혼의 밭을 경작하지 않고서는 죽을 때까지 그 혐의에서 벗어날 수 없으리라. 당장 그 지팡이부터 던져 버려라!"

나는 화들짝 놀라 짚고 있던 지팡이를 불 속으로 던져 넣었다. 알 수 없는 곳에서 들려오는 그 무섭고도 육중한 음향은 불에 타고 있는 혜장 같기도 하고 춤추는 화승 같기도 하였다. 아니면 지팡이, 그 자체였을까?

향냄새가 온 산에 가득하였다.

거친 숨을 헐떡이며 부리나케 산을 넘은 나는, 적소에 닿기 바쁘게 지팡이들을 끄집어냈다. 그리고 솔잎 불쏘시개에 불을 붙여 아궁이에 집어넣은 다음 그 위에 집히는 대로 던져 올렸다.

활활활, 새로운 불길이 솟았다. 오래 묵은, 질 좋은, 마른나무들이라 약속이나 한 듯 순식간에 잘도 타오른다. 허리 굽은 동백과 참죽을 다시 올린다. 외로움이 살 속으로 파고들던 밤, 사무치는 그리움을 달래려고, 미친 듯한 증오를 잠재우려고 깎았던 것들이다. 주목, 매화나무, 목련은 사무친다는 게 단지 그리움뿐만이 아니라는 걸 온몸으로 깨달았을 무렵이리라. 은행, 모과는 마을에 놀러 갔다가 돌아오는 길에, 누구에겐지 모를 애모를 잊고 앙갚음하려고, 배롱나무는 왼쪽 무릎이 심히 시릴 때, 솔뿌리는 나를 총애하던 그분을 생각하면서, 노간주는 아내를, 왕대는 굶어 죽어가는 백성들을 그리면서.

등황색 불길이 혀를 날름대며 이글거린다. 불소리가 탄다. 부엌 안이 더욱 환해지는 걸 보니 밖은 벌써 어둠이 내렸나 보다. 나는 뚫어질 듯 불타는 아궁이 속을 응시한다. 개성 강한 지팡이들의 타는 냄새가 저마다 독특하되 또한 한데 어우러져 코가 맵다. 눈도 시리다. 눈물 두어 방울이 불섶 위로 또르르 굴러 떨어진다.

잘 가게, 혜장. 지금껏 내가 헛살았다는 걸 오늘에사 알았네. 이 가는 바로 내 자신이었어.

나는 마지막으로 개다리지팡이를 불 속에 처넣는다. 아궁이 안의 나무들이 모두 개다리처럼 검붉다. 정든 나의 친구이면서 적들, 어쩔 수 없는 나의 분신들. 때로는 이슬 젖은 풀숲을 헤치기도 하였고 앞길을 가로막은 뱀이나 지네, 돌부리를 후려 패기도 하였다. 또 때로는 애꿎은 산을 지팡이 끝으로 옮겨보기도 하였으며 힘겨운 비탈에 서서 한 서린 북쪽 하늘을 가리키기도 하였다.

그래 난 형편없는 속물이었어. 누군가를 끝없이 기다리고 의지하고 그리고 미워하고 혼자 있는 걸 겁내지 않았나. 하지만 혜장, 이제는 분하고 억울한 감정은 싹 없으졌으이. 지팡이 없이도 난 이제 너끈히 일어서고 걸을 수 있을 것 같네.

나는 약천의 시린 물을 주전자에 담아 온다. 불 위에 올린다. 물과 불이 하나로 만나 비명을 내지른다.

물이 끓자 주전자를 들고 방으로 간다. 다관에 차를 넣고 우린다.

차가 우려지는 동안 먹을 갈기로 한다.

먹을 다 간 다음 나는 차를 마신다. 차가 나를 마신다.

나는 눈을 감고 한 상념에 잠긴다. 돌연 두 날개로 하늘을 가득 덮은 새가 날아간다. 비로소 산이 움직인다.

나는 붓을 잡는다. 먹을 찍자, 웬 향기가 코를 찌른다.

이윽고 기운차게 붓이 달려나간다.

햇빛 일렁이는 봄날에 백로가 물고기를 엿보는 것같이, 백골 나
뒹구는 가을날, 배암이 돌담 구멍을 찾아드는 것같이, 힘센 장사가
강철을 펼치는 것같이, 추위에 떠는 원숭이가 마른 나뭇가지를 흔드
는 것같이, 춤추는 난조(鸞鳥)와 허공을 날아가는 봉황의 날개같이,
바람에 나부끼는 잔디잎같이, 꺾인 대나무같이, 살아 숨쉬는 난초
잎같이 … 붓은 그렇게 달려나간다.

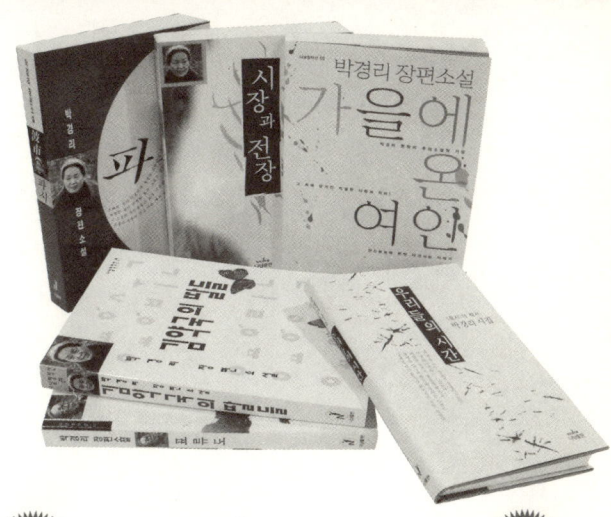

나남
경기도 파주시 교하읍 출판도시 518-4
Tel : 031) 955-4600 Fax : 031) 955-4555
www.nanam.net

서희를 위한 노래
길상을 위한 눈물 土地

긴긴 밤이 온다
사람들은 허전하다

무엇이 완성이고
무엇이 불멸인가?

소설다운 소설 하나 보고 싶다

인간의 긴긴 江을 읽고
생각의 노을이 되고 싶다